500 lettres
pour tous les jours

Dominique Sandrieu

Cinq cents lettres pour tous les jours

LIBRAIRIE LAROUSSE
17, rue du Montparnasse et 114, boulevard Raspail, Paris VIe

Le présent volume appartient à la dernière édition (revue et corrigée) de cet ouvrage. La date du copyright mentionnée ci-dessous ne concerne que le dépôt à Washington de la *première* édition.

ISBN 2-03-077204-6

PRÉFACE

Pourquoi écrire, dira-t-on, alors que le téléphone est là pour résoudre tous nos problèmes ? Comment trouver le courage de rédiger une lettre après une journée de travail, ou en prenant sur le temps, déjà trop court, de nos week-ends, quand il est si simple de passer un coup de fil ?

Oui, mais... Votre plus chère amie vient de déménager et n'a pas encore le téléphone ; tante Marie, à Arcachon, serait très triste si vous ne lui écriviez pas un petit mot pour annoncer vos fiançailles ; votre voiture s'est fait emboutir, et il vous faut confirmer par lettre ce que vous venez de téléphoner à l'assureur ; vous avez des problèmes avec la Sécurité sociale, les Allocations familiales, votre caisse de retraite, et vous ne voulez pas perdre un après-midi à aller vous expliquer de vive voix ; le plombier de votre résidence secondaire n'est pas toujours accessible au téléphone, et il devient urgent de lui signaler la fuite d'eau sous la baignoire... On pourrait sans fin multiplier les exemples.

Nous avons choisi d'en donner plus de cinq cents.

Au fil de cet ouvrage, le lecteur retrouvera les situations auxquelles il est le plus souvent confronté dans sa vie quotidienne — ou, du moins, celles qui justifient une correspondance. Après des conseils généraux — comment écrire ? —, allant de la présentation de la lettre à l'orthographe et au style, une deuxième partie traitera des lettres personnelles qui, de la naissance à la mort, jalonnent toute vie sociale ; une troisième partie, de même importance, réunira près de deux cent cinquante lettres abordant les multiples problèmes pratiques de l'existence : la maison, le travail, les vacances, l'argent — mais aussi les impôts, la Sécurité sociale, les rapports avec l'Administration ou avec les hommes de loi. Sur ces derniers points, nous présentons des lettres telles qu'un particulier a l'occasion d'en rédiger pour régler ses problèmes individuels, mais qui ne concernent pas les situations de la vie en entreprise.

Deux annexes aideront le lecteur à ne pas se perdre dans la complexité des testaments et des successions, et à choisir un conseil dans telle ou telle situation difficile. Quelques pages sur les principales fautes de langue à éviter, et un court dictionnaire des difficultés de la langue française lui permettront de vérifier certaines orthographes qui ne sont pas toujours évidentes, comme de répondre aux délicates questions de syntaxe et de grammaire qui peuvent se poser lorsqu'on écrit une lettre.

Il existe toutefois deux catégories épistolaires que nous avons volontairement exclues de cet ouvrage : les lettres commerciales, dont l'extrême diversité justifierait à elle seule un volume entier, et les lettres d'enfants. Si Vonette ou Pierrot, avec leurs dix ans, doivent remercier Marraine pour un cadeau d'anniversaire ou souhaiter la bonne année à Grand-Maman, qu'ils le fassent avec leurs mots à eux, leur maladresse — et leur cœur. A leur âge, seule compte la spontanéité, et c'est sans doute en prenant l'habitude d'écrire, petits, qu'ils sauront, une fois grands, ne plus être impressionnés par une feuille blanche.

COMMENT ÉCRIRE ?

Bien sûr, il y a lettre et lettre : le billet hâtif que vous griffonnez pour excuser votre fils qui n'a pas fait sa composition française, ou la longue missive qui racontera un peu votre vie à une amie lointaine ; pourtant, dès qu'il s'agit de correspondance, il est préférable de prendre son temps. N'oublions pas que le simple fait de les écrire donne aux mots un poids qu'ils ne sauraient avoir dans une conversation : qui de nous n'a relu dix fois dans une lettre une petite phrase qui lui faisait chaud au cœur, ou, au contraire, des mots qui faisaient mal, peut-être simplement parce qu'ils avaient été couchés trop vite sur le papier...

Dans la mesure du possible, n'écrivez pas n'importe quand, n'importe comment, n'importe où. Ménagez une vraie parenthèse dans votre emploi du temps, si chargé qu'il puisse être ; de bonnes conditions matérielles — le silence, une table à laquelle on est bien assis, un stylo, un « feutre », une « pointe Bic », qui ne crachent pas — aideront les mots à venir plus facilement d'eux-mêmes, et vous vous retrouverez peut-être tout étonné d'avoir écrit en quelques minutes une lettre qui vous faisait hésiter depuis longtemps.

Le papier à lettres

On en fait actuellement de toutes les sortes, qu'ils soient classiques : blanc, bleu pâle, gris perle, ou résolument originaux : turquoise, aubergine, tabac...

Les formats varient également d'un papier à l'autre : un bloc peut être grand ou petit, carré ou en hauteur. Vous le choisirez en fonction de vos préférences personnelles : certaines écritures, peu assurées, seront mal à l'aise dans une page trop vaste ; d'autres, au contraire, se sentiront à l'étroit dans un feuillet trop petit. Pour une lettre dactylographiée, si vous utilisez un format commercial (21 × 29,7), vous prendrez un papier assez épais (Extra Strong 80 g) ; le ou les doubles éventuels seront en Extra Strong 64 g, moins fragile que le papier pelure.

Pour la couleur... votre bon sens parlera de lui-même. Rien ne vous empêche d'écrire à votre petite sœur sur du papier à lettres vert pomme ; mais il est bien évident que, pour maître Arouet, votre notaire, ou pour votre vieille tante Emilie, qui est si à cheval sur les convenances, le bleu pâle sera l'extrême limite de la hardiesse... En cas d'hésitation, si vous craignez que votre correspondant ne soit choqué par une couleur trop peu commune, choisissez la sobriété.

Si vous faites graver ou imprimer votre papier à lettres, seuls figureront l'adresse et, éventuellement, le numéro de téléphone, que vous pourrez faire

précéder de votre monogramme (initiales du nom et du prénom, ou des noms de famille des deux époux). Les caractères choisis, noirs, brun foncé ou ton sur ton s'il s'agit d'un papier de couleur, doivent être à la fois discrets et très lisibles. Ces indications figureront en haut de la page, mais plusieurs dispositions sont possibles ;
soit **au milieu :**

F. L.
17, rue du Bal-Champêtre
27400 Louviers

soit **à gauche :**

12, rue aux Raines
31140 Noé
Tél. : 32.15.07

ou **l'adresse à gauche et le numéro de téléphone à droite :**

18, impasse des Deux-Anges
75006 Paris **Tél. : 222.42.23**

Si votre lettre comporte plusieurs pages, seul le premier feuillet sera imprimé ou gravé (mais les autres devront être d'un papier de la même qualité).

Avec quoi écrire?

Le stylo à plume, à l'exclusion de tout autre, est de rigueur pour une correspondance officielle. Toutefois, dans la vie courante, si l'emploi du stylo à bille est en principe réservé à la correspondance amicale ou familiale, vous pouvez fort bien utiliser un « feutre », à condition que la pointe n'en soit pas écrasée ni l'encre par trop pâlie. Enfin, seul le crayon est à proscrire absolument.

L'encre

Les couleurs en sont, à l'heure actuelle, plus variées encore que celles des papiers, surtout si vous écrivez avec un stylo à pointe de feutre ou de Nylon. Là aussi une même évidence s'impose : une correspondance toute personnelle peut fort bien s'accommoder d'une encre orange ou rose vif ; mais pour votre avocat ou le maire de votre commune, vous adopterez une couleur plus sage.

La lettre dactylographiée

La dactylographie des lettres aux Allocations familiales, aux assurances, au contrôleur des impôts présente deux avantages : votre interlocuteur n'aura pas à prendre la peine de déchiffrer votre écriture, et vous pourrez garder un double — précieux — de ce que vous avez écrit. Est-ce à dire que l'on puisse également se servir d'une machine à écrire pour la correspondance privée ? La controverse est vive sur ce point. Pour certains, cette éventualité serait inadmissible : le scripteur le plus illisible devrait pouvoir, avec quelques efforts, améliorer son écriture de manière à la rendre déchiffrable. Cette façon de voir nous semble trop optimiste. Bien sûr, une lettre dactylographiée n'aura jamais la chaleur ni la présence d'une lettre manuscrite ; c'est pourquoi vous aurez toujours à justifier l'emploi de votre machine :

« Pardonnez-moi cette lettre dactylographiée : mon écriture est si peu lisible que j'ai préféré ne pas vous donner la peine de la déchiffrer »
et à ajouter, pour terminer, quelques lignes à la main ; mais votre correspondant aura au moins le plaisir de pouvoir vous lire, au lieu de se heurter à l'énigme d'une écriture incompréhensible.

Si le savoir-vivre condamne absolument l'usage de la machine à écrire pour certaines catégories de lettres — félicitations ou condoléances, par exemple —, cet usage nous paraît devoir être expressément recommandé dans un cas au moins : lorsque vous écrivez à un étranger qui ne parle qu'imparfaitement le français. Lire une écriture difficile dans sa propre langue pose déjà mille problèmes ; dans une langue que l'on possède mal, ces problèmes deviennent vite insolubles. Pensez donc à votre malheureux correspondant, et évitez-lui, dans la mesure du possible, une peine inutile.

La présentation

Pagination

Lorsque vous utilisez un feuillet double, n'écrivez que sur les pages 1 et 3 si vous êtes sûr que votre lettre sera brève ; sinon, vous suivrez la disposition logique du papier à lettres en continuant à écrire au dos du premier feuillet, puis en remplissant les pages 3 et 4. De toute façon, dès que votre lettre comporte plus de deux pages, il est préférable de les numéroter (sauf la première, bien entendu).

Date

Qu'elle soit strictement privée ou officielle, toute lettre doit être datée. La date, qui figurera en haut et à droite du premier feuillet (à 4 ou 5 cm du haut de la page pour une lettre dactylographiée), pourra prendre des formes très diverses. A un intime, vous pouvez vous contenter d'écrire *21 janvier*, ou même *mardi soir ;* méfiez-vous toutefois de cette imprécision. Quelqu'un à qui vous n'écrivez qu'épisodiquement peut fort bien être parti en voyage ou en vacances ; et s'il trouve dans sa boîte à lettres, à son retour, un billet ainsi libellé :

mardi soir
J'ai de sérieux ennuis en ce moment : peux-tu me téléphoner demain matin au 876.99.00 ?

sa perplexité risque d'être grande.

Une lettre moins familière portera la mention :

21 janvier 1979

ou : **le 21 janvier 1979**

samedi 21 janvier 1979

Saint-Malo, 21 janvier 1979

ou même : **Saint-Malo, le 21 janvier 1979**

si vous n'écrivez pas de votre domicile habituel, ou s'il s'agit d'une lettre « officielle » (à un homme de loi, à une compagnie d'assurances, à la Sécurité sociale, etc.).

Nom et adresse de l'expéditeur

Si vous n'écrivez pas à l'un de vos proches, mais à votre architecte, votre gérant ou votre garagiste, faites figurer vos nom, prénom, adresse et éventuellement numéro de téléphone en haut et à gauche de votre lettre.

Dans le cas d'une lettre particulièrement brève, l'adresse peut suivre immédiatement la signature : vous l'indiquerez alors en bas et à gauche du feuillet.

En-tête et marge

Que vous commenciez votre lettre par « Cher ami » ou par « Monsieur le Président » (1), l'en-tête ne figurera jamais tout en haut de la page, mais au quart à peu près de sa hauteur ; au tiers même si vous voulez marquer une déférence particulière envers votre correspondant. Toutefois, en écrivant à un intime, vous pouvez réduire à quelques centimètres l'espace séparant l'en-tête de la date.

L'usage veut aussi qu'on laisse une ligne de blanc entre l'en-tête et la première ligne du corps de la lettre.

Vous devrez également ménager une marge à gauche de la feuille.

Sa largeur variera en fonction du format de votre papier à lettres mais ne saurait être inférieure à 1,5 ou 2 cm (4,5 à 5 cm pour une lettre dactylographiée, qui comportera également une marge de 2 cm à droite). Pour que la mise en page de votre lettre reste harmonieuse, vous n'écrirez jamais dans la marge ni dans l'espace séparant la date de l'en-tête.

---

(1) Voir p. 15.

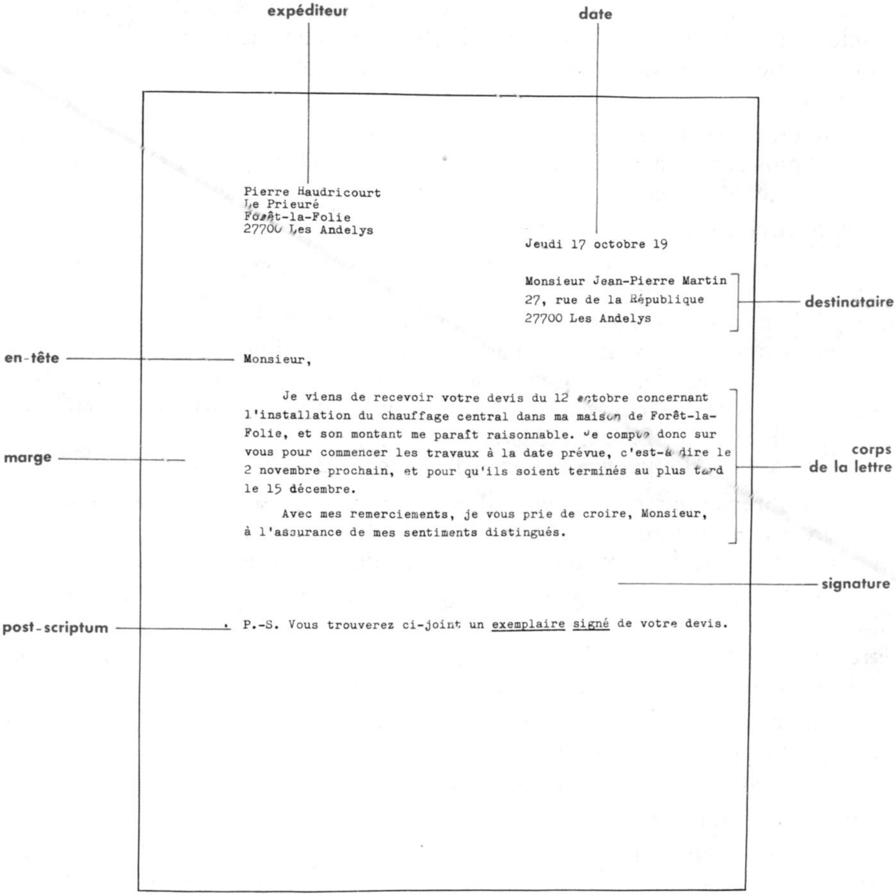

Pierre Haudricourt
Le Prieuré
Forêt-la-Folie
27700 Les Andelys

Jeudi 17 octobre 19

Monsieur Jean-Pierre Martin
27, rue de la République
27700 Les Andelys

Monsieur,

Je viens de recevoir votre devis du 12 octobre concernant l'installation du chauffage central dans ma maison de Forêt-la-Folie, et son montant me paraît raisonnable. Je compte donc sur vous pour commencer les travaux à la date prévue, c'est-à-dire le 2 novembre prochain, et pour qu'ils soient terminés au plus tard le 15 décembre.

Avec mes remerciements, je vous prie de croire, Monsieur, à l'assurance de mes sentiments distingués.

P.-S. Vous trouverez ci-joint un exemplaire signé de votre devis.

Le corps de la lettre

• l'écriture

Si votre écriture est très personnelle, n'oubliez pas que votre correspondant ne la déchiffrera sans doute qu'avec peine : mettez-vous à sa place, et faites un effort... Sauf dans les cas désespérés dont nous avons déjà parlé (1), écrire lisiblement est une pure et simple question de politesse. Prenez le temps de former vos lettres, évitez les mots inachevés, les fioritures inutiles : votre écriture y perdra peut-être en originalité, mais y gagnera sûrement en clarté, ce qui est l'essentiel.

---

(1) Voir p. 8, La lettre dactylographiée.

Les ratures ne sont admises que dans les lettres à des intimes, à l'exclusion de toute autre correspondance. De toute façon, pour les lettres officielles ou un peu délicates, il est plus prudent de commencer par faire un brouillon.

Ne craignez pas d'aller souvent à la ligne — votre lettre en sera plus aérée et plus agréable à lire —, et commencez toujours par un alinéa lorsque vous changez de sujet.

• les abréviations

« Monsieur », « Madame », « Mademoiselle » et leurs pluriels s'écrivent en abrégé (*M.*, *M*^{me}, *M*^{lle}, *MM.*, *M*^{mes}, *M*^{lles}) devant un nom propre, sauf lorsque la personne dont on parle risque de lire votre lettre. Si un monsieur Vincent habite chez vos amis ou fait partie de leur famille, employez toujours *Monsieur* en toutes lettres devant son nom lorsque vous écrivez à vos amis. Dans tous les autres cas, écrivez *M. Vincent.* Employez toujours *Madame votre Mère* et non *M*^{me} *votre Mère.*

Docteur et *Monseigneur* suivent la même règle. En abrégé, *D*^{r} et *M*^{gr}.

Les abréviations sont suivies d'un point, sauf lorsqu'elles conservent la dernière lettre du mot : on écrira *M.*, mais *D*^{r} ou *M*^{gr}*;* les abréviations du système métrique ne comprennent pas non plus de point terminal.

On évitera toutes les abréviations qui ne sont pas consacrées par l'usage : ainsi *ns* pour *nous, m̂* pour *même, cô* pour *comme ;* si utiles qu'elles puissent être lorsque vous prenez des notes, elles n'ont pas leur place dans une correspondance, qu'elle soit privée ou officielle.

En règle générale, il vaut mieux ne pas employer de chiffres dans une lettre, sauf pour le millésime et les nombres un peu longs. Ecrivez : *il n'y avait pas vingt-cinq personnes en 1940 dans notre village.*

• les mots soulignés

Peut-on souligner les mots ? Oui, bien sûr, à condition de ne pas en abuser. Utilisé à bon escient, le soulignement permet d'insister sur un terme ou une expression d'une importance particulière : *il m'a promis qu'il viendrait te voir incessamment.*

Trop fréquent, il perd toute raison d'être, et ne peut que lasser votre correspondant.

La signature

Vous en aurez essentiellement deux : votre prénom seul pour les intimes, votre nom précédé de votre prénom (ou de son initiale) pour toute autre correspondance. Toutefois, si vous écrivez à quelqu'un qui vous appelle par votre prénom sans être véritablement l'un de vos proches, et qui risque de connaître plusieurs Jean, plusieurs Dominique ou plusieurs Colette, vous pourrez signer de votre prénom suivi de l'initiale de votre nom de famille.

Il est pratique, dans la vie moderne, d'avoir une signature très lisible, qui indique à votre correspondant l'orthographe de votre nom et lui permette de l'écrire sans l'écorcher. Si votre signature est indéchiffrable, écrivez au-dessous votre nom, cette fois de façon lisible. Lorsqu'une lettre est tapée à la machine, on doit dactylographier les nom et prénom (ou initiale du prénom) au-dessous de la signature.

Mais il est également important d'avoir une signature qui vous plaise. Rien n'est plus déprimant que de faire figurer au bas de vos lettres, de vos chèques, de vos papiers un paraphe qui ne vous satisfait pas. Faites donc tous les essais nécessaires pour trouver une signature avec laquelle vous vous sentirez à l'aise et, une fois que vous l'aurez au bout de votre plume, adoptez-la pour tout de bon.

Une veuve Durand dont le prénom est Marie signera M. Durand, ou Marie Durand, et non Veuve Durand, sauf sur quelques actes officiels.

La relecture

Votre lettre est enfin terminée, prête à être mise sous enveloppe. Vous vous sentez tout léger, heureux d'avoir écrit longuement à un ami, ou content d'être débarrassé d'une corvée si vous vous adressiez à votre compagnie d'assurances ou à votre percepteur. Mais vous n'êtes pas encore tout à fait au bout de vos peines : quel que puisse être votre destinataire, il est indispensable de vous relire ; non tant pour corriger, discrètement, d'éventuelles fautes d'orthographe que pour savoir si vous avez bien exprimé exactement votre pensée. Cette relecture, qui s'impose pour les lettres d'affaires, est tout aussi nécessaire pour les lettres d'amitié. Une phrase ambiguë, ou qui pourrait sembler cavalière, risque d'être mal comprise ou de heurter votre correspondant. Le post-scriptum, toutefois, peut vous permettre de revenir sur un point que vous jugez peu compréhensible.

Le post-scriptum

Mots latins qui signifient « écrit après », nous dit le dictionnaire. Précédé des deux lettres P.-S., il prend donc place sous la signature.

N'en abusez pas : prenez plutôt la précaution de relire soigneusement votre lettre avant de rédiger la formule finale. En revanche, il est prudent de ne cacheter une enveloppe qu'au moment de la mettre à la poste, car il peut arriver, entre la minute où l'on a signé une lettre et celle où on l'envoie, qu'on ait reçu des nouvelles qui rendent le post-scriptum nécessaire.

On ne saurait en aucun cas réserver pour le post-scriptum ce qui est l'objet principal de la lettre, ni multiplier les P.-S. : si votre correspondant n'est pas un de vos proches, il risquerait d'être défavorablement impressionné par votre esprit de l'escalier.

Les pièces jointes

Si vous devez joindre à votre lettre une facture, un papier ou un document quelconque, évitez d'employer une épingle ou un trombone, qui sont interdits par les P. T. T. comme « susceptibles de détériorer le matériel d'oblitération » (1). Utilisez de préférence une agrafe ou de la colle. Souvenez-vous aussi qu'on ne peut pas mettre n'importe quoi sous enveloppe — il est, par exemple, interdit d'envoyer des billets de banque par la poste. En cas d'hésitation, renseignez-vous auprès des Postes et Télécommunications.

Le timbre pour la réponse

Dans une correspondance personnelle, il n'a guère de raison d'être : vous risqueriez même de froisser votre correspondant en lui donnant l'impression que vous voulez le forcer à vous répondre ; mieux vaut donc vous en abstenir.

Au contraire, dans certains cas, le timbre pour la réponse est non seulement admis, mais recommandé : lorsque vous écrivez à quelqu'un pour lui demander des renseignements qu'il n'est pas tenu de vous donner — par exemple à un maire, à un instituteur ou simplement à une personne inconnue. Vous devrez également joindre à votre lettre non seulement un timbre, mais une enveloppe timbrée libellée à vos nom et adresse quand vous écrirez :

- à un syndicat d'initiative ;
- à un maire ou à l'état civil d'une mairie pour demander un extrait de naissance, de mariage, de divorce ou de décès ;
- au producteur d'une émission de radio ou de télévision.

Les formules de politesse

Redoutables par la diversité de leurs nuances, les formules de politesse ont une importance toute particulière. L'en-tête frappera votre correspondant dès le début de sa lecture ; la formule finale viendra nuancer l'impression générale donnée par votre lettre : désinvolte, elle irritera ; trop respectueuse, elle risquera de paraître exagérée.

Pourtant, nous aurions tort de nous plaindre : les règles observées il y a peu de temps encore étaient autrement strictes, qui prenaient bien davantage en considération le sexe, l'âge et surtout la situation sociale du destinataire, et voulaient que l'on envoie à un fournisseur ses « civilités empressées », ou

---

(1) *Guide officiel des P. T. T.*

que l'on écrive aux gens de maison en disant « mon bon Gustave », « ma bonne Sidonie ». De nos jours, une certaine souplesse est admise dans les lettres que nous écrivons couramment, et des règles plus simples se sont imposées.

Formules de tous les jours

• l'en-tête

A un inconnu, nous écrirons *Monsieur ;* quand nous le connaîtrons depuis quelque temps, *cher Monsieur,* puis : *cher Monsieur et ami ;* ou *Monsieur et cher collègue, cher collègue, cher collègue et ami ;* ou *Monsieur et cher confrère, cher confrère, cher confrère et ami, cher ami.*
Les mêmes formules se retrouvent au féminin : *Madame (Mademoiselle) ; chère Madame (Mademoiselle) ; chère Madame (Mademoiselle) et amie ; chère collègue, chère collègue et amie ; chère amie.*

Dans ce cas, Monsieur, Madame et Mademoiselle doivent toujours être écrits en toutes lettres — les abréviations M., Mme et Mlle sont à proscrire absolument — et comporter une majuscule.

On ne saurait en aucun cas écrire *Mon cher Monsieur, Ma chère Madame,* ces deux termes (*mon*-sieur, *ma*-dame) comportant déjà le possessif.

En principe, le nom de famille ne doit jamais figurer dans un en-tête. Il existe toutefois deux exceptions :

• si vous écrivez à un camarade d'école, de faculté, de régiment, ou à un collègue que vous avez toujours appelé par son nom de famille ;

• si vous vous adressez à une personne que vous appelez, dans la vie courante, Madame Durand ou Madame Dupont, et à qui un simple *Chère Madame* risquerait de paraître bien froid.

• les formules finales

Elles sont plus variées que les en-têtes et, dans l'ensemble, il faut bien le dire, passablement vides et sclérosées. Pourquoi réservons-nous à la fin de nos lettres des mots que nous n'employons guère dans la vie courante — considération, par exemple —, et que vient faire cette distinction dont nous parons libéralement nos salutations ou nos sentiments (sentiments tout fictifs d'ailleurs, et que nous n'éprouvons guère) ? Mais peu importe : là encore, l'usage a force de loi. Si la plus libre fantaisie peut être de mise lorsque nous écrivons à nos proches, le respect d'un certain nombre de règles s'impose dans tous les autres cas.

On se souviendra :

• de toujours répéter, dans la formule finale, les mots qui ont servi pour l'en-tête. Si la lettre commence par **Monsieur et cher confrère,** elle se terminera

par **Recevez, Monsieur et cher confrère, l'assurance de mes sentiments distingués.**
Cette règle est absolue et ne souffre aucune exception ;

• de remplacer, lorsqu'on veut marquer une certaine déférence, *recevoir* par *agréer* ou *accepter*, et *assurance* par *expression* :

Recevez, cher Monsieur, l'assurance de mes meilleurs sentiments

deviendra :

Veuillez agréer, cher Monsieur, l'expression de mes sentiments respectueux ;

• si l'on connaît l'épouse ou le mari de la personne à laquelle on écrit, de ne pas l'oublier dans la formule finale (qui pourra également mentionner les parents ou les enfants) :

Mon mari joint ses respectueux hommages à l'expression de mes sentiments les plus amicaux ;

Transmets nos amitiés à Fabrice et embrasse les petits pour nous ;

ou, plus familièrement :

Je t'embrasse, ma petite chérie ; bien des choses à ton mari.

Si vous ne vous adressez pas à un personnage officiel, et si votre correspondant n'est pas membre d'un corps constitué, les formules finales ne sont pas, grâce au ciel, rigoureusement codifiées. Sans doute vous servirez-vous le plus souvent des phrases passe-partout :

Veuillez croire, Monsieur (Madame), à l'assurance de mes sentiments distingués,

ou **Je vous prie de croire, cher Monsieur (chère Madame), à l'assurance de mes meilleurs sentiments ;**

mais, de la déférence à l'amitié, l'éventail des formules admises est suffisamment vaste pour s'adapter à toutes les circonstances. Ainsi, on pourra écrire :

à quelqu'un que l'on ne connaît pas

Daignez agréer, Monsieur, l'expression de ma plus respectueuse considération.

Je vous prie d'agréer, Monsieur, l'expression de mon profond respect.

Veuillez croire, Monsieur, à tous mes sentiments de respectueuse gratitude.

Je vous prie d'agréer, Monsieur, l'expression de mon respectueux dévouement.

Soyez assuré, Monsieur, de ma parfaite considération.

Recevez, Monsieur, l'assurance de ma parfaite considération.

Recevez, Monsieur, l'assurance de ma considération distinguée.

Veuillez croire, Monsieur, à l'assurance de mes sentiments dévoués.

Recevez, Monsieur, mes bien sincères salutations.

Veuillez agréer, Madame, mes respectueux hommages.

Je vous prie d'agréer, Madame, l'hommage de mon respect.

Croyez, Madame, à l'expression de mes sentiments les plus respectueux.

à quelqu'un que l'on connaît

Veuillez agréer, Madame, avec mes hommages, l'expression de ma plus respectueuse sympathie.

Veuillez agréer, cher Monsieur, l'expression de ma respectueuse sympathie.

Veuillez agréer, Monsieur et cher collègue, l'assurance de mes sentiments distingués.

Veuillez accepter, cher Monsieur, l'expression de mes sentiments les plus amicaux.

Veuillez, cher Monsieur et ami, partager nos souvenirs les plus sympathiques avec Madame Forestier, à laquelle je présente mes respectueux hommages.

Croyez, cher Monsieur, à mes sentiments bien amicaux et présentez à Madame Dubois mes respectueux hommages.

Je vous prie de me croire, cher Monsieur, bien fidèlement vôtre.

Recevez, chère Madame, l'expression de mes sentiments les plus respectueux.

Veuillez agréer, chère Madame et amie, l'expression de ma respectueuse sympathie.

Croyez, chère Madame, à l'expression de mes sentiments les meilleurs.

Croyez, chère Madame, à tous mes meilleurs sentiments.

Croyez bien, chère Madame, à mes plus fidèles pensées.

à un ami ou une amie

Veuillez accepter, cher ami, l'assurance de ma cordiale sympathie.

Recevez, chère amie, l'expression de ma respectueuse amitié.

Croyez, cher François, à mon amical souvenir.

Bien amicalement à vous. / Toutes nos amitiés. / Cordialement vôtre.

Amicalement. / Bien à vous. / Fidèlement à toi. / A toi.

Formules particulières

Il peut arriver que votre correspondant ait un titre, soit par sa fonction sociale ou sa profession, soit par sa naissance. Dans ce cas, l'en-tête est immuable, et la formule finale souffre peu de variantes. La formule à employer dans le corps de la lettre est parfois, elle aussi, rigoureusement codifiée.

les lettres que vous n'écrirez sans doute jamais

Selon toute vraisemblance, vous n'aurez pas l'occasion d'écrire au pape, à un souverain ou au président de la République ; toutefois, il n'est pas impossible que vous ayez un jour une requête à présenter.

• Pour écrire au pape, on emploie du papier à grand format ; on se sert comme en-tête de la formule *Très Saint Père ;* on écrit à la troisième personne en désignant le pape par les mots *Votre Sainteté,* et l'on termine par les lignes suivantes, sans en changer la disposition :

Prosterné aux pieds de Votre Sainteté et implorant
la faveur de sa bénédiction apostolique,
j'ai l'honneur d'être,
Très Saint Père,
avec la plus profonde vénération,
de Votre Sainteté,
le très humble et très obéissant serviteur et fils.

Un non-catholique écrira :

Que Votre Sainteté daigne accepter l'assurance de mon profond respect.

• Pour écrire à un souverain ou à une souveraine, l'en-tête est *Sire* (ou *Madame*), la formule employée dans le corps de la lettre, qui doit être écrite à la troisième personne, *Votre Majesté,* et la formule finale :

Je suis avec le plus profond respect, Sire,
de Votre Majesté le très humble et très obéissant serviteur.

• Pour un prince souverain (Monaco, par exemple), on écrit *Monseigneur ;* dans le corps de la lettre, écrite à la troisième personne, *Votre Altesse royale ;* et pour finir :

J'ai l'honneur d'être, Monseigneur,
de Votre Altesse royale le très respectueux et très dévoué serviteur.

• Pour écrire au président de la République, ce que peut faire, en France, n'importe quel citoyen sans exception, l'en-tête est *Monsieur le Président,* de même que la formule employée dans le corps de la lettre, et l'on termine par :

Veuillez agréer, Monsieur le Président, l'hommage (1) de mon respect. →

Rédigée à la troisième personne, sur une feuille double de grand format (papier « ministre » ou papier « Tellière », 33 × 22), avec une grande marge, la requête sera écrite à l'encre noire ou, mieux, dactylographiée. Le lieu, la date, le nom et l'adresse du demandeur figureront *après* la signature.

les lettres que vous écrirez peut-être

On trouvera ci-dessous, classées par catégories sociales, les formules de politesse les plus couramment admises. Que l'on ne s'effraie pas de leur diversité : dans la grande majorité des cas, ces formules ne sont pas impératives ; seule doit être respectée la nuance qu'elles impliquent. Envoyer à un personnage haut placé votre « très haute » considération ou votre « respectueuse » considération n'a guère d'importance, et nul ne saurait en prendre ombrage ; par contre, ce même personnage trouverait sans doute un peu trop familiers vos « meilleurs sentiments » ou vos « salutations bien sincères ».

Notons que le mot « hommage », qui apparaît souvent dans la formule finale, appartient au langage masculin. D'une façon générale, une femme pourra le remplacer par le mot « expression » : *l'hommage de mon respect* deviendra ainsi *l'expression de mon respect,* ou *de mes sentiments respectueux.*

les titres et les professions au masculin et au féminin

Si l'évolution des mœurs a finalement permis aux femmes d'accéder à un certain nombre de professions ou de dignités masculines, le langage, lui, s'est résolument refusé à suivre. Point de féminin, donc, pour député, maire ou juge ; pour docteur (ou poète), un féminin dont personne ne veut. Résignez-vous donc à braver tout ensemble la grammaire et la galanterie, à écrire sans sourciller Madame le Censeur, le Député, le Docteur, le Greffier, le Juge, le Maire, le Ministre, le Notaire, le Préfet — et même Madame l'Ambassadeur, puisque le mot d'ambassadrice désigne la femme d'un ambassadeur. Et vous appellerez Maître une femme avocat...

Vous écrirez :

• à un avocat, un officier ministériel, un magistrat

Avocat (2)

Maître / Veuillez agréer, Maître, l'assurance de mes sentiments distingués.

Huissier

Maître / Veuillez agréer, Maître, l'assurance de mes sentiments distingués.

---

(1) Une femme dira : *l'expression.*

(2) Si l'avocat est ou a été **bâtonnier**, on doit écrire *Monsieur le Bâtonnier.*

Notaire

Maître / Veuillez agréer, Maître, l'assurance de ma parfaite considération.

Procureur de la République

Monsieur le Procureur de la République (1) **/ Veuillez agréer, Monsieur le Procureur de la République, l'expression de mes sentiments respectueux.**

Pour le **président de la cour d'appel**, le **président du tribunal d'instance**, le **juge des tutelles**, vous emploierez la même formule de politesse que pour le *Procureur de la République*

• à un membre du clergé

Une heureuse tendance à la simplification se manifeste actuellement dans l'Église : nombre de prêtres et même d'évêques ou de cardinaux se font appeler tout simplement *Père* ou *Mon Père.* Les formules qui vont suivre ne les concernent donc pas. Toutefois, si vous écrivez à un ecclésiastique que vous ne connaissez pas, mieux vaut vous en tenir aux règles de l'usage.

Abbé crossé et mitré

Mon Révérendissime Père / Je vous prie d'agréer, Mon Révérendissime Père, l'hommage de mes sentiments très respectueux.

Archevêque

Monseigneur / J'ai l'honneur d'être, Monseigneur, de Votre Excellence, le très humble et très dévoué serviteur (ou : **Je vous prie d'agréer, Monseigneur, l'expression de ma très respectueuse considération**).

Aumônier

Monsieur l'Aumônier / Je vous prie d'accepter, Monsieur l'Aumônier, l'expression de mes sentiments respectueux.

Cardinal

Eminence / Que Votre Eminence daigne agréer l'hommage de mon très profond respect.

Chanoine

Monsieur le Chanoine / Veuillez agréer, Monsieur le Chanoine, l'expression de mes sentiments respectueux et dévoués.

Curé

Monsieur le Curé / Je vous prie d'accepter, Monsieur le Curé, l'expression de mes sentiments respectueux.

---

(1) Pour un magistrat, l'en-tête et la formule finale doivent comporter son titre complet.

Evêque

Monseigneur / Je vous prie d'agréer, Monseigneur, l'hommage de mes sentiments respectueux et dévoués (ou, si c'est une femme qui écrit : l'expression de mon profond respect).

Pasteur

Monsieur le Pasteur / Je vous prie d'agréer, Monsieur le Pasteur, l'expression de mes sentiments respectueux.

Prêtre

Monsieur l'Abbé / Je vous prie d'accepter, Monsieur l'Abbé, l'expression de mes sentiments respectueux.

Rabbin

Monsieur le Rabbin / Je vous prie d'accepter, Monsieur le Rabbin, l'expression de mes sentiments respectueux.

Religieux

Mon Révérend Père / Veuillez agréer, mon Révérend Père, l'expression de mon religieux respect (1).

Religieuse

Ma Mère (Ma Sœur) [2] / Je vous prie d'accepter, ma Mère (ma Sœur), l'expression de mon religieux respect (1).

Supérieur de couvent (ou **de Maison provinciale**)

Mon Révérend Père / Je vous prie d'agréer, mon Révérend Père, l'expression de mon religieux respect (1).

Supérieure de couvent (ou **de Maison provinciale**)

Ma Révérende Mère / Je vous prie d'agréer, ma Révérende Mère, l'expression de mon religieux respect (1).

Supérieur général de l'ordre des bénédictins

Révérendissime Père Abbé / Je vous prie d'agréer, Révérendissime Père Abbé, l'expression de mon religieux respect (1).

Supérieur général de l'ordre des dominicains

Mon Très Révérend Père / Je vous prie d'agréer, mon Très Révérend Père, l'expression de mon religieux respect (1).

Général des jésuites

Mon Très Révérend Père / Je vous prie d'agréer, mon Très Révérend Père, l'expression de mon religieux respect (1).

---

(1) Un non-catholique dira : de mes sentiments respectueux.
(2) Suivant l'ordre.

• à un membre du corps enseignant

Directeur d'établissement scolaire

Monsieur le Directeur / Veuillez agréer, Monsieur le Directeur, l'expression de mes sentiments respectueux.

Doyen de faculté

Monsieur le Doyen / Veuillez agréer, Monsieur le Doyen, l'expression de ma haute considération (ou : de mes sentiments respectueux).

Inspecteur d'Académie

Monsieur l'Inspecteur d'Académie / Veuillez agréer, Monsieur l'Inspecteur d'Académie, l'expression de mes sentiments respectueux (ou : de ma haute considération).

Instituteur

Monsieur / Veuillez agréer, Monsieur, l'assurance de mes sentiments distingués.

Institutrice

Madame / Je vous prie de croire, Madame, à l'assurance de mes sentiments respectueux (une femme écrira : de mes sentiments distingués, ou de mes meilleurs sentiments).

Professeur de faculté

Monsieur le Professeur (ou : Madame) / Je vous prie d'accepter, Monsieur le Professeur (Madame), l'expression de mes sentiments respectueux.

Professeur d'enseignement secondaire

Monsieur (Madame) / Veuillez agréer, Monsieur (Madame), l'expression de mes sentiments distingués.

Proviseur

Monsieur le Proviseur / Veuillez agréer, Monsieur le Proviseur, l'assurance de mes sentiments respectueux.

Recteur d'université

Monsieur le Recteur / Veuillez agréer, Monsieur le Recteur, l'assurance de ma très haute considération.

• à un médecin

Monsieur (ou cher Monsieur) / Veuillez agréer, Monsieur, l'assurance de mes sentiments distingués (ou : Veuillez agréer, cher Monsieur, l'assurance de mes meilleurs sentiments).

Si le médecin auquel vous écrivez est professeur à la faculté de médecine vous l'appellerez *Monsieur le Professeur.*

• à un militaire

Au-dessous du grade de commandant, on écrit *Monsieur,* ou *cher Monsieur.*

Seuls les hommes encore jeunes et les hommes ayant appartenu ou appartenant à l'armée écriront *Mon Colonel, Mon Général.* Dans tous les autres cas, on écrira *Colonel, Général.*

Les femmes écriront *Colonel, Général,* ou *Monsieur.*

Si l'on est personnellement lié avec un officier supérieur, on écrira *cher Commandant, cher Colonel, cher Général et ami.*

Commandant

Commandant (Mon Commandant) / Veuillez agréer, Commandant (Mon Commandant), l'expression de mes sentiments respectueux.

Colonel (ou **lieutenant-colonel**)

Colonel (Mon Colonel) / Je vous prie de croire, Colonel (Mon Colonel), à l'expression de mes sentiments très respectueux.

Général

Général (Mon Général) / Je vous prie de croire, Général (Mon Général), à l'expression de mon respect.

Maréchal

Monsieur le Maréchal (1) / Veuillez agréer, Monsieur le Maréchal, l'expression de mon profond respect.

Dans une lettre à un officier de marine, on écrira *Monsieur* pour tous les grades jusqu'à lieutenant de vaisseau. Pour les grades supérieurs, on écrira :

Capitaine de corvette

Commandant / Veuillez agréer, Commandant, l'expression de mes sentiments respectueux.

Capitaine de frégate (ou **de vaisseau**)

Commandant / Veuillez agréer, Commandant, l'expression de mes sentiments très respectueux.

Amiral (ou **vice-amiral**, ou **contre-amiral**)

Amiral / Veuillez agréer, Amiral, l'expression de mon respect.

• à la femme d'un militaire

On appellera *Madame* une femme d'officier (et non Madame la Colonelle, Madame la Générale). Toutefois, pour l'épouse d'un maréchal,

---

(1) Même si c'est une femme qui écrit. Cette exception s'explique par le fait que le titre de maréchal est une dignité, et non un grade.

l'en-tête *Madame la Maréchale* est de rigueur (1). Ainsi, à la femme d'un colonel, un homme écrira :

Madame / Veuillez agréer, Madame, l'expression de mes respectueux hommages,

et une femme :

Madame / Veuillez agréer, Madame, l'expression de mes sentiments respectueux.

• à un membre de la noblesse

Des titres actuels de noblesse, seuls ceux de duc et de prince doivent être mentionnés. A un comte, un marquis, un baron, on écrira *Monsieur.* Toutefois, un homme jeune écrira *Monsieur le Marquis* à un homme âgé, une femme jeune *Madame la Baronne* à une personne âgée.

Duc

Monsieur le Duc / Je vous prie d'agréer, Monsieur le Duc, l'expression de ma respectueuse considération.

Duchesse

Madame la Duchesse (Madame) / Je vous prie d'agréer, Madame la Duchesse (Madame), l'expression de mes très respectueux hommages.

Prince

Prince / Je vous prie d'agréer, Prince, l'expression de ma respectueuse considération.

Princesse

Madame la Princesse (Madame) / Je vous prie d'agréer, Madame la Princesse (Madame), l'expression de mes plus respectueux hommages.

• à un parlementaire, une personnalité civile, un haut fonctionnaire

Ambassadeur

Monsieur (Madame) l'Ambassadeur / Veuillez agréer, Monsieur (Madame) l'Ambassadeur, l'assurance de ma très haute considération.

Femme d'ambassadeur

Madame l'Ambassadrice / Veuillez agréer, Madame l'Ambassadrice, mes très respectueux hommages.

Député (2)

Monsieur le Député (Madame le Député) / Veuillez agréer, Monsieur →

(1) Même si c'est une femme qui écrit. Cette exception s'explique par le fait que le titre de maréchal est une dignité, et non un grade.

le Député (Madame le Député), l'expression de ma haute considération (de mes sentiments les plus distingués).

Maire

Monsieur le Maire (Madame le Maire) / Veuillez agréer, Monsieur le Maire (Madame le Maire), l'assurance de ma considération distinguée.

Ministre

Monsieur le Ministre (Madame le Ministre) / Veuillez agréer, Monsieur le Ministre (Madame le Ministre), l'expression de ma très haute considération.

Ministre de la Justice

Monsieur le Garde des sceaux (Monsieur le Ministre) / Veuillez agréer, Monsieur le Garde des sceaux (Monsieur le Ministre), l'expression de ma très haute considération.

Préfet

Monsieur le Préfet (Madame le Préfet) / Veuillez agréer, Monsieur le Préfet (Madame le Préfet), l'expression de ma respectueuse considération.

Président du Conseil

Monsieur le Président (Monsieur le Premier Ministre) / Je vous prie d'agréer, Monsieur le Président (Monsieur le Premier Ministre), l'expression de ma très haute considération.

Sénateur

Monsieur le Sénateur (3) / Veuillez agréer, Monsieur le Sénateur, l'expression de ma haute considération.

Secrétaire d'Etat

Monsieur le Ministre (Madame le Ministre) / Veuillez agréer, Monsieur le Ministre (Madame le Ministre), l'expression de ma très haute considération.

Sous-préfet

Monsieur le Sous-Préfet (Madame le Sous-Préfet) / Veuillez agréer, Monsieur le Sous-Préfet (Madame le Sous-Préfet), l'expression de ma respectueuse considération.

---

(2) Si un député a été ministre, ou président (du Conseil, de l'Assemblée nationale), il restera sa vie durant *Monsieur le Ministre* ou *Monsieur le Président*.

(3) Un sénateur qui est ou a été président du Sénat ou président du Conseil restera toute sa vie *Monsieur le Président*.

L'enveloppe

Sait-on que l'enveloppe est une invention relativement récente ? Jusqu'au milieu du XIXe siècle, lorsqu'on avait écrit une lettre, on se contentait de plier le feuillet et de le cacheter avec de la cire ; et ce n'est qu'en 1820 que l'enveloppe fut « découverte » par un Anglais, Brewer, papetier à Brighton (1).

Vous assortirez vos enveloppes à votre papier à lettres, c'est-à-dire que vous les prendrez de même ton et de même format. Si vous n'avez sous la main qu'une enveloppe trop vaste pour un minuscule feuillet, ou au contraire trop petite pour la grande lettre que vous venez d'écrire, ou si vous vous voyez contraint de glisser une feuille bleue dans une enveloppe blanche, pensez à vous en excuser auprès de votre correspondant.

Choisissez plutôt des enveloppes doublées : elles ont le mérite de décourager la curiosité de celui qui voudrait lire votre lettre par transparence, ou, ce qui risque d'être plus grave, déceler la présence d'un chèque éventuel.

Si vous utilisez du papier de grand format (21 × 29,7), ce qui est généralement le cas pour une lettre dactylographiée, prenez de préférence des enveloppes dites « américaines », plus larges et un peu moins hautes que les enveloppes habituelles ; elles vous permettront de ne plier votre feuillet qu'en trois — et non en quatre — dans le sens de la longueur.

Lorsque vous mettez votre lettre sous enveloppe, engagez d'abord le côté plié du feuillet : en cas d'ouverture brutale ou maladroite, cela évitera les déchirures malencontreuses.

Si vous écrivez le même jour à divers correspondants, il faut vous assurer, avant de clore les différentes lettres, que vous n'avez pas mis la lettre de Paul dans l'enveloppe de Jacques. Cette méprise n'est pas seulement une invention de romancier ou de dramaturge embarrassé pour dénouer une situation : elle est plus fréquente qu'on ne le soupçonne, même dans les cas où on a le plus de raisons de l'éviter.

L'adresse

Elle mentionnera successivement :

- le nom et le prénom du destinataire, précédés de Monsieur, Madame ou Mademoiselle en toutes lettres. En écrivant à un couple, vous ferez suivre la mention Monsieur et Madame par l'initiale du prénom (ou le prénom) du mari.

---

(1) Paul Thierrin, *Ma correspondance privée,* Editions du Panorama, Bienne, Suisse.

Toutefois, si vous écrivez à l'un de vos proches, ou à un jeune couple ami, l'usage admet maintenant que l'on omette Monsieur, Madame ou Mademoiselle. Là encore, le bon sens vous guidera. À un oncle tendrement aimé vous écrirez bien sûr Monsieur Jérôme Fabre, mais si votre lettre est adressée au fils d'un ami qui vient de se marier et à sa jeune femme, vous pouvez fort bien ne porter sur l'enveloppe que Christian et Juliette Duval ;

- éventuellement, la qualité ou la profession du destinataire :

Monsieur Jean Ristal
Député des Ardennes

- éventuellement, le numéro de l'immeuble et de l'appartement (ou le nom de la villa) :

Monsieur et Madame Louis Bruhant
Immeuble C, appartement 111

Mademoiselle Rosine Casal
« les Glycines »

- la rue et le numéro de la rue ;
- le nom du bureau distributeur, précédé du code postal de cinq chiffres :

Mademoiselle Christine Daaé
12, rue du Bel-Ebat
17880 LES PORTES EN RE

Si votre correspondant habite un village ou un hameau qui n'a pas de bureau distributeur, le nom de ce village ou de ce hameau figurera à l'avant-dernière ligne de l'adresse, juste avant le code postal :

Monsieur et Madame P. Marie
20, rue de la Voie-Blanche
Saint-Benoît-les-Ombres
27450 SAINT GEORGES DE VIEVRE

Pour les pays étrangers, conformez-vous aux indications données par votre correspondant (ainsi, dans certains pays de langue allemande, le nom de la ville précède le nom de la rue) ; mais n'oubliez pas de toujours écrire en français le nom du pays :

Fraülein Inge Streitberger
1004 HAMBURG
Markerstrasse 7
République Fédérale d'Allemagne

Ces indications ne doivent pas figurer dans n'importe quel ordre et n'importe comment : la « mise en page » de l'enveloppe a été précisément définie par les P. T. T. (1).

---

(1) Voir le *Guide officiel des P. T. T.*, consultable dans tous les bureaux de poste.

L'enveloppe

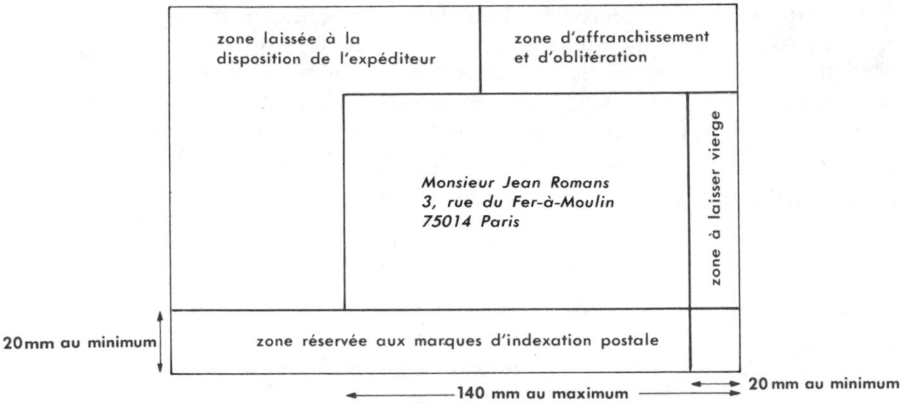

Remarques

• L'adresse doit être alignée sur la gauche. N'écrivez pas :

Mademoiselle Rosemarie Pasquier
3, impasse des Deux-Cousins
75017 PARIS

mais

Mademoiselle Rosemarie Pasquier
3, impasse des Deux-Cousins
75017 PARIS

• la désignation de la voie pourra être abrégée ; ainsi on écrira *av.* pour avenue, *bd* pour boulevard, *pl.* pour place, *rte* pour route, *sq.* pour square ;

• la dernière ligne (en service postal intérieur) ne doit comporter que le numéro de code postal et le nom du bureau distributeur (en excluant trait d'union, apostrophe, accent, barre oblique, ponctuation) ;

• la seule abréviation tolérée dans le nom de la localité qui suit le code postal est *St* pour Saint et *Ste* pour Sainte ;

• il ne faut pas séparer les trois derniers chiffres du code postal des deux précédents ;

• on doit écrire en majuscules le nom du bureau distributeur, sans le souligner.

Les titres

Le titre de docteur, les grades militaires, les titres ecclésiastiques et les titres de noblesse figurent toujours avant le nom ; mais, dans une correspondance amicale, Monsieur ou Madame pourra être omis. On écrira ainsi :

Monsieur le Docteur Chastaing

Madame le Docteur Bataillon

Monsieur le Docteur et Madame Belmy

le Docteur et Madame Bianchon

Docteur Solty

Monsieur le Professeur Dhost

Monsieur le Général Foy

Monsieur le Colonel Michalon
commandant le 56e régiment d'infanterie

Général Joubert

Monsieur le Colonel et Madame Gauthier

Le Général et Madame Stérin

Monsieur l'Abbé Steve
Curé de Saint-Antoine

Révérend Père Garneray
Supérieur du couvent
de Notre-Dame-de-l'Atre

A son Excellence Monseigneur Diloy
Archevêque (Evêque) de Nyons

A Son Eminence le Cardinal Parent
Cardinal de Lyon

A Sa Sainteté
Sa Sainteté le Pape Paul VI
Palais du Vatican
Rome
Italie

Madame la Comtesse de Boigne

Monsieur le Marquis et Madame la Marquise de Vandenesse

Comte et Comtesse de Restaud
ou : **Le Comte et la Comtesse de Restaud**

mais toujours : **Monsieur le Duc de Langeais**

La poste restante

Si vous écrivez poste restante, n'oubliez pas que votre correspondant devra être majeur (ou, s'il a moins de dix-huit ans, avoir une autorisation écrite de son père, de sa mère ou de son tuteur), qu'il lui faudra présenter une pièce d'identité et, sauf s'il s'agit d'un télégramme, acquitter une légère redevance.

Votre lettre sera conservée jusqu'à la fin de la quinzaine suivant la quinzaine d'arrivée au bureau, mais un mandat pourra être touché jusqu'à la fin de la quinzaine qui suit le mois d'émission.

Si votre correspondant n'habite pas chez lui

Vous lui adresserez votre lettre « aux bons soins de », ou, plus simplement, c/o (abrégé de l'anglais *care of*) :

Monsieur Gustave Couturié
aux bons soins de Monsieur La Faurie
23, rue de la Nuée-Bleue
67000 STRASBOURG

Pour faire suivre le courrier

Si vous avez des raisons de penser que votre correspondant est en vacances, ou si vous savez qu'il vient de déménager, vous porterez sur l'enveloppe, de préférence en haut et à gauche, la mention **Prière de faire suivre.**

Lorsque vous partez en vacances ou en voyage en France, vous pouvez vous faire réexpédier votre courrier gratuitement par un tiers — votre concierge, par exemple, ou le gardien de votre immeuble —, ou, moyennant une légère redevance, par les P. T. T., en utilisant les enveloppes de réexpédition, qui sont à la disposition du public dans les bureaux de poste.

Pour éviter les regards indiscrets

Lorsque vous envoyez une lettre à l'adresse professionnelle de quelqu'un, vous ferez figurer la mention **Personnel** en haut et à gauche de l'enveloppe si vous souhaitez que votre courrier ne soit pas décacheté par une secrétaire ou par une personne autre que le destinataire.

Adresse de l'expéditeur

N'oubliez jamais d'inscrire votre adresse sur votre lettre, de préférence au dos de l'enveloppe. Si, pour une raison plus ou moins imprévisible, votre missive ne pouvait toucher son destinataire, elle vous serait alors retournée sans délai, et intacte.

Le timbre

Il doit bien sûr être collé en haut et à droite de l'enveloppe, et à l'endroit.

Attention aux lettres trop lourdes : votre correspondant serait dans ce cas passible d'une surtaxe se montant au double de la somme manquante. En cas d'hésitation, prenez toujours la peine de faire peser votre courrier au bureau de poste, ou mettez un timbre de plus.

Lettre remise à un tiers

Il faut savoir que, lorsque vous confiez à un ami une lettre à remettre à un tiers, la politesse exige encore le cérémonial suivant : vous devez lui remettre l'enveloppe non close, et il doit lui-même la fermer devant vous.

Quand répondre ?

Ne vous laissez pas piéger par le temps qui passe : on n'a que trop tendance à oublier une lettre à laquelle on n'a pas répondu tout de suite — quitte à rougir de confusion lorsque notre correspondant s'étonne, ou s'offusque, de notre mutisme. Répondez donc dans les deux ou trois jours à une invitation (ainsi, la maîtresse de maison pourra faire appel à un autre convive éventuel si vous n'êtes pas libre), à un faire-part, à une lettre demandant un renseignement ou un service ; dans la semaine ou dans les dix jours à une lettre moins urgente.

Bien sûr, on n'a pas toujours le temps ou le goût d'écrire ; si vous êtes débordé, si vous manquez vraiment de courage, ne répondez que quelques lignes : si courtes soient-elles, elles seront préférables à un trop long silence. N'oubliez pas qu'une correspondance est toujours un dialogue, et que, dans une conversation, vous ne laisseriez jamais sans réponse une question qui vous aurait été posée.

Classement et répertoire de la correspondance

Il arrive que l'on garde une correspondance pour des raisons sentimentales, parce qu'elle nous rappelle des jours heureux ou un moment important de notre vie. Nous ne parlerons pas de ces lettres qui ne concernent que la mémoire du cœur. Mais parmi les autres, celles qui ne font pas date dans notre existence, celles que nous recevons tous les jours, lesquelles garder ?

D'abord, et bien évidemment, qu'il s'agisse de lettres d'affaires ou de lettres d'amitié, toutes celles auxquelles nous n'avons pas encore répondu. Par ailleurs, toutes celles qui ont trait à une question importante, et dont nous risquerions d'avoir besoin un jour.

Le meilleur classement est un classement rigoureusement alphabétique ; mais on peut prévoir trois chemises, l'une pour les lettres demandant une réponse immédiate, la deuxième consacrée aux parents et aux amis, la troisième enfin pour les lettres non personnelles (fournisseurs, scolarité des enfants, etc.). On joindra à chaque lettre le double de la réponse, si on l'a tapée à la machine. Sinon, on gardera soit le brouillon mis au point, soit un résumé de la réponse avec copie des passages essentiels.

De même, il sera plus pratique d'avoir deux répertoires : dans le premier, vous classerez par ordre alphabétique les parents et amis ; dans le second, toutes les adresses utiles, qui seront classées par *professions ;* cela vous permettra de retrouver un correspondant dont vous ne vous rappelez même plus le nom, et vous évitera de vous torturer avec des questions du genre : « Comment diable s'appelait ce petit viticulteur d'Epernay auquel j'avais commandé il y a trois ans un si bon champagne ? »

Quand le temps nous presse...

Il arrive que nous n'ayons que peu de temps pour écrire à quelqu'un ou pour lui répondre : carte postale et carte de visite nous permettent alors de concilier la brièveté et la politesse. Il arrive aussi que nous devons joindre dans les plus brefs délais un ami, un proche, une relation à qui nous ne pouvons ou ne voulons pas téléphoner : pneumatiques ou messages téléphonés (parfois), lettres distribuées par porteur spécial et télégrammes (toujours) sont alors à notre disposition.

La carte postale

Etroitement associée à l'idée de vacances, la carte postale est un genre littéraire bien particulier. On n'en trouvera pas ici de modèles : à chacun d'écrire, sur le coin d'une table de café ou à la plage, avec son imagination et avec son cœur (on a parfois tendance à oublier qu'on envoie une carte postale pour faire plaisir à son destinataire, et non pour bien lui montrer qu'on a visité le Parthénon, ou la mosquée de Cordoue...). Quelques conseils, toutefois, ne seront peut-être pas superflus :

- choisissez — est-il besoin de le dire ? — votre carte en fonction des goûts de votre correspondant : pour votre collègue de bureau qui ne rêve que de mer, une petite crique à l'eau transparente ; pour votre oncle passionné d'art gothique, une cathédrale. Fuyez de toute façon les cartes dites humoristiques, qui sont le plus souvent insupportables de laideur et de vulgarité ;

- bannissez le style télégraphique, abrupt et désagréable : vous avez toute la place nécessaire pour faire une « vraie » phrase ;

- même si votre carte ne comporte que trois lignes, la formule finale ne saurait être omise. Elle peut être très brève — *bien à toi, amicalement, je pense à toi* fera parfaitement l'affaire — mais ne doit pas être passée sous silence ;

- n'oubliez pas que, de l'employé de la poste à la concierge, en passant par le facteur, votre carte sera lue par bien des yeux indiscrets si elle n'est pas sous enveloppe : évitez donc toute confidence personnelle ;

- sachez aussi que, mise sous enveloppe (et affranchie au tarif lettres), votre carte postale arrivera plus rapidement. Pensez aussi à mettre sous enveloppe la carte que vous enverrez à un correspondant auquel vous devez des égards ;

• proscrivez les fournées de cartes postales bâclées, expédiées *in extremis* la veille du retour. L'ami, le collègue, le parent qui recevront un *Meilleur souvenir d'Auvergne* huit jours après votre rentrée à Paris n'apprécieront peut-être pas autant que vous le pensez cette manifestation tardive de vos bons sentiments ;

• enfin, rapportez de vos vacances quelques cartes supplémentaires. Si, dans le courant de l'année, vous voulez écrire quelques mots à l'un de vos proches, il recevra avec plus de plaisir une vue de Sicile ou la reproduction d'un tableau du Prado que trois lignes sur une feuille blanche ou une simple carte de visite.

La carte de visite

Ce petit rectangle de bristol peut rendre de grands services, aussi bien dans la vie sociale que dans la vie professionnelle. Son format ne peut être inférieur à 89 mm × 140 mm. Choisissez de préférence un bristol de qualité, ce qui ne vous entraînera pas à une dépense excessive ; les caractères pourront être gravés ou imprimés.

Les indications portées sur la carte et leur disposition typographique varient suivant la personne concernée, et suivant son goût propre (on aura toutefois intérêt à choisir la sobriété) : ainsi, la carte de visite d'une femme mariée peut-elle être très différente de celle de son époux. Les hommes et les femmes qui travaillent auront généralement deux cartes, l'une privée, l'autre professionnelle.

Le nom, précédé du prénom, et éventuellement de la mention *Madame* ou *Mademoiselle,* figurera soit au milieu de la carte, soit au tiers de sa hauteur, soit en haut à gauche. Généralement, l'adresse et le numéro de téléphone sont inscrits respectivement à droite et à gauche du bas de la carte, mais nom, adresse et numéro de téléphone peuvent également être groupés en haut et à gauche.

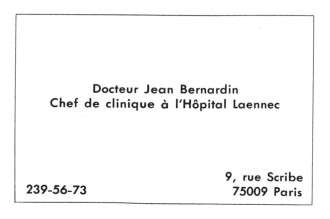

Docteur Jean Bernardin
Chef de clinique à l'Hôpital Laennec

9, rue Scribe
239-56-73 **75009 Paris**

Docteur et Mme Guy Larsac
27, rue des Fonts-Verts
75012 Paris
954-17-55

Antoine Favraud

75, bd de la Petite-Vitesse
Tél. : 19-30-66 — 72100 Le Mans

Pierre-Étienne DELORME
Masseur-kinésithérapeute

sur rendez-vous — 11, rue du Lézard
Tél. : 06-32-79 — 68200 Mulhouse

Cartes d'homme

Privée. Seront mentionnés le prénom, le nom, éventuellement la profession ou le titre principal (Docteur, Commandant, etc.), l'adresse et le numéro de téléphone privés.

Un homme qui porte un nom très répandu peut faire figurer sur sa carte de visite l'initiale de son second prénom :

Michel R. Duval

Professionnelle. Le titre, ou la fonction, figurera sur la carte ; l'adresse mentionnée sera celle de la société :

Stéphane Bertrand
Directeur de la promotion

Société NYLIS **10 *bis*, rue du Coin-Rond**
45000 Orléans
Tél. : 36-98-67

Cartes de femme

• d'une femme mariée

Privée. Elle comportera seulement la mention *Madame*, écrite en toutes lettres, suivie du prénom et du nom de son mari :

Madame Stéphane Bertrand

Une femme mariée qui, pour des raisons personnelles, tient à ne pas abandonner tout à fait son nom de jeune fille le fera figurer, avec un trait d'union, à la suite du nom de son mari :

Anne Bertrand-Gildas

Professionnelle. Analogue à la carte de visite professionnelle d'un homme, elle pourra éventuellement comporter le mot *Madame* devant le prénom, qui sera toujours le prénom de la femme et non celui de son mari.

• d'une femme divorcée

Privée. Y figureront le nom et le prénom, précédés ou non de *Madame*, l'adresse et le numéro de téléphone personnels.

Professionnelle. Une femme divorcée aura la même carte de visite professionnelle qu'une femme mariée.

• d'une veuve

On peut distinguer deux cas.

Une femme d'un certain âge, qui s'est appelée toute sa vie *Madame Georges Villeneuve,* continuera à s'appeler *Madame Georges Villeneuve* après la mort de son mari.

Une femme plus jeune, ou qui travaille, et qui est connue dans son milieu professionnel et social sous son nom propre fera figurer son prénom sur sa carte de visite.

Dans l'un et l'autre cas, la carte de visite mentionnera l'adresse et le numéro de téléphone.

• d'une célibataire

Privée. Elle comportera le nom, le prénom, l'adresse et le numéro de téléphone.

Professionnelle. Elle sera analogue à celle d'une femme mariée.

• d'une toute jeune fille

Seuls figureront le nom et le prénom.

Mireille Estaunié

Carte d'un couple

Y figureront le nom et le prénom du mari, précédés de la mention *M. et Mme* (toujours en abrégé), l'adresse et le numéro de téléphone.

La mention *M. et Mme* peut être omise et remplacée par les deux prénoms, celui de la femme venant parfois avant celui du mari :

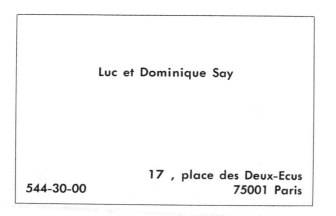

> **Luc et Dominique Say**
>
> **17 , place des Deux-Ecus**
> **544-30-00 — 75001 Paris**

Un officier, un docteur, le possesseur d'un titre de noblesse feront figurer leur grade ou leur titre sur la carte de visite du couple :

Le Colonel et Mme Jean Delatour

Docteur et Mme Gilles Pouget

Comte et Comtesse de Serizy

Une femme peut fort bien emprunter la carte de visite de son mari en faisant précéder le prénom d'un *Madame* manuscrit, ou la carte du couple en barrant «*M. et*». Le mari, lui, rayera «*et Mme*».

Du bon usage des cartes de visite

On trouvera dans cet ouvrage plusieurs exemples de l'utilisation possible des cartes de visite. Elles pourront se substituer à une lettre pour :

- envoyer des vœux de nouvel an, des félicitations (pour une naissance, un baptême, une promotion), présenter ses condoléances (quand on connaît peu la famille du défunt) ;
- inviter à un dîner, une réception, etc. ;
- accepter ou refuser une invitation ;
- annoncer une naissance, un mariage, etc. ;
- accompagner un chèque (honoraires d'un avocat, d'un notaire, d'un médecin) ;

- indiquer un changement d'adresse (on soulignera très visiblement l'adresse nouvelle) ;
- donner son adresse à quelqu'un dont on vient de faire la connaissance ;
- se faire annoncer en arrivant chez quelqu'un que l'on ne connaît pas ;
- signaler son passage à un malade que l'on n'a pas pu voir, ou lors de l'absence de la personne à qui l'on rend visite (l'usage veut, dans ce cas, que l'on corne la carte, en pliant l'angle supérieur droit du bristol) ;
- accompagner un cadeau, un envoi de fleurs, une couronne mortuaire.

Sauf dans ce tout dernier cas, il sera toujours préférable d'écrire quelques mots sur votre carte de visite.

Lettres distribuées par porteur spécial (ou lettres exprès)

Si le temps vous presse, et si vous ne pouvez ou ne voulez pas vous limiter aux quelques mots d'un télégramme, vous avez toujours la possibilité d'envoyer une lettre exprès, ou distribuée par porteur spécial. Ces deux expressions désignent en fait une seule et même chose, le terme *exprès* n'étant utilisé que pour l'étranger, alors que la distribution par porteur spécial concerne la France métropolitaine, Monaco et l'Andorre.

Il s'agit, nous dit le *Guide officiel des P. T. T.*, d'un envoi pour lequel l'expéditeur, moyennant une surtaxe fixe, demande la mise en distribution immédiate par porteur spécial dès son arrivée au bureau destinataire. Cette distribution a lieu aussitôt après l'arrivée et l'ouverture des sacs de courrier, à partir de sept heures du matin. Ce type d'expédition est parfaitement efficace, et peut vous faire gagner un temps précieux.

Les télégrammes

Pour beaucoup de gens, surtout parmi les personnes d'un certain âge, télégramme est encore synonyme de catastrophe : évitez donc des battements de cœur inutiles à votre grand-mère ou à votre oncle octogénaire, et télégraphiez-leur seulement lorsqu'il vous est absolument impossible de faire autrement.

Si l'information que vous avez à transmettre ne souffre vraiment aucun délai, il existe des télégrammes urgents, qui bénéficient de la priorité de transmission et de remise ; vous acquitterez, en ce cas, une taxe égale au double de la taxe principale d'un télégramme ordinaire du même nombre de mots.

Enfin, où que vous soyez, vous pouvez toujours téléphoner un télégramme, que vous déposerez :

- soit en appelant le 14 (réseau automatique),

• soit, en manuel, en demandant à l'opératrice le service des télégrammes téléphonés.

Soyez attentifs à la rédaction de votre télégramme. Assurez-vous que l'employé des P. T. T. qui le transmettra n'aura pas de problèmes avec votre écriture : rédigez votre message en caractères d'imprimerie, et en séparant bien les mots. Méfiez-vous aussi du style télégraphique : qu'un excès d'économie ne vienne pas empêcher votre texte d'être précis et complet. Et n'oubliez pas que, si les points et virgules sont absents, le terme « stop » a été inventé pour séparer les phrases entre elles, et vous permettre d'éviter toute ambiguïté.

Sachez enfin qu'il vous est toujours possible d'envoyer un télégramme avec réponse payée, et lorsque vous tenez à savoir si votre dépêche est bien parvenue à son destinataire, de l'expédier avec accusé de réception (pour la France seulement).

Le message téléphoné

On se renseignera sur les bureaux de poste auxquels on peut faire envoyer un message téléphoné. Ce message contient, pour un prix inférieur à celui du télégramme, un bien plus grand nombre de mots. Il n'exige donc pas la même concision, mais ne peut être en usage que dans un périmètre assez restreint.

Les pneumatiques

La correspondance pneumatique n'existe qu'à Paris et dans certaines localités de la banlieue parisienne. Votre lettre, ou carte, devra pouvoir être facilement pliée ; l'enveloppe portera la mention PNEUMATIQUE en majuscules. N'oubliez pas que l'affranchissement, qui est fonction du poids (30 g maximum), est toujours assez élevé, et que toute correspondance pneumatique doit être déposée au bureau de poste dans une boîte spéciale, ou remise directement au guichet.

L'orthographe

La langue française est, on le sait, semée d'embûches : mots dangereusement semblables — *conjecture* et *conjoncture* —, préfixes voisins au sens différent — *aréopage, aéroplane* —, perfidie des consonnes parfois doubles — *résonance,* mais *résonner.* Si l'on envie beaucoup ceux qui ont l'orthographe « naturelle », comme on dit, on ne se rend pas toujours compte que ce naturel est bien souvent le résultat de grandes lectures et de patients efforts. Mais il arrive à chacun de nous, doué ou non, d'hésiter brusquement devant l'orthographe d'un mot que l'on croyait familier : écrit-on *fond* ou *fonds ? événement* ou *évènement ? rez-de-chaussée* ou *rez de chaussée ?*

Lorsqu'une orthographe se dérobe, n'oubliez pas que dictionnaires et grammaires sont là pour vous aider. Consultez-les sans honte et sans hésitation, en pensant que, comme vous, les écrivains, les universitaires et tous ceux qui ont pour métier de manier la langue française se servent de ces outils de travail. Prenez l'habitude de les avoir toujours sous la main ; la lecture d'un dictionnaire bien fait est d'ailleurs chose passionnante, qui vous apprendra avec plaisir, et presque sans que vous y preniez garde, quantité de mots que vous ignoriez et cent nuances de ceux que vous croyiez connaître. Et une grammaire, même élémentaire, vous permettra de vous tirer avec élégance de tous les pièges tendus par les participes passés, la conjugaison des verbes irréguliers et les adjectifs employés adverbialement.

La ponctuation

Son importance est capitale : c'est elle qui donne à un texte, quel qu'il soit, sa respiration et son équilibre ; pourtant, nombreux sont ceux qui la méconnaissent, et se contentent d'en saupoudrer leurs lettres au petit bonheur...

Et pourtant, une simple virgule mal placée peut suffire à faire naître un malentendu. Ainsi :

« M. Leduc nous avait envoyé des huîtres, et notre cousine une grosse bécasse, qui fut le clou du déjeuner. »

Déplacez la virgule qui suit huîtres, reportez-la après cousine, et vous voilà brouillé avec votre parente pour le restant de vos jours...

Mal connue, mal aimée, mal maniée, la ponctuation obéit toutefois à des règles simples, qu'un peu d'attention suffit à appliquer judicieusement.

Un petit « truc », pour commencer : si vous hésitez sur la ponctuation d'une phrase, relisez-la d'abord à haute voix. Vous verrez ainsi tout naturellement où se placent les pauses nécessaires ; à vous ensuite de choisir, parmi les signes ci-dessous, la virgule, les deux-points ou les tirets qui s'imposeront.

La virgule

Elle indique une pause courte, et s'emploie :

- pour séparer les termes d'une énumération, ou les parties semblables d'une même phrase : sujet, verbe, complément.

Les pinsons, loriots, bouvreuils s'égosillaient à qui mieux mieux.

L'attelage suait, soufflait, était rendu.

Il prit de l'avoine, du fourrage, de la paille pour ses chevaux.

Mais

— on ne doit pas séparer par une virgule un verbe et son sujet, ou un verbe et son complément d'objet direct, ou indirect, si celui-ci figure en tête de la phrase :

Les roses trémières, les lupins, les pieds-d'alouette étaient en pleine floraison.

A sa femme il écrivit une lettre désespérée.

— la virgule ne s'emploie pas devant *et, ou, ni :*

L'enfant n'avait entendu ni les plaintes ni les pleurs de sa mère.

• mais, quand *et, ou, ni* relient deux éléments opposés de plusieurs termes et de sujets différents,
ou quand *et, ou, ni* coordonnent plus de deux éléments, ceux-ci sont séparés par la virgule :

L'enfant n'avait entendu ni les plaintes de son père, ni les pleurs de sa mère.

L'enfant n'avait entendu ni les plaintes, ni les pleurs, ni les lamentations de sa mère.

• avant et après tout groupe de mots qu'il est possible de supprimer sans que la phrase devienne incompréhensible :

Le chien, un lévrier afghan couleur de sable, le regarda d'un air lamentable.

• avant un relatif,

s'il ne se rapporte pas au dernier mot de la proposition précédente :

Le papillon de nuit, qui était entré dans la chambre, volait affolé autour de la lampe.

si la relative a une valeur simplement explicative, et peut être supprimée sans altérer le sens de la phrase :

Les enfants, qui s'étaient arrêtés de bavarder, se remirent à jacasser de plus belle (on parle ici de *tous* les enfants).

Mais

— lorsque la relative ajoute à son antécédent une détermination indispensable, on n'emploie pas la virgule :

Les enfants qui s'étaient arrêtés de bavarder se remirent à jacasser de plus belle (c'est-à-dire que seuls les enfants qui s'étaient arrêtés de bavarder se remirent à jacasser).

• pour séparer deux propositions de même nature, ou une subordonnée de la principale quand cette subordonnée est accessoire :

Le signal retentit, les coureurs s'élancèrent, très vite l'un d'eux se détacha.

Lorsque tu auras compris, nous reparlerons de ce problème.

Mais

— lorsque la présence de la subordonnée est indispensable pour compléter le verbe principal, on n'emploie pas la virgule :

Je sais qu'il est reçu.

Il a tant travaillé qu'il ne tient plus debout.

Dis-moi s'il t'a parlé.

Le point-virgule

Il indique une pause moyenne, et s'emploie :

• pour séparer les parties importantes d'une phrase, surtout si elles sont assez longues et coupées par des virgules :

Au lever du soleil, il partit à regret, laissant la maison endormie ; ses pieds nus ne faisaient aucun bruit sur les dalles.

• pour séparer deux propositions différentes, mais ayant un lien logique entre elles :

Tout enfariné, le mitron ouvrait sa porte ; une bonne odeur de pain sortit de la boutique du boulanger.

• à la fin de phrases ou de groupes de mots formant énumération, même si ces phrases sont précédées d'un numéro ou d'une lettre et commencent par une majuscule :

Vous trouverez ci-joint :
1° les cinq photocopies que vous m'avez demandées ;
2° un extrait de naissance ;
3° un certificat d'imposition.

Le point

Il indique une pause forte, et marque la fin d'une phrase.

Le point d'exclamation

Il marque la surprise, la joie, l'admiration.

• Ne pensez pas donner plus de force à votre stupéfaction en multipliant les points d'exclamation : les *!!!* sont à éviter, de même que les *???*

• Employé avec une interjection, il doit être répété à la fin de la phrase :

Eh bien ! Que me racontes-tu là !

• Quand une interjection est répétée, le point d'exclamation se met après la dernière :

Ah, ah !

• Après un point d'exclamation ou d'interrogation, on met une majuscule si le point en question termine la phrase :

Il avait fait une belle folie ! Heureusement, personne n'était là pour le voir.

Mais
— si la phrase continue, la minuscule est de rigueur :
Il s'écria : « Mais on se connaît déjà ! » et lui tendit la main.

Le point d'interrogation

Il s'emploie seulement à la fin d'une interrogation directe :

Avez-vous vu mon chat ?

Mais
— après une interrogation indirecte, le point d'interrogation est remplacé par un point :

Je me demande ce qu'il peut bien vouloir dire.

Les deux points

Ils s'emploient :

• devant une citation, ou lorsqu'on rapporte les paroles de quelqu'un :
Il lui cria : « Prends garde ! »
Dans ce cas, le premier mot suivant les deux points prend une majuscule.

• devant une énumération :
Ils étaient cinq frères : Edouard, Edgar, Jean, Philippe et Nicolas.

• devant une phrase à valeur explicative :
Il attendit Bella pendant deux heures : elle avait manqué son train.

Mais
— dans une énumération ou une explication, les deux points ne peuvent pas se rencontrer deux fois de suite. On ne peut pas dire :

Il attendit Bella pendant deux heures : elle avait manqué son train : sa montre retardait.

Les points de suspension

Ils vont toujours par trois. Evitez d'en abuser ; ils s'emploient seulement :

• pour indiquer une phrase inachevée :
S'il avait voulu...

• pour signaler, dans une citation, la coupure d'un passage. Les points de suspension se mettent alors entre crochets [...].

• pour « suspendre » une phrase avant ou après un terme sur lequel on veut insister :

Devine qui j'ai rencontré hier ? ...Jacques !

Et pourtant... j'ai le cœur bien gros.

A noter qu'on ne doit jamais mettre de points de suspension après *etc.*

Les parenthèses

Elles indiquent une phrase, une réflexion ou une information accessoires, qui pourraient être supprimées sans que la phrase devienne incompréhensible :

On annonça (ce qui ne surprit personne) que Michel serait en retard.

Le tiret

On l'emploie :

• pour indiquer le changement d'interlocuteur dans un dialogue :

« Êtes-vous prêt ?
— Pas encore. »

• pour isoler ou mettre en valeur un mot, une expression ou une proposition qui viennent préciser le sens de la phrase, mais que l'on pourrait éventuellement supprimer sans que le sens général en soit altéré (cet emploi rejoint celui des parenthèses). Dans ce cas, le tiret est redoublé :

Le passant — un homme jeune encore, pâle et maigre — s'arrêta timidement sur le seuil.

Mais
— le second tiret disparaît devant une ponctuation forte, point-virgule ou point final :

C'était plus qu'une extravagance — en fait, une véritable folie.

— les tirets se ponctuent comme les parenthèses, c'est-à-dire qu'ils peuvent, suivant le sens de la phrase, être précédés ou suivis d'un autre signe de ponctuation :

Il avait pour tout bagage un manteau — en piteux état —, un vieux costume et des souliers éculés.

La question posée — comment y répondre ? — me laissa perplexe.

Les guillemets

Ils s'emploient :

- pour faire ressortir un mot ou une expression dans une phrase :

  Catherine II était surnommée « la Sémiramis du Nord ».

- pour indiquer une citation, ou lorsqu'on rapporte les paroles de quelqu'un :

  Il m'a dit : « J'ai perdu la tête. »

Si la phrase citée est complète et commence par une majuscule, elle se termine par un point (point final, point d'exclamation, point d'interrogation), suivi du guillemet fermant. Dans le cas d'une citation incomplète, le point se met après le guillemet.

Paul Valéry a dit : « Si ta règle est le désordre, tu paieras d'avoir mis de l'ordre. »

Homère appelait Ulysse « l'homme aux mille ruses ».

Le style

Nous voici parvenus au point le plus délicat de notre ouvrage. S'il existe des grammaires pour résoudre nos problèmes de syntaxe, des dictionnaires pour rétablir notre orthographe défaillante, dès qu'il s'agit de style nous sommes livrés à nous-mêmes... Heureusement, le temps n'est plus où les chefs-d'œuvre épistolaires de Mme de Sévigné étaient lus à haute voix pour le plus grand régal d'une nombreuse assistance ; et la correspondance moderne n'a pas les mêmes exigences. Aussi bien trouvera-t-on ici non des recettes pour écrire des lettres « littéraires », mais quelques indications qui pourront être mises à profit dans la vie de tous les jours.

Ecrivons français

Avant d'aborder le chapitre du style proprement dit, arrêtons-nous un instant à la correction de la langue, et à la nécessité d'éviter tout d'abord barbarismes et solécismes. Pour reprendre la définition d'Adolphe V. Thomas (1), « le barbarisme est une faute de langage qui consiste à se servir de mots altérés, et, par extension, de mots forgés ou employés dans un sens

---

(1) Dans son *Dictionnaire des difficultés de la langue française* (Larousse), remarquable — et passionnant — outil de travail, qui répond à toutes les questions que peut se poser quiconque pratique le français.

contraire au bon usage : *pantomine* pour *pantomime, il s'enfuya* pour *il s'enfuit ;* ou *boitation* pour *claudication, achalandé* au sens d'« approvisionné ».

Le solécisme, à l'inverse du barbarisme, qui porte sur un mot, est une faute contre les règles de la syntaxe, et porte sur la construction de la phrase : *Il cherche à plaire et à se faire aimer de sa cousine* (pour *Il cherche à plaire à sa cousine et à s'en faire aimer*).

Dans le langage courant, on étend le sens de *barbarisme* à toute faute contre la langue.

Le lecteur trouvera en fin de volume, p. 360, une liste — non exhaustive, bien sûr — des principaux barbarismes et solécismes à éviter.

Soyez attentifs à votre vocabulaire

Sans y prendre garde, nous avons souvent tendance, quand nous écrivons, à employer toujours les mêmes mots : d'où une certaine monotonie, et une platitude que notre correspondant ne ressent que trop, même s'il n'en a pas clairement conscience. Est-ce paresse de notre part ? Goût du moindre effort ? Pourtant, il suffirait souvent de bien peu de chose pour que notre lettre soit plus personnelle et plus vivante.

Par exemple, d'éviter les mots passe-partout, éculés, mis à toutes les sauces : à « cet été je fais la Turquie » préférez *cet été je vais en Turquie ;* à « tu me mets dans ta lettre que... », *tu m'écris dans ta lettre que...* De traquer impitoyablement les répétitions inutiles, celles qui ne sont ni ne sauraient être des effets de style : « *à* son arrivée, il *a* eu une médaille d'or » deviendra : *à son arrivée, il reçut une médaille d'or ;* plutôt que « tu as *très* bien parlé et j'ai *très* bien compris », écrivez : *tu as fort bien parlé et j'ai très bien compris.*

De se méfier aussi du langage trop familier : écrire comme on parle signifie écrire tout naturellement et spontanément, mais ne veut pas dire employer les mêmes mots, les mêmes tournures de phrases que dans la langue parlée. Nous le sentons, d'ailleurs, sans bien le formuler : certains mots ne viennent pas d'eux-mêmes au bout de notre plume, et tel qui dira à un ami : « J'ai vu ta pub, elle est extra » lui écrira, sans même y penser : *J'ai vu ta publicité, elle est très réussie.*

Mais ne tombez pas dans l'excès inverse, et ne vous encombrez pas de termes difficiles que vous n'avez pas l'habitude de manier : vous risquez de les employer mal à propos, et votre correspondant sera le premier à s'en apercevoir.

Soyez clairs et concis

Bien sûr, cela ne veut pas dire pour autant tomber dans la sécheresse, et votre amie la plus chère sera sans doute très heureuse de recevoir une lettre de six pages racontant par le menu la vie de votre famille ; mais, de toute façon, évitez les phrases interminables et les longs développements confus qui ne mènent nulle part.

Plutôt que : « J'ai vu hier Pierre, qui m'a raconté que son fils Paul, qui avait raté son bachot, s'est décidé à faire une école de commerce de Toulouse dont le niveau ne serait pas trop difficile et qu'il doit s'y inscrire dès qu'il le pourra. »
Écrivez : *Hier, j'ai vu Pierre : son fils, qui avait raté son bachot, s'est décidé à suivre les cours d'une école de commerce à Toulouse ; le niveau n'en serait pas trop difficile, et Paul doit s'y inscrire le plus tôt possible.*

Les pages où nous avons parlé de la ponctuation vous ont montré que vous aviez à votre disposition un certain nombre de signes : ils vous permettront d'éviter les relatifs en cascade, et de marquer les pauses moyennes, légères ou fortes qui feront respirer votre lettre ; ainsi la virgule peut remplacer un *et* ou un *puis*, et les deux points se substituer à un *parce que* :

Jacques ne supporte plus du tout la chaleur : il en a trop souffert en Afrique.

Quand vous n'écrivez que pour transmettre une information, ou pour poser un problème — aux Allocations familiales, au professeur de votre fils, à votre percepteur —, votre lettre devra être aussi précise et aussi brève que possible. Ne vous perdez pas dans de longues considérations personnelles qui risqueraient de lasser votre correspondant : allez droit au fait ; en cherchant la formule la plus concise, vous trouverez souvent la phrase la plus claire.

Mettez-vous à la place de votre correspondant...

Qu'attend-il de vous ? Dans une lettre personnelle, que vous lui parliez de vous, bien sûr, mais aussi de lui : n'écrivez-vous pas pour demander des nouvelles autant que pour en donner ? Le bon ton a longtemps voulu que l'on ne commence jamais un paragraphe — *a fortiori* une lettre — par « je ». Cette règle nous paraît devoir être nuancée : un *je* peut fort bien se trouver en tête d'un alinéa sans que votre correspondant en prenne ombrage ; mais il est vrai que remplacer « j'ai été très touché par ta lettre » par *ta lettre m'a beaucoup touché* témoigne d'une volonté de s'effacer devant autrui qui est plutôt sympathique, et répond bien à notre propos.

Si votre correspondant était en face de vous, vous lui raconteriez votre vie, sans pour autant vous étendre pendant des heures sur des détails sans importance ou sur vos ennuis personnels ; mais vous vous inquiéteriez aussi de lui, de son travail, de ses amours, de sa famille, de ses soucis ; et vous n'auriez pas le même ton, ni les mêmes mots, en vous adressant à votre ami d'enfance ou à votre voisin de campagne. N'oubliez pas qu'une correspondance n'est qu'un dialogue étiré dans le temps — dialogue qui peut être badin, tendre, pratique, mais dont les protagonistes doivent toujours parler le même langage.

... mais restez vous-même.

« Soyez vous et non autrui : votre lettre doit m'ouvrir votre âme et non votre bibliothèque », écrivait Mme de Sévigné. S'il est bon d'avoir en mémoire quelques règles, au demeurant fort simples, qui gouvernent le bien-écrire, il ne faut pas se laisser brider par elles. Une lettre peut être un extraordinaire moyen d'expression qui permet de retrouver le ton, la voix, la personnalité même de celui qui écrit. Oubliez que la page blanche est là, intimidante, et que vous êtes seul devant elle ; imaginez que votre correspondant est en face de vous. *« De l'abondance du cœur la bouche parle »*, disait un vieux proverbe. *« Et la plume écrit »*, pourrions-nous ajouter.

AGES ET USAGES DE LA VIE

Ces lettres ne sauraient en aucun cas être considérées comme des modèles abstraits, mais plutôt comme des exemples de ce qui peut être écrit, de façon concrète et pratique, dans telle ou telle circonstance.

La naissance

D'une jeune femme à ses parents pour annoncer qu'elle attend un enfant

Maman chérie, mon cher Papa,

Je suis si heureuse que je ne sais trop par quel bout commencer cette lettre — mais peut-être avez-vous deviné pourquoi ? Que peut-il arriver de merveilleux à votre fille, maintenant qu'elle a épousé l'homme de sa vie, sinon... Eh oui, un enfant s'est annoncé, j'en suis sûre maintenant, et je peux enfin vous en parler.

Pierre se moque gentiment de ma joie, mais je sais qu'au fond il est aussi content que moi — et les sept mois à venir me paraissent bien longs. Pour moi, ce sera de toute évidence une fille (ressemblant à son père, bien sûr) ; Pierre, lui, souhaite un garçon, mais il ne lui déplairait pas qu'il ait mes yeux bleus... En attendant l'heureux jour qui nous départagera, je commence à rêver layette, chambre d'enfant, berceau, et à regarder dans les vitrines des librairies toute la littérature qui tourne autour des soins à donner à un bébé : je m'imagine déjà si maladroite et paniquée au sortir de la clinique. Heureusement que tu seras là, Maman chérie, pour apaiser par tes conseils l'inquiétude de ta fille ! En ce qui concerne la naissance, par contre, je me sens très tranquille, et je fais toute confiance au docteur Meyer qui avait, il y a quelques mois, accouché — sans douleur — mon amie Martine. C'est un jeune médecin sympathique et attentif, et Martine ne tarit pas d'éloges à son sujet.

Vite, vous m'écrivez un petit mot pour me dire que vous partagez ma joie ?

Pierre se joint à moi pour vous embrasser avec toute notre tendresse.

Réponse de la mère

Ma chérie,

Tu devines notre joie en recevant ta lettre : quelle meilleure nouvelle pouvais-tu nous annoncer ? Ton père est aux anges : il imagine déjà le petit enfant qu'il fera sauter sur ses genoux en lui racontant des histoires. Moi, je vois moins loin que lui, et l'idée du poupon que je serrerai bientôt dans mes bras me ravit.

Ne t'inquiète pas déjà, chérie, au sujet de ton retour de clinique : d'abord, je serai là pour t'aider, et on apprend très vite ce qu'il faut faire ou ne pas faire, en partie grâce à la littérature, comme tu dis, existant sur ce sujet. Et puis surtout, ce qu'il y a de fondamental, d'essentiel, de primordial pour un bébé, c'est l'amour de sa mère, et je sais que tu en auras à revendre ; et si tu tiens mal le biberon en aimant ton petit du fond du cœur, je te jure que ça n'aura pour lui aucune conséquence fâcheuse !

Je suis heureuse de ce que tu me dis de ce jeune docteur : pour une première naissance, il est si important d'être dans de bonnes mains dès le début de la grossesse.

Si tu regardes les vitrines des librairies, moi j'ai plutôt tendance à m'arrêter devant les magasins de laines, mais je n'ai pas osé me mettre à tricoter sans vous avoir demandé, à Pierre et à toi, quelles couleurs ont vos préférences. De mon temps, on habillait les petits garçons de blanc et de bleu ciel, et les petites filles de rose et de blanc, mais je sais que depuis, le bleu marine, l'orange et même — ô horreur ! — le noir ont fait leur apparition dans la layette. Je ne peux pas dire que cette mode m'ait convaincue, mais que ne ferait-on pas pour l'amour de sa fille !

Prends bien soin de toi, ma chérie. Tâche de ne pas en faire trop, et de te reposer le plus possible.

Nous vous embrassons, ton père et moi, bien tendrement tous les deux.

D'une jeune femme à sa belle-mère pour annoncer qu'elle attend un enfant

Ma chère Mère,

Vous avez dû me trouver bien silencieuse ces derniers temps : c'est que j'avais en moi une grande espérance, dont je n'osais pas vous parler, de peur qu'elle ne s'évanouisse. Mais maintenant que me voici assurée, je peux enfin vous écrire ma joie : je vais avoir un bébé au début de l'année prochaine.

Vous saviez combien Michel et moi désirions un enfant, et vous devinez à quel point nous sommes comblés par l'annonce de cette naissance. Nos conversations, depuis quelques jours, tournent toutes autour du même sujet — berceau, chambre d'enfant, prénom bien sûr, chacun trouvant extravagant le choix de l'autre. Sur un point du moins nous sommes d'accord : nous souhaiterions tous deux un fils premier-né ; mais mon époux le voudrait blond comme moi, tandis que j'aimerais qu'il ait les cheveux bruns et les yeux gris que Michel tient de vous...

Mon médecin — un jeune docteur bourru et efficace, qui a heureusement accouché ma meilleure amie — me trouve en grande forme et me promet une grossesse sans histoire. Les sept mois à venir me paraissent interminables : dites-moi qu'ils vont passer très vite...

Puis-je vous laisser annoncer à Père l'heureux événement ? Je sais qu'il a toujours prétendu ne pas s'intéresser aux bébés, mais vous m'avez avoué qu'il avait été, dès la naissance de Michel, le père le plus attentif, et je suis bien sûre que son petit-fils — ou sa petite-fille — ne le laissera pas insensible !

Nous vous embrassons tous deux avec toute notre affection.

Réponse de la belle-mère

Ma chère petite Monique,

Comment vous dirai-je le bonheur que j'ai eu à vous lire ? J'ai revécu, à travers vous, mes premiers espoirs, et la joie immense d'apprendre que j'allais être mère, il y a quelque trente ans, au moment de la naissance de mon petit Michel. Comme à vous, ces sept mois vont me paraître bien longs !

Puisque vous parlez déjà de la chambre d'enfant, peut-être pourriez-vous me dire ce dont vous auriez besoin, ou ce qui vous ferait plaisir ? J'aimerais beaucoup vous offrir le berceau de mon premier petit-fils — en vous laissant, bien sûr, le soin de le choisir, Michel et vous. A moins que vous ne préfériez voir dormir votre enfant dans le berceau qui a été celui de Michel, un berceau d'autrefois, avec un grand rideau de mousseline, que j'ai troujours gardé en souvenir du temps heureux où j'étais jeune maman.

Ne vous fatiguez pas trop, chère petite Monique : dites à Michel de ma part de veiller sur vous, et de vous décharger le plus possible des problèmes de la maison, qu'il sait si bien résoudre quand il consent à le faire !

Votre beau-père se joint à moi pour vous embrasser tous les deux bien tendrement.

D'une jeune femme à sa grand-mère pour annoncer qu'elle attend un enfant

Chère Grand-Maman,

C'est une bien douce nouvelle que je viens t'annoncer aujourd'hui : sais-tu que dans quelques mois tu serreras sur ton cœur ton premier arrière-petit-enfant — un petit Xavier ou une petite Julie —, qui fera son entrée dans le monde au début de juillet ?

Te dire notre joie est impossible : je ne sais lequel de nous deux, de Roger ou de moi, a l'air le plus heureux. Je me suis déjà précipitée pour acheter des robes de grossesse (que je n'ose pas mettre : je suis encore mince comme une anguille) et Roger, homme pratique, a sans plus attendre complètement aménagé de façon fonctionnelle la petite pièce du fond en chambre d'enfant. Connaissant ta nature inquiète, je te dirai tout de suite que je me porte comme un charme : juste quelques très petits malaises, de temps en temps, histoire de me rappeler — au cas où je l'aurais oublié ! — l'heureux événement qui se prépare.

Dis-moi, te sens-tu impressionnée par cette dignité nouvelle d'arrière-grand-mère ? A vrai dire, ce nom te va bien mal. Il évoque pour moi une très vieille dame, avec des cheveux blancs en chignon et des lunettes — alors que ta jeunesse ne finit pas de m'étonner. Non, à mes yeux mon enfant aura, en ce qui me concerne, deux grands-mères au lieu d'une : Maman et toi.

Je t'embrasse, chère Grand-Maman, avec toute mon affection.

Réponse de la grand-mère

Ma petite chérie,

Ta bonne lettre m'a fait chaud au cœur. Me croiras-tu si je te dis qu'elle me rajeunit ! Non, l'idée d'être arrière-grand-mère ne m'épouvante pas du tout, bien au contraire : elle me fait revivre le moment heureux de ta venue au monde, et celui, à peine plus lointain, de la naissance de ta mère. Trois générations qui pour moi n'en font qu'une, et pour lesquelles je sens encore des trésors de tendresse dans mon vieux cœur aimant.

Je comprends et partage votre bonheur à tous les deux : si l'arrivée d'un enfant est toujours une joie, celle d'un premier-né est vraiment plus que tout autre un « heureux événement », selon la formule consacrée ! Merci d'avoir gentiment pensé à calmer mes inquiétudes : je te sais raisonnable, et veux espérer que ton époux t'aidera à l'être davantage encore pendant les mois à venir...

Merci aussi de m'avoir fait partager ton attente — votre attente, car ton cher mari a sa place tout à côté de toi dans mon cœur.

Je vous embrasse comme je vous aime.

D'une jeune femme à ses parents pour annoncer une adoption

Mes parents chéris,

Pour la première fois depuis bien longtemps, je vous écris le cœur tout à fait léger... Vous saviez à quel point il m'était douloureux de ne pas avoir d'enfant — une douleur presque physique, qu'accompagnait une vague honte devant celles de mes amies qui avaient, elles, réussi à porter des bébés : quels que soient la réussite d'un couple, ou les succès professionnels — et sur ces deux plans, j'estime que j'ai eu beaucoup de chance —, une femme se sent toujours un peu boiteuse quand elle n'a pas mis d'enfant au monde. Et je ne vous ai jamais remercié — le sujet était trop pénible — de la délicatesse avec laquelle vous ne m'avez posé aucune question. La période des examens médicaux a été particulièrement difficile à vivre : il y a eu tant d'espoirs, perpétuellement renaissants et perpétuellement déçus... Et j'aime mieux ne pas trop me souvenir du jour où j'ai été certaine — autant que l'on peut l'être — que nous n'aurions jamais de fils ou de fille à nous, Marc et moi.

Mais si je vous écris, c'est qu'à la suite d'une longue conversation que nous avons eue hier soir tous les deux, la décision est maintenant tout à fait prise : nous allons adopter un petit garçon. J'en ai le cœur serré de joie — je ne trouve pas d'autres mots pour dire à quel point j'en suis heureuse, et combien je redoute que cela ne puisse pas se faire : il y a tellement plus de demandes d'adoption que d'enfants adoptables. Mais je veux croire que tout ira bien...

J'aurais, je crois, vaguement préféré une petite fille ; mais Marc tient absolument à avoir un fils, et moi, du moment qu'on me donne un petit à poulotter, je veux bien tout ce qu'on veut !

Pour l'instant, il faut d'abord que je me renseigne sur les démarches à entreprendre, dont je n'ai pas la moindre idée. Je sais seulement que nous allons avoir affaire à une assistante sociale et à un psychiatre, et que nous devrons indiquer, comme « témoins de moralité », quelques couples amis. J'ai pensé aux Martin et aux Chartier, que vous connaissez : ils ont tous les deux des enfants dont je me suis souvent occupée, et devraient pouvoir jurer à qui de droit que je ferai une bonne mère de famille !

Voilà, mes chers parents. L'idée de vous voir grands-parents me ravit : dites-moi vite que mon bonheur est le vôtre.

Nous vous embrassons tous les deux avec toute notre tendresse.

Réponse de la mère

Ma chérie,

Merci de nous avoir si vite permis de partager ton bonheur tout neuf : depuis que nous avons reçu ta lettre, notre futur petit-fils est devenu notre unique sujet de conversation — et de préoccupation ! Moi aussi, chérie, je me suis désolée de te voir sans enfant, et je sentais bien, derrière l'épanouissement de ta vie avec Marc et ta brillante réussite professionnelle — mais oui, mais oui ! —, un fond de tristesse que seule la maternité pourrait dissiper. Il n'y avait qu'à te voir avec les enfants des autres... Et j'ai toujours secrètement espéré que vous vous décideriez un jour à en adopter un. T'avouerai-je que, s'il m'était impensable de te voir vivre toute une vie sans un enfant à toi, j'avais grand hâte, bien égoïstement, de parvenir à la douce dignité de grand-mère ? Un poupon à poulotter, comme tu dis, est le plus beau cadeau que tu pouvais nous faire, à ton père et à moi : me voici tout un coup avec trente ans de moins, et ramenée aux temps heureux où je serrais sur mon cœur une toute petite fille...

Tiens-nous au courant de tes démarches, chérie. A nous aussi elles paraîtront interminables. Tu as eu bien raison de penser aux Chartier et aux Martin ; te connaissant comme ils te connaissent, qui pourrait, mieux qu'eux, témoigner que tu seras la meilleure des mères de famille ?

Transmets à Marc toute notre affection, et garde pour toi, chérie, les plus tendres baisers des heureux presque grands-parents !

D'une jeune femme célibataire à ses parents pour annoncer qu'elle attend un enfant

Chère Maman, mon cher Papa,

Jamais je n'ai eu de lettre aussi difficile à vous écrire : depuis plusieurs jours, j'essaie de prendre mon courage à deux mains, et chaque fois le cœur me manque en pensant à la peine que je vais vous faire. Pourtant, je sais que vous m'aimez ; mais il faut que je m'accroche bien fort à cette certitude pour arriver à vous dire que je vais avoir un enfant.

Je connais bien, et j'estime, le père de l'enfant ; mais je ne l'aime pas, il ne m'aime pas non plus, et il ne saurait être question de mariage entre nous. Par ailleurs, il n'a pas souhaité cette naissance : sa nature très indépendante, son besoin de liberté, son peu de ressources financières s'accommodent mal de l'idée d'être un père responsable, et je ne veux pas — d'ailleurs, je ne le pourrais pas — peser sur lui.

J'ai donc décidé de garder cet enfant pour moi, et pour moi seule. Bien sûr, ce ne sera pas toujours facile — mais je gagne suffisamment ma vie, et les questions matérielles ne devraient pas me poser trop de problèmes. Pour le reste... vous me croirez si je vous dis que je suis heureuse, quand même, et prête à aimer pour deux ce petit qui ne verra pas, au départ, le sourire d'un père au-dessus de son berceau ?

Dites-moi vite que vous ne m'en voulez pas trop, et que vous chérirez comme vos autres petits-enfants ce bébé qui ne devrait pas avoir à souffrir d'être privé d'une famille comme les autres...

Je vous embrasse très tendrement.

Réponse de la mère

Ma chérie,

Tu as bien raison de savoir que nous t'aimons, ton père et moi, du fond du cœur, et comment ne pas accueillir avec amour l'enfant de notre fille ?

Je ne dirai pas que ta lettre ne nous a pas fait de peine : le choc a été grand, pour ton père surtout. Nous avions tellement désiré autre chose pour toi... Tu sais comment sont les parents : rien n'est assez beau ou assez bon pour leur enfant, et ils croient toujours que leur fille va entrer dans la vie en blanche mariée, au son d'une marche nuptiale, pour avoir ensuite un foyer heureux entre son mari et ses enfants...

Pour toi, la réalité sera plus dure — mais je voudrais de tout mon cœur de mère pouvoir te la rendre moins difficile. Nous l'aimerons, ce petit, doublement, et avec lui tu seras plus que jamais la bienvenue à la maison. Tu ne me dis rien de ta santé, ni de la façon pratique dont tu envisages cette naissance, et j'aimerais bien venir passer quelques jours auprès de toi pour que nous puissions parler ensemble plus longuement de ce qui reste, en dépit de tout, un heureux événement. Qu'en penses-tu ? Je pourrais sans problèmes laisser ton père seul quelque temps, en m'arrangeant avec la femme de ménage pour qu'elle lui prépare ses repas. Tu me réponds vite ?

Nous t'embrassons, ma chérie, très tendrement.

Pour annoncer une adoption

Chère Marie-Claire,

Tu sais à quel point nous désirions depuis toujours, Frédéric et moi, la présence d'un enfant à notre foyer. Je ne t'avais pas trop parlé — le sujet était douloureux — de nos multiples visites à de multiples médecins, jusqu'au verdict final nous interdisant tout espoir de mettre un jour des enfants au monde. J'ai préféré garder pour moi aussi les démarches entreprises en vue d'une adoption, tant je craignais qu'elles n'aboutissent pas. Mais aujourd'hui, il faut — impérativement ! — que je te fasse part de ma joie : nous avons depuis huit jours une petite Marie de deux ans à nous, bien à nous !

Pendant six mois nous sommes allés la voir le dimanche chez sa nourrice, pour faire connaissance et savoir si nous nous plaisions — et nous nous sommes tant plu que nous l'avons ramenée samedi dernier à la maison. Elle est petite, mignonne, toute fine et assez maigriotte, un peu timide, bien sûr, mais elle s'est prise tout de suite d'une énorme passion pour mon époux (qui n'en est pas peu fier !...). Avec moi, les rapports sont plus difficiles, et tout en étant, je dois l'avouer, un brin jalouse de Frédéric, je comprends bien que les choses ne peuvent pas se passer autrement : pour Marie, j'ai pris la place de sa nourrice, qu'elle considérait comme sa mère, alors qu'il n'y avait autour d'elle aucune présence masculine.

Quand viens-tu à Paris que je te montre ma merveille ? J'affiche sans vergogne l'orgueil éclatant d'une mère qui vient de mettre au monde un poupon de huit livres ; mais quand tu verras Marie, je crois que tu comprendras !

Amicalement à toi.

Réponse de l'amie

Chère Danièle,

De tout mon cœur je me réjouis avec toi de l'heureuse nouvelle que tu m'apprends. Moi aussi, sachant à quel point tu désirais un enfant, je m'étais attristée de ne pas en voir à ton foyer ; et rien ne pouvait me faire plus plaisir que l'arrivée de cette petite fille.

Frédéric doit être le plus épanoui des pères : j'avais toujours adoré le voir avec les enfants des autres, si attentif, débordant d'inventions et manifestement fasciné par les tout-petits. Entre lui et toi, je suis sûre que ta Marie oubliera très vite son départ difficile dans l'existence, et deviendra sans peine la plus heureuse des petites filles.

Malheureusement, je ne pense pas pouvoir venir à Paris de sitôt ; mais je te préviendrai dès que je saurai la date de ma venue, et tu es priée de me réserver une grande après-midi pour que nous puissions faire connaissance, ta fille et moi.

Je t'embrasse, heureuse mère !

• Faire-part de naissance

Ils seront envoyés une dizaine de jours après la naissance. On peut soit se servir de la carte de visite du couple, soit envoyer un faire-part gravé. Deux formules sont possibles :

soit

M. et Mme Charles DUPONT
sont heureux de vous faire part de la
naissance de leur fille Michèle

17, rue Agrippa-d'Aubigné
75014 Paris 6 janvier 1977

soit

Dominique, Isabelle et Frédéric LEBOIS
ont la joie d'annoncer la naissance de leur petit frère

Olivier

12, rue Grande
85720 Le Champ-Saint-Père 17 octobre 1977

• Insertion dans les journaux

Monsieur Jean SYLVESTRE, et Madame, née Sandrine Lefol, ont la joie de vous faire part de la naissance de

Blaise

Dijon, le 12 août 1977

Monsieur André CHOMBARD, Madame, née Paule Fournier, et Frédéric sont heureux de vous annoncer la naissance de

Stéphanie

Vannes, le 7 septembre

Monsieur Samuel COHEN, et Madame, née Ruth Benveniste, laissent à Jacques le plaisir d'annoncer la naissance de

Judith

13 septembre, Clermont-Ferrand
15, rue Portefoin

Aurélien, Gwendoline et Gildas SIGNORELLI ont la joie de vous annoncer la naissance de leur frère

Stéphane

Sept-Vents
14220 Caumont-l'Eventé   le 9 août

Monsieur et Madame Jacques DIDIER
sont heureux de vous annoncer la naissance de leur 14e petit-enfant,

Charlotte, le 3 septembre,

fille de Jean et Francine ARRIGAUD

- **Faire-part d'adoption**

Monsieur Louis Mayer, et Madame, née Claire Dufour, ont la joie d'annoncer l'arrivée à leur foyer de

Sébastien

12, rue des Belles-Feuilles
38000 Grenoble

L'insertion éventuelle dans les journaux sera formulée de la même façon.

- **Télégrammes de félicitations**

TENDRES FELICITATIONS AUX HEUREUX PARENTS (Signature)
RAVIS HEUREUSE NOUVELLE EMBRASSONS MERE ET ENFANT (Signature)
MILLE VŒUX DE BONHEUR A JACQUES ET SES PARENTS (Signature)

D'un jeune père à ses parents

Maman chérie, mon cher Papa,

Comme une âme en peine, j'erre dans l'appartement désert, en me répétant « Françoise est arrivée », sans bien réaliser ce que cela veut dire, en dépit de mes visites quotidiennes à l'hôpital. Pourtant, nous avons déjà bien fait connaissance, et je peux vous dire que c'est un superbe bébé — plus de huit livres — incroyablement chevelu, dans le genre noiraud, et goulu comme ça n'est pas possible. Mais je n'arrive pas encore à imaginer son retour à la maison, qui va tellement transformer notre vie. Peut-être aussi n'ai-je pas tout à fait oublié ma déception : j'aurais tant voulu que cette petite Françoise soit un petit François...

Monique, elle, est épanouie au-delà de ce que je saurais dire : lumineuse de bonheur, comblée, étonnante après cet accouchement difficile qu'elle semble avoir complètement oublié. Elle doit rentrer avec le bébé à la fin de la semaine prochaine, et je barre sur mon calendrier, comme quand j'étais militaire, les jours qui me séparent de son retour ici.

Vite, chère Maman, comble-moi, comble-nous de bons conseils. Et toi, Papa, cherche à te rappeler comment tu étais aux premiers jours de ma naissance, que je puisse me montrer aussi bon père que toi !

Je vous embrasse tendrement.

Réponse de la mère

Mon chéri,

Que je t'imagine bien arpentant comme un ours en cage l'appartement de la rue de Vaugirard en attendant le retour de ta famille toute neuve ! Mais tu peux te réjouir, mon Jacques, de l'arrivée de ta petite fille, et tu verras bien vite à quel point tu oublieras que tu avais rêvé d'un garçon (que vous aurez un jour, j'espère : cette enfant va beaucoup s'ennuyer dans l'existence si elle n'a pas de petit frère !). Tu verras quelle merveille c'est d'avoir un bébé, et combien ce petit être a déjà sa personnalité propre, bien vivante et si différente des autres.

Le bonheur de Monique me ramène vingt-cinq ans en arrière, quand je te tenais, tout petit, entre mes bras. Dis-lui que je pense beaucoup à elle, et que je l'embrasse tendrement, de tout mon cœur de mère qui n'a pas oublié.

J'attends avec impatience ta prochaine lettre, me racontant tes expériences de jeune père à la maison : je vous imagine pleins de joie, de surprises et d'incertitudes. Tu sais que tu peux compter sur moi dès que je vous serai nécessaire, mais que je me garderai bien de t'accabler de mes conseils et de mon expérience à moi. Tant de temps a passé depuis, et la façon d'élever les enfants a tellement changé que je m'en voudrais de jouer le rôle de celle-qui-sait-tout (je ne parle que pour moi : ton père a sur ce point son sentiment qu'il t'expliquera de vive voix !).

Nous brûlons d'envie de connaître notre petite-fille, et dès que Monique sera rentrée, et que vous serez un peu organisés, nous trouverons un moyen — n'importe lequel — pour venir passer quelques jours auprès de vous.

Nous vous embrassons tous les trois avec toute notre tendresse.

D'une jeune mère à une amie

Chère Madeleine,

Emmanuelle est là — l'œil bleu, comme tous les nourrissons, le cheveu blond et le sourire bouleversant. Moi je la regarde, et je m'émerveille, et j'ai déjà complètement, mais complètement oublié que j'aurais voulu un fils.

L'accouchement s'est tout à fait bien passé. Je ne dirais pas que c'est une partie de plaisir, mais le fait de mettre mon enfant au monde consciemment, dans l'amour et dans la joie, l'emportait sur tout le reste. Mon époux était là, et c'était extraordinaire d'être ensemble pour la naissance du bébé, comme nous l'avions attendu ensemble et comme nous l'élèverons ensemble maintenant.

Quand viens-tu partager mon ravissement ? Je reste à l'hôpital pendant huit jours encore. Ensuite, tu me trouveras rue de Vaugirard, où notre porte sera largement ouverte aux amis.

Amicalement à toi.

Réponse de l'amie

Chère Marie-Claire,

Heureuse Marie-Claire ! Que je t'envie de serrer sur ton cœur ton petit enfant blond ! Ta lettre me rappelle la naissance de Cyrille, et voici que je me sens prise d'une fringale de tenir à nouveau dans mes bras un nouveau-né à moi. Tu verras l'émerveillement que sont, après les premiers jours, les premières semaines et les premiers mois — à quel point un bébé ne ressemble pas à un autre bébé, et combien l'amour dont on l'entoure le nourrit et le fortifie.

J'espère aller très vite faire la connaissance d'Emmanuelle ; malheureusement, pour l'instant je suis un peu débordée, mais je pense pouvoir te rendre visite dès que tu seras rentrée chez toi. Ne t'inquiète pas : ma venue sera précédée d'un mot ou d'un coup de téléphone.

Mille baisers à ta mignonne. A toi toute mon amitié.

D'un jeune père à son employeur

Cher Monsieur,

J'ai le plaisir de vous faire part de l'heureuse naissance de mon fils Sébastien, venu au monde avant-hier dans l'après-midi. C'est un superbe garçon, disent le docteur et les infirmières, et, selon l'expression consacrée, la mère et l'enfant se portent tout à fait bien.

Je voulais vous dire aussi à quel point je vous étais reconnaissant de m'avoir permis de quitter mon travail pour accompagner ma femme à la clinique. Il m'aurait été très dur de ne pas pouvoir être auprès d'elle à ce moment-là, et surtout voir naître son enfant est une expérience si extraordinaire que j'en suis encore bouleversé.

Avec toute ma gratitude, je vous prie de croire, cher Monsieur, à l'assurance de mes sentiments dévoués.

Réponse de l'employeur

Mon cher Lallemand,

Je vous remercie de votre lettre, et me réjouis avec vous de l'heureuse arrivée du petit Sébastien. Etre présent aux côtés de sa femme dans ces circonstances me paraît chose si importante — quand ce ne serait que pour faire les cent pas dans le couloir — qu'il m'a semblé bien naturel de vous envoyer auprès d'elle dès que la naissance s'est annoncée.

Veuillez transmettre à Madame Lallemand tous mes vœux de prompt rétablissement, et croyez, mon cher Lallemand, à mes meilleurs sentiments.

Félicitations d'une amie à une jeune mère

Chère Fanny,

J'apprends à l'instant par *le Monde* la naissance de Denis. Je savais à quel point vous désiriez, Jacques et toi, un troisième enfant, et me réjouis de tout cœur de voir s'agrandir votre famille. Denis sera, c'est bien évident, aussi beau que Marie, aussi gentil que Martin et aussi doué que ses deux parents réunis.

J'espère pouvoir venir te voir très vite pour que tu me racontes tout : si tu ne te sens pas trop fatiguée, comment s'est passée la naissance, et comment ont réagi les deux aînés — ils ont tous les deux l'âge auquel la venue d'un petit frère peut susciter bien des jalousies... Mais je suis sûre que vous aurez su, ton époux et toi, les préparer à cet événement afin que tout se passe bien.

A très bientôt, chère Fanny. Mille compliments à l'heureux père !

Je t'embrasse.

Félicitations d'une relation à une jeune mère

Chère Madame,

Tous mes vœux de bienvenue au petit Romain, et mes plus chaleureuses félicitations à ses parents. Je n'ai pas oublié le bonheur qu'apporte une première naissance, et me réjouis avec vous de tout cœur de cet heureux événement.

Veuillez partager, chère Madame, avec monsieur Dupont toute ma sympathie.

Félicitations d'un ami à un jeune père

Cher Jean-Jacques,

Alors te voilà avec un poupon rose entre les bras... Je me réjouis de te voir dans ton nouveau rôle paternel, et suis sûr que tu te montreras aussi bon père que parfait ami : solide, attentif, chaleureux, disponible, quelqu'un qui est là quand on a besoin de lui et sur qui on peut s'appuyer en toute confiance.

Transmets à Véronique toutes mes amitiés : j'espère que cette naissance ne l'aura pas trop fatiguée. En fait, je ne l'imagine qu'épanouie : son bonheur, quand elle était enceinte, faisait déjà si plaisir à voir !

Bien à toi, mon vieux Jean-Jacques. J'espère pouvoir venir bientôt admirer ton rejeton.

Félicitations d'une relation à un jeune père

Mon cher ami,

Je viens d'apprendre par André Laury la naissance de votre fils Jérôme, et viens vous dire à quel point je me réjouis avec vous. J'imagine que Claude doit être épanouie de serrer sur son cœur un petit garçon, et du haut de ses deux ans votre Jacotte doit contempler avec curiosité son petit frère tout neuf.

Transmettez, je vous prie, à Claude tous mes vœux de prompt rétablissement, et croyez, cher ami, à mes sentiments les plus cordiaux.

• Félicitations par carte de visite

M. et Mme Paul DESJARDIN
prient M. et Mme Lebois
d'accepter leurs très vives félicitations
pour la naissance du petit Olivier

M. et Mme Didier CERF
se réjouissent de l'heureuse naissance
de Caroline,
et présentent toutes leurs félicitations
à M. et Mme Duflos

M. et Mme Emilien FABRE
souhaitent tout le bonheur du monde
à la petite Esther, et envoient
leurs plus amicales félicitations à ses parents

• Félicitations par carte de visite après une adoption

M. et Mme Gérard LEFRANC
se réjouissent de tout cœur
avec M. et Mme Martin
de l'arrivée à leur foyer de Stéphanie

M. et Mme Jérôme PAULET
adressent leurs plus vives félicitations
à M. et Mme Préval
pour l'arrivée d'Eric à leur foyer

A un ami qui espérait un fils et vient d'avoir une fille

Cher Guy,

Alors le petit Didier tant attendu a été en fait une petite Madeleine... Tu ne m'avais pas caché à quel point tu désirais un fils, et je peux imaginer que tu n'as pas éclaté de joie lorsqu'on est venu t'annoncer fièrement que tu étais l'heureux père d'une quatrième fille... Mais je suis sûr que ta déconvenue est déjà oubliée, ou presque. Tes trois aînées sont si réussies que Madeleine, qui leur ressemblera bien sûr, ne pourra être qu'une merveille, et je te prédis de grandes joies à regarder grandir tes quatre mignonnes. Tu verras !

Tous mes vœux vous accompagnent, Isabelle et toi. Et à toi tout particulièrement, mon cher Guy, toute mon amitié.

Réponse

Cher Pierre-Etienne,

Merci de ta lettre de... consolation. C'est vrai que je n'ai pas encore tout à fait surmonté ma déception de voir apparaître un nouvel élément féminin dans notre famille qui n'en est déjà que trop bien pourvue... Mais il est vrai aussi que Madeleine ressemble de façon frappante à Laurence quand elle était petite, et que je peux donc m'attendre à une très jolie, très gentille petite fille de plus. Isabelle, quant à elle, prétend avoir tellement l'habitude des filles qu'elle aurait été toute perdue de voir arriver un garçon !

Viendras-tu un jour prochain nous prodiguer tes encouragements de vive voix ?

Amicalement à toi.

A une amie qui espérait une fille et vient d'avoir un garçon

Chère Sabine,

La rumeur publique m'a déjà appris que ton Maxime était un superbe bébé — et j'espère que l'arrivée d'un si bel enfant t'a fait un peu oublier à quel point tu désirais une fille... Ta famille agrandie me rappelle celle de ma grand-mère, et les photos qui la montrent toute frêle et menue au milieu de ses quatre grands fils. Et je peux te jurer qu'ils l'ont rendue tout à fait heureuse, et ont su l'aimer si tendrement que ses regrets d'être la seule femme de la famille se sont vité évanouis !

Je me réjouis de te revoir bientôt au milieu de tes hommes, et t'embrasse de toute mon affection.

Réponse de la mère

Chère Ghislaine,

Le coup a quand même été rude — après huit mois d'attente éperdue et d'imaginations folles. Mais c'est vrai que Maxime est un enfant particulièrement réussi ; et je me dis avec philosophie que si j'avais eu une Jacqueline, elle aurait été sans aucun doute complètement gâtée et par sa mère et par tous les hommes de la famille (mes fils m'ont déjà fait de vifs reproches de ne pas leur avoir donné de petite sœur) ; tandis que Maxime, en dépit de sa situation privilégiée de dernier-né, risque d'être un peu plus préservé...

Il est vraiment très mignon. Viendras-tu bientôt faire sa connaissance ?

Je t'embrasse.

Pour remercier une amie d'un cadeau fait à un nouveau-né

Chère Marie,

Une merveille, ce petit cardigan bleu que tu as si heureusement choisi pour Sylvain. Il va admirablement bien avec ses cheveux blonds et son teint clair, et je le trouve d'une grande élégance. Entre nous, je crois que c'est, de toute sa garde-robe, le vêtement le plus réussi et le plus flatteur !

Christian se joint à moi pour te remercier affectueusement.

Pour remercier une relation d'un cadeau fait à un nouveau-né

Chère Madame,

Je ne saurais dire à quel point j'ai été touchée que vous pensiez à notre petit Gilles. La brassière que vous lui avez envoyée est la plus jolie de toute sa jeune garde-robe, et il la porte, je dois dire, à ravir — c'est mon cœur de mère qui parle ! Merci bien sincèrement pour votre gentillesse.

Christian se joint à moi pour vous prier de croire, chère Madame, à tous nos meilleurs sentiments.

Le baptême

A un ami pour lui demander d'être parrain

Cher Christophe,

Dis-moi tout de suite que tu vas répondre oui !

A quoi ? Voilà. Tu sais que nous allons avoir un enfant, Sophie et moi, dans six semaines ; et nous souhaiterions très vivement tous les deux que tu acceptes d'en être le parrain.

Je ne vais pas épiloguer sur les liens solides et anciens qui nous unissent ; mais je voudrais dire simplement que cette requête implique autant d'estime que d'amitié ; qu'un parrain est une espèce de second père ; et que, si je disparaissais, je ne vois personne d'autre que toi qui puisse veiller sur cet enfant avec sérieux et amour.

J'attends ta réponse avec une très, très vive impatience.

Amicalement à toi.

Réponse affirmative

Mon cher Nicolas,

Rien ne pouvait me faire plus plaisir que ce que tu me demandes dans ta lettre d'hier. Je n'épiloguerai pas, moi non plus, sur la solidité des liens qui nous unissent, et tu sais, par ailleurs, que j'aime beaucoup Sophie, et le couple que vous formez (Dieu sait, pourtant, à quel point il est difficile de bien marier son meilleur ami !). Et je serai tout à fait heureux de parrainer le garçon ou la fille qui va bientôt faire son entrée dans ce monde. (Entre nous, je préfère les petites filles : tâche de faire un effort dans ce sens.)

J'ai déjà commencé à penser timbale, médaille, dragées : tu vois que j'étais vraiment mûr pour être parrain !

Toute ma gratitude à Sophie et à toi — et pour toi, cher vieux, toute mon amitié.

Réponse négative

Cher Nicolas,

Ta lettre m'a plongé dans un bien grand embarras : comment te dire non sans te désobliger ? Et pourtant, je crois que tu vas me comprendre. Etre parrain n'est pas seulement pour moi un titre honorifique, et ne se borne pas à l'achat d'une timbale et de dragées, mais comporte des responsabilités réelles — y compris celle, redoutable, de remplacer les parents de mon filleul s'ils venaient par malheur à disparaître. Et les hasards de l'existence m'ont déjà pourvu de deux filleuls.

Dans ces circonstances, et parce que je me veux responsable, il ne m'est pas possible — et Dieu sait que je le regrette — d'accepter d'être le parrain de ton fils ou de ta fille. Dis-moi que tu me comprends et que tu ne m'en veux pas. Je reste, quant à moi, infiniment touché de ta proposition, dans laquelle j'avais effectivement vu ce que tu y avais mis toi-même : autant d'estime que d'amitié.

Amicalement à vous deux.

A une parente pour lui demander d'être marraine

Chère Tante Toinon,

Pour la première fois de ma vie, j'ai longuement hésité avant de t'écrire ; non, ce n'était pas de la paresse, mais simplement la crainte que tu ne me refuses ce que je viens te demander aujourd'hui.

Tu sais déjà, par Maman, l'arrivée prochaine — enfin, presque prochaine : je ne veux pas savoir qu'il me reste plus de six mois à attendre — d'un petit poupon à notre foyer. Et je voulais, nous voulions, Bruno et moi, te demander si tu accepterais d'en être la marraine.

J'entends déjà tes objections : tu es trop âgée pour assumer un tel rôle, nous ferions mieux de choisir quelqu'un de notre génération qui, si nous venions à disparaître, pourrait mieux nous remplacer auprès de son (sa) filleul(e). Objections non retenues : d'abord, pour moi, tu es la jeunesse même ; et puis, c'est surtout pendant son enfance et son adolescence que notre Hubert, ou notre Pauline, aura besoin de la tendresse d'une marraine : que tu ne sois plus là lorsqu'il — elle — volera de ses propres ailes ne me paraît pas une raison suffisante pour te dérober aujourd'hui ! Enfin, je t'ai souvent vue avec tes petits-enfants — et, manifestement, tu n'as pas du tout passé l'âge de t'occuper de bambins et de bambines...

Tu sais que tu as toujours été ma tante préférée, que j'ai de tout temps vu en toi beaucoup plus une amie qu'une sœur de ma mère ; et je serais si heureuse s'il pouvait y avoir entre mon enfant et toi les mêmes liens privilégiés.

Tu me réponds vite (un oui, bien sûr !).

Bruno se joint à moi pour t'embrasser tout affectueusement.

Réponse affirmative

Ma mignonne,

Oui, bien sûr, c'est oui ! Je ne suis pas certaine que ce soit une réponse bien raisonnable, et quand tu pensais aux objections que je pourrais te faire, tu ne t'étais pas trompée. C'est vrai que j'ai passé l'âge d'être marraine, et que vous auriez sans doute mieux fait de choisir, pour ce rôle qui comporte tant de responsabilités, l'une de vos jeunes amies. Mais... comment refuser cette possibilité qui m'est offerte de vous aimer doublement à travers votre tout-petit ? Et puis, je sens encore tant de tendresse dans mon vieux cœur aimant que je devrais pouvoir faire une marraine acceptable...

Merci, mes chéris, d'avoir pensé à moi. Toi aussi, Dorothée, tu as toujours été, parmi mes nièces, la plus chère à mon cœur ; et je me réjouis plus que je ne saurais le dire de cette naissance, et de ce lien qui nous rapprochera encore.

Avec toute mon affection je vous embrasse tous les deux.

Votre tante-amie.

Réponse négative

Ma chérie,

D'abord un grand merci d'avoir pensé à votre vieille tante pour être la marraine du poupon attendu : ta lettre, ma Dorothée, m'a fait chaud au cœur, et j'aurais tant voulu pouvoir te répondre oui.

Mais... les objections que tu soulèves toi-même sont malheureusement plus solides que tu ne penses. Je ne suis plus jeune, ma mignonne, plus jeune du tout. Il est vrai que j'adore les enfants, et que je suis toujours heureuse d'en avoir autour de moi ; pourtant, je ne les supporte plus guère tant ils me fatiguent vite. Le peu de santé que j'avais s'est envolé avec les années ; et s'il me reste encore des trésors de tendresse pour tous ceux que j'aime, je suis souvent bien en peine de le leur manifester concrètement dans la vie de tous les jours.

L'amour, hélas, ne suffit pas pour être une bonne marraine. Il vous faut, pour Hubert, pour Pauline, quelqu'un sur qui vous puissiez absolument compter — et l'une de vos jeunes amies remplira mieux que moi ce doux rôle, même si votre enfant a déjà sa place dans mon cœur.

Encore merci, mes chéris, de cette proposition qui m'a tant touchée. Je vous embrasse tous les deux bien tendrement.

A un prêtre pour lui demander de baptiser l'enfant

Monsieur l'Abbé,

C'est une grande faveur que je viens vous demander aujourd'hui. J'ai le bonheur d'espérer un enfant pour la fin du mois prochain, et je souhaiterais, du fond du cœur, que ce soit de votre main qui nous a unis, Alain et moi, que ce petit enfant soit baptisé.

Je n'ai pas oublié ce que vous avez été pour moi pendant les semaines précédant ma profession de foi, ou au moment de mon mariage, et j'ai l'impression que si je pouvais vous confier mon enfant à son entrée dans la vie, il deviendrait plus facilement, et plus pleinement, le chrétien que je voudrais qu'il soit.

En espérant bien vivement une réponse favorable, je vous prie de croire, Monsieur l'Abbé, à mes sentiments respectueux.

Invitation au baptême d'un enfant

Chère Juliette,

Nous fêtons samedi en huit (le 24 septembre) le baptême de notre fille Marie-Claire : réception sans cérémonie, qui ne comprendra que quelques amis proches. Nous ferez-vous le très grand plaisir d'être des nôtres, Christophe et vous ?

J'attends votre réponse avec impatience.

Réponse affirmative

Merci, chère Marianne, de votre invitation, acceptée de grand cœur. Nous nous réjouissons, Christophe et moi, de venir admirer votre petite fille, dans tous ses atours, et de vous retrouver tous les deux.

Amicalement à vous.

Réponse négative

Chère Marianne,

A notre grand regret, nous ne serons pas à Paris samedi en huit ; nous sommes en effet, depuis plus d'un mois, invités pour le week-end par nos amis Apekman, que vous connaissez, et il nous serait impossible de nous décommander.

Vous nous voyez bien désolés — mais croyez que nos plus affectueuses pensées seront avec vous ce jour-là.

En toute amitié.

• Invitation au baptême d'un enfant (par carte de visite)

M. et Mme Pierre GRANVILLE
recevront à l'occasion du baptême de leur fils Ludovic
samedi 9 mai, de 17 à 20 heures

18, rue de Chanois, Tours R. S. V. P.

• Réponse affirmative (par carte de visite)

M. et Mme Bernard LANGLOIS
remercient Monsieur et Madame Granville
de leur aimable invitation ; ils seront
heureux d'apporter samedi à Ludovic
tous leurs vœux de bonheur

• Réponse négative (par carte de visite)

M. et Mme Bernard LANGLOIS
n'étant pas à Tours le 24 septembre
regrettent vivement de ne pouvoir
apporter de vive voix tous leurs vœux
au petit Ludovic

L'enfant et sa nourrice

D'une mère à une nourrice pour lui demander des nouvelles d'un enfant

Chère Madame Dupont,

Emilie me manque, et je vous serais bien reconnaissante de me donner très vite de ses nouvelles. Va-t-elle bien ? Grandit-elle ? Continue-t-elle à prendre du poids ? Avez-vous des problèmes en ce qui concerne la nourriture (à la maison, elle était devenue bien difficile) ? A-t-elle l'air contente ? Parle-t-elle de moi ? Un mot de vous serait le très bienvenu.

Veuillez croire, chère Madame Dupont, à tous mes meilleurs sentiments.

D'une nourrice pour donner des nouvelles d'un enfant

Chère Madame,

Soyez tranquille, votre petite Emilie a l'air de s'habituer tout à fait bien à la campagne. Elle a pleuré, bien sûr, après votre départ, elle vous demande souvent. Mais je la trouve gaie, elle mange bien, et elle dort sans problème. Et elle s'entend tout à fait bien avec nous. Je n'ai pas de balance, et je la pèserai chez le pharmacien, la prochaine fois que nous irons au marché — mais ses joues sont si rebondies que c'est plutôt bon signe.

Je vous écrirais bien sûr s'il y avait le moindre ennui ; mais je crois vraiment que vous n'avez aucune inquiétude à vous faire.

Je vous prie de croire, chère Madame, à mes meilleurs sentiments.

D'une nourrice pour dire que l'enfant est malade

Chère Madame,

Vous m'avez demandé de tout vous raconter de la petite Emilie, et je ne veux pas vous laisser ignorer mes petits soucis actuels. Rassurez-vous, il n'y a rien de grave, le docteur me l'a encore assuré tout à l'heure ; mais ses digestions laissent beaucoup à désirer, et elle n'a pas pris de poids depuis quinze jours. Le docteur me conseille de changer l'alimentation et de supprimer le lait pendant une semaine ; nous allons essayer des bouillies au bouillon de légumes. Le docteur préfère que je vous tienne au courant. Il aimerait vous voir et vous poser quelques questions dès qu'il vous sera possible de venir. J'espère que tout cela s'arrangera très vite et que votre petite Emilie retrouvera bientôt ses sourires et ses couleurs.

Je vous prie de croire, chère Madame, à l'assurance de mes meilleurs sentiments.

D'une nourrice pour dire que l'enfant est très malade

Chère Madame,

J'ai essayé de vous joindre par téléphone toute la journée ; je recommencerai ce soir ; mais je préfère vous écrire au cas où vous ne seriez pas de retour dans la soirée. Emilie ne va pas bien du tout : elle a depuis trois jours une grosse fièvre, que le docteur — je l'ai appelé tout de suite — n'arrive pas à faire tomber. Peut-être faudrait-il faire venir un autre médecin ; mais je ne sais pas à qui m'adresser, et il faut absolument que vous partagiez avec moi cette responsabilité.

Dans l'attente de votre prochaine venue, je vous prie de croire, chère Madame, à l'assurance de mes meilleurs sentiments.

D'une nourrice pour demander une augmentation de la pension de l'enfant

Chère Madame,

Lorsque vous m'aviez confié la petite Emilie, qui n'avait que trois mois, il avait été convenu que la pension que vous me versiez serait réajustée dès que l'enfant aurait grandi.

Maintenant que votre fille a plus de sept mois, son alimentation a complètement changé ; les légumes, le jambon et les fruits ont remplacé le lait et les bouillies. Bien sûr la vie est moins chère à L'Epine-au-Bois qu'à Paris ; mais les dépenses que je dois faire chaque semaine ont quand même considérablement augmenté. Et pour que je puisse donner à la petite tout ce qu'il lui faut chaque jour, j'aurais besoin maintenant de 850 F par mois.

En comptant sur votre compréhension, je vous prie de croire, chère Madame, à l'assurance de mes meilleurs sentiments.

D'une nourrice pour réclamer le versement de la pension de l'enfant

Chère Madame,

Voici plus de deux mois que vous ne m'avez rien versé pour la pension de la petite Emilie.

Je sais que vous vivez seule, et qu'il ne doit pas toujours être facile pour vous de trouver chaque mois 600 F pour votre enfant ; mais j'ai moi-même mes soucis d'argent, et à l'heure actuelle il m'est impossible de m'en sortir si vous ne me versez pas ce que vous me devez.

Ce n'est pas de gaieté de cœur que je vous écris cette lettre ; mais j'espère que vous comprendrez mes problèmes personnels, et que vous pourrez m'envoyer très vite les 1 200 francs attendus.

Avec mes remerciements, je vous prie de croire, chère Madame, à l'assurance de mes meilleurs sentiments.

La profession de foi

Lettre d'une marraine à sa filleule pour sa profession de foi

Ma chérie,

Ainsi tu vas faire bientôt ta profession de foi. Tu sais, bien entendu, que c'est un acte important de ta vie, cet engagement que tu es appelée à prendre devant Dieu, en présence de tes parents et de ceux que tu chéris dans ton cœur et qui t'entoureront ce jour-là.

Si j'ai le profond regret de ne pouvoir être à tes côtés, je serai, crois-le bien, par la pensée et la prière avec toi jeudi prochain, petite Florence, et pour te le prouver un tout petit peu, tu recevras, sans doute en même temps que cette lettre, la croix que j'ai choisie pour toi, souhaitant, si toutefois ta coquetterie s'accommode de ce choix, que tu la portes en signe de ta qualité d'enfant chrétienne bien sûr, mais aussi en souvenir de ta marraine qui t'aime profondément.

Je t'embrasse, chère Florence, avec toute ma tendresse.

Invitation à l'occasion d'une profession de foi

Chère Sylvie,

A l'occasion de la profession de foi de Florence, nous souhaiterions réunir quelques-uns de nos amis les plus proches. Nous feriez-vous le grand plaisir de venir partager notre joie le jeudi 28 mai, vers 17 heures, avec Judith et David ?

Nous espérons bien vivement votre présence, et vous envoyons, chère Sylvie, toutes nos amitiés.

Réponse favorable

Chère Charlotte,

Nous serons très heureux d'être des vôtres, le jeudi 28 mai, avec Judith et David, pour entourer Florence de notre affection et embrasser ses parents.

Avec toute notre amitié.

Réponse négative

Chère Charlotte,

Vous me voyez bien désolée de ne pouvoir répondre à votre invitation comme j'aurais aimé pouvoir le faire. Malheureusement, il nous est impossible de quitter Cerisy ce jour-là : mon beau-père est en effet très malade, et nous ne pouvons pas, hélas, nous permettre de l'abandonner, ne serait-ce qu'une demi-journée.

Croyez à quel point nous sommes désolés de ne pas être avec vous en ce jour de fête : nous en sommes les premiers privés.

A vous, ma chère Charlotte, à Jean et à la petite Florence — à laquelle nous penserons tout particulièrement en ce grand jour — nos plus fidèles pensées.

• Invitation (par carte de visite)

Madame Pierre LENOBLE
recevra jeudi 28 mai, de 17 à 19 heures,
à l'occasion de la profession de foi
de son fils Eric

6, rue des Fonds Verts 75012 Paris — R. S. V. P.

• Réponse favorable (par carte de visite)

M. et Mme Abel Duguichard
remercient Madame Lenoble de son aimable invitation
à laquelle ils auront le grand plaisir de se rendre ;
ils penseront tout particulièrement à Eric jeudi matin
pendant la grande cérémonie

• Réponse négative (par carte de visite)

M. et Mme Abel Duguichard
remercient Madame Lenoble de son aimable invitation
à laquelle ils regrettent vivement de ne pouvoir se rendre,
étant ce jour-là requis pour un mariage en province

L'éducation

Lettre à un directeur d'établissement pour lui demander de prendre un enfant comme élève

Monsieur le Directeur,

J'ai l'honneur de vous demander de bien vouloir accepter parmi vos élèves mon fils Etienne Loisel, âgé de huit ans. Etienne a jusqu'ici été élève de l'école communale de Portejoie (Eure). Ma femme, institutrice, vient d'être nommée à Paris et nous habiterons en juillet dans le quartier des Quinze-Vingts. C'est pourquoi nous souhaitons pouvoir inscrire notre fils dans votre école.

Auriez-vous l'obligeance de m'indiquer si je dois venir vous présenter l'enfant et à quelle date ? Etienne devait passer normalement en cours élémentaire 2e année à la rentrée prochaine, comme l'atteste le certificat de scolarité que vous trouverez ci-joint avec une enveloppe timbrée.

Dans l'attente de votre réponse, je vous prie de croire, Monsieur le Directeur, à l'assurance de mes sentiments respectueux.

Demande de prix pour un internat

Monsieur le Directeur,

Etant depuis longtemps domicilié à Compiègne (Oise), tous mes enfants y ont fait leurs études. Toutefois, mon fils Renaud souhaite depuis son plus jeune âge devenir vétérinaire, et je voudrais l'inscrire dans une terminale dont le niveau soit plus élevé que celui de son lycée actuel.

Dans ces conditions, auriez-vous l'obligeance de me dire s'il est possible de l'inscrire à Saint-Louis (j'espère ne pas avoir trop attendu pour vous écrire : je sais à quel point votre établissement est recherché), et s'il y aurait pour lui une place dans votre internat, dont je souhaiterais par ailleurs connaître les tarifs ?

Dans l'attente de votre réponse, je vous prie de croire, Monsieur le Directeur, à l'expression de mes sentiments respectueux.

Demande d'aide financière pour un internat

Monsieur le Directeur,

Votre lettre du 19 mai m'est bien parvenue, et je vous remercie d'avoir trouvé le temps de me répondre aussi rapidement.

Malheureusement, je ne puis vous cacher que le prix de l'internat dans votre lycée me pose un grave problème : je suis actuellement sans emploi, et si les indemnités qui me sont versées me libèrent pour l'instant de tout véritable souci matériel, elles ne dureront pas toujours, et je m'inquiète pour l'avenir. Par ailleurs, il m'est impossible de laisser Renaud au lycée de Compiègne si je veux qu'il ait la moindre chance de réussir le concours difficile qui l'attend (1).

Je sais que le prix de pension est fixé par l'Etat, et n'est donc susceptible d'aucune réduction ; mais j'ai entendu dire qu'il existait, dans certains établissements, une caisse de solidarité ; si c'était le cas pour le lycée Saint-Louis, et s'il m'était possible de bénéficier d'une aide, quelle qu'elle soit, je vous en serais infiniment reconnaissant.

En espérant que vous voudrez bien comprendre ma démarche, je vous prie de croire, Monsieur le Directeur, à l'expression de mes sentiments respectueux.

Autre lettre sur le même sujet

Monsieur le Directeur,

Depuis plusieurs années, mon fils Thierry Lanoue, qui est actuellement en 3e B2, est pensionnaire dans votre établissement, et je n'ai eu qu'à me louer des résultats qu'il a obtenus jusqu'ici, et de la transformation de son caractère.

Si je me permets de vous écrire aujourd'hui, c'est que ma situation matérielle a considérablement changé ces derniers temps. Je viens en effet de perdre mon mari, et les ressources dont je disposais pour élever mes trois enfants ont diminué de moitié. Je voudrais, bien sûr, me remettre à travailler ; mais l'âge de mes deux

---

(1) ou : Par ailleurs, Renaud, avec son caractère actuel, a un besoin impérieux de la discipline d'un internat. Son conflit avec ses professeurs et avec sa famille est devenu trop aigu pour que ses études et son équilibre ne s'en ressentent pas gravement.

filles (cinq et trois ans) ne me laisse pas la possibilité d'être absente de la maison toute la journée, et mes démarches pour trouver un travail à mi-temps ont été jusqu'ici totalement infructueuses (1).

Dans ces conditions, force m'est d'envisager la possibilité de retirer Thierry de Saint-Louis, ce dont je serais désolée, et pour lui, et pour moi.

Je sais que le prix de pension est fixé par l'Etat, et ne puis donc vous demander de m'accorder une réduction ; mais j'ai entendu dire qu'il existait, dans certains lycées, une caisse de solidarité. Si c'était le cas de votre établissement, et s'il m'était possible de bénéficier d'une aide temporaire, je vous en serais infiniment reconnaissante.

Dans l'attente de votre réponse, et en espérant bien vivement qu'elle me sera favorable, je vous prie de croire, Monsieur le Directeur, à l'assurance de mes sentiments respectueux.

A un directeur de collège ou à un supérieur d'établissement pour faire rayer une inscription

De nombreux parents font inscrire leurs enfants dans deux ou trois établissements, pour choisir finalement au dernier moment. Il est indispensable de se décider au plus tôt et d'aviser les écoles écartées.

Monsieur le Directeur (Monsieur le Supérieur),

Vous avez bien voulu retenir la candidature de mon fils Pascal Perraud, et l'inscrire pour sa rentrée en cinquième. Des circonstances imprévues m'obligeant à modifier mes projets, j'ai voulu vous en informer sans plus attendre, afin de vous permettre de disposer de cette place au profit d'un autre candidat.

Je vous prie d'accepter, Monsieur le Directeur (Monsieur le Supérieur), avec toutes mes excuses, l'expression de mes sentiments respectueux.

---

(1) **ou** : Je suis en effet sans emploi depuis près d'un an, et je ne vais plus toucher les allocations qui m'avaient permis jusqu'à maintenant d'assumer de lourdes charges familiales. Je veux croire que cette situation ne durera pas, mais, en attendant, force m'est d'envisager la possibilité de retirer Thierry...

A un directeur de collège (ou à un supérieur) pour retirer son enfant

Monsieur le Directeur (Monsieur le Supérieur),

Après mûre réflexion, nous avons décidé, ma femme et moi, de rapprocher de nous notre fils Michel Parent, élève de 3e A, et j'ai voulu vous en avertir sans tarder afin que vous puissiez disposer de sa place dans vos prévisions de rentrée.

Les deux années que Michel a passées dans votre établissement lui ont été extrêmement profitables, tant en ce qui concerne ses résultats scolaires qu'au point de vue de son caractère, qui s'est beaucoup amélioré, et je suis heureux de pouvoir vous dire à quel point je vous en suis reconnaissant.

Veuillez agréer, Monsieur le Directeur (Monsieur le Supérieur), l'expression de mes sentiments respectueux.

A un proviseur pour l'informer de la maladie d'un enfant

Monsieur le Proviseur,

Je vous prie de bien vouloir excuser mon fils, Jean-Antoine Bricard (4e A), qui va être absent du lycée pendant un certain temps. L'ayant trouvé très fiévreux hier soir, j'ai appelé le docteur, qui a diagnostiqué la rougeole. J'ai tenu à vous en avertir aussitôt, étant donné les risques de contagion et les mesures de précaution à prendre.

Veuillez agréer, Monsieur le Proviseur, l'assurance de mes sentiments respectueux.

Pour justifier le retard d'un écolier

Monsieur,

Je vous prie de bien vouloir excuser mon fils Martin Rogers pour son retard d'aujourd'hui. Nous avons en effet veillé très tard hier soir, pour fêter les quatre-vingt-cinq ans de son grand-père — je lui avais permis d'assister à cette petite réunion familiale —, et ce matin son réveil n'a pas réussi à le tirer de son sommeil.

En joignant mes excuses à celles de Martin, je vous prie de croire, Monsieur, à l'assurance de mes sentiments distingués.

Pour justifier la non-remise d'un devoir

Monsieur,

Je vous prie de bien vouloir excuser ma fille Françoise Malletret, qui ne vous remettra pas sa composition française.

L'ayant en effet trouvée très fatiguée ces derniers temps, j'ai pris sur moi de la dispenser, momentanément, de tout travail à la maison : je la sais fragile, de petite santé, et voudrais qu'elle arrive sans ennui au bout d'un hiver qui a été pour elle très difficile (1).

Avec toutes mes excuses, je vous prie de croire, Monsieur, à l'assurance de mes sentiments distingués.

Pour excuser l'absence d'un enfant

Monsieur,

Je vous prie de bien vouloir excuser mon fils, Jean-Pierre Landais, classe de 6e B 2, pour son absence de la semaine dernière. À la suite d'une sortie de scouts, Jean-Pierre est revenu à la maison avec une forte angine, et nous avons dû lui faire garder la chambre pendant huit jours.

Veuillez croire, Monsieur, à l'expression de mes sentiments distingués.

A un proviseur pour lui demander de laisser sortir un enfant avant la date prévue pour les vacances

Monsieur le Proviseur,

Je viens vous demander s'il vous serait possible de laisser sortir mon fils Dominique quelques jours avant le début des grandes vacances, c'est-à-dire le 25 juin au soir.

Dominique a en effet la possibilité de partir pour un voyage en Corse avec deux de ses cousins. Il a fait une bonne année, je suis satisfait de ses résultats, et souhaiterais ne pas le priver de ce plaisir pour la seule raison que ses cours se terminent le 28 juin.

Dans l'attente de votre réponse, je vous prie de croire, Monsieur le Proviseur, à l'assurance de ma considération distinguée.

---

(1) **ou** : Nous avons fêté hier soir les fiançailles de sa sœur, et j'ai tenu à ce qu'elle participe à cette réunion familiale, qui s'est terminée tardivement.

A un proviseur pour s'inquiéter du travail d'un enfant

Monsieur le Proviseur,

Le dernier bulletin de mon fils Gérard Axel (3e B), que je vous retourne signé, m'inquiète beaucoup. Je sais que Gérard est loin d'être sot, même si son application laisse souvent à désirer, et je ne peux que m'étonner de la quasi-nullité de ses résultats scolaires.

Je souhaiterais bien vivement pouvoir m'en entretenir avec vous : auriez-vous l'obligeance de me fixer un rendez-vous ? Et je serais très heureux si vous pouviez, d'ici là, voir ce qui ne va pas avec les principaux professeurs de Gérard (je pense en particulier au professeur de mathématiques : Gérard se sent dépassé dans ce domaine, et perd pied très vite, alors qu'il suffirait sans doute de peu de chose pour que cet enfant, qui ne manque pas d'esprit logique, puisse se ressaisir) et chercher dans quel sens nous pourrions agir pour que mon fils puisse sortir de cette mauvaise passe.

Veuillez agréer, Monsieur le Proviseur, l'assurance de mes sentiments respectueux.

D'un père à son fils, pensionnaire et paresseux

Mon garçon,

Ton dernier bulletin ne m'a pas exactement rempli de joie. Je m'inquiète, François, pas pour moi, mais pour toi.

Tu sais que je n'ai jamais eu d'ambition particulière à ton sujet. Je ne suis pas de ces pères qui décident que leurs enfants auront tous les lauriers dont ils n'ont pas su se couvrir eux-mêmes. Bien sûr, je ne dis pas que si tu passais ton bac avec mention « très bien » et que tu entrais brillamment à Polytechnique cela me laisserait indifférent — mais il ne s'agit pas de ça.

Il s'agit seulement de toi. Je sais que les années de classe ne sont pas une partie de plaisir, et qu'il n'est pas drôle d'être en pension (je n'ai pas, moi-même, gardé un souvenir tellement gai de mes années de collège) ; mais je pense à plus tard. Bien sûr, on te dira que les diplômes ne servent à rien. C'est à la fois vrai et faux. Vrai parce que de nos jours, malheureusement, un diplôme n'est plus suffisant pour te faire obtenir le travail que tu souhaiterais ; faux parce que, si pour un poste donné tu te trouves, toi non diplômé, en compétition avec quelqu'un doté d'un parchemin, c'est l'autre qui l'emportera. Et ce que je souhaite de tout mon cœur, ce n'est pas que tu obtiennes ton bac pour avoir ton bac — si tu savais à quel point ça m'est égal ! —, c'est que tu ne te fermes pas, là, tout de suite, un certain nombre de portes qui ne s'ouvriront que si tu peux montrer patte blanche.

Tu es assez grand pour faire de mes conseils ce que bon te semblera. Tout ce que je te demande, François, c'est de ne pas oublier qu'en te parlant ainsi, ce n'est jamais à moi que je pense, mais à toi.

Je t'embrasse.

A un professeur pour lui demander des leçons particulières

Monsieur,

Le récent bulletin de mon fils Philippe Auger (5e A) m'a consterné, et sa faiblesse en anglais m'est apparue particulièrement regrettable.

J'imagine que votre temps est plus qu'occupé ; mais je voulais quand même vous demander s'il vous serait possible de consacrer à Philippe deux ou trois heures par semaine, soit en fin de journée, soit le mercredi. Je sais que cet enfant vous admire beaucoup, et je suis persuadé qu'il trouverait grand profit à des leçons particulières : il aime apprendre, et c'est peut-être une mauvaise expérience en classe de 6e qui l'a momentanément brouillé avec l'anglais.

Je vous serais reconnaissant de me dire également quelles seraient vos conditions pour ces répétitions.

En vous remerciant à l'avance, je vous prie de croire, Monsieur, à l'assurance de mes sentiments distingués.

A un professeur qui a, par ses leçons particulières, permis le succès d'un élève à l'examen

Monsieur,

Mon fils Jean-Louis Denon vient de réussir brillamment son baccalauréat avec mention « bien » (je sais qu'il a frôlé la mention « très bien »).

Je n'ai pas oublié ce qu'était le niveau de Jean-Louis quand vous avez accepté de lui donner des leçons de mathématiques : c'est grâce à vous que cet enfant a réussi à sortir de l'impasse dans laquelle il se trouvait bloqué depuis de si nombreuses années, à comprendre enfin et à aimer les mathématiques qui étaient son cauchemar ; et ce succès est le vôtre, j'en suis convaincu, autant que le sien.

Avec toute ma gratitude, veuillez accepter, Monsieur, l'assurance de mes sentiments les meilleurs.

A un professeur pour orienter les études d'un enfant

Monsieur,

Au moment où mon fils Xavier Maingault va se présenter à son baccalauréat, il ne sait trop vers quelle carrière s'orienter, et je pensais que vous, qui êtes son professeur principal et le connaissez bien, auriez peut-être une idée sur ce qu'il pourrait faire.

Je sais que le professorat l'attire, mais ne me rends pas bien compte de ses possibilités de réussite dans ce domaine, si encombré. Vous paraît-il assez doué, et assez travailleur, pour se présenter au C. A. P. E. S. ou à l'agrégation ? A-t-il une chance de s'imposer ? Ne vous semble-t-il pas trop timide pour affronter une classe de trente ou quarante élèves, pas toujours bien disposés envers leur professeur ?

Autant de questions sur lesquelles j'aimerais avoir votre sentiment. Auriez-vous l'obligeance de m'écrire un mot, si vous en avez le temps, ou, mieux encore, de me fixer un rendez-vous ?

Avec mes remerciements, je vous prie de croire, Monsieur, à l'assurance de mes sentiments distingués.

Autre lettre sur l'orientation d'un enfant

Lettre à adresser au conseiller d'orientation du C. I. O. (Centre d'Information et d'Orientation) [1].

Madame Rosine Caillaud
52, rue du Rendez-Vous
75012 Paris

Monsieur,

Mon fils, Jean-Pierre Caillaud, actuellement en 4e B, doit passer l'année prochaine en 3e technique ; du moins selon l'avis du conseil de classe de son établissement.

Il me semble que cette décision n'a pas été prise dans l'intérêt de l'enfant : si, je dois l'avouer, son année scolaire a été plus que médiocre, cela est dû en grande partie aux ennuis de santé qu'il a eus l'hiver dernier, et à des problèmes familiaux que j'aurais souhaité pouvoir lui éviter, mais qu'il a malheureusement très mal supportés.

---

(1) Son adresse vous sera communiquée par le secrétariat de l'établissement scolaire fréquenté par votre enfant, ou par l'Inspection académique du chef-lieu de cet établissement.

Puis-je vous demander, Monsieur, d'avoir l'obligeance de me fixer un rendez-vous ? Si je pouvais venir vous voir avec Jean-Pierre, je me sentirais plus tranquille, et je crois que j'accepterais la décision du conseil de classe d'un cœur plus serein du moment qu'elle vous paraîtrait réellement fondée.

Avec mes remerciements, je vous prie d'agréer, Monsieur, l'expression de mes sentiments distingués.

Demande de bourse

Lettre à envoyer au secrétariat de l'établissement scolaire fréquenté par votre enfant dans le courant du mois de décembre ou de janvier précédant l'année scolaire pour laquelle vous sollicitez une bourse.

Daniel Goldschmidt
3, rue de la Grande-Truanderie
75001 PARIS

Paris, le 12 décembre 19..

Monsieur,

Auriez-vous l'obligeance de me faire parvenir le formulaire à remplir afin de faire une demande de bourse pour ma fille Marie-Hélène, élève de 2de C ?

Veuillez agréer, Monsieur, avec mes remerciements, l'assurance de mes sentiments distingués.

Ensuite, constituer un dossier avec :

- le formulaire dûment rempli ;
- un extrait de tous les rôles de contribution payés par les parents (imprimé M. 1533) ; dans le cas de non-imposition, joindre une déclaration sur l'honneur de vos revenus.

Demande de bourse pour une école d'agriculture

Lettre à adresser au directeur de l'école

Je soussigné HALBOUX René, agriculteur à Maigremont (Eure), ai l'honneur de vous faire savoir que je sollicite du Ministère de l'Agriculture une bourse d'Etat à l'École régionale d'agriculture du Neubourg pour mon fils, Etienne-Jean HALBOUX, né le 27 janvier 19.. au Mesnil-de-Poses (Eure).

Maigremont, le 3 septembre 19..

Demande de renseignements pour une école d'agriculture

Lettre à adresser au directeur de l'école

Marcel Grandjean
6, rue Tourne-Pierre
Thuit-Signol
27500 ELBEUF

Thuit-Signol, le 12 mai 19..

Monsieur le Directeur,

Mon fils, âgé de dix-sept ans, termine actuellement ses études au C.E.S. d'Elbeuf ; il va se présenter au B.E.P.C. Depuis toujours il veut faire de l'élevage, et je souhaiterais qu'il puisse bénéficier de la formation théorique qui m'a toujours manqué.

Auriez-vous l'obligeance de m'indiquer :

- s'il y a un examen d'entrée à votre établissement et, le cas échéant, à quelle date ;
- combien de temps durent les études, et quels sont les frais à prévoir (y a-t-il des possibilités de bourses ?) ;
- enfin, quels sont éventuellement les débouchés offerts aux élèves qui ont obtenu leur diplôme.

Dans l'attente de votre réponse, je vous prie de croire, Monsieur le Directeur, à l'assurance de ma considération distinguée.

Pour suivre des cours de télé-enseignement

Argentan, le 2 décembre 19..

Stéphanie Andrieux
35, rue des Bains-Sacrés
61200 ARGENTAN

Secrétariat du
C.N.T.E. de Rouen
N° 3022 X
76041 ROUEN Cedex (1) →

Monsieur,

Mon fils Fabrice, élève de 6ᵉ B, étant actuellement immobilisé pour plusieurs mois à la suite d'une grave maladie, j'ai pensé que le télé-enseignement pourrait seul lui permettre d'éviter un trop grand retard dans ses études, et d'entrer normalement en 5e en ayant travaillé chez lui pendant l'année scolaire.

Auriez-vous l'obligeance de m'envoyer une documentation détaillée sur l'enseignement que vous dispensez aux enfants de son âge ?

Avec tous mes remerciements, je vous prie de croire, Monsieur, à l'assurance de mes sentiments distingués.

Autre lettre sur le même sujet

Paris, le 10 mai 19..

Raymond Leclerc
10, rue du Rendez-Vous
75012 PARIS

Secrétariat du
C. N. T. E. de Lyon
100 bis, rue Hénon
69316 LYON Cedex 1 (1)

Monsieur,

Ayant été contraint d'abandonner mes études à l'âge de seize ans pour gagner ma vie, je voudrais suivre à nouveau aujourd'hui des cours pour préparer un B. E. P. de comptabilité.

Comme je travaille à plein temps, je souhaiterais bénéficier de l'enseignement dispensé par le C. N. T. E. Auriez-vous l'obligeance de m'envoyer une documentation détaillée sur le sujet qui me concerne ?

Avec tous mes remerciements, recevez, Monsieur, mes sincères salutations.

---

(1) Le Centre National de Télé-Enseignement comporte six établissements — à Vanves, Grenoble, Lille, Lyon, Rouen, Toulouse —, dont certains concernent les enfants d'âge scolaire, d'autres les adultes ou les étudiants. On peut se documenter sur l'enseignement dispensé par chacun de ces centres en écrivant au secrétariat du C. N. T. E. de Vanves (60, bd du Lycée, 92171 Vanves). On trouvera également tous les renseignements nécessaires dans le *Guide de vos droits et démarches,* remarquable ouvrage édité par la Documentation Française, et qui répond à la plupart des questions que chacun peut se poser dans ses rapports avec l'Administration.

Demande d'inscription aux épreuves du baccalauréat

Lettre à adresser :

pour Paris, **à l'Office du baccalauréat, 22, rue Vauquelin, 75005 ;**

pour la province, **à Monsieur le Recteur de l'Académie, ou Monsieur le Doyen de la faculté de (la ville où se trouve la faculté pour la région qu'on habite).**

Monsieur le Recteur (Monsieur le Doyen),

En vue des prochaines épreuves du baccalauréat auxquelles je désire me présenter, je vous prie de bien vouloir me faire parvenir l'imprimé que j'ai à remplir avec les indications de toutes les pièces nécessaires à mon inscription. Je désire me présenter au centre de Rennes.

Veuillez agréer, Monsieur le Recteur (Monsieur le Doyen), l'expression de mes sentiments respectueux.

Demande de dispense d'âge pour le baccalauréat

La demande de dispense d'âge est adressée aux mêmes personnalités et dans des termes analogues ; toutefois, il est préférable qu'elle soit rédigée par les parents ; par exemple :

Monsieur le Recteur (Monsieur le Doyen),

Auriez-vous l'obligeance de bien vouloir m'indiquer quelles sont les formalités et conditions à remplir afin d'obtenir une dispense d'âge pour mon fils en vue des épreuves prochaines du baccalauréat ? Pierre a quinze ans depuis le 6 février de l'année en cours, il est le troisième de sept enfants, et ses notes scolaires sont assez satisfaisantes pour qu'il puisse espérer réussir cette année son examen.

Veuillez accepter, Monsieur le Recteur (Monsieur le Doyen), l'expression de ma haute considération.

Pour se présenter à la session de septembre du baccalauréat, du baccalauréat de technicien ou du B. E. P. C. (1)

Lettre à adresser au service des examens du rectorat de votre académie.

Monsieur,

A la suite d'un accident de voiture, avec fracture du tibia (2), je n'ai pas pu me présenter à la dernière session du baccalauréat, et serais très désireux d'être convoqué pour la session de septembre.

Veuillez trouver ci-joint :

- la convocation que j'ai reçue ;
- le certificat médical faisant foi de mon incapacité temporaire.

Veuillez agréer, Monsieur, l'assurance de mes sentiments distingués.

Pour demander ses notes après le baccalauréat

Joindre une enveloppe timbrée portant votre nom et votre adresse.

Monsieur le Recteur,

Candidat aux épreuves du baccalauréat, section D, passées avec succès (mention « bien »), j'ai l'honneur de solliciter de votre bienveillance le détail de mes notes dans les différentes matières d'écrit et d'oral.

Avec mes remerciements, je vous prie d'agréer, Monsieur le Recteur, l'assurance de mes sentiments respectueux.

---

(1) **Pour le B. E. P. C., la lettre sera adressée à l'Inspecteur d'Académie. Elle se terminera par :** Veuillez agréer, Monsieur l'Inspecteur d'Académie, l'expression de mes sentiments respectueux.

2) **ou :** A la suite d'une paratyphoïde, qui m'a immobilisé pendant plus d'un mois.

A une grand-mère pour annoncer un succès au baccalauréat

Chère Grand-Mère,

As-tu préparé ta couronne de lauriers ? Vite, vite, je me précipite pour la recevoir. Ton petit-fils est en effet depuis hier matin le plus heureux bachelier ès lettres de la ville de Paris.

Je sais que, derrière tes airs tranquilles, tu te faisais un sang d'encre pour mes examens : c'est pourquoi je me fais une joie de t'annoncer mon succès (glorieux : j'ai même une mention !) sans plus attendre.

A très bientôt, chère Grand-Mère. Je t'embrasse avec toute mon affection.

A une grand-mère pour annoncer un échec au baccalauréat

Chère Grand-Mère,

Tu te faisais tant de souci pour mon baccalauréat qu'il me faut bien t'avouer, sans plus attendre, et l'oreille basse, que tu n'avais pas tort. Il s'en est fallu de trois points — maigre consolation — pour que je sois reçu.

Me voici donc obligé de redoubler ma terminale ; mais tu sais que s'il m'arrive d'être paresseux je suis avant tout réaliste ; et il est si important pour moi d'avoir le bac l'année prochaine — je veux absolument commencer mes études de médecine — que je suis prêt à mettre les bouchées doubles, triples, quadruples même, pour éviter un nouvel échec.

Ne t'inquiète donc pas trop pour moi, chère Grand-Mère. En attendant de pouvoir te montrer que je sais tenir mes promesses, je t'embrasse avec toute mon affection.

D'une mère, habitant la province, pour demander qu'on ne laisse pas isolée sa fille qui vient terminer ses études à Paris

Chère Nadine,

Est-ce que j'ose m'autoriser de notre vieille amitié pour te demander un service ?

Voici. Ma fille Sylvie, qui a maintenant dix-huit ans, va venir faire ses études de pharmacie à Paris. Elle est intelligente (ce n'est pas mon amour de mère qui m'aveugle !), assez charmante — je crois — et surtout extrêmement timide. Je redoute un peu de la voir seule et perdue dans ce grand Paris que je connais si mal, et j'ai pensé à toi. Te serait-il possible de prendre un peu en main mon enfant chérie, de la diriger, et de l'aider dans cette libre vie parisienne qui va, je le sens, tant la désorienter ?

Je te sais plus qu'occupée, mais ai-je tort d'espérer que tu pourras trouver quelques instants à consacrer à ma Sylvie ?

Tu me réponds tout franchement. En attendant, je t'embrasse, chère Nadine, de toute ma vieille amitié.

Réponse favorable

Chère Adrienne,

Bien sûr, je me ferai une joie d'accueillir ta Sylvie à son arrivée à Paris. Tu sais — ou tu ne sais pas — que j'aime beaucoup les jeunes filles ; la façon dont elles sont à la fois si enfantines et si résolument adultes me touche toujours infiniment — et ta Sylvie fait, dès maintenant, partie de la famille.

Qu'elle me téléphone très vite (226-22-22) : je l'accueillerai avec toute l'amitié que je porte à sa mère.

Fidèlement à toi.

Réponse défavorable

Chère Adrienne,

Tu me vois bien désolée de répondre de façon mitigée à ta lettre du 4 septembre. Je serais personnellement ravie d'accueillir ta Sylvie ; mais mon époux est un affreux ours — je l'ai, hélas, constaté cent fois — qui est délibérément hostile à toute présence étrangère, si charmante soit-elle.

Ceci dit, bien sûr tu m'envoies ta fille. Nous déjeunerons ensemble, nous parlerons ensemble ; et je ferais tout ce qui sera en mon pouvoir pour lui rendre la vie à Paris plus simple et plus facile. Simplement, je ne pourrai pas l'accueillir comme la fille de la maison, ce que j'aurais tant aimé pouvoir faire.

Tu me dis que tu ne m'en veux pas trop ?

Et que tu crois toujours, chère Adrienne, à ma fidèle amitié ?

Demande de renseignements auprès de l'O. N. I. S. E. P.

Marcel Grosclaude
12, rue Nationale
35230 LE SEL DE BRETAGNE

Le Sel-de-Bretagne, 30 septembre 19..

A Monsieur le Directeur du Centre
d'Information et d'Orientation
de Rennes (1)

Monsieur,

Mon fils Patrick Grosclaude, âgé de dix-sept ans, vient d'échouer au baccalauréat. Il aurait pu réussir, ayant eu la moyenne toute l'année.

Il souhaiterait préparer une école nationale de commerce.

N'ayant aucune information dans ce domaine, je vous serais reconnaissant de m'indiquer s'il existe en province des écoles de commerce comportant une année préparatoire qui amène les élèves au baccalauréat et à l'examen d'entrée des écoles nationales. Cela lui permettrait de ne pas perdre une année.

Pourriez-vous également m'indiquer les écoles privées qui préparent à des carrières commerciales les jeunes gens ayant fait des études secondaires ?

Vous en remerciant à l'avance, je vous prie de croire, Monsieur, à toute ma considération.

Autre lettre sur le même sujet

Janine Michaud
84, rue de l'Eglise
38122 COUR ET BUIS

Cour-et-Buis, le 2 février 19..

A Monsieur le Directeur du Centre
d'Information et d'Orientation
de Grenoble (1)

Monsieur,

Désirant me perfectionner dans toutes les disciplines qui relèvent du secrétariat et si possible obtenir un diplôme, je vous serais reconnaissante de me fournir des précisions dans ce domaine.

---

(1) L'O. N. I. S. E. P. (Office National d'Information sur les Enseignements et les Professions) est représenté dans chaque académie par une délégation régionale, dont l'adresse vous sera communiquée par votre mairie, ou par l'établissement scolaire fréquenté par votre enfant.

Je suis âgée de vingt ans et je n'ai que mon C.E.P.

J'ai suivi des cours Pigier de sténo-dactylo de seize à dix-huit ans.

Depuis deux ans, je travaille dans une entreprise de chauffage à Cour-et-Buis.

Pourriez-vous me faire savoir s'il existe :

1° des cours par correspondance ;

2° des cours du soir dans le département de l'Isère (**ou** : à Grenoble) ;

3° des stages intensifs ou des sessions accélérées.

Je me permets d'ajouter que, aimant le secrétariat, je voudrais autant que possible améliorer mes connaissances dans cette branche ; mais il me faut malheureusement gagner ma vie, et je ne veux demander aucune aide à ma famille.

J'accepterais avec reconnaissance toute suggestion de votre part.

Veuillez agréer, Monsieur, l'expression de mes sentiments distingués.

Autre lettre sur le même sujet (1)

Jeanie Belaval
32, rue des Pères-Tranquilles
36000 CHÂTEAUROUX

Châteauroux, le 10 mai 19..

Monsieur,

Mon fils, Stéphane Belaval, qui est actuellement en classe de 3e, souhaiterait s'orienter vers les métiers de la menuiserie ou de l'ébénisterie. Malheureusement, il ne dispose d'aucune information dans ce domaine.

Si, parmi vos publications, il en existe qui traite des métiers du bois, auriez-vous l'obligeance de m'en donner les titres, et de me faire savoir où je pourrais me les procurer ? Je vous en serais très reconnaissante.

Avec mes remerciements, veuillez agréer, Monsieur, mes sincères salutations.

---

(1) L'O.N.I.S.E.P. Diffusion (BP 10205, 75225 Paris Cedex 05) vous enverra gratuitement le catalogue de ses publications — fort bien fait — sur les enseignements et les professions, et la liste des points de vente directe pour toute la France.

La correspondance sentimentale

Les approches

D'un jeune homme à une jeune fille qu'il voudrait revoir

Christine,

Suis-je trop familier en empruntant votre prénom ? Mais il m'a semblé, en vous rencontrant avant-hier chez nos amis communs, que vous m'étiez trop proche pour que je vous appelle Mademoiselle. Je voudrais beaucoup vous revoir, pour continuer la conversation que nous avons interrompue trop vite à mon gré. Pourrions-nous nous retrouver samedi prochain, chez vous, au café de Tournon ou dans n'importe quel endroit qui vous conviendrait ?

J'attends votre réponse avec impatience.

Réponse favorable

Vous avez eu une très bonne idée, Gérard. Je vous retrouverai samedi prochain, au café de Tournon, à six heures, et me réjouis de vous revoir.

Si vous avez un empêchement, pouvez-vous me téléphoner, s'il vous plaît, au 222-25-36 ?

Réponse négative

Moi aussi, Gérard, j'ai gardé un bon souvenir de notre conversation de l'autre soir. Mais... vous avez, je n'en doute pas, une vie très occupée ; la mienne est pleine comme un œuf, et il me paraît bien difficile, dans ces conditions, d'envisager une nouvelle rencontre. Peut-être le hasard nous réunira-t-il à nouveau ?

Avec tous mes meilleurs sentiments.

D'un jeune homme à une jeune fille à la suite d'une annonce matrimoniale

Mademoiselle,

Je viens de lire l'annonce que vous avez fait paraître dans le dernier numéro du *Chasseur français*. Il se trouve que je cherche moi-même, depuis quelque temps, à sortir de ma solitude, et il m'a semblé que nous pourrions peut-être nous entendre.

J'ai vingt-neuf ans ; je suis châtain, de taille moyenne, ni très beau ni très laid, comme vous pourrez en juger d'après la photographie que je joins à ma lettre. Depuis sept ans, je suis comptable aux Etablissements Tournemire ; mes appointements sont de 3 400 F par mois. Mes parents, qui habitaient la Dordogne, sont morts tous les deux, en me laissant une petite maison dans un très joli village, qui s'appelle Sergeac.

Par nature et par goût, je suis plutôt un solitaire : j'ai peu d'amis et pas du tout de famille à Paris. Je ne m'accommode pas trop mal de cet état de choses : j'aime bien rester chez moi pour bricoler, jardiner — j'habite en banlieue, et j'ai un petit jardin —, lire, regarder la télévision ou écouter de la musique. Comme vous le voyez, mes goûts sont simples, et sans être un ours je ne suis pas du tout mondain. Par ailleurs, j'aime beaucoup les enfants. J'ai toute ma vie souffert de n'avoir ni frère ni sœur, et j'ai toujours souhaité avoir une « vraie » famille.

Si tout ce que je vous confie de moi ne vous effraie pas, nous pourrions peut-être nous rencontrer ? Je le souhaiterais, pour ma part, bien vivement.

Dans l'attente de votre réponse, je vous prie de croire, Mademoiselle, à l'assurance de mes sentiments respectueux.

Réponse favorable

Monsieur,

Votre lettre m'a plu, et votre photographie aussi. Je sais bien qu'il est difficile de se faire une idée de quelqu'un d'après une photo d'identité, mais je vous ai trouvé un air droit et sympathique auquel j'ai été très sensible.

Nous sommes presque du même âge : j'ai en effet vingt-six ans. Comme vous je suis une provinciale devenue parisienne — mes parents habitent encore Bar-le-Duc — et je travaille depuis six ans aux Etablissements Dalmas où je suis sténo-dactylo. Mes appointements sont de 2 600 F par mois, et j'ai par ailleurs quelques économies.

Comme vous aussi je suis d'un naturel très réservé : le monde me fait peur, et je passe mon temps libre chez moi, à m'occuper de ma maison, à lire, tricoter, écouter de la musique — je souhaite que nous ayons les mêmes goûts dans ce domaine : nous pourrons en reparler j'espère —, et regarder la télévision, surtout les variétés et les reportages. J'aime passionnément les enfants : nous étions cinq à la maison et j'ai toujours pensé que rien n'était plus triste que de n'avoir ni frères ni sœurs, et que je voudrais tant plus tard, moi aussi, avoir une « vraie famille ».

Comme vous enfin je ne suis ni très belle ni très laide : j'ai essayé de trouver la photo de moi qui me paraissait la plus ressemblante pour vous l'envoyer.

Si vous le souhaitez toujours, je serais très heureuse de vous rencontrer. Comme il fait beau, peut-être pourrions-nous nous retrouver dans les jardins du Palais-Royal, samedi 8 juin, à 16 heures, près du grand bassin (ou sous les arcades, si le temps s'était assombri) ? J'imagine que nous nous reconnaîtrons facilement grâce à nos photographies ; mais, pour qu'il n'y ait aucun doute, j'aurai à la main le numéro du *Chasseur français* qui est à l'origine de notre correspondance.

Veuillez croire, cher Monsieur, à l'assurance de mes meilleurs sentiments.

Réponse négative

Monsieur,

J'ai bien reçu votre lettre du 20 mai, dont je vous remercie — mais je crains fort que nous ne puissions pas nous entendre. Je suis en effet, contrairement à vous, d'un naturel très sociable : j'adore sortir, recevoir des amis, aller au spectacle, et nos caractères sont, je crois, si opposés qu'une rencontre entre nous me paraîtrait bien inutile.

Vous trouverez donc ci-jointe la photographie que vous m'aviez communiquée.

Avec tous mes regrets, veuillez croire, Monsieur, à l'assurance de mes meilleurs sentiments.

D'un jeune homme à une jeune fille pour lui dire qu'il l'aime

Chère Martine,

Hier soir encore, pour la dixième, pour la centième fois, j'ai pensé : aujourd'hui, je vais oser lui dire... Et puis chaque fois il y a eu quelque chose dans ta beauté, dans ton regard, dans ton sourire, qui m'a paralysé. Alors je me jette à l'eau, lâchement, par écrit.

Je t'aime, Martine — et je ne peux plus continuer à faire semblant d'être pour toi un bon camarade, à ne te voir que le temps d'un cinéma ou d'une boum chez des amis communs. Je voudrais t'avoir seule à moi, pour moi ; faire avec toi d'immenses promenades dans le Midi de mon enfance ; passer avec toi de grandes soirées en tête à tête, tout connaître de toi, tout comprendre de toi, tout partager avec toi.

Est-ce mon imagination qui m'égare ? Il m'a semblé quelquefois que l'évidente complicité qui existe entre nous impliquait autre chose qu'une simple amitié ; que, parmi tous les garçons qui t'entourent, je ne t'étais pas, peut-être, tout à fait indifférent.

Je t'en prie, Martine, dis-moi vite : me suis-je trompé ?

A toi.

Réponse favorable

Hugues, cher Hugues,

Non, tu ne t'étais pas trompé. A moi aussi cette fausse camaraderie pesait davantage de jour en jour. Moi aussi je commençais à trouver encombrants les garçons qui m'entouraient, si sympathiques soient-ils. Et toutes ces soirées sans toi, et tous ces week-ends sans toi me paraissaient de plus en plus absurdes.

Je ne sais pas si je t'aime. Ce mot est chargé pour moi d'un poids redoutable : je crois qu'il signifie, en fait, un engagement de toute une vie, et nous n'en sommes pas là. Mais le temps est à nous, et nous verrons bien... Ce que je sais, c'est que je suis très, très amoureuse de toi, depuis si longtemps que je n'ose pas me l'avouer...

Je t'espère et t'attends, cher Hugues, vite, vite...

Réponse dilatoire

Hugues, ta lettre a été la plus grande surprise de ma vie, ou presque. Je voyais en toi d'un œil si tranquille, et depuis si longtemps, mon plus cher ami que jamais, au grand jamais, je n'aurais pensé qu'il pouvait être question d'amour entre nous.

Je ne sais que te dire. Que tu sois, parmi les garçons qui m'entourent, le plus proche de moi, c'est une évidence que je n'essayerai pas de nier. Mais — est-ce que je suis amoureuse de toi ? Je me sens incapable de répondre par oui ou par non.

Veux-tu que nous convenions ensemble de laisser le temps faire son œuvre, comme on dit ? Il est bien évident que ta lettre aura, de toute façon, subtilement changé nos rapports. Dans quel sens ? Je ne sais. Tout ce que je sais, c'est que je voudrais, très fort, ne pas te perdre.

A très bientôt ?

Réponse négative

Cher Hugues,

Pour être tout à fait sincère, ta lettre m'a désolée. Tu étais mon ami de cœur, mon compagnon préféré, mon complice le plus proche — mais jamais, au grand jamais, je n'avais pensé que l'amour pourrait intervenir entre nous.

S'il te plaît, oublions cette lettre : je ne crois pas que, pour ma part, l'amitié puisse se transformer en amour. Si tu le préfères, ne nous voyons plus pendant un certain temps. Tu me manqueras cent fois, mille fois — mais je ne me sens pas capable de faire face à un sentiment auquel je ne suis pas en mesure de répondre.

Je t'embrasse.

D'une jeune fille à une amie pour annoncer qu'elle se « met en ménage »

Chère Marguerite,

Sans plus attendre, tu ouvres ton carnet d'adresses à la page où je figure, tu barres « 170, rue des Arènes » et tu ajoutes, à côté, en dessus, en dessous, « 48, quai de Conti ».

Cette adresse ne te dit rien ? Eh oui, ma belle, la semaine prochaine je m'installe chez Stéphane, le cœur battant de joie et d'incertitude. A l'idée que nous allons nous réveiller ensemble tous les matins, nous retrouver chaque soir, vivre les mille liens que tisse la vie quotidienne, je me réjouis du fond de l'âme : je supportais de plus en plus mal nos rendez-vous toujours trop courts, nos soirées qui se terminaient si vite, et toutes ces grandes plages de temps sans lui, quand il était retenu par son travail (un conseil d'amie : n'aie jamais dans ta vie un garçon qui prépare un concours !). Maintenant, au moins, je pourrai lire auprès de lui pendant qu'il potassera ses bouquins de médecine...

En même temps, j'ai une petite pointe d'appréhension : ce bel élan qui nous jette l'un vers l'autre résistera-t-il au quotidien ? Stéphane va-t-il se révéler, lui que j'ai toujours vu si gentil, atrabilaire ou maniaque ? Et comment, grands dieux, va-t-il supporter mon incompétence — notoire — en matière de cuisine ?

Bah, nous verrons bien. Ce sera en tout cas un pur délice de quitter ma petite chambre sombre pour deux pièces, quai de Conti, qui ont la plus belle vue du monde : la Seine, le Louvre et le pont des Arts...

Les parents se sont montrés à peu près compréhensifs. A dire vrai, je crois que Papa est assez malheureux : tu connais ses principes. Maman, elle, m'est au fond tout acquise : si elle se désole de voir l'oiseau s'envoler, je suis sûre qu'au fond elle m'envie plutôt.

Quand viendras-tu nous rendre visite, ma belle, pour partager notre bonheur à deux ?

Amicalement à toi.

Réponse

Chère Paule,

Ta mère n'est pas la seule à t'envier : moi aussi, belle enfant, je voudrais bien être à ta place, et je suis tout heureuse de ta lettre. Tu sais la sympathie que j'ai eue tout de suite pour Stéphane : j'ai toujours pensé qu'il était un garçon sur lequel on pouvait absolument compter — chose rare —, et l'originalité de son intelligence, sa sensibilité secrète et sa gentillesse un peu bougonne m'avaient d'emblée séduite. En ce qui te concerne, je trouve que tu exagères beaucoup ton incompétence culinaire : tes œufs au plat sont toujours parfaitement réussis... Et d'ailleurs, pourquoi serais-tu la seule à faire la cuisine ? Soyons de notre temps, que diable, et mettons les hommes à nos fourneaux !

J'espère faire un saut à Paris dans le courant du mois prochain : ma première visite sera, c'est juré, pour le quai de Conti, où je me réjouis de vous retrouver tous les deux. Auras-tu le courage, d'ici là, de me griffonner trois lignes pour me raconter un peu ta vie nouvelle ?

Bon vent, ma belle !

Les reproches

Lettre de reproches à une jeune fille

Chère Marianne,

Je ne voudrais pas jouer les esprits chagrins, ni les jaloux ; mais depuis hier soir je tourne et retourne dans ma tête la façon dont s'est déroulée la soirée chez les Riche ; et ce souvenir m'est chaque fois un peu plus douloureux.

Je conçois bien — ne me fais pas plus ours que je ne suis — qu'une fête de ce genre est faite pour s'amuser, et il était bien évident que le fait que j'y sois venu avec toi n'allait pas te contraindre à ne pas me quitter une seconde.

Mais te perdre de vue du début à la fin de la soirée, et ne te retrouver à deux heures du matin que pour te raccompagner, c'est un peu dur, Marianne. Je supporte mal la façon dont tu m'ignores aussi complètement dès que nous ne sommes plus seuls. Ai-je un tempérament jaloux ? Est-ce qu'au contraire je ne veux pas regarder la réalité en face ? Tu veux me rassurer, Marianne ?

A toi.

Réponse

Cher Arnaud, que tu es ombrageux ! C'est vrai que j'aime danser, c'est vrai que j'aime passer d'un garçon à l'autre, que les bons danseurs sont rares et que j'espère toujours en rencontrer un.

Mais, grand ours que tu es, il est vrai aussi que tu es, de loin, l'homme le plus cher à mon cœur. M'en voudras-tu vraiment si je te dis que c'est avec toi que je préfère aller voir une exposition à l'Orangerie, un western au cinéma, ou que je suis toujours heureuse de te retrouver en tête à tête — mais que dans une soirée où il y a autant de bruit que de monde, j'aime aller de l'un à l'autre, danser à perdre haleine et me faire faire un brin de cour qui ne porte pas à conséquence ? Me feras-tu la faveur de ne pas oublier que je n'ai que vingt ans ?

Dis-moi que tu ne me boudes plus ?

Je t'embrasse.

Réponse avec fin de non-recevoir

Cher Arnaud,

Ta lettre d'hier a mis le feu aux poudres. Depuis longtemps, ta jalousie à propos de tout et de rien commençait à me peser : aujourd'hui la mesure est comble.

Toute colère mise à part, Arnaud, nous ne sommes pas faits pour nous entendre. Tu es un solitaire, et l'idéal de ta vie serait que nous nous retrouvions tous deux dans une chaumière bretonne, perdue dans la lande, enfin seuls et les yeux dans les yeux. Moi j'aime, non pas le monde, mais vivre avec les autres — et si hier soir je t'ai, je le reconnais, un peu abandonné, c'est que j'avais envie de voir des visages nouveaux et d'échapper à un tête-à-tête qui, décidément, ne me comble pas.

Veux-tu — cela veut dire : je souhaiterais — que nous espacions un peu nos rencontres ? Si, comme je le crains, tout nous sépare, il ne sert à rien de continuer à forger des liens qu'il nous faudrait durement avoir le courage de rompre par la suite.

Je t'embrasse.

Pour se réconcilier après une dispute

Claire, j'ai été fou. Tu es tout ce que j'ai de plus précieux au monde, et voici que je m'emporte, que je monte sur mes grands chevaux, que je te couvre d'injures, ou presque — et que je me retrouve maintenant penaud, désolé, ne sachant que faire...

Me pardonneras-tu mes excès de langage ? J'ai le sang vif, comme tu sais, et je m'emporte facilement — quitte à reconnaître tout de suite mes torts. Ils sont grands, je l'avoue, et je te jure, croix de bois-croix de fer, que je ferai un énorme effort pour m'amender. Mais dis-moi, je t'en prie, que tu ne m'en veux pas trop ?

Tout à toi.

Réponse

Philippe, cher Philippe,

Ton mot m'a fait chaud au cœur. Notre discussion m'avait laissée perplexe et désolée : pourquoi si bien s'entendre, d'une façon générale, s'il doit y avoir de tels heurts, et qui font si mal ? Tes grandes résolutions m'ont réconfortée : si tu les oublies, compte sur moi pour te les rappeler ; je crois que je ne suis pas capable de supporter longtemps des affrontements aussi chargés d'agressivité.

Mais, forte de ta promesse, je suis sûre qu'ils ne se reproduiront pas de sitôt.

Je t'embrasse.

La rupture

Lettre de rupture

Dorothée,

Depuis plusieurs semaines je tourne lâchement autour de cette lettre — cette lettre, parce que je sais que je n'aurais jamais osé te dire de vive voix ce que j'essaie de t'écrire aujourd'hui et que tu sais déjà.

Il y a longtemps, Dorothée, que nous sommes devenus pratiquement des étrangers l'un pour l'autre. Seuls de faux liens nous lient : la vie quotidienne, l'habitude, le souvenir d'un amour qui a été si fort que son ombre nous aveugle encore. Mais aujourd'hui, avouons-le, cet amour est mort, et depuis des mois, nous ne vivons ensemble que parce que nous n'avons, ni l'un ni l'autre, le courage de prendre l'initiative d'une séparation.

Cet affreux courage, je crois que je vais l'avoir aujourd'hui. Il ne faut pas trop m'en vouloir : tu sais que nous n'avions pas d'avenir, que nous n'aurions jamais vieilli ensemble, que je ne voulais pas d'enfant — et le seul service que je puisse te rendre, c'est de m'en aller, de disparaître de ta vie, de te laisser libre pour revivre enfin, faire d'autres rencontres...

Ne cherche pas à me revoir, ni à savoir ce que je suis devenu. Te quitter est une chose affreuse ; mais je crois, je sais que pour toi l'aube est proche, et que tu redécouvriras à quel point il est simple de vivre dans un monde où je ne serai plus, pour toi, une source d'angoisse.

A toi.

Réponse

Guillaume, je ne veux pas. Je sais, comme toi, que nous nous sommes laissés engluer ces derniers mois par la vie quotidienne ; mais contrairement à toi je pense qu'il y a autre chose ; que cet amour dont tu parles n'est pas mort, mais seulement enseveli sous mille et un détails sans importance, qu'on doit pouvoir balayer sans peine.

Mon cher amour, donnons-nous un peu de temps. Si d'ici trois mois, six mois, il s'avère que tu as raison, que nous n'avons rien à faire ensemble, que seule nous lie la force de l'habitude, alors nous nous séparerons, et je n'aurai plus rien à dire. D'ici là, laisse-moi, laisse-nous une chance.

Je t'en prie.

Pour revenir sur une lettre de rupture

Jeanne, je donnerais tout au monde pour que tu n'aies pas reçu la lettre que je t'ai envoyée hier. Je me croyais courageux, je n'étais que fou, et aveugle.

Aveugle parce que tous les problèmes qui ont obscurci notre vie commune ces mois derniers ne sont pas de vrais problèmes. Je veux croire, je suis sûr que si nous avions eu un peu plus confiance l'un dans l'autre, que si nous parlions davantage, si nous nous expliquions plus ouvertement et plus tranquillement, nos différends disparaîtraient d'eux-mêmes ; fou parce que je n'aime que toi, parce qu'il m'est impensable de vivre sans toi, et que te perdre serait pour moi un désert que je n'ose envisager.

Dis-moi que tu me pardonnes. Téléphone-moi, écris-moi, montre-toi — ne me laisse pas trop longtemps à moitié mort d'angoisse, même si, je le reconnais, j'en suis seul responsable.

Je t'aime.

Réponse favorable

François,

Ta lettre de rupture m'avait laissée si effondrée que je n'ai même pas eu de larmes. C'était trop dur, trop impensable, trop injustifié. Je savais bien que nos derniers mois ensemble avaient été difficiles ; mais il y avait tant de raisons à cela — tes ennuis de travail, mes soucis quotidiens, notre commune fatigue — que je ne m'en étais pas alarmée. Et puis voici le ciel qui me tombe sur la tête, sans crier gare, et cet arrachement que je n'avais pas souhaité, ni imaginé, et dont je ne veux pas...

Reviens-moi vite, François. Je ne dirai pas oublions tout, mais au contraire parlons ensemble — de toi, de moi, de nous, de toutes les petites choses apparemment sans importance qui nous ont, semaine après semaine, éloignés l'un de l'autre. Je tiens trop à toi pour que nous nous laissions encore dévorer.

Que cette lettre qui aurait dû être de rupture, sûrement si difficile à écrire, et si affreuse à lire, nous soit contre toute attente salutaire.

Je t'attends.

Réponse négative

François,

Ta deuxième lettre était inutile. Lorsque tu disais que depuis plusieurs mois nous étions devenus des étrangers, tu avais raison. Je le savais, moi aussi, mais je n'avais le courage ni de le formuler, ni d'en tirer les conséquences.

Cet affreux courage dont tu parles, c'est à moi de l'avoir aujourd'hui. Notre gêne commune, ces derniers temps, n'a pas été un hasard, mais l'évolution inévitable d'un amour — était-ce bien un amour ? — sans avenir. Nous n'étions pas faits l'un pour l'autre, comme on dit, François. Il fallait bien que nous nous en apercevions un jour.

Nous avons eu des moments si heureux ensemble que bientôt tout le reste n'aura plus d'importance. Bientôt... mais pendant quelque temps, avant que nous puissions nous retrouver le cœur tranquille, je préférerais ne plus te revoir, ne plus entendre parler de toi. Mais je sens, je sais que nous avons été trop liés pour que nous ne nous retrouvions pas un jour.

Que j'espère proche, François.

La demande en mariage

Demande en mariage

Madeleine,

Depuis plusieurs mois déjà, je pense, chaque fois que je te vois : aujourd'hui, je vais oser lui dire... Et puis l'arrivée d'une tierce personne, un coup de téléphone intempestif, ou simplement ton air moqueur me glacent, me déroutent, et à nouveau je me retrouve seul avec mon secret — mais est-ce vraiment encore un secret ? — et plein d'une énergique résolution : la prochaine fois, je vais oser lui dire...

Je t'aime, Madeleine. Crois-moi, j'ai longtemps hésité avant de reconnaître en moi cette évidence, tant l'amour est à mes yeux chose sérieuse : je ne suis plus à l'âge des premiers flirts de la jeunesse... Mais maintenant je le sais, j'en suis sûr, et je te parle du fond de mon âme. C'est avec toi que je voudrais vivre, aujourd'hui, demain, toujours ; avec toi que je voudrais donner une âme à une maison qui serait notre maison ; avec toi que je voudrais avoir des enfants qui seraient à ton image. Tu es déjà au cœur de mon cœur, au cœur de ma vie — et je souhaite de toutes mes forces, chère, si chère Madeleine, que tu y restes jusqu'à la fin des temps.

Je ne vis plus en attendant ta réponse.

Réponse dilatoire

Cher Maurice,

Que tu avais bien gardé ton secret ! Jamais je n'avais soupçonné chez toi autre chose que de l'amitié — et ta lettre me laisse tout étonnée, et ne sachant que te répondre.

Tu es de tous mes amis le plus proche de mon cœur, un peu trop proche peut-être pour ne rester qu'un ami — mais de cela je ne suis pas encore bien sûre. Aussi te proposerai-je un pacte : j'oublie — enfin, je tâche d'oublier — ta lettre, nous continuons à nous voir, et nous saurons très vite, je pense, où nous mènent nos rencontres. J'ai pour toi, tu le sais, beaucoup d'estime et beaucoup d'amitié. A l'avenir de nous dire si ces liens, très réels, peuvent se transformer en d'autres liens, si les moments heureux que nous avons déjà vécus ensemble sont les premiers pas vers une vie heureuse...

A très bientôt.

Réponse favorable

Maurice,

Je ne savais pas qu'il était possible d'être aussi heureuse. Oh, oui, ton secret était un vrai secret — si bien gardé que j'ai pu, de mois en mois, te regarder de plus en plus tendrement sans me douter une seconde que le sentiment que je te portais était partagé.

Je t'aime, Maurice. Depuis longtemps, il me paraît inimaginable d'envisager de vivre sans toi, d'habiter une maison qui ne serait pas la tienne, d'avoir des enfants qui ne te ressembleraient pas. Que tous ces vœux se trouvent comblés aujourd'hui me laisse sans voix, presque tremblante. Quand nous voyons-nous pour que je puisse entendre de ta bouche ces mots qui m'ont tant touchée ?

A toi.

Réponse négative

Cher Maurice,

Ta lettre m'a plongée dans un bien grand embarras. Tu étais pour moi le plus proche de mes amis — mais jamais je n'avais pensé qu'il pouvait être question d'autre chose que d'amitié entre nous.

J'aurais aimé ne pas avoir à te faire cette confidence, Maurice ; mais, suivant l'expression consacrée, mon cœur n'est plus libre. Je n'ai pas voulu faire publiquement état de cet attachement qui, pour l'instant, ne regarde que moi — mais il m'interdit de répondre favorablement à une lettre comme la tienne. Ne m'en veux pas trop : c'est parce que je t'estime que je ne te mentirai pas et que je préfère te dire, tout simplement, la vérité.

Il serait préférable, je crois, que nous ne nous voyions pas pendant un certain temps : je ne veux pas encourager, par nos rencontres, un sentiment auquel je ne peux pas répondre.

Avec tant de regrets...

Demande en mariage à une amie d'enfance

Brigitte,

Ma lettre va peut-être te faire tomber des nues. Depuis tant d'années — l'école communale, ou presque — nous sommes copains-copains, les meilleurs amis du monde, allant la main dans la main de classe en classe, de boum en boum, sans la moindre arrière-pensée...

Mais voici qu'à moi du moins les arrière-pensées sont venues ; que chaque fois que nous nous retrouvions, j'étais de plus en plus ému par ton regard, par ton sourire, par toi, tout bêtement. Et qu'aujourd'hui, il faut bien que je me jette à l'eau : je t'aime, Brigitte. Je voudrais vivre avec toi, avoir avec toi une maison heureuse, des enfants — qui te ressembleraient —, vivre une vie entière, pour le meilleur et pour le pire — mais je ne crois pas au pire...

Vite, tu me réponds ? J'ai cru comprendre que je ne t'étais pas tout à fait indifférent. Réalisme ? Présomption ? J'attends ton verdict le cœur battant.

A toi.

Réponse favorable

Cher Antoine,

Heureuse, si heureuse je suis que tu n'aies pas prolongé davantage le malentendu qui nous séparait. Non, Antoine, il y a bien longtemps que je ne te considère plus comme un ami d'enfance. Nos rencontres sont chaque fois un événement trop bref que je souhaiterais prolonger — et moi aussi j'en ai assez des séances de cinéma trop tôt interrompues, des boums où tu n'es qu'un danseur parmi d'autres. A nous maintenant les longues soirées en tête à tête, la maison partagée, les enfants qui *te* ressembleront, une vie entière pour le meilleur et pour le pire (moi non plus je ne crois pas au pire...).

Tu me téléphones, tu m'écris, tu viens me voir — vite, vite ?

A toi.

Réponse défavorable

Cher Antoine,

Ta lettre m'a consternée. Toi, le plus cher, le plus proche de mes amis, me jouer le mauvais tour d'être amoureux de moi ? Résolument, je ne veux pas y croire.

Si c'est réellement vrai — ce qui me paraît impensable —, s'il te plaît, espaçons nos rencontres. Je suis trop attachée à toi pour supporter l'idée de te perdre complètement — mais j'ai aussi trop de tendresse et trop d'estime pour toi pour pouvoir accepter, entre nous, une situation fausse.

Il ne faut pas m'en vouloir, Antoine.

Demande en mariage à une veuve

Chère Jeanne-Marie,

Depuis la mort d'Yves, il y a sept ans, je vous ai vu assumer, avec un courage et une dignité admirables, votre peine et l'éducation de vos trois enfants.

Yves était mon ami depuis toujours, vous le savez — et les liens que j'avais avec lui se sont prolongés à travers vous et m'ont permis d'être, à ma grande joie, quelquefois votre appui et toujours votre ami à travers les dures années qui ont suivi sa disparition.

Aujourd'hui, Jeanne-Marie, je dois vous l'avouer : être votre ami ne me suffit plus. Les épreuves qui nous ont réunis m'ont permis de vous admirer chaque jour davantage, mais aussi ont fait naître un plus tendre sentiment, et mon vœu le plus ardent serait maintenant que vous acceptiez de joindre votre vie à la mienne.

Je ne prétends pas, vous le savez bien, remplacer Yves, que nous n'oublierons jamais, ni vous ni moi ; mais simplement essayer de vous rendre heureuse, en vous aimant et en aimant vos enfants comme s'ils étaient les miens, ce qui ne me sera guère difficile, vous le savez aussi bien que moi.

Peut-être ma demande vous paraîtra-t-elle présomptueuse : sachez du moins, chère Jeanne-Marie, que, quelle que soit la façon dont vous l'accueillerez, je resterai toujours votre plus fidèle ami.

A vous.

Réponse favorable

Cher Remi,

Merci d'avoir osé dire que le sentiment qui nous rapprochait tous les deux depuis longtemps n'était plus une simple amitié. Moi aussi, Remi, j'ai vu évoluer peu à peu la profonde affection que je vous porte depuis toujours. Vous avez été, depuis la mort d'Yves, l'ami fidèle, le soutien constant, l'appui qui m'a permis de survivre pendant ces années si difficiles. Et voici qu'insensiblement vous êtes devenu le compagnon indispensable, celui avec lequel j'ai envie de marcher jusqu'au bout du chemin...

Vous savez, comme moi, que cet aveu n'est nullement une trahison vis-à-vis d'Yves ; que son souvenir reste toujours aussi vivant parmi nous, que c'est à travers lui que se sont tissés les liens qui nous lient — mais qu'il n'exige pas que nous le pleurions jusqu'à la fin de nos jours dans la solitude. Je crois que mes enfants le savent aussi, qui parlent si souvent de leur père, mais vous adorent et vous réclament sans cesse. Vous avouerai-je même que Frédéric, qui était encore tout petit quand Yves est mort, m'a dit avec la candeur de ses huit ans qu'il aimerait tant vous avoir comme second papa... L'idée que vous serez pour eux, plus que jamais, la présence chaleureuse et responsable qui leur a tant manqué lorsqu'Yves nous a quittés me fait chaud au cœur.

Je suis heureuse, Remi. Et vous attends avec tant d'impatience.

Réponse négative

Cher Remi,

Votre lettre m'a touchée plus que je ne saurais le dire. Votre présence, votre sollicitude, votre délicatesse, au travers des années difficiles que j'ai vécues après la mort d'Yves, ne m'ont pas laissée indifférente. Mais je me sens malheureusement incapable de répondre au sentiment que vous m'exprimez.

Il semble que, pour moi, le temps n'ait pas le même poids que pour d'autres : Yves est aussi présent qu'au jour de sa mort, et, maintenant du moins, je suis encore sa femme, et ne peux que vivre avec son souvenir.

Je veux croire, cher Remi, que vous me comprendrez, et que vous ne m'en voudrez pas : votre amitié m'est d'un tel réconfort que je serais très malheureuse de m'en voir privée.

Très affectueusement à vous.

Les fiançailles

D'un jeune homme à un ami pour annoncer ses fiançailles

Mon vieux Pierre,

Tu te souviens du temps où, étudiants tous les deux, nous n'entendions épouser que des jeunes filles blondes, minces, belles, et riches par surcroît ?

Et bien, m'y voilà, ou presque — richesse mise à part. Roseline est blonde, mince, belle — et n'a pas trois sous vaillant, comme moi. Je crois d'ailleurs t'avoir suffisamment parlé d'elle pour que tu te sois douté qu'il y avait anguille sous roche : je l'ai rencontrée à Aix, la première année où j'ai été nommé assistant.

Quand passes-tu dans nos parages, cher vieux, que je t'assomme un peu en te racontant mon bonheur ? J'oubliais : nous nous marions le 15 septembre.

Fidèlement à toi.

Réponse

Cher Jean,

Effectivement, il y avait anguille sous roche, et j'aurais été fort étonné que tu ne m'annonces pas un jour qu'il y avait une espèce de lien, légal ou non, entre la belle Roseline et toi.

Puisque fiançailles il y a, bravo ! J'ai toujours été moi-même un fervent partisan du mariage — du moins lorsqu'on est décidé à vivre une vie ensemble...

Longue vie donc à vous deux — et à très bientôt mes félicitations de vive voix !

D'une jeune fille à une amie pour annoncer ses fiançailles

Anne, chère Anne,

Je crains que cette lettre ne te surprenne pas autant que je l'aurais voulu. J'aurais aimé ne t'avoir jamais parlé de Philippe, et que ma missive éclate comme un coup de tonnerre : Anne, chère Anne, je suis fiancée avec... Mais je crois que ton cœur d'amie a tout compris, et que je ne fais que confirmer ce que tu sais déjà.

Peu importe : je repars de zéro. Philippe a vingt-quatre ans, il est ingénieur, en poste à Orléans, nous nous sommes fiancés avant-hier et nous nous marions dans trois mois à Paris. Il est beau — en doutes-tu ? —, intelligent, sensible, aimable (en dépit d'un caractère parfois un peu difficile) ; nous aurons plein d'enfants — au moins trois ! —, une grande maison à Orléans, ma famille l'adore déjà et je suis sûre que tu partageras ce sentiment dès que tu le verras !

Le bonheur me rend un peu folle, et il ne faut pas trop me croire : Philippe est plus que réservé — en fait, très timide —, pour être tout à fait honnête, le jour où j'ai fait sa connaissance, il ne m'a pas fait grande impression. Mais je compte très fort sur ton amicale bienveillance pour lui trouver, d'emblée, une partie au moins de la séduction que je lui prête...

Tu viens vite me voir, chère Anne, pour que nous en parlions ensemble, et que je te montre mon oiseau rare ?

Je t'embrasse.

Réponse

Chère Marinette,

Effectivement, ton Philippe ne m'était pas étranger : je le voyais revenir de lettre en lettre, et j'aurais été bien étonnée que tu ne m'en parles pas un jour plus longuement...

De tout cœur, chère Marinette, je me réjouis avec toi. Organisons vite une rencontre. Malheureusement, je ne serai pas à Orléans avant le 20 décembre, mais je compte sur toi pour que je puisse enfin faire la connaissance de ton fiancé entre le 20 et le 27.

Cela me fait chaud au cœur de te savoir heureuse !

Toute ma fidèle amitié.

D'un jeune homme à ses parents pour annoncer ses fiançailles

Chère Maman, cher Papa,

Il y a longtemps que notre éloignement ne m'avait autant pesé : j'aurais tant voulu non pas vous écrire, mais vous faire connaître tout de suite la jeune fille qui va bientôt devenir... ma femme.

Jacqueline a vingt-trois ans, elle est étudiante en sociologie et je l'ai connue il y a un an chez des amis communs. Elle a quelque chose d'ouvert et de lumineux qui m'a séduit d'emblée et qui devrait, je crois, vous plaire ; mais je n'ai pas voulu vous parler d'elle avant d'être sûr de mes sentiments. Le mariage est pour moi, vous le savez, une chose très sérieuse : je voudrais pouvoir réussir avec ma femme ce que vous avez réussi tous les deux, et rien n'est plus éloigné de moi que ces engagements vite conclus, vite rompus, qui sont monnaie courante aujourd'hui. J'estime Jacqueline autant que je l'aime ; je sais que pour elle aussi le mariage n'est pas un vain mot, que nous nous unirons pour le meilleur et pour le pire, et que je peux compter sur sa solidité comme elle peut faire état de la mienne.

Vite, vous me dites que vous partagez ma joie, et que je peux venir vous présenter ma fiancée !

Je vous embrasse avec toute ma tendresse.

Réponse favorable

Mon garçon,

Quel événement ! Bien sûr nous brûlons d'envie de connaître Jacqueline : quand viens-tu nous la présenter ? Nous essayons de l'imaginer, mais tu nous donnes bien peu d'éléments pour cela : brune ? blonde ? petite ? grande ? Jolie, en tout cas, sûrement, pour qu'elle t'ait plu tout de suite. Et de toute façon, elle sera la très bienvenue dans nos vieux cœurs de parents aimants.

A très bientôt, mon Claude.

Réponse dilatoire

Mon garçon,

Ta lettre nous a tout à la fois ravis et un peu inquiétés. Ravis parce que, te connaissant, le choix de ta future femme ne peut être qu'un événement heureux, dont nous nous réjouissons de tout notre cœur ; un peu inquiets parce que votre situation matérielle ne nous paraît guère brillante. Tu as encore plusieurs années d'études à faire, et il faudra bien que tu accomplisses ton service militaire. Nous ne pouvons pas — tu connais nos ressources — augmenter la somme que nous t'envoyons chaque mois, et qui serait bien insuffisante pour faire vivre un ménage. Comment allez-vous vous en tirer ?

Le plus sage serait que vous retardiez un peu ce mariage. Si Jacqueline t'aime, il nous semble qu'elle devrait pouvoir t'attendre ; et si tu tiens vraiment à ta fiancée, tu dois être en mesure de lui assurer une vie digne d'elle. Propos bien prosaïques, diras-tu, et qui ne te surprendront pas chez tes vieux parents — mais tu sais, cher Claude, qu'on ne peut plus de nos jours vivre d'amour et d'eau fraîche, et qu'il faut bien, hélas, faire la part d'un certain réalisme.

Nous t'embrassons très tendrement.

Réponse du jeune homme

Cher Papa, Maman chérie,

Ne vous inquiétez pas : je n'ai oublié ni les années d'études que j'ai encore à faire, ni le service militaire qui se profile à l'horizon. Mais Jacqueline est en dernière année de sociologie, et compte fermement trouver à partir du mois de septembre un travail qui, s'ajoutant au chèque que vous m'envoyez tous les mois, nous permettra de vivre sinon fastueusement, du moins décemment. Et elle sera parfaitement à même de subvenir à ses besoins lorsque, dans trois ans, je partirai sous les drapeaux.

J'attends avec tant d'impatience de vous faire connaître la femme de ma vie...

et vous embrasse avec toute ma tendresse.

• La carte de fiançailles

Pour les fiançailles, on ne fait pas graver de faire-part, mais on se contente d'envoyer aux amis et connaissances une carte de visite avec quelques lignes écrites généralement par la mère du fiancé ou de la fiancée.

M. et Mme Pierre VERDIER
ont le plaisir de vous annoncer les
fiançailles de leur fille Suzanne
avec Monsieur Gérald SURCOUF-DEVILLE
14 avril 19..

M. et Mme Raymond SURCOUF-DEVILLE
sont heureux de vous faire part
des fiançailles de leur fils Gérald
avec Mademoiselle Suzanne VERDIER
14 avril 19..

• Insertions dans les journaux

Elles pourront être faites soit par les deux familles ensemble, soit par chaque famille séparément.

Guy DEGREMANT et Mme, née Elisabeth Renard,
M. Jean MADUÈRE et Mme, née Hélène Roux,
sont heureux d'annoncer les fiançailles de leurs enfants
Marie-Claude et Hubert

M. Guy DEGREMANT et Mme, née Elisabeth Renard,
ont la joie d'annoncer les fiançailles
de leur fiile Marie-Claude
avec M. Hubert Maduère

M. Jean MADUÈRE et Mme, née Hélène Roux,
ont la joie d'annoncer les fiançailles
de leur fils Hubert
avec Mlle Marie-Claude Degremant

On annonce les fiançailles de M. Paul-Raymond LAMBERT, fils de M. Norbert Lambert, industriel, et de Mme, née de Poix, avec Mlle Marie-Thérèse LA TOUR, fille de M. François La Tour et de Mme, née Vieilcastel, décédée.
49, rue Xavier-Privat, 75005 Paris
Saint-Sauveur-de-Givre-en-Mai
79300 Bressuire

• Réponse au faire part de fiançailles

Si l'on est peu lié avec la famille qui vous annonce les fiançailles d'un de ses membres, on se contente le plus souvent d'envoyer sur une carte quelques mots de félicitations. Par exemple :

Ernest MANDLER
très heureux d'apprendre les fiançailles de son élève,
présente ses compliments et ses félicitations
à Monsieur et Madame Verdier et exprime
à leur fille ses plus sincères vœux de bonheur.

M. et Mme Roland LEDOUX
très heureux d'apprendre les fiançailles de Gérald,
envoient à leur ami et à ses parents leurs plus sincères félicitations.

Le Docteur et Mme Pierre de CLERTANT
s'associent de tout cœur à la joie de leur amie Yvette
et adressent leurs respectueuses félicitations
au Docteur et à Madame Savoisier.

On emploiera des formules analogues quand on aura appris la nouvelle par le journal.

• Invitations aux fiançailles

Elles peuvent être faites par cartes de visite :

M. et Mme R. LAVEYRIÈRE
recevront à l'occasion des fiançailles
de leur fille Simonne avec Olivier Rey
samedi 10 juin, à partir de 18 heures

37, rue de Commaille
R. S. V. P. 75007 Paris

Olivier REY
sera heureux de vous faire rencontrer
Simonne Laveyrière
à l'occasion de leurs fiançailles
le samedi 10 juin, à partir de 18 heures,
chez M. et Mme Laveyrière
37, rue de Commaille 75007 Paris

R. S. V. P.

Dans le cas d'une réception importante, qui a lieu chez la mère de la fiancée, on enverra des cartons imprimés.

- **Traditionnellement, ce sont les mères des deux fiancés qui invitent :**

Madame Robert LAVEYRIÈRE,
Madame Etienne REY
recevront à l'occasion des fiançailles de leurs enfants
Simonne et Olivier
le samedi 10 juin, à partir de 18 heures

37, rue de Commaille
R. S. V. P. 75007 Paris

- **Mais l'invitation peut être faite également par les deux fiancés :**

Simonne LAVEYRIÈRE et Olivier REY
recevront à l'occasion de leurs fiançailles
le samedi 10 juin,
à partir de 18 heures

37, rue de Commaille
R. S. V. P. 75007 Paris

Pour demander une idée de cadeau

Ma chérie,

Je n'oublie pas que le grand jour approche, et viens te demander aujourd'hui ce qui pourrait te faire plaisir pour votre nouvelle vie à deux. J'ai eu bien sûr quelques idées : une cafetière électrique, un service à déjeuner, du linge de table ; mais il est bien difficile à une tante lointaine de faire toute seule un bon choix, et je préfère que tu me dises, en toute simplicité, ce dont vous avez le plus besoin, ou le plus envie. Ou bien, si tu as déjà fait une liste des cadeaux souhaités, peut-être pourrais-tu m'en envoyer un exemplaire ?

Veux-tu discuter de ce petit problème avec mon futur neveu, et me répondre le plus tôt possible ? Tu sais la tendre affection que je te porte depuis toujours, et je serais heureuse d'être un peu présente dans votre nouvel appartement à travers un objet choisi selon tes goûts.

Ton oncle se joint à moi pour t'embrasser, ma chérie, bien affectueusement.

Réponse

Chère Tante Annine,

Merci de ta si gentille lettre. Tes idées étaient, comme toujours, excellentes — mais de tout ce que tu as suggéré, c'est le linge de table qui nous ferait le plus plaisir.

Nous avons effectivement une liste aux Galeries Lafayette, mais nous faisons tout à fait confiance à ton goût pour découvrir la nappe et les serviettes qui nous plairont forcément puisque tu les auras choisies.

Jacques se joint à moi pour te remercier, chère Tante Annine, et t'embrasser très affectueusement.

Pour remercier une relation

Chère Madame,

La glace ravissante que vous avez choisie pour nous m'arrive à l'instant, et je viens vous dire sans plus attendre combien vous nous avez fait plaisir.

Vous ne pouviez avoir la main plus heureuse : cette glace correspond tout à fait au style que nous avons voulu pour notre futur appartement, et Patrick l'a tout de suite aimée autant que moi.

Avec tous nos remerciements, veuillez croire, chère Madame, à l'assurance de nos sentiments les meilleurs.

La rupture des fiançailles

D'une jeune fille à son fiancé pour rompre ses fiançailles

Michel,

Je crois que nous avons fait fausse route. Tu m'as vue tendue ces derniers temps, et tu m'en as souvent demandé la raison. Jamais je n'ai eu le cœur de te parler — par lâcheté, un peu, et puis parce que je n'étais pas trop sûre de moi : pourquoi soulever des problèmes qui ne seraient pas de vrais problèmes ?

Mais aujourd'hui je sais. Je sais que lorsque tu m'as demandé d'être ta femme, je n'ai pas eu raison de dire oui. Nous sommes trop différents, Michel. Je sens bien que tout ce que tu souhaites, c'est une vie solitaire, partagée entre ton travail et moi — ou entre moi et ton travail, si tu préfères. Alors que moi j'ai envie d'une maison ouverte, pleine d'amis, pleine d'enfants, pleine d'animaux familiers, d'une vie qui bouge, où les gens passent, où les choses arrivent, où je puisse être disponible pour chacun, apporter aux autres ce qui leur manque, donner, me donner, pas seulement à un être privilégié et choisi par moi, mais à tous ceux qui peuvent avoir besoin de moi.

En dehors de l'élan qui nous jette l'un vers l'autre — et avec quelle passion ! —, ta vie n'est pas ma vie, Michel. Et je crois qu'il est préférable de s'en apercevoir maintenant. Chaque jour qui passe rend le lien qui existe entre nous plus difficile à rompre. Tu sais mon horreur profonde pour le divorce : je ne veux pas d'un mariage qui serait un mauvais mariage, et auquel je ne voudrais pas mettre fin parce que pour moi, quand on se marie, c'est pour très, très longtemps.

Il ne faut pas trop m'en vouloir, cher, si cher Michel. Je suis très malheureuse.

Réponse

J'ai reçu ta lettre, Cécile, avec un affreux serrement de cœur : avant même de l'ouvrir, je crois que je savais quel en était le contenu.

Tu n'as pas tort, je dois le reconnaître : ta vie n'est pas ma vie. C'est vrai que je suis un solitaire ; que mon rêve aurait été de vivre avec toi, et avec toi seule : sans fracas, sans intrus, et à la limite presque sans amis ; que ta présence et mon travail auraient suffi à me rendre parfaitement heureux. Et je comprends bien que nous n'ayons pas la même façon de voir les choses. Tu as raison, mieux vaut s'en apercevoir maintenant : moi non plus je n'aime pas les mauvais mariages, et je ne supporte pas l'idée que nous aurions pu nous apercevoir, dans un an, dans cinq ans, que nous ne sommes pas faits l'un pour l'autre.

Je ne te dirai pas : restons amis. Je le souhaite du fond de mon âme ; mais pendant les semaines et les mois qui viennent, je me sens incapable d'avoir le triste courage de te revoir.

Je t'embrasse.

A une amie pour annoncer une rupture de fiançailles

Chère Annie,

Je t'ai trop parlé de Bernard, ces derniers temps, pour ne pas venir aujourd'hui te faire partager ma peine : nous avons en effet, hier soir, après une discussion plus orageuse que les autres, décidé de rompre nos fiançailles.

Pour être tout à fait honnête, je me sens aujourd'hui aussi apaisée que malheureuse. Devant les différends qui nous opposaient, de jour en jour plus nombreux, l'angoisse grandissait, et la certitude affreuse que jamais nous ne pourrions nous entendre ; et comme je tenais — je tiens — profondément à lui, je me sentais de plus en plus misérable, et incapable de m'en sortir. Maintenant que la décision est prise, c'est une espèce de libération : la catastrophe n'est plus menaçante, elle est derrière moi. Et puis, tu sais que le mariage est pour moi chose sérieuse — et je me sens soulagée de savoir que nous ne formerons pas, Bernard et moi, un mauvais ménage de plus.

Un mot de ton amitié me ferait chaud au cœur.

Je t'embrasse.

Réponse

Chère Martine,

Ta lettre m'a navrée — et étrangement réconfortée aussi. A travers tout ce que tu me racontais de Bernard, j'avais cru comprendre qu'il y avait de graves différends entre vous, et qu'il n'était peut-être pas le mari dont j'avais toujours rêvé pour toi.

Il t'a fallu beaucoup de lucidité pour t'en rendre compte — mais je suis heureuse pour toi que tu aies su le faire avant que le mariage, et l'arrivée des enfants, aient rendu les choses encore plus difficiles.

Courage, Martine ! Je sais qu'en dépit du moment difficile que tu es en train de vivre, l'aube est proche, et que tu rencontreras très bientôt le compagnon d'une longue vie heureuse.

Je t'embrasse.

A une relation pour annoncer une rupture de fiançailles

Chère Madame,

Vous aviez eu la gentillesse de vous intéresser à mon mariage avec Bernard Thisné, et de me demander, à cette occasion, quel objet pourrait nous faire plaisir.

Ce mariage n'aura pas lieu, ces quelques mois de fiançailles nous ayant hélas ! prouvé, à Bernard et à moi, que nous n'étions pas faits pour nous entendre. J'en suis profondément désolée ; mais en même temps j'estime que nous avons eu beaucoup de chance que cette lucidité se manifeste avant que nous soyons davantage liés.

En vous remerciant d'avoir si gentiment pensé à nous, je vous prie de croire, chère Madame, à tous mes meilleurs sentiments.

Réponse

Ma petite Sophie,

Votre lettre m'a désolée : je m'étais déjà réjouie de tout cœur de vous savoir heureuse. Mais je pense, comme vous, qu'il est essentiel de s'apercevoir très tôt des risques de mésentente à l'intérieur d'un couple, et que rien n'est pire au monde que de se voir liée à quelqu'un qui ne vous convient pas.

Courage, petite Sophie. Je vous aime et vous apprécie, et suis sûre que très bientôt vous rencontrerez le compagnon que vous méritez, et qui vous accompagnera jusqu'au bout de la vie.

Je vous embrasse.

Pour renvoyer un cadeau après une rupture

Chère Madame,

Je n'ai pas voulu que vous appreniez par d'autres le triste changement de mes projets. Nous venons en effet de conclure, François-Régis et moi, que nous n'avions guère de chances d'être heureux ensemble, et nous avons, d'un commun accord, rompu hier nos fiançailles.

Je vous retourne donc, par ce même courrier, le si joli service que vous aviez eu la gentillesse de choisir pour nous.

Dire que je ne suis pas triste serait mentir ; mais je préfère quand même mille fois que cette mise au point ait pu avoir lieu avant le mariage : je sais maintenant que je ne viendrai pas grossir les rangs déjà trop nombreux des couples mal unis.

Croyez, chère Madame, à l'assurance de mes meilleurs sentiments.

Si le mariage avait déjà été annoncé dans les journaux et la date fixée, on fera paraître dans la presse une annonce de la rupture des fiançailles.

• Annonce d'une rupture de fiançailles dans la presse

On nous prie d'annoncer que le mariage
de Mademoiselle Catherine RENAUD
et de Monsieur François-Régis DELMAS
n'aura pas lieu le 17 juin.

Le mariage

A un prêtre ami pour lui demander de bénir un mariage

Monsieur l'Abbé,

C'est avec une bien grande joie que je viens vous annoncer aujourd'hui mon prochain mariage avec Patrice Legrand.

Patrice est professeur de français, en poste à Montpellier, où nous allons habiter dès octobre prochain ; mais nous nous marierons à Paris, et je voulais vous demander si vous, qui, jadis, m'avez préparée à la profession de foi, nous feriez la très grande faveur de bénir vous-même notre union.

Mon fiancé est comme moi catholique pratiquant ; nos enfants seront élevés dans la foi chrétienne, et il m'a semblé que nous prendrions un meilleur départ dans notre vie commune si nous pouvions nous unir, en votre présence, par le sacrement de mariage.

Dans l'attente de votre réponse, que j'espère de tout mon cœur favorable, je vous prie de croire, Monsieur l'Abbé, à l'assurance de mes sentiments respectueux.

Pour demander à une amie d'être témoin au mariage

Chère Delphine,

Veux-tu me faire un immense plaisir ? Je crois que tu ne peux pas, décemment, me répondre non !

De quoi s'agit-il ? Voilà. Tu sais que nous nous marions, Lucien et moi, le 15 octobre prochain, et je souhaiterais de tout mon cœur que tu acceptes d'être mon témoin pour ce grand jour. Bien souvent, la meilleure amie de la mariée est sa première demoiselle d'honneur — mais pour moi, qui ne veux surtout pas de cortège, la plus grande preuve d'amitié que tu pourrais me donner serait de m'accompagner devant Monsieur le maire. Tu me dis vite oui ?

Réponse affirmative

Chère Agnès,

Bien sûr je te dis oui — touchée et flattée que tu aies pensé à moi pour être à tes côtés en ce grand jour. Tu sais à quel point mes vœux vous accompagnent, Lucien et toi, et je me réjouis de tout cœur d'être auprès de vous quand Monsieur le maire unira vos deux existences.

Toute ma fidèle amitié.

Réponse négative

Chère Agnès, quel déchirement! Tu devines, tu sais à quel point j'aurais aimé te répondre oui, et partager avec toi ce jour marqué d'une pierre blanche. Malheureusement, cela m'est impossible : la maison pour laquelle je travaille m'envoie en voyage d'affaires dans le Nord, et j'ai déjà plusieurs rendez-vous pour le samedi 15 octobre (1).

Tu m'en vois toute désolée — mais mon cœur, mon amitié et tous mes regrets seront avec toi ce jour-là.

• Faire-part de mariage

Les lettres d'invitation officielles sont en général gravées sur de grands feuillets doubles de beau papier assez épais, ou sur une carte à double feuillet. Sur un feuillet la famille du fiancé, sur l'autre la famille de la fiancée font part du mariage et invitent à la cérémonie. Ces feuillets sont glissés l'un dans l'autre (ou la carte double est pliée) de façon à faire apparaître en première page le texte de la famille du fiancé si la lettre est destinée aux amis du jeune homme, et vice versa.

Ce sont généralement les parents, et éventuellement les grands-parents, qui font part du mariage.

On peut mentionner les titres et décorations des parents et du marié sur les deux feuillets.

Les mots veuf, veuve ne s'emploient jamais.

Prévoyez un assez grand nombre de faire-part : ils sont destinés non seulement à votre famille et à vos amis, mais à vos relations, vos collègues, vos voisins.

Ils seront envoyés quinze jours avant la cérémonie (ou quelques jours après pour un mariage célébré dans l'intimité).

---

(1) **ou** : depuis plusieurs mois, j'avais prévu de prendre mes vacances au mois d'octobre et, au moment où tu te marieras, je serai quelque part dans les îles grecques.

Monsieur Maurice Brissac,
Monsieur et Madame Robert Vandœuvre
ont l'honneur de vous faire part du mariage de Monsieur Jean Vandœuvre, lieutenant de vaisseau, leur petit-fils et fils, avec Mademoiselle Anne Domfranc.

Et vous prient d'assister à la messe de mariage qui sera célébrée le jeudi 26 novembre, à midi précis, en l'église Saint-François-Xavier.

59, rue de Bellechasse
75007 Paris

Madame Albert Thizy,
le capitaine de vaisseau Domfranc, chevalier de la Légion d'honneur, et Madame Pierre Domfranc
ont l'honneur de faire part du mariage de Mademoiselle Anne Domfranc, leur petite-fille et fille, avec Monsieur Jean Vandœuvre, lieutenant de vaisseau.

Et vous prient d'assister à la messe de mariage qui sera célébrée le jeudi 26 novembre, à midi précis, en l'église Saint-François-Xavier.

30, rue de Chanaleilles
75007 Paris

Monsieur et Madame Philippe Duran
ont l'honneur de vous faire part du mariage de leur fils Jean-Jacques avec Mademoiselle Nicole Driolet.

La bénédiction nuptiale leur sera donnée le jeudi 30 avril, à 11 heures 30, en l'église Saint-Séverin (1).

128, rue du Chant-du-Merle
31400 Toulouse

Monsieur et Madame Gérard Driolet
ont l'honneur de vous faire part du mariage de leur fille Nicole avec Monsieur Jean-Jacques Duran.

La bénédiction nuptiale leur sera donnée le jeudi 30 avril, à 11 heures 30, en l'église Saint-Séverin (1).

78, rue de La Harpe
75005 Paris

---

(1) ou : Les époux échangeront leur consentement au cours d'une messe de communion, qui aura lieu le jeudi 30 avril...

Monsieur Jérôme Serval
Monsieur Jean Boulanger, Avocat à la Cour,
et Madame Jean Boulanger ont l'honneur de vous faire part
du mariage de leur petit-fils et fils, Monsieur Alain Boulanger,
avec Mademoiselle Valérie Bresdin
et vous prient d'assister ou de vous unir d'intention
à la bénédiction nuptiale qui leur sera donnée
par le Père Michel Fresnay, oncle de la mariée,
le samedi 20 mai, à 11 heures,
en l'église Notre-Dame-des-Blancs-Manteaux

12, rue du Pas-de-la-Mule
75003 Paris
37, rue des Pâtures
75016 Paris

Madame Emile Bresdin
Monsieur Etienne Bresdin, Professeur à la Faculté de Médecine
de Paris, et Madame Etienne Bresdin ont l'honneur
de vous faire part du mariage
de leur petite-fille et fille, Mademoiselle Valérie Bresdin,
avec Monsieur Alain Boulanger,
et vous prient d'assister ou de vous unir d'intention
à la bénédiction nuptiale qui leur sera donnée
par le Père Michel Fresnay, oncle de la mariée,
le samedi 20 mai, à 11 heures,
en l'église Notre-Dame-des-Blancs-Manteaux

12, route d'Aiguebelle
26130 Saint Paul Trois Châteaux

7, rue de la Perle
75003 Paris

Pour un mariage célébré dans l'intimité

Monsieur et Madame Emile Vallette, Monsieur Edouard Tenon, chevalier de la Légion d'honneur, et Madame Tenon ont l'honneur de vous faire part du mariage de Monsieur Blaise Tenon, leur petit-fils et fils, avec Mademoiselle Reine Courtois.

La bénédiction nuptiale leur a été donnée dans l'intimité le 18 mars en l'église de Saint-Maurice-l'Exil.

78 ter, avenue des Ternes (1)
75017 Paris

38790 Saint Maurice l'Exil

→

Madame Laure Simiane, Monsieur et Madame Edgar Courtois ont l'honneur de vous faire part du mariage de leur petite-fille et fille, Mademoiselle Reine Courtois, avec Monsieur Blaise Tenon.

La bénédiction nuptiale leur a été donnée dans l'intimité le 18 mars en l'église de Saint-Maurice-l'Exil.

70, cité Vaneau (1)
75007 Paris
80, rue du Petit-Moine
75005 Paris

Lorsqu'il s'agit d'un remariage, ou d'un mariage uniquement civil, ce sont généralement les époux eux-mêmes qui en font part :

Maria Signorelli et Georges Rouquer
sont heureux de vous faire part de leur mariage
qui sera célébré le samedi 17 mai, à 15 heures,
à la mairie du XIVe arrondissement

Claude R. Duval et Jacqueline Cayatte
sont heureux de vous faire part de leur mariage
qui sera célébré le jeudi 10 octobre, à 10 heures,
en l'église de Saint-Just-la-Pendue

12, rue de la Grand-Croix
42540 Saint Just la Pendue (2)

60, rue de l'Eternité
42000 Saint Etienne

Pour un mariage civil ou un remariage célébré dans l'intimité :

Monsieur Stéphane Jardin et Madame, née Madile Bernardet,
ont l'honneur de vous faire part de leur mariage,
célébré dans la plus stricte intimité le 27 septembre

101, rue du Val-de-Grâce
75005 Paris

---

(1) Lorsque les grands-parents et les parents font part du mariage, c'est l'adresse des grands-parents qui est mentionnée en premier.
(2) L'adresse du fiancé se met à gauche.

L'invitation au lunch ou à la réception qui suit la cérémonie est gravée sur un carton simple, de format plus petit, que l'on glisse à l'intérieur des feuillets du faire-part. Si les deux familles ont participé aux frais du lunch, l'invitation est faite au nom des deux mères :

Madame Germain Mariette
Madame Sylvain Coutant
recevront dans les salons de l'hôtel Lutétia
entre 17 heures et 20 heures
43, boulevard Raspail

92, rue des Meuniers — 108, rue de l'Epée-de-Bois
75012 Paris — 75005 Paris

R. S. V. P.

Si la ou les grands-mères reçoivent en même temps, leur nom figurera en premier.

Lorsqu'un deuil oblige à faire la cérémonie dans l'intimité, on avertit par un mot les parents et les amis intimes, et par une note dans les journaux les autres amis :

Par suite d'un deuil récent, le mariage de Mlle Christiane Durand avec M. Gilles Tournus n'aura pas lieu le 14 mars prochain, ainsi qu'il avait été annoncé, mais sera célébré à une date ultérieure dans la plus stricte intimité.

• Insertions dans les journaux

Elles paraîtront une dizaine de jours avant la cérémonie, ou quelques jours après pour un mariage célébré dans l'intimité.

On nous prie d'annoncer le mariage de
Mlle Marie-France HAUSER
fille de M. Robert Hauser et de Mme, née Jeannine Charcot, avec
M. Jérôme BOSC
fils de M. Charles Bosc et de Mme, née Eva Laromiguière,
qui sera célébré le samedi 17 novembre, à 16 heures,
en l'église Saint-Jacques à Lunéville

7, rue Victor-Hugo, 54440 Herserange
18 *bis*, rue de Paris, 54300 Nancy

M. et Mme Jacques-Henri HORTIS
M. et Mme Maurice APPIAN
ont la joie de vous faire part du mariage de leurs enfants
Claire et Olivier
qui aura lieu le mercredi 15 décembre, à 15 heures,
en l'église Saint-Eustache (1)

172, rue Barbet-de-Jouy, 75007 Paris
97, rue Jean-Jacques-Rousseau, 75003 Paris

M. Paul ROSA
Mme Judith CHASTEL (2)
ont la joie de vous faire part de leur mariage
qui sera célébré le samedi 9 juillet, à 11 heures,
en l'église Saint-Jacques-du-Haut-Pas

60, rue des Patriarches
75005 Paris

- **Télégrammes de félicitations**

POUR UNE LONGUE VIE HEUREUSE MILLE VŒUX AFFECTUEUX DE PIERRE

PRÈS DE VOUS PAR LA PENSÉE VOUS SOUHAITONS TOUT LE BONHEUR DU MONDE (Signature)

SOMME AVEC VOUS DE TOUT CŒUR TENDRES VŒUX AUX HEUREUX MARIÉS (Signature)

- **Félicitations par carte de visite**

M. et Mme Franck Landry
adressent toutes leurs félicitations à Monsieur et Madame Gérard à l'occasion du mariage de leur fille Marianne avec Bernard Landé, et tous leurs vœux de bonheur aux jeunes époux.

Jeanne Berger
Avec toutes ses félicitations
et ses vœux de bonheur.

---

(1) ou : célébré dans l'intimité le mercredi 15 décembre, en l'église Saint-Eustache.
(2) La mention M. ou Mme est tout à fait facultative.

Félicitations par lettre (d'une grand-mère à sa petite-fille)

Chère petite Colette,

J'aurais tant aimé pouvoir être près de toi en ce grand jour — mais, tu le sais, je ne suis malheureusement plus assez ingambe pour pouvoir envisager un voyage, si court soit-il.

C'est donc de tout cœur seulement que je serai à tes côtés, pour prier Dieu de bénir ton mariage et de vous accorder à tous deux une longue vie heureuse et comblée.

Je t'embrasse, chère petite Colette, avec toute ma tendresse.

Félicitations par lettre (d'une amie à une amie)

Chère Colette,

Tout en bénissant le ciel de t'avoir fait rencontrer Matthieu, je le maudis de te faire te marier si loin. A-t-on idée ! Comment veux-tu que moi, pauvrette, habitant Tarbes et travaillant du lundi au samedi je puisse aller tenir la main de mon amie de cœur, qui se marie un mercredi à Calais ?

Laissons-là les regrets. Je suis si heureuse de te savoir heureuse... Qu'à défaut de ma présence, mes mille vœux de bonheur t'entourent en ce grand jour.

Toute mon amitié.

Invitation à un mariage par le futur mari

Mon vieux Jean,

Tu vas d'ici peu recevoir un faire-part tout ce qu'il y a de plus officiel, que je voudrais devancer par cette lettre : me feras-tu le plaisir — et l'honneur ! — de venir assister à mon mariage le 20 avril prochain ? Je te sais provincial, et très occupé — mais je serais reconnaissant à ta vieille amitié si tu pouvais ouvrir une parenthèse dans ton emploi du temps, si chargé soit-il, et venir me tenir la main ce jour-là. Tu sais que pour moi il ne s'agit pas d'un événement mondain, mais d'un acte important, qui m'engage pour toute la vie ; et la présence de mon plus cher ami, à l'heure de ce oui solennel, me ferait vraiment chaud au cœur.

Je peux compter sur toi ?

Réponse favorable

Pierre,

Ton faire-part, effectivement, m'arrive aujourd'hui même : merci de l'avoir devancé par ta lettre. Bien sûr je sera là le 20 avril — heureux d'être près de toi en ce grand jour, car pour moi aussi c'en est un, et je fais comme toi partie de ces gens qui considèrent le mariage comme le début d'une nouvelle vie...

Mille choses à Marie-Claude, qui sera belle comme un ange le 20, et pour toi ma vieille amitié.

Réponse négative

Cher Pierre,

Dieu sait si j'aurais aimé pouvoir être près de toi — près de vous deux — le 20 avril. Malheureusement, un rendez-vous de travail, trop important pour que je le décommande, me retiendra à Limoges ce jour-là.

Tu m'en vois tout désolé. Moi qui considère habituellement les mariages comme d'ennuyeuses obligations sociales, je me réjouissais de tout cœur d'aller assister au tien. Que mes regrets, mes vœux et toute ma fidèle amitié puissent me faire pardonner mon absence.

A toi.

Invitation à un mariage par la mère de la mariée

Chers amis,

Vous savez que nous allons marier prochainement Marceline. La date est maintenant fixée : c'est le samedi 12 février, à 11 heures, et nous serions si heureux si vous acceptiez d'être des nôtres.

J'entends déjà vos objections : vous habitez Lyon, Bordeaux n'est pas tout près, l'heure est malcommode... Tout est vrai, mais, cher Henri, chère Marcelle, pensez aussi un peu à nous, et à cette joie mêlée de larmes qu'est le mariage d'une fille unique. Ne viendrez-vous pas embrasser l'oiseau qui s'envole du nid, et réconforter les parents qui vont se retrouver seuls, le cœur en fête mais un peu tristes quand même ?

Nous comptons sur votre présence. Dites-nous vite que nous ne nous sommes pas trompés.

Avec toute notre amitié.

Réponse favorable

Chère Simonne,

Merci de ta bonne lettre. Nous partageons de tout cœur votre joie et votre mélancolie — nous aussi, nous avons vu les oiseaux s'envoler du nid... — et bien sûr nous serons là le 12 février, pour partager avec vous ce grand jour de la vie de Marceline.

Nous avions trouvé votre fille très épanouie lors de notre dernière visite, et nous nous réjouissons de la revoir toute rayonnante au bras de son époux.

A très bientôt, chers amis, avec notre fidèle affection.

Réponse négative

Chère Simonne,

Nous aurions tant aimé être près de vous le 12 février, et partager avec vous le moment heureux et difficile du mariage de votre fille ; malheureusement, Henri n'est pas bien du tout en ce moment, et le docteur, qui semble ne pas trop savoir ce dont il souffre, lui a prescrit de garder la chambre. Je crains fort que d'ici trois semaines son état ne se soit pas vraiment amélioré et — vous me comprendrez — il me serait tout à fait impossible de participer sans lui à une fête à laquelle il aurait tant aimé assister.

Croyez, chers amis, à tous nos regrets ; mais nos vœux les plus chaleureux, les plus fidèles, les plus amicaux seront avec vous en ce grand jour.

Félicitations à un futur mari

Cher Jérôme,

La nouvelle de ton mariage m'a fait chaud au cœur. Je suis moi-même marié depuis assez longtemps déjà pour te dire que, contrairement aux apparences, le mariage est une aventure passionnante — et très exigeante : résister à l'habitude et au train-train quotidien n'est pas chose facile. Mais que, lorsqu'on a choisi de vivre sa vie entière avec quelqu'un, cette aventure et cette exigence sont riches de mille promesses, et de bien grandes joies.

A toi et à Marie-Pierre tous mes vœux les plus affectueux, pour commencer à deux une heureuse vie nouvelle.

Avec toute ma fidèle affection.

Réponse

Cher Gérard,

Ta lettre m'est allée droit au cœur. Pour moi aussi, se marier ne consiste pas à s'installer jusqu'à la fin des temps dans une vie tranquille et sans histoire ; je sais qu'il faudra, au jour le jour, triompher de l'habitude, du quotidien, des routes toutes tracées. Marie-Pierre en étant aussi persuadée que moi, nous pouvons espérer — il me semble — une vie pleine comme un œuf, pas forcément tranquille tranquille, mais d'autant plus heureuse que nous la vivrons passionnément.

Viendrais-tu bientôt partager un repas des heureux époux ?

A toi fidèlement.

Le remariage

D'une mère annonçant à son fils qu'elle va se remarier

Mon chéri,

Voilà une lettre bien difficile à écrire. Non que j'aie à t'avouer quoi que ce soit d'inavouable ; mais je ne sais trop comment elle va être accueillie, et l'idée d'une réticence de ta part m'est très inconfortable.

Voilà. Tu connais Olivier Silliolh, que tu as déjà rencontré chez moi, et dont je t'ai longuement parlé. Il a été, pendant toutes ces dernières années, un ami fidèle, présent et discret, chaleureux comme il le fallait lorsque je me trouvais trop seule, toujours attentif et jamais pesant. Peut-être ne t'étonnerais-je pas en te disant qu'au cours de ces derniers mois un sentiment plus tendre est né de cette amitié — et que, lorsqu'Olivier m'a demandé d'être sa femme, j'ai dit oui sans hésitation.

Ce que je ne voudrais pas, c'est que tu te sentes lésé, si peu que ce soit, par cette nouvelle. Tu es mon fils chéri, et rien ne pourrait assombrir, le moins du monde, tout ce qui nous lie. Mais... la vie est dure pour une femme seule, et je déteste cette solitude. Pas assez, tu le sais, pour vouloir la rompre avec n'importe qui ; mais suffisamment pour me réjouir aujourd'hui de la voir arrivée à son terme.

Olivier t'aime et t'apprécie — et j'espère de tout cœur que tu sauras voir en lui non pas un second père, mais un ami qui sera toujours là lorsque tu auras besoin de lui.

Je t'embrasse très tendrement.

Réponse

Maman chérie,

Ainsi te voilà donc la bague au doigt, ou presque ! Je me réjouis du fond du cœur. Tu sais que je n'avais pas trop bien vécu le divorce entre toi et papa, mais c'est maintenant de l'histoire ancienne ; j'ai eu depuis l'occasion de me rendre compte que vous aviez de vraies raisons de vous séparer — même s'il m'était bien difficile, à mon âge tendre, d'en prendre conscience. Et depuis des années que je te sais seule, je vois bien que ce n'est pas une vie pour une femme (ni pour un homme d'ailleurs) — et je ne pouvais qu'appeler de tous mes vœux une rencontre heureuse pour toi.

Longue vie donc à toi et à Olivier. Quand m'inviteras-tu officiellement, que je fasse un peu mieux connaissance avec mon futur beau-père ?

Je t'embrasse avec toute ma tendresse.

Autre réponse

Maman chérie,

Ta lettre ne m'a qu'à moitié surpris : tu me parlais depuis tant de mois, et si souvent, d'Olivier Silliolh qu'il m'avait bien semblé voir se dessiner à l'horizon une demande en mariage...

Je sais à quel point ta solitude t'avait pesé depuis ton divorce, et j'aurais aimé pouvoir me réjouir ouvertement avec toi — mais je t'aime trop pour pouvoir te cacher mes réticences. N'y vois surtout aucune animosité personnelle envers Monsieur Silliolh : il s'est toujours montré plus que charmant envers moi, et je suis sûr qu'il est, pour toi, le plus parfait des amis. Mais... je n'arrive pas à oublier son premier mariage, et l'attitude qu'il avait eue envers sa femme au moment de son divorce — qui n'avait pas été, autant qu'il m'en souvienne, celle d'un homme de cœur. Il s'était révélé, à cette époque, dur, autoritaire, volontiers tyrannique, capable, à l'occasion, de mesquinerie. Je crains qu'il n'ait guère changé depuis et que, même si pour l'instant il est encore exquis comme il sait si bien l'être, tu ne te retrouves mariée avec quelqu'un qui ne tolérera pas ton indépendance naturelle, fortifiée par toutes ces années solitaires, ma pauvre chérie.

Pardonne-moi de te faire de la peine : tu me diras sans doute que tu sais tout cela, que tu as bien réfléchi et que ta décision est prise. Si c'est le cas, ne crains surtout pas que je fasse grise mine à mon futur beau-père : je ne te reparlerai plus jamais de ce que je t'ai dit là. Mais tu es tout ce que j'aime au monde, et l'idée que tu puisses, avec un nouveau compagnon, ne pas être complètement heureuse m'est insupportable.

Je t'embrasse tendrement.

D'un père annonçant à sa fille qu'il va se remarier

Chérie,

Tu sais, tu as toujours su, à quel point je détestais ma solitude depuis ma séparation d'avec ta mère. Je crois qu'un homme — ni une femme, me diras-tu — n'est pas fait pour vivre seul ; mais il me semble que je supportais cet état encore plus mal qu'un autre...

Je crois bien aussi t'avoir parlé de Blandine Baudoin, que j'ai rencontrée chez les Axel, et qui est très vite devenue pour moi la plus charmante et la plus attentive des amies. T'étonnerai-je si je t'avoue que j'ai, il y a quelques jours, demandé à Blandine de partager ma vie, et qu'elle m'a répondu oui sans hésitation ?

Comment accepteras-tu cette nouvelle, chérie, voilà qui me soucie très fort. Il ne s'agit en aucun cas de remplacer ta mère ; mais je sais que Blandine pourrait être pour toi une très fidèle amie : que, n'ayant pas eu d'enfants, elle désire passionnément partager les miens ; et que tu trouveras en elle beaucoup plus une alliée qu'une belle-mère, au sens classique du terme.

Dis-moi bien vite que tu ne m'en veux pas — peut-être même que tu te réjouis avec moi. J'attends ta réponse avec une vive inquiétude.

Ton père qui t'aime.

Réponse

Mon Papa chéri,

Comme tu as eu raison ! Moi aussi je me désolais de te voir seul (j'ai toujours pensé que la solitude, déjà difficile pour une femme, était absolument impossible pour un homme) — et tu m'avais tant parlé de Madame Baudoin (oh, toujours indirectement, et de façon détournée) que je brûlais d'envie de faire sa connaissance.

Heureuse femme, qui va partager la vie de l'homme extraordinaire qui est mon père. Vite, tu organises une rencontre, que je puisse féliciter ma future belle-mère ?

Avec toute ma tendresse je t'embrasse.

Autre réponse

Mon Papa chéri,

Ainsi, te voilà sur le point de convoler en justes noces ! Il me semblait bien que Blandine Baudoin revenait un peu trop souvent dans ta conversation pour qu'il n'y ait pas anguille sous roche...

Me pardonneras-tu, Papa chéri, si la joie que je devrais éprouver devant ce nouveau mariage cède la place à l'inquiétude ? Que Blandine soit tout à fait charmante, je ne le nie pas ; que tu aies rajeuni de dix ans depuis que tu la connais est évident aussi ; et pourtant, je crains fort que vous ne mettiez pas dans la corbeille de noces ce qui permet une longue vie à deux, j'entends des goûts communs ou une même façon de voir les choses.

Tu es un homme réaliste, solide, qui a les pieds sur terre ; la campagne est ta vie même. Blandine est une sylphide qui n'aime que la musique, le théâtre, les conversations de ses amis, Paris et ses salons. Ne vois aucune perfidie dans ce jugement, qui ne la condamne en rien : je crains seulement que, une fois la lune de miel passée, la divergence de vos intérêts ne se fasse très vite jour ; qu'entendre citer Schubert ou Proust à longueur de soirée ne t'excède, et que Blandine de son côté ne t'écoute guère lorsque tu lui parleras agnelage ou concours hippiques...

Pardonne-moi ma franchise, mon Papa aimé : je sais à quel point le divorce avec Maman t'avait meurtri, et je ne supporte pas l'idée que tu puisses, cette fois encore, ne pas être heureux comme tu mérites de l'être. Mais ne crains rien : je ne te reparlerai plus de tout cela et, si tu épouses Blandine, je te jure d'être pour elle la plus exemplaire des belles-filles — sans aucune peine, d'ailleurs : c'est vrai qu'elle est une femme tout à fait séduisante !

Tendrement je t'embrasse.

Pour annoncer un remariage à une amie

Chère Jeanine,

Il me semble que je ne t'avais guère caché, ces derniers temps, qu'un certain Henri Marsay avait fait sur moi la plus vive impression. Impression si confirmée que nous allons, dans deux jours, convoler en justes noces...

Réjouis-toi avec moi. J'ai l'impression de repartir le cœur léger vers une vie nouvelle, avec un homme si différent de mon premier mari que tout devrait être possible.

Vite un mot de toi. Ton amitié me serait précieuse.

Réponse

Chère Michèle,

Quelle bonne nouvelle ! Depuis longtemps, depuis le départ de Joseph, en fait, je me désolais de te savoir seule — et je suis sûre que ton Henri a mille vertus pour que tu l'aies choisi.

J'imagine que ton mariage va se passer entre Monsieur le maire et deux témoins — mais s'il y avait un public, je me ferais une joie d'en être.

Avec toute mon affection.

Les moments difficiles

A une amie qui n'est pas heureuse en ménage

Chère Fabienne,

Ta lettre m'a serré le cœur. Moi qui te sais si discrète, et si peu portée aux confidences, j'imagine ce que tu as dû souffrir pour sortir de ta réserve, et parler de ta peine à une amie.

Prends courage, chérie. Tu me parles de séparation : je ne suis pas de celles qui défendent le mariage à tout prix, et je crois profondément que, quand les choses en sont arrivées à un point de non-retour, il ne faut pas faire semblant, et continuer de vivre ensemble, complètement étranger l'un à l'autre ; mais rien de ta lettre ne me laisse entendre que vous soyez parvenus à ce point. Pierre t'aime, je le sais, j'en suis sûre. Qu'il ait pu être momentanément attiré vers une autre femme, je veux bien le croire ; mais que tu sois *sa* femme, et qu'il ne puisse vivre sans toi, j'en suis persuadée. Pourtant, permets-moi de te poser une question : votre vie à deux est-elle aussi vivante qu'autrefois ? Et ne serait-ce pas pour trouver ailleurs un véritable dialogue que Pierre se serait, passagèrement, éloigné de son foyer ?

Pardonne-moi, chère Fabienne, cette question indiscrète. Mais je sais par expérience que le mariage peut être une extraordinaire toile d'araignée, dans laquelle on se laisse facilement engluer par le ronron de la vie quotidienne, et qu'un homme se satisfait beaucoup plus mal qu'une femme de cet état de choses...

Je suis sûre que ton Pierre te reviendra et que ce sera, pour vous deux, l'occasion d'envisager votre union sur d'autres bases, moins faciles sûrement, mais sans aucun doute plus fructueuses.

Je t'embrasse de toute mon amitié.

D'une jeune femme à une amie pour lui confier ses problèmes avec son mari

Chère Eliane,

Pardonne-moi si je viens aujourd'hui te confier mes peines : c'est bien égoïste de ma part, je le sais — mais j'ai le cœur si lourd que j'ai l'impression d'étouffer, et tu as toujours été si proche qu'avec toi je sens que je peux tout dire sans craindre d'être incomprise.

Voilà. Il s'agit de François, comme tu peux le deviner. Depuis plusieurs mois je le trouve différent. Absent, facilement excédé par les détails de notre vie quotidienne. Le soir, il rentre tard du bureau, et deux fois de suite il est sorti sous le prétexte d'un dîner d'anciens élèves d'H. E. C. ou de son régiment — alors qu'il y a peu de temps encore il détestait ce genre de mondanités. Dès que je lui pose la moindre question, je sens bien que je l'exaspère, et j'ai fini par garder pour moi mon inquiétude, pour ne pas dire mon angoisse.

Toi qui me connais bien, suis-je une mauvaise épouse ? François me trouve trop « popote » — mais il ne se rend pas compte que c'est pour lui, et pour lui seulement que je veux avoir un intérieur agréable, une maison propre et accueillante dans laquelle il puisse se sentir bien au sortir de son travail, si absorbant.

Rassure-moi, chère Eliane, ou dis-moi, en toute franchise, ce qui ne va pas dans ma vie, et en quoi je devrais m'amender pour retrouver mon époux comme aux jours heureux d'autrefois.

Je t'embrasse.

Réponse

Chère Annette,

Tu me demandes de te répondre en toute franchise : je le ferai donc.

D'abord, je n'ai aucune inquiétude au sujet de ton mari : je suis persuadée qu'il t'aime, et que ses absences momentanées ne sont en rien une menace pour votre couple. Mais — pardonne-moi — tu te reconnais toi-même comme un peu trop popote : ne crois-tu pas que cette perfection ménagère risque de ne plus suffire à ton époux ?

J'ai l'impression que, depuis votre mariage, la situation de François a beaucoup changé : sa compétence professionnelle lui a permis de gravir plusieurs échelons, et il ne peut plus se satisfaire, à l'heure actuelle, de la simple vie familiale qu'il menait il y a cinq ans. Ce serait sûrement profitable, pour vous deux, que tu t'ouvres un peu plus vers l'extérieur; que vous sortiez davantage; que tu reçoives, par exemple, les collègues de François. Tu n'as que trop tendance, je le sais, à te renfermer dans ta coquille : attention, chère Annette, je te crie casse-cou. Ton époux change, et il a bien raison : toute vie est mouvement. A toi de te faire violence, de sortir de ton rôle de femme au foyer — si riche soit-il par ailleurs — pour t'ouvrir à la vie, et à la vie de ton mari, mouvante certes, mais enrichissante à coup sûr.

Pardonne-moi mes conseils, Annette chérie : ils ne te feront peut-être pas plaisir. Tu sais que je t'aime, et que je voudrais seulement, aujourd'hui, faire ce qui est en mon pouvoir pour que vous puissiez continuer longtemps à vivre une heureuse vie à deux.

Je t'embrasse.

La séparation

D'une jeune femme à ses parents pour annoncer une séparation

Maman chérie, mon cher Papa,

Votre perspicacité de parents avait depuis longtemps deviné que les choses n'allaient pas pour le mieux dans mon ménage. Ces derniers temps, ce « pas pour le mieux » est devenu si insupportable que nous avons décidé, Jean-Philippe et moi, de nous séparer.

Je ne sais pas encore si cette séparation aboutira à un divorce. Tout ce que je souhaite pour l'instant, c'est d'avoir un peu de temps à moi pour me reprendre, réfléchir, et savoir ce que je veux faire de ma vie. Je crois que s'il n'y avait pas les enfants, la situation serait beaucoup plus simple. Mais décider de priver Paul et Elisabeth de leur père n'est pas chose facile, et je ne le ferai que si je pense ne pas pouvoir, en mon âme et conscience, trouver une autre solution.

Vite un mot de vous, mes parents chéris, pour me réconforter dans ce moment difficile. Une fois encore, j'ai grand besoin de vous, et dans le désarroi qui est le mien aujourd'hui, votre tendresse est peut-être la seule certitude à laquelle je puisse me raccrocher.

Je vous embrasse.

Réponse

Chérie,

Ta lettre n'a fait que nous confirmer une inquiétude déjà ancienne. Il y a bien longtemps que nous avions constaté, tristement, un désaccord grandissant entre Jean-Philippe et toi; et l'annonce de votre séparation nous a peinés sans nous surprendre.

Nous avons toute confiance en toi, chérie : ce que tu fais est bien fait. Mais — s'il nous est permis d'intervenir en tant que parents — pouvons-nous te demander de bien réfléchir avant de penser à un divorce ? Paul et Elisabeth sont encore très petits, et leur père risque de leur manquer cruellement. Si tu penses que vraiment il n'y a aucune possibilité de vie commune entre Jean-Philippe et toi, alors il faut vous séparer, dans l'intérêt même des enfants : je crois que rien ne peut être pire pour eux que de vivre entre des parents profondément désunis. Mais s'il ne s'agit que d'un malentendu, ou de difficultés que votre couple pourrait surmonter en fin de compte, nous souhaitons de tout cœur que nos petits-enfants gardent leur père et leur mère, et que la dure expérience d'un divorce puisse leur être épargnée.

Nous t'embrassons avec toute notre tendresse.

Le divorce

A une amie pour annoncer un divorce

Chère Anne-Marie,

Je ne t'avais pas caché que, depuis longtemps déjà, les choses n'allaient pas trop bien entre Cédric et moi. Nous en sommes, aujourd'hui, à un point tel que nous avons décidé, d'un commun accord, de nous séparer définitivement.

Ce divorce me laisse trop meurtrie pour que j'aie envie de t'en parler longuement. Je te dirai seulement qu'en dépit de mon angoisse, j'ai l'impression d'avoir choisi la bonne voie. Cette fausse vie à deux, ces silences, ces mensonges par omission m'étaient devenus insupportables. J'envisage avec un mélange de terreur et de soulagement la perspective de me retrouver seule ; mais je crois, profondément, que c'est à ce seul prix que je pourrai redevenir moi-même, et retrouver un goût de vivre qui m'a abandonnée depuis longtemps.

Un mot de toi me ferait chaud au cœur.

Réponse

Chère Yvonne,

Ta lettre m'a navrée et soulagée tout à la fois. L'échec d'un couple est toujours une chose très triste ; mais j'avais tellement l'impression de te voir te détruire de mois en mois, en poursuivant vainement une entente impossible avec Cédric, que je me réjouis quand même de te voir sortir enfin de cette impasse.

N'aie pas de regrets, chère Yvonne. T'obstiner davantage aurait été inutile, et je suis sûre que dans cette séparation tu n'as rien, mais rien à te reprocher.

Je sais, par expérience, à quel point la solitude peut être difficile à vivre. N'oublie pas, Yvonne, que tes amis sont là, qui t'aiment et qui seront heureux d'être près de toi quand tu auras besoin d'eux ; je suis de tout cœur avec toi dans cette épreuve, et j'accours au moindre mot de ta part.

Fidèlement à toi.

A une relation pour annoncer un divorce

Chère Madame,

Votre dernière invitation étant arrivée au nom de M. et Mme Bernis, je voulais vous annoncer que depuis le 11 février M. et Mme Bernis ne vivaient plus sous le même toit, mais avaient deux adresses et deux numéros de téléphone distincts.

Oui, c'est ce qu'on appelle une séparation — ou un divorce, pour aller au fond des choses. Pardonnez-moi de ne pas m'étendre davantage : ce genre de situation est toujours difficile à vivre, et j'en sors trop meurtrie pour avoir envie d'en parler, si peu que ce soit.

Veuillez croire, chère Madame, à tous mes meilleurs sentiments.

Réponse

Chère Madame,

Pardonnez-moi ma méprise, involontaire, et la peine qu'elle a pu vous faire : je sais à quel point une séparation peut être douloureuse, et m'en veux de ne pas avoir deviné, à demi-mot, qu'il ne fallait plus vous inviter à deux.

Si toutefois vous pouviez me faire le plaisir de votre présence le 25, j'en serais très heureuse. Ce sera un petit dîner, avec peu de convives et pas du tout mondain — et peut-être saurait-il faire un peu diversion à vos soucis actuels.

Dans l'attente de votre réponse, et en souhaitant bien vivement que vous me disiez oui, je vous prie de croire, chère Madame, à mes meilleurs sentiments.

Les événements quotidiens

Les invitations

D'une mère à une autre mère pour inviter un enfant

Chère Madame,

Ma fille Arlette, qui fête samedi 13 mai son septième anniversaire, m'a demandé d'inviter à goûter ses camarades de classe. Vous savez sans doute que Cécile est son « amie de cœur » : je serais donc très heureuse si elle pouvait participer à notre petite fête, et si vous pouviez l'accompagner à cette occasion, ce qui nous permettrait de faire enfin connaissance.

Arlette attend ses amis à partir de 16 heures.

En espérant bien vivement que vous pourrez vous rendre à son invitation, je vous prie de croire, chère Madame, à l'assurance de mes sentiments les meilleurs.

Réponse affirmative

Chère Madame,

Cécile a sauté de joie en apprenant l'invitation de sa plus chère camarade, et ne dort quasiment plus en attendant ce goûter !

Ce sera un grand plaisir pour moi que d'accompagner ma fille à cette occasion, et je me réjouis également de faire enfin votre connaissance.

Veuillez croire, chère Madame, à l'assurance de mes sentiments les meilleurs.

Réponse négative

Chère Madame,

Vous me voyez désolée d'avoir à priver Cécile du plaisir de fêter l'anniversaire d'Arlette. Mais il se trouve que nous avions depuis longtemps projeté de passer cette fin de semaine chez des amis à la campagne, et il nous serait tout à fait impossible de nous décommander aujourd'hui.

Je regrette bien vivement de ne pas pouvoir faire votre connaissance ce jour-là ; mais je pense moi-même organiser bientôt un goûter pour Cécile, et j'espère que nous pourrons nous voir à cette occasion.

Veuillez croire, chère Madame, à l'assurance de mes sentiments les meilleurs.

Invitation à déjeuner

Chère Marinette,

Tu me manques. Que dirais-tu d'un déjeuner qui nous permettrait enfin de nous retrouver ? La semaine prochaine est prise, mais à partir de lundi en huit je serai tout à toi. Fixe-moi un jour, et une heure, et un lieu de rendez-vous. Bien sûr, si tu pouvais passer me prendre au bureau, ce serait idéal, mais je ne veux pas me montrer trop exigeante...

Tout amicalement.

Réponse affirmative

Dorothée chérie,

Je te manque, tu me manques, et je serai tout heureuse de pouvoir enfin te retrouver à l'occasion d'un déjeuner. Sauf contrordre de ta part, je passe te prendre boulevard Malesherbes mardi en huit à 12 h 30. Cela te va ?

Affectueusement à toi.

Réponse négative

Chère Dorothée,

J'aurais tant aimé dire oui à ta proposition. Malheureusement je me trouve clouée en ce moment à la maison : Stéphane a la scarlatine, et je reviens tous les jours déjeuner avec lui (**ou** : je ne peux le quitter à l'heure du déjeuner). D'ici quinze jours, je pourrai penser un peu à moi, et revoir ceux que j'aime — mais pour l'instant, hélas, il ne saurait en être question.

A très bientôt quand même. Je t'embrasse.

Invitation à dîner

Chère Madame,

Nous feriez-vous le plaisir de venir dîner à la maison vendredi 17 décembre à 20 h 30 ? Nous recevons quelques amis, parmi lesquels le peintre Clément, dont je vous ai beaucoup parlé, et qui sera très heureux de faire votre connaissance.

En espérant bien vivement que M. Mertens et vous-même pourrez être des nôtres, je vous prie de croire, chère Madame, à mon plus sympathique souvenir.

Réponse affirmative

Chère Madame,

Nous acceptons avec le plus grand plaisir votre invitation pour le vendredi 17 décembre. Nous partageons, mon mari et moi, la même admiration pour René Clément, et nous sommes particulièrement heureux d'avoir l'occasion de le rencontrer.

Recevez, chère Madame, l'expression de nos sentiments les meilleurs.

Réponse négative

Chère Madame,

Je reçois à l'instant votre aimable invitation pour le 17 décembre et suis navrée de devoir vous dire que nous ne pourrons nous y rendre. Mon mari a en effet ce soir-là un dîner à la Chambre syndicale du livre, et ses obligations professionnelles le contraignent absolument à y assister.

Avec mes plus vifs regrets, je vous prie de croire, chère Madame, à l'expression de mes sentiments les meilleurs.

• Invitation à dîner (par carte de visite)

M. et Mme Lionel DENIAU
prient Monsieur et Madame André Gersaint
de leur faire le plaisir de venir dîner avec eux
mercredi prochain à 20 heures, en toute simplicité.

17, rue de la Roche-du-Geai
Saint-Etienne

Réponse affirmative (par carte de visite)

M. et Mme André Gersaint
prient Monsieur et Madame Deniau d'accepter
tous leurs remerciements pour leur aimable invitation,
à laquelle ils auront le grand plaisir de se rendre.

Réponse négative (par carte de visite)

M. et Mme Christian Desmier
remercient Monsieur et Madame de Pierre-Scize
de leur aimable invitation, à laquelle ils auront
le regret de ne pouvoir se rendre, étant retenus
par des engagements antérieurs.

Invitation à une représentation théâtrale

Chère Marie-France,

On me propose pour jeudi en huit deux places pour « la Belle Hélène ». Je sais que tu aimes Offenbach autant que moi, et serais ravie que ce soit toi qui m'accompagnes. Vite, tu me dis oui ? Réponds-moi seulement au cas où tu ne serais pas libre ; sinon, je t'attendrai au contrôle, à 20 h 30 (précises, dit l'invitation !).

Tout à toi.

Invitation à un vernissage

Raphaël Dorian
serait heureux que vous lui fassiez l'honneur
d'assister au vernissage de son exposition
« Toscane d'aujourd'hui »
le 15 janvier 19.. de 18 à 20 heures
à la galerie Jacques Briance.

Réponse affirmative (par carte de visite)

Madame Pierre Delavaud
remercie Raphaël Dorian de l'avoir aimablement
conviée au vernissage de son exposition
« Toscane d'aujourd'hui »
auquel elle aura le grand plaisir de se rendre.

Réponse négative (par carte de visite)

M. et Mme Gilbert LHEUREUX
remercient Raphaël Dorian de son aimable invitation au vernissage de son exposition « Toscane d'aujourd'hui ».
Ils sont désolés de ne pouvoir s'y rendre, étant retenus par un engagement antérieur.

Invitation à une conférence

Roger-Gérard MUHLBACH
vous prie de lui faire l'honneur
d'assister à la conférence
« l'Expérience du calme intérieur »
qu'il donnera le 25 avril 19..
Salle Lavault, 24, rue Bergère, 75009 Paris.

Réponse affirmative (par carte de visite)

Joël BRUSQUET
sera heureux d'aller écouter le 25 avril prochain la conférence que Roger-Gérard Muhlbach consacrera à « l'Expérience du calme intérieur ».

Réponse négative (par carte de visite)

Eliane VARLET
remercie Roger-Gérard Muhlbach de l'avoir si aimablement conviée à sa conférence sur « l'Expérience du calme intérieur ».
N'étant pas à Paris à la fin du mois d'avril, elle regrette bien vivement de ne pouvoir s'y rendre.

Pour annoncer qu'on ne pourra pas se rendre à une invitation acceptée

Chère Madame,

Nous nous faisions une grande joie, mon mari et moi, de nous rendre à votre aimable invitation jeudi prochain.

Malheureusement, je mc vois brutalement rappelée en province.

Ma mère, qui s'est cassé le col du fémur, doit sortir de l'hôpital lundi, et aura besoin d'une présence constante auprès d'elle. Je prends donc ce soir le train pour Aurillac, et ne sais trop quand je pourrai rentrer à Paris.

Veuillez croire, chère Madame, à nos plus vifs regrets. Mon mari vous présente ses respectueux hommages, et se joint à moi pour vous assurer de nos sentiments amicaux.

Autre lettre sur le même sujet

Chère Madame,

J'aurais été très heureuse de me rendre vendredi prochain à votre charmante invitation, comme je pensais pouvoir le faire.

Malheureusement, j'ai reçu hier une lettre de ma fille me demandant de venir la rejoindre en province : la naissance de son deuxième enfant risque d'avoir lieu plus tôt que prévu, et il avait été entendu depuis longtemps que je viendrais m'installer chez elle pendant son séjour à la clinique.

Vous me voyez bien désolée de ne pouvoir assister à cette soirée, dont je me réjouissais fort — mais je suis sûre que vous voudrez bien excuser ce départ précipité.

Mon mari vous prie d'accepter ses respectueux hommages, auxquels je joins, chère Madame, l'expression de mes regrets et de mes sentiments amicaux.

Pour s'excuser d'avoir manqué à une invitation

Chère Madame,

Vous me voyez bien désolée de n'avoir pu venir vous voir hier soir, comme je vous l'avais promis.

Malheureusement, lorsque je suis rentrée du bureau, j'ai trouvé mon fils aîné avec une forte fièvre : il m'a fallu attendre le docteur et rester auprès de Guillaume jusqu'à ce qu'il soit un peu plus calme (**ou** : ma fille Annie, qui est en première année de médecine, est arrivée à l'improviste : elle avait passé l'après-midi un examen qu'elle avait l'impression d'avoir raté, et venait chercher auprès de moi un peu de réconfort que je n'ai pas eu le cœur de lui refuser).

Ne m'en veuillez pas trop de vous avoir involontairement fait faux bond : je l'ai trop vivement regretté moi-même.

Dans l'attente et l'espoir d'une prochaine rencontre, je vous prie de croire, chère Madame, à mes bien fidèles pensées.

Invitation à passer quelques jours de vacances

Cher Denis,

Nous voici arrivés depuis une semaine à la Grange-aux-Belles, et déjà tu nous manques : viendrais-tu passer quelques jours en notre compagnie ? Tu connais la maison : calme assuré, jardin fleuri, hôtes tout à toi... Ne pourrais-tu pas ménager dans ton emploi du temps si chargé une petite parenthèse ? Après tout, nous sommes en été, et tu serais bien le seul à ne pas travailler au ralenti !

Madeleine et moi guettons le courrier pour attendre ton « oui ».

Amicalement à toi.

Réponse affirmative

Cher Henri,

Bien sûr j'arrive ! J'ai gardé un trop bon souvenir de la Grange-aux-Belles (**ou** : j'ai trop entendu parler de la Grange-aux-Belles) pour ne pas m'y précipiter. Je serai libre, en principe, du 1er au 8 août : est-ce que ces dates vous conviennent ?

Si c'est oui, l'affaire est conclue ; sinon, peux-tu m'appeler au bureau (222-20-21) ? Sans contrordre de ta part, j'arriverai pour dîner le 1er août au soir.

Toute mon affection à Madeleine et à toi.

Réponse négative

Cher Henri,

J'aurais tant voulu pouvoir te dire oui. Malheureusement, je me vois coincé par mon travail pendant tout le mois d'août. J'ai deux chantiers qui doivent s'ouvrir à Lyon pendant les vacances, et ma présence sur place est absolument indispensable.

J'en suis d'autant plus désolé que j'aurais tant aimé retourner à la Grange-aux-Belles (**ou** : connaître la Grange-aux-Belles) — mais tu connais comme moi ce genre d'impératifs auxquels on ne peut se soustraire...

Avec tous mes regrets, ma fidèle amitié.

Pour inviter le camarade d'un fils ou d'une fille pour les vacances

Chère Madame,

Après les examens que viennent de subir nos enfants, j'ai l'impression qu'un vrai repos leur ferait grand bien, et Claude ne rêve que de partager les semaines qui viennent avec votre Béatrice.

Nous partons d'ici quinze jours dans notre maison en Normandie, et je serais très heureuse si Béatrice pouvait nous y accompagner. J'ai eu l'occasion de voir souvent votre fille à la maison et de l'apprécier à sa juste valeur ; et je partagerais de tout cœur la joie de Claude si son amie pouvait la rejoindre pendant quelque temps.

Dans l'attente de votre réponse, je vous prie de croire, chère Madame, à tous mes meilleurs sentiments.

Réponse affirmative

Chère Madame,

Je ne saurais dire le plaisir que votre lettre a fait à ma fille : jamais proposition n'aura été mieux accueillie.

Je me réjouis avec elle de ces quelques jours passés en compagnie de sa meilleure amie. Merci à vous d'avoir invité Béatrice à la campagne : j'espère qu'elle vous sera légère, et que la compagnie de ces jeunes personnes, exubérantes comme on peut l'être en vacances, ne vous encombrera pas trop.

Veuillez croire, chère Madame, à l'assurance de mes meilleurs sentiments.

Réponse négative

Chère Madame,

Vous me voyez bien désolée de ne pouvoir répondre oui à votre si gentille invitation. Malheureusement, il a été décidé depuis longtemps que nous allions passer la première quinzaine de juillet auprès de ma mère : elle aime tendrement sa petite-fille, qu'elle ne voit presque jamais, et se consolerait mal de son absence.

Je sais à quel point Béatrice aurait aimé partager avec Claude ces quelques jours de vacances, et suis navrée de ne pouvoir vous l'envoyer. Mais je veux espérer que ce n'est que partie remise, et que nos deux filles, dont l'amitié fait plaisir à voir, pourront très vite se retrouver ensemble.

Veuillez croire, chère Madame, à l'assurance de mes meilleurs sentiments.

Les remerciements

Lettre « de château »

Chère Anne, cher Jean,

Quelle douce merveille, cette semaine auprès de vous ! Votre maison si accueillante, la beauté de la campagne, la chaleur de votre hospitalité — vous avez le génie de faire en sorte que, d'emblée, vos invités se sentent complètement chez eux... D'un bout à l'autre, notre séjour a été parfait, si parfait que nous avons pu affronter avec un courage tout neuf et les embouteillages du retour et les innombrables petits problèmes de notre vie quotidienne retrouvée.

Avec toute notre gratitude, et notre fidèle affection.

Remerciements d'un jeune homme pour quelques jours de vacances

Chère Madame,

Comment vous remercier de la semaine que je viens de passer chez vous ? Je me sentais horriblement intimidé en arrivant, mais de bout en bout j'ai eu l'impression d'être traité comme un frère d'Etienne, tout maladroit et gauche que j'étais. J'ai été très sensible à la façon dont vous avez tout fait pour me mettre à l'aise : vous y avez si bien réussi qu'au bout de vingt-quatre heures il me semblait avoir fait depuis toujours partie de votre famille. Grâce à votre gentillesse, ces quelques jours ont été autant de jours de fête : soyez-en remerciée.

Avec toute ma gratitude, je vous prie de croire, chère Madame, à l'assurance de mes sentiments respectueux.

A des amis qu'on a visités au passage et qui vous ont retenu

Chère Mylène, cher André,

Quelle heureuse parenthèse ! Ces deux jours auprès de vous auront été une vraie merveille, d'autant plus appréciée qu'elle n'était pas du tout prévue dans nos projets. Après la paix de votre maison, la beauté de votre jardin, votre accueil si chaleureux, nous avons eu beaucoup de mal à nous réhabituer au bruit de la ville et au travail retrouvé ; mais ces trop courts moments nous auront beaucoup aidés, je le sais, à reprendre notre vie de tous les jours avec un cœur plus tranquille.

Affectueusement merci à vous deux.

Remerciements à un ami pour un envoi de fleurs

Cher Jacques, quelle beauté ! Votre bouquet de pois de senteur et de fraisias m'enchante, et embaume toute la maison.

Merci d'avoir deviné que j'aimais ces fleurs entre toutes... Merci pour votre amitié.

Remerciements à une relation pour un envoi de fleurs

Chère Madame,

Quel admirable bouquet ! Je n'ai plus d'yeux que pour vos roses qui me sont une joie et une compagnie : mon appartement en est tout éclairé.

Merci à vous, de tout cœur, d'avoir pensé à moi avec tant de gentillesse.

Veuillez croire, chère Madame, à tous mes meilleurs sentiments.

Les félicitations

Félicitations pour les Palmes académiques

Cher ami,

Jean-Claude Minguet m'apprend à l'instant la distinction dont vous venez d'être l'objet, et je voulais vous dire à quel point je m'en réjouis.

Depuis dix ans, j'ai suivi avec admiration ce que vous avez fait pour la restauration du château de Bonaguil. J'ai pu voir comment votre activité incessante et votre infatigable dévouement avaient fait naître l'Association des amis de Bonaguil, aujourd'hui nombreuse et efficace ; comment vous avez arraché à la ruine complète ce monument admirable, un des joyaux de l'architecture militaire française ; comment vous lui avez redonné vie, avec des moyens dérisoires, grâce à l'enthousiasme que vous avez su communiquer à des dizaines de jeunes, venus de toutes parts travailler à rétablir le château dans sa splendeur première ; et je n'ai pas oublié que, lors de ma première visite, les courtines et les demi-lunes n'abritaient que les jeux de quelques enfants, alors qu'aujourd'hui des milliers de fervents d'architecture médiévale viennent chaque année en admirer les beautés.

C'est à vous, et à vous seul, que revient le mérite de cette renaissance, et jamais, à mes yeux, Palmes académiques n'auront été plus justement attribuées.

Avec mes plus chaleureuses félicitations, recevez, cher Monsieur, l'expression de ma plus cordiale sympathie.

Félicitations pour l'Ordre national du Mérite

Cher Monsieur,

Sud-Ouest m'a appris hier soir que vous veniez de vous voir attribuer l'Ordre national du Mérite, et je voulais vous dire combien je suis heureux de voir ainsi récompensée l'œuvre admirable que vous avez entreprise en faveur des handicapés physiques et mentaux.

Je ne connais pas personnellement les quatre établissements que vous avez successivement créés en Dordogne ; mais de miens amis les ont visités, et m'en ont beaucoup parlé. Par ailleurs, je sais le courage, l'énergie et le dévouement qu'il vous a fallu pour trouver les fonds nécessaires, arriver à émouvoir les pouvoirs publics, former le personnel compétent, donner un asile et, dans la mesure du possible, un travail à ces déshérités trop souvent oubliés de tous ; je sais aussi l'esprit que vous avez su insuffler à vos équipes, l'atmosphère qui règne à La Bachellerie ; et avec quel oubli, quelle abnégation de vous-même vous avez mené à bien une tâche aussi écrasante.

Des services comme ceux que vous avez rendus à la communauté sont trop souvent méconnus, et je me réjouis d'autant plus de cette distinction si justement attribuée.

Avec mes plus sincères félicitations, je vous prie d'agréer, cher Monsieur, l'expression de ma respectueuse sympathie.

Félicitations pour une promotion

Cher Pascal,

Ainsi te voilà nommé — Paul Spielberg vient de me l'apprendre — directeur des Etablissements Schmidt pour la France. Je me réjouis avec toi de cette promotion, sachant à quel point tu te sentais à l'étroit, et peu à l'aise, dans ton poste précédent ; et je suis sûr que tes nouvelles attributions te permettront enfin d'avoir une liberté d'action et des responsabilités dignes de toi.

Mille vœux de succès, cher Pascal, pour cette nouvelle étape dans ta carrière.

Amicalement à toi.

Félicitations à une amie pour la promotion de son mari

Chère Hélène,

J'apprends à l'instant, par Pierre Daumal, que Pascal vient d'être nommé directeur des Etablissements Schmidt pour la France, et je voulais te dire à quel point nous nous réjouissons, Laurent et moi, de cette promotion.

Je sais l'importance — légitime — que Pascal a toujours attribuée à son travail, et le courage qu'il lui a fallu pour accéder au poste qui est le sien aujourd'hui ; et je suis d'autant plus heureuse de voir que sont enfin récompensés son sérieux, son dévouement, et les sacrifices qu'il a dû faire à sa vie professionnelle.

Dans tous ces compliments, je ne t'oublie pas, ma belle, et je rends également hommage à tes soirées solitaires, et à tous les week-ends que tu as dû vivre seule, face à un mari plongé dans ses dossiers...

J'imagine que le nouveau poste de ton époux apportera quelque changement, et quelques obligations supplémentaires, dans votre existence — mais je suis sûre que tu n'oublieras pas tes fidèles amis de toujours, qui t'embrassent de tout leur cœur.

Félicitations pour la Légion d'honneur

Cher Monsieur,

Le Monde d'hier soir m'apprend votre nomination au grade de chevalier de la Légion d'honneur.

Je voulais, sans plus attendre, vous adresser mes plus sincères félicitations pour cette juste distinction, dont tous vos amis se réjouissent du fond du cœur.

Veuillez croire, cher Monsieur, à mes sentiments de fidèle amitié.

Autre lettre sur le même sujet

Cher Monsieur,

Le Monde d'hier soir m'apprend votre promotion au grade d'officier (**ou** : de commandeur) de la Légion d'honneur.

Je voulais, sans plus attendre, vous adresser mes plus sincères félicitations pour cette juste distinction, dont vos amis se réjouissent du fond du cœur.

Veuillez croire, cher Monsieur, à mes sentiments de fidèle amitié.

Autre lettre sur le même sujet

Cher Monsieur,

Le Monde de ce soir m'apprend votre élévation au grade de grand officier (**ou** : grand-croix) de la Légion d'honneur.

Je voulais, sans plus attendre, vous adresser mes plus sincères félicitations pour cette juste distinction, dont tous vos amis se réjouissent du fond du cœur.

Veuillez agréer, cher Monsieur, l'assurance de mes sentiments respectueux.

Félicitations pour la Médaille militaire

Cher ami,

Comment vous dire avec quelle joie je vous ai vu attribuer une distinction si justement méritée ? Depuis toujours j'ai suivi — de loin, mais fidèlement — votre carrière. J'ai pu voir quelle efficacité, quelle rigueur, quel dévouement vous avez apportés au service de l'armée ; à quel point vous lui avez constamment sacrifié votre intérêt personnel, en sachant toujours, dans les moments difficiles, allier la fermeté nécessaire à une compréhension profonde de ceux qui étaient sous vos ordres. L'Etat se montre trop souvent oublieux de ceux qui le servent le plus fidèlement, et je me réjouis d'autant plus de voir aujourd'hui récompensées les longues années que vous lui avez si loyalement consacrées.

Ma femme se joint à moi pour vous adresser ses plus amicales félicitations.

Croyez-moi bien, cher ami, votre tout dévoué.

Les vœux

Vœux de bonne année d'un fils à ses parents

Cher Papa, chère Maman,

J'aurais tant voulu être près de vous en cette fin d'année. Malheureusement, je n'ai aucun congé en vue pour Noël ou le nouvel an, et il me serait impossible de quitter Paris pour plus de vingt-quatre heures. Mais tout mon cœur va vers vous aujourd'hui, et toute ma tendresse de fils qui voudrait tant apercevoir ses parents un peu moins rarement...

Bonne année à vous deux, mes parents chéris. Puisse 19.. vous apporter beaucoup de joies, pas trop de fatigues, mille douceurs et la présence moins rare de vos enfants et petits-enfants. J'espère aussi que les rhumatismes de Papa le laisseront un peu plus en paix, et que les nouveaux remèdes de Maman vont enfin faire merveille !

Je devrais pouvoir faire un saut auprès de vous dans le courant de février, où j'aurai sans doute quelques jours de vacances ; en attendant, je vous embrasse de toute ma tendresse.

Réponse

Mon Marcel chéri,

Merci de ta bonne lettre qui nous a fait chaud au cœur en nous apportant un peu de ta présence. Dominique et Jean-Louis n'ayant pas pu venir non plus, les fêtes de fin d'année n'ont pas été aussi gaies que nous l'aurions souhaité : tu connais tes incorrigibles parents, qui voudraient toujours avoir au moins l'un de leurs enfants auprès d'eux dans les grandes occasions ! Mais je dois avouer, pour être honnête, que nous avons passé le réveillon en tête à tête ton père et moi (point de mondanités cette année) assez sereinement et en nous trouvant, ma foi, plutôt heureux ensemble (**ou** : que le réveillon, chez nos amis Nadeau, a été particulièrement réussi, et que nous avons très joyeusement commencé l'année nouvelle).

Pour toi aussi, mon Marcel, que l'an neuf te soit doux et favorable ; qu'il t'apporte mille joies dans ta vie, mille succès dans ton travail, et un peu plus de temps — soyons égoïstes ! — pour venir voir tes parents qui ont la mauvaise idée d'habiter si loin...

Nous t'embrassons, ton père et moi, tout tendrement.

Vœux de bonne année à des grands-parents

Chère Grand-Mère, cher Grand-Père,

Vous devez me trouver bien négligent et silencieux. Pourtant, je pense très souvent à vous, mais je me laisse bêtement entraîner par la bousculade de la vie quotidienne — si bien que je suis tout heureux, quand arrive le nouvel an, de mettre enfin à exécution la lettre que je projette toujours de vous écrire...

C'est du fond du cœur que je vous souhaite une bonne et douce année à vous deux, sans soucis, sans maladies, sans trop de fatigue. Vous savez la place que vous tenez dans la vie de vos enfants et de vos petits-enfants, qui s'émerveillent de vous retrouver d'année en année aussi attentifs, aussi gais, aussi jeunes de cœur. Puissiez-vous continuer longtemps encore à leur prodiguer cette douce tendresse qui les comble plus qu'ils ne sauraient le dire.

A très bientôt, chère Grand-Mère, cher Grand-Père : j'espère trouver très vite un moment pour venir vous rendre visite. En attendant, je vous embrasse de toute mon affection.

Réponse

Mon cher Maurice,

Merci de ta si gentille lettre. Le commencement d'une année nouvelle n'est jamais bien gai pour des vieilles gens comme nous, qui n'ont que trop tendance à se souvenir du passé, des jours heureux où la maison était pleine de cadeaux, de rires, et de la joie des enfants qui ont depuis si longtemps quitté le nid. Et rien ne peut nous faire plus chaud au cœur que la tendresse, si douce, de nos enfants et des enfants de nos enfants.

A toi aussi, mon cher Maurice, mille souhaits pour l'année qui vient : puisse tout ce dont tu rêves devenir réalité, et le succès t'arriver de toute part. Je sais à quel point ton travail compte pour toi, et les problèmes qu'il te pose trop souvent : mais je suis sûre que la peine que tu te donnes trouvera sa juste récompense. Oserai-je aussi souhaiter, timidement, que tu puisses de temps en temps trouver dans ta vie si occupée un tout petit peu de loisir pour venir voir tes grands-parents, qui aimeraient tant que leur petit-fils se fasse un peu moins rare ?

Nous t'embrassons, cher Maurice, de tout notre vieux cœur resté si jeune.

Vœux à une tante éprouvée

Chère Tante Alice,

Je voulais être avec toi en cette fin d'année, qui doit t'être si pénible : j'imagine à quel point les jours de fête peuvent te sembler lourds quand le souvenir des joies d'autrefois contraste si vivement avec les peines d'aujourd'hui.

Mon cœur est près de toi, chère Tante Alice. Puisse l'année qui vient t'apporter un début d'apaisement, et l'affection de tes neveux et nièces te soutenir un peu dans cette dure épreuve.

Je t'embrasse.

Vœux à quelqu'un qui vous a rendu service

Cher Monsieur,

Permettez-moi de vous présenter mes vœux les plus sincères pour la nouvelle année, et de vous renouveler, à cette occasion, l'expression de ma profonde gratitude. Je n'ai pas oublié, je n'oublierai pas, le service que vous m'avez rendu au mois de mai dernier : sans vous, jamais je n'aurais pu continuer mes études (**ou** : faire hospitaliser ma mère ; **ou** : m'acheter un commerce à des conditions si favorables), et je ne saurais assez vous remercier de ce que vous avez fait pour moi.

Puisse 19.. vous être doux et propice, vous apporter mille joies pour vous et pour les vôtres, et voir réussir tout ce que vous entreprendrez.

Veuillez croire, cher Monsieur, à l'assurance de mes sentiments reconnaissants.

Réponse

Cher Hervé,

Votre lettre m'a beaucoup touché : vous savez la profonde amitié que j'ai toujours eue pour vous, et j'ai été trop heureux d'avoir pu vous être, pour une fois, un peu utile.

A vous aussi, tous mes vœux pour l'année nouvelle, et pour le complet rétablissement de vos affaires ; mais surtout, je vous prie très instamment, si vous avez à l'avenir le moindre problème, de ne pas hésiter à faire appel à moi.

Croyez, cher Hervé, à tous mes meilleurs sentiments.

Vœux à quelqu'un que l'on aime beaucoup et qu'on ne voit jamais

Cher Maurice,

Depuis des mois, je me pose la même question absurde : comment peut-on penser si souvent à quelqu'un et ne jamais lui faire signe ? Et voici qu'arrive l'époque des vœux de fin d'année, et je suis tout heureuse de ce prétexte qui m'est donné de vous écrire enfin le mot que j'avais l'intention de vous envoyer depuis si longtemps...

Bonne année à vous, cher Maurice. Puisse 19.. vous être doux et propice, vous apporter mille satisfactions dans votre travail, mille joies avec Juliette et les enfants. Nous verrons-nous bientôt ? Il ne faut pas trop m'en vouloir de ce si long silence : entre les problèmes de travail et ceux que m'a posés la santé de Pauline, l'année ne m'a pas été facile ; mais je n'ai pas cessé de penser à vous, et je souhaiterais pouvoir très vite vous le dire de vive voix. Si vous le voulez bien, je vous téléphone au début de l'année prochaine ?

Amicalement à vous.

Pour la fête des Mères

Ma Maman chérie,

J'aurais tant voulu être auprès de toi en ce jour de fête des Mères : si seulement tu n'habitais pas si loin, ou si au moins j'avais pu trouver les quarante-huit heures nécessaires pour venir t'embrasser... Mais je voulais au moins te dire à quel point je me sens proche de toi aujourd'hui, et te remercier, du fond de mon cœur, d'être ce que tu es et ce que tu as toujours été : la plus attentive, la plus présente, la plus aimante (mais aussi la plus aimée) des mères. Je trouve que j'ai beaucoup de chance, et je ne suis pas le seul à le penser : nombre de mes amis m'envient, et je crois bien que tu t'en rends compte. N'es-tu pas d'ailleurs, et depuis bien longtemps, un peu leur seconde mère à tous ? La façon dont tu as su accueillir les garçons et les filles que j'amenais chez nous a toujours été une vraie merveille, et si j'ai eu une enfance et une adolescence heureuses, cela tient en grande partie, j'en ai bien conscience, à cette maison ouverte et à la façon dont tu traitais en amis de toujours ces visiteurs inconnus.

J'espère venir vous voir très bientôt, Papa et toi. En attendant, je t'embrasse de tout mon cœur de fils.

Bonne fête Maman !

D'une femme à son mari à l'occasion de leurs noces d'argent

Mon Jean chéri,

Pourquoi a-t-il fallu que nous ne puissions fêter ensemble nos noces d'argent ? J'aurais tant aimé, pourtant, célébrer avec toi cet anniversaire, et évoquer à deux ce jour où l'abbé Dubois nous a unis pour le meilleur et pour le pire. Il me semble que c'était hier, ou presque. Tant d'années ont passé, et pourtant je retrouve intacts l'essentiel de nous-mêmes et toutes les raisons pour lesquelles je t'avais choisi. Bien sûr, il y a eu les orages, les difficultés inévitables, les problèmes posés par les enfants — souviens-toi du moment où Claire voulait absolument faire du théâtre ! — mais les racines sont si profondément accrochées et mêlées que rien d'essentiel n'a pu être ébranlé.

Longue vie à nous deux, mon Jean chéri. En ce temps si incertain et si difficile, quand nous voyons si souvent autour de nous des couples tôt faits et tôt défaits, il me paraît presque miraculeux d'avoir pu parcourir ensemble un si long chemin. Mais, puisque nous sommes en si bonne voie, pourquoi ne pas penser — déjà — aux noces d'or ou même de diamant ? Nous serons un peu blanchis, un peu courbés, mais encore cœur à cœur, comme nous l'avons toujours été !

Cher, si cher Jean, je t'embrasse et je t'aime.

Réponse

Quelle douce lettre, chère Marie. Moi aussi, j'avais pensé à toi si fort en ce 16 avril, et si fort déploré que nous ne puissions pas être ensemble ce jour-là. Et voici que tu viens me dire les mots qui étaient sur mes lèvres, et que je sens tout comme toi : tout ce passé si plein et si important, le présent savoureux comme un fruit, et notre avenir si riche de promesses : à nous les noces d'or et de diamant, à nous, autour de nous, les petits-enfants et les arrière-petits-enfants ; à nous surtout cette entente, parfois traversée d'orages, il est vrai, mais si elle avait été plus tranquille et plus plate, aurait-elle été aussi durable ? Personnellement, je n'en crois rien.

Je me réjouis de te retrouver dans dix jours, et pense à toi avec mon plus tendre, mon plus fidèle amour.

L'amitié

A une amie avec laquelle on désire renouer des relations

Chère Carole,

Il m'a semblé hier t'apercevoir dans la rue — mais de mon autobus il m'était difficile de bondir à ta rencontre. Et tout à coup des souvenirs en foule me sont revenus à la mémoire : nos conversations sans fin sur les bancs du lycée, nos vacances en Bretagne, le séduisant Didier dont nous étions toutes les deux amoureuses et qui — l'infâme — nous a préféré une autre fille. Et avec tout ça, une vive, très vive, si vive envie de te revoir. Bien sûr, douze ans, c'est long, bien assez long pour que nous soyons devenues deux étrangères ; mais je suis prête à en courir le risque.

Marguerite Blanchet, que j'aperçois de loin en loin, m'a dit que tu enseignais l'histoire au lycée de Montmorency. Faute de coordonnées plus précises, je t'écris donc à cette adresse officielle. Que te dirais-je de moi pour que tu ne sois pas trop désorientée ? J'ai un mari ingénieur, une fille de quatre ans, un garçon de trois, un travail à mi-temps dans la publicité. Et surtout, j'ai deux numéros de téléphone : le matin, au bureau (543-12-21), et le reste du temps chez moi (221-89-76). Peut-être aussi ne serait-ce pas inutile de te mentionner mon nom de femme mariée : Solange Dalmas.

Dis-moi que je vais t'entendre très vite, et que nous allons bientôt tomber dans les bras l'une de l'autre.

Tout amicalement.

Réponse négative

Chère Solange,

Ta lettre m'a beaucoup touchée, mais... à te dire vrai, je crains plus qu'autre chose ces retrouvailles tardives. En douze ans, la vie a beaucoup changé : nous allons nous revoir chargées de mari et d'enfants, vraisemblablement très différentes de ce que nous avons été, et ne partageant plus que les heureux souvenirs de notre jeunesse. Ne vaudrait-il pas mieux en rester là plutôt que de mal se reconnaître et de se reprocher l'une à l'autre notre déception ?

Ne m'en veux pas, s'il te plaît, de cette trop sage réponse : même si cela te semble une vue trop pessimiste de l'existence, je crains de n'avoir pas tout à fait tort.

Mais je garde pour toi, et pour nos dix-sept ans, mon plus fidèle souvenir.

Pour se réconcilier avec une amie

Chère Geneviève,

Il n'y a pas de semaine où je ne pense à la façon stupide dont nous nous sommes quittées, la dernière fois que nous nous sommes vues. Je sais que j'ai tendance à m'emporter trop facilement, et me rends bien compte que les mots ont dépassé ma pensée ; mais je déplore de tout cœur de voir interrompue, pour un motif aussi futile, une si ancienne amitié.

Dis-moi, chère Geneviève, que tu ne m'en veux plus, que tout ceci est maintenant de l'histoire ancienne, et que nous allons retrouver, après cet épisode absurde, nos liens de toujours qui aujourd'hui me manquent si fort.

J'attends ta réponse avec impatience.

Réponse favorable

Chère Agnès,

Merci d'avoir écrit la lettre que j'aurais dû t'envoyer depuis longtemps déjà. Moi aussi je me sentais bêtement bloquée par l'échange de propos — un peu vifs, avouons-le ! — qui nous avait opposées ces derniers temps, et dont je me sentais largement aussi responsable que toi.

Oublions donc d'un cœur commun — et léger — cet incident sans importance, et je t'appelle un jour très prochain pour que nous retombions avec joie dans les bras l'une de l'autre !

Je t'embrasse.

Réponse négative

Chère Agnès,

Ta lettre m'a à la fois touchée et laissée un peu perplexe. Il est vrai que, lorsque nous nous sommes vues pour la dernière fois, nous nous sommes heurtées plus violemment que nous ne l'avions jamais fait ; mais je crains que cette dispute passagère n'ait été le signe d'un désaccord plus profond. Nous nous connaissons depuis tant d'années que le temps a forcément fait son œuvre ; que nous avons évolué, toi et moi, dans des directions passablement différentes, et qu'en dehors de notre adolescence commune, toutes les choses de la vie nous éloignent bien plus qu'elles ne nous rapprochent.

Si tu le veux bien, laissons passer encore un peu de temps avant de nous revoir : cela nous permettra, il me semble, de retrouver une relation à la fois plus sereine et plus juste.

Je t'embrasse.

A un ami pour se réconcilier avec lui après une discussion violente

Cher François,

Après t'avoir quitté hier soir, je me suis senti plein de remords de m'être bêtement laissé entraîner par l'acharnement de notre discussion. J'aurais dû savoir que la politique est un terrain dangereux, du moins en ce qui nous concerne, et que j'ai trop tendance à me laisser aller à dire n'importe quoi simplement pour imposer mon point de vue — tactique déplorable, dont l'effet est toujours contraire à celui que j'avais espéré...

Ne m'en veux pas trop, François. Oublie s'il te plaît ce que j'ai pu te dire de sottement blessant, et continue à voir en moi ce que j'ai toujours été,

ton ami.

Réponse

Mea culpa, cher Martin. Moi aussi je me suis laissé entraîner beaucoup plus loin que je ne l'aurais dû — quitte à m'en repentir vivement après ton départ. Nous saurons, la prochaine fois, qu'il y a des sujets qu'il vaut mieux éviter, ou tout au moins aborder avec précaution si nous ne voulons pas nous retrouver au bout de dix minutes l'injure à la bouche !

Oublions donc nos débordements passagers, et retrouvons-nous vite, pour échanger des propos plus amènes, et plus conformes à notre vieille amitié.

A toi.

A une personne qui ne vous a pas écrit depuis longtemps

Chère Laurence,

Ton silence me pèse. Où es-tu, que fais-tu, que deviens-tu ? Ta dernière lettre était peu gaie, et te montrait soucieuse à la fois pour Remi et pour ta fille aînée. Trouveras-tu trois minutes pour me griffonner quelques lignes et me dire où en sont tes inquiétudes, et si tu es enfin rassurée pour ton époux et pour Catherine ? Je maudis cet éloignement qui m'empêche de faire un saut pour venir te voir, alors que je te sens peu heureuse, et que j'aurais tant aimé pouvoir au moins t'apporter le réconfort de ma vieille amitié.

Penses-tu redevenir bientôt parisienne, que nous puissions évoquer de vive voix ce qu'on n'a pas toujours le courage ou le temps d'écrire ? Nous ne partons en vacances qu'à la fin du mois de juillet, ce qui nous laisserait largement le temps de nous voir si, selon ton habitude, tu venais passer quelques jours ici à la fin du mois de juin.

J'attends un mot de toi — rien qu'un mot, un tout petit mot — avec tant d'impatience, et toute mon amitié.

A une personne à qui l'on n'a pas écrit depuis longtemps

Chère Christine,

Chaque jour qui passe ajoute à ma mauvaise conscience : comment oser répondre, après si longtemps, à votre dernière lettre qui doit bien dater de six mois... Aujourd'hui, tant pis, je me jette à l'eau, sachant bien que plus j'attendrai, et moins il me sera facile de vous écrire.

N'accusez surtout pas de ce silence mon indifférence ou ma paresse : l'année a simplement été un peu lourde, et toute mon énergie s'est dissipée à essayer de résoudre au jour le jour une multitude de problèmes qui n'avaient en soi rien de catastrophique, mais dont l'accumulation devenait assez pesante — Jean sans travail pendant plusieurs mois, Marie-Hélène pensant à tout sauf à ses études d'allemand, le petit constamment aux prises avec des grippes succédant à des angines, et moi sans grand courage pour remonter tout mon petit monde. Heureusement, l'année s'achève mieux qu'elle n'a commencé ; j'espère seulement que le temps sera à peu près clément aux Sables-d'Olonne, et nous permettra de revenir tout neufs et reposés.

Et vous, chère Christine, parlez-moi de vous. J'attends avec impatience des nouvelles de tous et de toutes, de votre nouveau travail, des vacances qui se préparent... Pensez-vous louer la même maison que l'année dernière ? Nous serions si heureux de vous retrouver en presque voisins. Charlotte et Julien ont grandi, mais devraient, j'imagine, être aussi bons camarades de jeux que par le passé. Et votre présence, à Bruno et à vous, nous serait très douce.

A très bientôt de vos longues nouvelles ?

Amitié de nous deux à vous deux.

La maladie

D'une femme à un docteur pour annoncer la visite de son mari

Monsieur,

Mon mari, Michel Landau, a pris rendez-vous pour venir vous voir vendredi prochain à 16 heures. Il souffre de maux d'estomac que j'espère bénins et qui ne m'inspirent pas d'inquiétude ; mais je tenais à vous dire, en confidence bien sûr, que je le trouve anormalement nerveux depuis quelques semaines. Un rien l'exaspère, il s'irrite pour tout, et le moindre incident — une mauvaise note des enfants, par exemple — prend immédiatement les proportions d'un drame. Peut-être ces éclats, pénibles, sont-ils en relation avec ses maux d'estomac ; mais je vous serais très reconnaissante si vous vouliez bien lui poser quelques questions dans ce sens. Il n'est pas impossible que je m'exagère la réalité, mais si lui-même a conscience de cet état de fait, il doit exister des médicaments qui puissent lui rendre la vie — sa vie, notre vie — moins pénible.

En vous remerciant de ce que vous pourrez faire, je vous prie de croire, Monsieur, à l'assurance de mes sentiments distingués.

Demande de visite à domicile à un docteur

Monsieur,

Votre téléphone a été si constamment occupé ces derniers temps que je me résous à vous écrire. Ma mère, qui habite chez moi, souffre de violents maux de ventre depuis plusieurs jours, et j'aimerais avoir un avis compétent.

Son état lui permet parfaitement de vous ouvrir la porte, mais je préférerais être présente lors de votre visite : vous serait-il possible de passer un soir prochain après 18 h 30 ?

Avec tous mes remerciements, je vous prie de croire, Monsieur, à l'assurance de mes sentiments distingués.

Pour recommander un malade à un docteur

Cher Monsieur,

Vous allez recevoir la visite de mon ami Raoul Marais, qui a pris rendez-vous auprès de votre secrétaire pour jeudi prochain 8 juillet.

Raoul Marais, qui est marié et père de deux enfants, souffre depuis plusieurs mois d'un état assez gravement dépressif. Sa vie familiale s'en ressent, et son travail lui-même commence à en subir les conséquences. J'ai eu le plus grand mal à le convaincre de venir vous voir, et c'est en lui rappelant la dépression dont j'avais souffert il y a quelques années et dont vous m'aviez si remarquablement et si rapidement guéri que je suis arrivé à l'en persuader.

Puis-je recommander à votre bienveillance cet homme de cœur qui, je le sais, vous accordera toute sa confiance dès qu'il se sera remis entre vos mains ?

Avec mes remerciements, je vous prie de croire, cher Monsieur, à l'assurance de tous mes meilleurs sentiments.

A un médecin pour demander des éclaircissements sur la maladie d'un parent

Monsieur,

Craignant toujours de vous déranger au téléphone lors d'une de vos consultations, j'ai préféré vous écrire ce petit mot au sujet de ma mère, Madame Forestier, que vous soignez depuis plusieurs années déjà.

Je sais que vous la traitez pour une affection de la vésicule biliaire ; mais en la voyant de plus en plus faible et souffrante, j'avoue que je m'inquiète, et je me demande s'il ne s'agit pas de quelque chose de beaucoup plus grave.

Si vous souhaitez me rencontrer, je suis entièrement à votre disposition pour une entrevue au jour et à l'heure qui vous conviendraient.

Avec tous mes remerciements, je vous prie de croire, Monsieur, à l'assurance de mes meilleurs sentiments.

Lettre de remerciements à un docteur accompagnant le chèque de ses honoraires

Cher Monsieur,

Veuillez trouver ci-joint le montant de vos honoraires.

Avec toute ma reconnaissance pour la gentillesse et l'efficacité avec lesquelles vous m'avez remise sur pied, je vous prie de croire, cher Monsieur, à tous mes meilleurs sentiments.

Pour annoncer une maladie

Chère Viviane,

Le docteur Charles m'a convoquée hier pour me parler de Papa, et mes pires craintes ont été confirmées. Cette tache qui apparaissait sur la radio en haut du poumon droit et dont je t'avais parlé, c'est bien un cancer, déjà très développé paraît-il. Le docteur envisage une opération ; mais le cœur, qui est fragile, tiendra-t-il ?

Papa, apparemment, ne se doute de rien ; ou plutôt, pour être tout à fait sincère, je crois qu'il se doute de quelque chose, mais qu'il ne veut rien savoir. Moi j'essaie de faire bonne figure, tant bien que mal... Il ne souffre pas pour l'instant ; mais j'attends avec terreur le moment où la douleur fera son apparition.

Tu sais que Papa t'aime beaucoup, et t'a toujours considérée un peu comme une seconde fille ; je crois aussi que tu l'aimes bien. Ne trouverais-tu pas le moyen de venir passer quelques jours à la maison ? Papa serait tout heureux de ta présence, et je voudrais tant que les semaines qui lui restent à vivre lui soient douces...

A toi.

A une amie dont l'enfant est malade

Ma chérie,

Hubert vient de m'apprendre que Manu était au lit avec une pneumonie, et connaissant ton cœur de mère poule, j'imagine combien tu dois te tourmenter. Il ne faut pas t'inquiéter, Pauline : une pneumonie de nos jours n'a rien de redoutable, et je sais que tu peux avoir toute confiance en ton pédiatre, qui va guérir ton fils en un rien de temps. Parions que, dans ta prochaine lettre, tu me diras que Manu a retrouvé toute sa vitalité et ne tient plus en place.

Tout amicalement à toi.

Réponse

Chère Chantal,

Comme tu avais raison d'imaginer mes inquiétudes, et de prévoir qu'elles seraient de courte durée ! Manu va beaucoup mieux — le docteur Dommange est très content de lui —, mais, du coup, il se croit guéri, et j'ai toutes les peines du monde à le tenir au lit, où il s'ennuie ferme. Je fais pourtant de mon mieux : loto, dames, lectures, et même parties de cartes, je ne sais plus qu'inventer pour que les heures lui soient moins longues. Heureusement, si j'en crois le pédiatre, il devrait pouvoir retrouver bientôt sa chère école...

Merci de ton gentil mot réconfortant !

Je t'embrasse.

A un ami accidenté

Mon vieux Laurent,

Marcheron m'a appris la triste fin de tes sports d'hiver, et ton retour à Marseille avec une jambe dans le plâtre ; mais il m'a dit aussi que la fracture n'était pas mauvaise et devrait, d'après la Faculté, se réduire assez vite.

Je pense bien à toi, Laurent, et à la gêne quotidienne qu'occasionne un plâtre de marche, surtout quand on vit comme toi dans un immeuble sans ascenseur. J'imagine la sollicitude de Suzanne, qui doit t'être douce, mais qui ne peut guère alléger le poids de ce boulet que tu vas traîner encore quatre semaines ? six semaines ?, et qui doit t'empoisonner l'existence.

A toi toute ma compassion, et toute mon amitié.

Réponse

Cher Pierre-Antoine,

Merci de prendre part à mes malheurs ! Effectivement, cette année, je n'ai pas eu de chance. Se casser la jambe, passe encore ; mais deux jours après être arrivé à Val-d'Isère, c'était vraiment dur... Heureusement, j'ai une brave facture, qui ne pose aucun problème ; on m'a très vite mis un plâtre de marche, et je devrais même pouvoir sous peu reprendre mon travail.

En attendant, je fais quotidiennement des exercices de béquilles. Je t'avouerai sans fausse honte que les quatre étages de mon escalier — ciré ! — me font une peur horrible ; mais en dehors de ce cauchemar, tout se passe assez bien. Suzanne est un ange de gentillesse et de prévenances, et m'évite tout déplacement qui ne soit pas absolument indispensable. Et quand je me sens par trop pesant et malhabile, je me dis que j'aurais pu me casser le bras droit...

A toi.

Pour demander des nouvelles d'un malade qu'on ne veut pas déranger par téléphone

Chère Véronique,

Depuis que je sais Thierry malade, je n'ai pas osé téléphoner, ayant toujours peur de le déranger s'il dort, ou de te déranger si tu es auprès de lui. Mais aurais-tu la gentillesse de m'appeler toi-même, à une heure qui te conviendrait (soit à mon travail, soit chez moi) ? Je voudrais beaucoup savoir si le nouveau traitement du docteur Denon a enfin réussi à faire tomber la fièvre ; et si toi, ma pauvre belle, entre ton mari à soigner et la vie des enfants qui continue, tu ne te décourages pas trop...

Transmets à Thierry mes vœux de prompt rétablissement, et partage avec lui, chère Véronique, toute ma fidèle affection.

Pour annoncer une opération

Chère Henriette,

L'état de santé de Louis ne s'étant pas amélioré ces derniers temps, nous sommes retournés voir le professeur Hamburger qui, après toute une série de radios et d'examens, nous a dit qu'une opération lui paraissait maintenant inévitable.

Je sais que l'ablation d'un rein est chose courante de nos jours, et que Louis est encore assez jeune et solide pour supporter sans problèmes le choc opératoire. Mais — tu me connais — je m'inquiète, et pour le présent, et pour l'avenir. Si courante qu'elle soit, cette opération n'en est pas moins très délicate ; et surtout, si le second rein devait à son tour être atteint, ou se bloquer... Je préfère ne pas y penser, ce qui est une façon de dire que j'y pense tout le temps ; et mon inquiétude est d'autant plus lourde qu'il n'est pas question, bien sûr, de la montrer à mon époux — qui fait preuve, je dois le dire, de beaucoup plus de sérénité que moi...

Un mot de toi me réconforterait.

Réponse

Ne te soucie pas trop, chère Simonne : je comprends tes inquiétudes, mais elles ne me paraissent pas fondées. Avec quelqu'un d'aussi remarquable que le professeur Hamburger, l'opération ne peut que très bien se passer et, tu le reconnais toi-même, Louis, qui a un cœur de vingt ans, devrait supporter sans problèmes le choc opératoire. Pour l'avenir... tu m'as toujours tenue au courant des examens et des radios de ton mari ; on sait que le second rein est parfaitement sain, et il n'y a aucune raison, crois-moi, aucune, pour qu'il ne continue pas à bien fonctionner.

La sérénité de Louis ne me surprend pas : les complications rénales survenues ces derniers temps ont dû être bien pénibles ; et je suis sûre que lui comme toi n'avez rien que de bon à attendre de cette opération.

Je pense à toi.

Pour donner des nouvelles d'un opéré

Chère Alice,

Roger vient tout juste de rentrer de l'hôpital, en bonne forme je dois dire, et cette opération que je redoutais tant s'est aussi bien passée que possible. Les premiers jours ont bien sûr été pénibles, mais mon cher époux a très vite repris le dessus, grâce à l'attentive surveillance du docteur Nathan et à l'efficacité souriante de ses jeunes infirmières (toutes mignonnes comme des cœurs, par surcroît ; et je suis sûre que ces frais visages sont pour beaucoup dans son rapide rétablissement !).

Je crains que sa convalescence ne lui paraisse bien longue. Tu connais Roger : il parle déjà de téléphoner au bureau, et cela ne m'étonnerait pas qu'il demande à sa secrétaire, dès que j'aurai le dos tourné, de lui apporter quelques dossiers. Mais rassure-toi : le docteur a tant insisté pour que je lui évite toute fatigue que je serai impitoyable !

Le voilà qui m'interroge, et veut savoir à qui j'écris, et t'envoie ma chère Simonne, toutes ses amitiés.

Je t'embrasse.

Pour annoncer qu'un malade est au plus mal

Ma petite Catherine,

Ton grand-père est rentré de l'hôpital : on ne peut plus rien pour lui là-bas. Il est dans un état de faiblesse extrême, mais ne souffre pas, grâce au ciel. Nous nous relayons à son chevet, ton oncle François et moi ; j'attends l'arrivée de ta mère et de ta tante Hélène d'un moment à l'autre : au moins aura-t-il la joie de revoir une dernière fois tous ses enfants.

Le plus dur est de ne pas fondre en larmes quand il me parle, de sa pauvre voix, du moment où il ne sera plus là. Heureusement, je suis comme assommée par le chagrin et la fatigue des nuits blanches, et j'ai un peu l'impression de vivre dans un rêve, un mauvais rêve. Sa sérénité m'étonne : autant, à l'hôpital, je le sentais angoissé, irrité contre les médecins qui, disait-il, le soignaient mal, autant il évoque calmement, aujourd'hui, sa disparition prochaine — et c'est moi qui me refuse, de toutes mes forces, à voir s'en aller mon cher compagnon de toujours.

Merci d'être auprès de nous par la pensée, petite fille. Si je ne sentais pas, si chaude à mon cœur, la tendresse de mes enfants et de mes petits-enfants, je crois que je ne pourrais pas tenir le coup.

Je t'embrasse.

La mort

Pour annoncer la mort d'un nouveau-né

Ma chère Maman, cher Papa,

C'est le cœur bouleversé de tristesse que je vous écris aujourd'hui. Notre fils premier-né, notre François que nous avions attendu avec tant d'espoir et d'amour, est mort hier quelques heures après sa naissance.

Les premières contractions ont commencé avant-hier, plus d'un mois avant la date prévue. Nous avons d'abord pensé à une fausse alerte ; mais elles ont continué avec tant d'intensité que nous sommes partis précipitamment pour la clinique. L'accouchement lui-même s'est bien passé, mais l'enfant est mort presque immédiatement après. Malformation cardiaque, nous ont dit les médecins. Il paraît qu'il n'y avait rien à faire...

Marie-Pierre est d'un courage que j'admire. Sa voisine de chambre vient d'avoir une petite fille, et je vois ma pauvre chérie ravaler ses larmes quand on amène son poupon à la jeune maman épanouie. Les dix jours à la clinique, parmi toutes ces jeunes accouchées, vont être très durs pour elle ; mais j'appréhende peut-être plus encore le retour à la maison, et le spectacle de cette chambre d'enfant, de ce berceau, de cette layette que nous avions préparés avec tant d'amour et que je n'ose pas moi-même regarder.

Je sais que vous partagez ma peine.

Réponse

Mon chéri,

De tout cœur, et avec toute notre tendresse, nous sommes avec vous et nous partageons votre peine. Tu ne me parles guère de toi dans ta lettre, mais je sais avec quelle joie et quelle impatience tu attendais cette naissance, et je pense à toi, mon Daniel, à tes allées et venues entre cette clinique pleine de nouveau-nés et cet appartement désert où tout attendait le bébé à venir.

Jamais je n'ai tant regretté d'habiter si loin de vous. J'ai bien failli prendre le premier train pour Paris, mais je me suis dit qu'entre ton bureau et la clinique, tu devais être plus que pris, et que peut-être je te dérangerais plutôt qu'autre chose. Mais si ma présence pouvait t'être d'un quelconque réconfort, dis-le-moi vite et j'accours.

Prends courage, mon garçon : vous êtes jeunes tous les deux, et le temps n'est pas éloigné où vous serrerez sur votre cœur un nouvel enfant. Ne t'indigne pas de me voir penser déjà à une autre naissance : je sais bien que rien n'effacera jamais le drame que vous êtes en train de vivre ; mais je suis convaincue que c'est devant un berceau que vous retrouverez, Marie-Pierre et toi, votre équilibre.

Dis à ta femme, à qui j'écris par un prochain courrier, combien nous sommes près d'elle par la pensée.

Nous t'embrassons, ton père et moi, bien tendrement.

Pour annoncer la mort d'un père

Chère Christine,

Papa s'est éteint il y a trois jours très doucement. Depuis longtemps déjà, le docteur ne nous avait plus laissé d'espoir, et nous savions qu'à son âge — il aurait fêté cette année ses quatre-vingt-cinq ans — la grave maladie qui l'avait frappé ne pouvait pas avoir d'issue heureuse. Mais il est mort sans souffrance, entouré de ses enfants — seul Claude n'avait pu revenir à temps du Brésil — et, semble-t-il, en paix avec le monde et avec lui-même. Il sera enterré demain dans le petit cimetière cévenol du Pouzin, où reposent déjà ses parents et ses grands-parents.

Maman est étonnante de courage. Nous aurions voulu la décharger le plus possible des pénibles démarches qui suivent un décès, mais elle a tenu à s'occuper de tout elle-même. Son calme apparent et ses yeux secs m'inquiètent : que se passera-t-il quand nous ne serons plus là pour l'entourer, et quand elle se retrouvera seule dans sa maison déserte ?

Moi, je suis comme assommée, et tout me paraît bizarrement irréel. Je n'ai pas encore compris que Papa était parti, comme on dit, pour toujours, et je rêve vaguement que non, que ce n'est pas vrai, qu'il est simplement entré une fois de plus à l'hôpital, où nous irons bientôt lui rendre visite...

Je rentre à Marseille le 12 au soir, pour reprendre mon travail le lendemain, et je serais heureuse que tu me réserves une de tes soirées, si cela ne t'est pas trop difficile.

Pense à moi.

Réponse

Chère Catherine, je partage ta peine. Je sais quel vide affreux est creusé par la mort d'un père, et à quel point on peut se sentir désespérément seul, que l'on ait quatre ans ou qu'on en ait quarante. Je sais aussi combien tu aimais ton père, et l'évidente complicité qu'il y avait entre vous deux, et que j'enviais si fort.

Je voudrais tant pouvoir te dire, maladroitement, que je suis de tout cœur avec toi. Ton père m'avait un peu intimidée au début, mais j'avais vite appris à connaître sa générosité profonde, son ouverture aux autres, son humour qui n'égratignait jamais personne ; et il était devenu pour moi une sorte d'oncle un peu éloigné, que je me réjouissais de retrouver lors de nos trop rares rencontres.

Et que je pleure avec toi, Catherine.

D'un ami annonçant la mort de sa femme

Jacques,

Nicole s'est tuée avant-hier au volant de sa voiture.

J'écris ces mots énormes, monstrueux, sans bien les comprendre. Tout s'est passé, depuis deux jours, dans une espèce de brume de cauchemar : le coup de téléphone de la gendarmerie d'Yvetot, à deux heures du matin, m'annonçant que Nicole était dans un état très grave, l'arrivée en catastrophe sur les lieux de l'accident, la 404 en miettes dans le fossé, Nicole tuée sur le coup, m'a-t-on dit finalement, les yeux ouverts et l'air incroyablement serein — au moins puis-je être sûr qu'elle n'a pas souffert... Depuis hier, j'effectue mécaniquement toutes les démarches nécessaires à l'enterrement ; heureusement, les deux petites étaient parties pour une semaine chez leur grand-mère...

Pour l'instant, je n'y crois pas. J'y crois si peu que je me suis surpris tout à l'heure encore à faire des projets de vacances — nous devions partir dans quinze jours pour La Baule — et à me dire : « Cette année, c'est juré, nous ferons de la voile ensemble. » Mais le réveil va être terrible.

Pense à moi, mon vieux Jacques. Je ne te demande pas de venir à l'enterrement, qui aura lieu à 600 kilomètres de chez toi ; mais j'aurai grand besoin de ton amitié dans les jours, les semaines, les mois qui vont suivre.

Réponse

Mon cher Guy,

Moi non plus je ne peux pas y croire ; Nicole était pour nous la vie même : tu te souviens du plaisir que nous avions à l'entendre rire, tant ce rire était ouvert, franc, généreux, communicatif... Et depuis toujours vous étiez à mes yeux indissociables ; il me semblait que notre amitié, au lieu d'être diminuée par ton mariage, comme c'est si souvent le cas, y avait trouvé une dimension nouvelle.

L'idée de te savoir seul, si loin, m'est insupportable. Dis-moi s'il y a quoi que ce soit que je puisse faire, si tu veux que je vienne, ou si tu as des problèmes pour les vacances des jumelles : tu sais que je te les prendrais bien volontiers pour le temps que tu voudrais.

Je pense à toi, cher vieux, et voudrais tant trouver les mots pour te dire combien ton chagrin est mon chagrin, et à quel point cette disparition inimaginable, injuste, scandaleuse, me touche moi aussi.

Je suppose que tes mignonnes sont revenues. Elles auront bien besoin de toi, Guy, ces petites filles qui vont devenir ton plus grand réconfort et ta raison de vivre...

De tout cœur je suis avec toi.

A une mère qui a perdu son enfant accidentellement

Chère Madame,

L'affreuse nouvelle de l'accident de Bertrand m'est arrivée ce matin. J'aimais beaucoup votre fils : de tous les amis de Pierrot il était à mes yeux le plus vif, le plus gentil et le plus attachant. J'imagine votre incompréhension devant cette mort scandaleuse, et votre désespoir, et je voudrais seulement vous dire que je suis bouleversée, et que je prends part du fond du cœur à votre peine.

Croyez, chère Madame, à ma profonde sympathie.

A une mère qui a perdu son enfant après une longue maladie

Chère Lucile,

Je viens d'apprendre la mort de votre Antoine, et je vous écris le cœur serré de tristesse. Je sais que les derniers mois n'avaient été qu'une seule et longue souffrance, et que lui-même ne se sentait plus la force d'affronter une nouvelle opération ; mais comment accepter la disparition d'un enfant, même si elle peut apparaître comme une délivrance...

Comme tous ceux qui l'approchaient, j'avais été conquise par la gentillesse, la simplicité et le courage de votre fils ; et je partage aujourd'hui votre peine et celle de Jean-Luc avec toute ma fidèle amitié.

D'une femme à l'employeur de son mari pour annoncer le décès de ce dernier

Monsieur le Directeur,

J'ai la douleur de vous faire part de la mort de mon mari Louis Hautepin, survenue hier soir à la suite d'une longue maladie.

Auriez-vous l'obligeance de l'annoncer à tous ceux qui, dans votre maison, ont été ses camarades de travail ?

Les obsèques auront lieu vendredi prochain 18 mai, à 9 heures du matin, en l'église Saint-Pierre-du-Gros-Caillou.

Veuillez agréer, Monsieur le Directeur, l'expression de toute ma considération.

A une amie qui a perdu son frère

Chère Nelly,

Le Monde vient de m'apprendre la mort de Cyrille, et je voulais te dire combien je pense à toi. Je sais que Cyrille était plus que ton frère : ton ami de toujours, ton complice, celui avec lequel tu partageais tes secrets, tes joies et tes peines. Du plus loin que je te connaisse, il a fait partie de ma vie à travers toi, et j'en étais parfois un peu jalouse, tant je sentais forts les liens qui vous unissaient.

Je partage ta peine, Nelly, et voudrais tant pouvoir t'aider un peu à vivre ton chagrin. Si nous pouvions, Arnaud et moi, faire quoi que ce soit pour ta mère ou pour toi, s'il te plaît, tu n'hésites pas.

Je t'embrasse.

• Lettre de faire-part

La lettre de faire-part s'envoie parfois en même temps que la lettre d'invitation, mais le plus souvent dans le mois qui suit les obsèques.
On y donne plus de détails que dans la lettre d'invitation. On mentionne toute la famille jusqu'aux cousins issus de germains, en indiquant pour chacun titres et décorations.
La formule finale des catholiques « Priez pour lui » est remplacée, chez les protestants, par un verset biblique.

Exemple de lettre de faire-part

Madame Louis DURAND ;
Le Docteur Henri DURAND, médecin-chef de l'hôpital Saint-Jean, et Madame Henri DURAND ;
Monsieur Paul DURAND, élève de l'Ecole centrale ;
Monsieur CADET, conseiller général, et Madame CADET ;
Madame Louise DESBATS, directrice de l'Ecole supérieure de Bourg-la-Reine, chevalier de la Légion d'honneur ;
Les familles ROUSSEL et BLONDEAU

Ont la douleur de vous faire part de la perte qu'ils viennent d'éprouver en la personne de

Monsieur Louis DURAND
Ingénieur,
Officier de la Légion d'honneur,

leur époux, père, beau-père, oncle, grand-oncle et cousin, décédé subitement le 18 septembre 19.., à La Baule-sur-Mer, à l'âge de 78 ans.

Priez pour lui.

7, avenue des Gobelins, Paris.

• Lettre d'invitation aux obsèques

Cette lettre est adressée à toutes les personnes parentes et amies et aux relations qui, pense-t-on, pourront assister aux obsèques. Ce sont les proches parents qui invitent, c'est-à-dire les grands-pères et grands-mères, père et mère, veuf ou veuve, frères, sœurs, beaux-frères et belles-sœurs.

Voici quelques renseignements sur la façon de rédiger cette invitation :

- Une veuve défunte est désignée par son nom d'épouse et de jeune fille. Par exemple : Mme Paul Ribout, née Jeanne-Marie Descombes.
- Tous les parents au même degré doivent être mentionnés dans le même alinéa.
- Quel que soit leur âge, les parents du défunt viennent avant la belle-famille, les gens mariés avant les célibataires, les garçons avant les filles, et les religieuses avant les filles non mariées.
- Une religieuse est désignée par son nom de jeune fille et son nom de religieuse, suivi du nom de son ordre. Par exemple : Mme Rose Hermann, en religion sœur Marthe de l'Enfant-Jésus, religieuse de Saint-Vincent-de-Paul.
- On ne mentionne pas les décorations des parents, mais on donne tous les titres et décorations du défunt.
- L'invitation est parfois faite, en même temps, par la famille et par l'administration ou le groupement auquel appartenait le défunt, par exemple le conseil général (dans ce cas, le préfet invite aussi) ou une grande société.

Exemple de lettre d'invitation

Vous êtes prié d'assister au service, convoi et inhumation de

Monsieur Pierre Marc PERRIN
Avocat au Conseil d'État et à la Cour de cassation,
Officier de la Légion d'honneur
Croix de guerre,

décédé le 3 janvier, muni des sacrements de l'Eglise, en son domicile, 8, allée Verte, à Bazouges, dans sa 59e année,

Qui auront lieu le jeudi 6 janvier à midi précis en l'église de la Trinité, sa paroisse.

De Profundis.

On se réunira à l'église.

de la part de
Madame Pierre PERRIN, son épouse ;
du Commandant Jacques PERRIN
et de Madame Jacques PERRIN, ses enfants ;
Madame Paule PERRIN, fille de la Charité, sa fille ;
Monsieur et Madame Jean DUBOIS, ses enfants ;
Mademoiselle Monique PERRIN ;
Monsieur Bernard DUBOIS, ses petits-enfants ;
Monsieur Jean VINCENT, son beau-frère.

L'inhumation aura lieu au cimetière Vieux.

• Insertions dans les journaux

De nos jours, elles remplacent le plus souvent la lettre d'invitation aux obsèques ou le faire-part.

On nous prie d'annoncer le décès du
Docteur Marcel GRENIER
ancien interne des hôpitaux de Paris,
médecin honoraire de l'Assistance publique,
survenu le 10 novembre 19.., à l'âge de 73 ans.
De la part de Mme Laure Grenier, son épouse,
ses enfants, petits-enfants et toute sa famille.
Les obsèques auront lieu le samedi 14 novembre,
à 15 heures, en l'église de Valleraugue (Gard) (1).
Le présent avis tient lieu de faire-part.

Madame Xavier Martin, son épouse,
M. et Mme Jean Martin,
M. et Mme Paul Martin,
M. et Mme Jean-Charles Collard,
ses enfants,
Bénédicte et François Martin,
Jean-Pierre, Cécile et Edith Martin,
Arnaud et Anne-Marie Collard,
ses petits-enfants,
et toute la famille,
ont la douleur de vous faire part du décès de
M. Xavier MARTIN
Ingénieur des Arts et Manufactures
survenu le 18 avril 19..
Les obsèques auront lieu à l'église Saint-Nicolas de Ville-d'Avray,
le vendredi 22 juillet, à 15 heures.
Le présent avis tient lieu de faire-part.

---

(1) ou : Les obsèques ont eu lieu le samedi 14 novembre, en l'église de Valleraugue (Gard), dans la plus stricte intimité.

• Condoléances par carte de visite

On répond à un faire-part de décès, lorsque le défunt ou ses parents ne sont pas des amis intimes, par une simple carte sur laquelle on ajoute quelques mots à la main, et qu'on envoie au plus proche parent du défunt :

Pierre MARLIER
prie Madame Brun de bien vouloir agréer, avec ses respectueux hommages, ses bien vives et bien sincères condoléances.

M. et Mme René BELLICI
prient Mme de Biez de bien vouloir agréer,
avec leur respectueux souvenir,
l'expression de leur douloureuse sympathie
à l'occasion du deuil cruel qui la frappe.

M. et Mme Georges DREVILLE
vous prient de recevoir leurs très sincères condoléances, et l'expression de leur douloureuse sympathie.

Remerciements après une lettre de condoléances

Chère Madame,

Je vous remercie de votre sympathie, qui m'a beaucoup touchée. Dans les moments de trop grande tristesse, il m'est doux de savoir qu'Antoine, pendant son bref séjour sur terre, s'était fait tant d'amis, et je suis heureuse du souvenir que vous gardez de mon petit garçon.

Veuillez croire, chère Madame, à mes sentiments amicaux.

Autre lettre sur le même sujet

Chère Toinon,

Ta lettre m'a fait chaud au cœur. Je sais que tu aimais beaucoup Cyrille, et que tu peux comprendre dans quel désarroi m'a laissée sa disparition. Il était tellement ma vie même, ce petit frère préféré, que je me sens mutilée, amputée d'une partie de moi. Et si révoltée, en même temps, de voir un destin imbécile faucher à trente-trois ans un garçon paré de tant de dons...

Merci d'être avec moi.

• Remerciements par carte de visite

Il est d'usage, une semaine après l'enterrement, de remercier toutes les personnes qui ont assisté aux obsèques ou exprimé leur sympathie par une lettre. Cette carte peut être :

- soit la carte de visite du plus proche parent du défunt

Madame Jean Borde
vous remercie de la sympathie que vous lui avez témoignée
dans sa douloureuse épreuve.

Profondément touchée par la sympathie
que vous lui avez témoignée,
Madame M. CALMETTE
vous exprime ses sincères remerciements.

- soit une carte imprimée, portant les noms des proches parents et les mots « avec leurs remerciements », ou « vous remercient de la sympathie que vous leur avez témoignée ».

• Remerciements par insertion dans les journaux

Mme Maurice Behloux,
M. Jean Behloux,
M. et Mme Christophe Valter et leurs enfants,
dans l'impossibilité de répondre personnellement à tous
les témoignages de sympathie reçus lors du décès de
M. Maurice BEHLOUX
prient tous ceux qui se sont associés à leur chagrin
de trouver ici l'expression de leur profonde gratitude.

Hélène DELAUNAY et ses enfants
remercient tous ceux qui ont manifesté
leur sympathie lors du décès de Pierre.

Pour l'anniversaire d'un deuil

Chère Marguerite,

Je sais combien le 21 décembre est une date douloureuse pour Christian et vous, et je voulais simplement vous dire que moi non plus je n'ai pas oublié, que je partage votre peine, et que ma pensée est avec vous en ce jour anniversaire.

Je vous embrasse avec toute mon affection.

DU QUOTIDIEN A L'IMPRÉVU

La maison

Les locations

Les textes d'engagement de location et de baux (d'un local vide ou d'un local meublé) que l'on trouvera ci-après ne sont que des exemples de ce qui peut être fait : on pourra parfaitement leur apporter des variantes en fonction des circonstances particulières de telle ou telle location. D'une façon générale, nous conseillons vivement aux utilisateurs de cet ouvrage, à moins qu'ils n'aient déjà une bonne pratique des textes de contrats, de recourir aux conseils d'un homme de loi avant d'écrire eux-mêmes des textes de ce type.

Pour louer un appartement

Francis Duval
78, avenue des Ternes
75017 Paris

Paris, le 10 mai 19..

Monsieur,

C'est sur le conseil de ma sœur, Madame Louis Bertrand, qui vient d'emménager cité du Labyrinthe, que je m'adresse aujourd'hui à vous.

Habitant actuellement avenue des Ternes, je souhaiterais déménager pour me rapprocher de mon lieu de travail, et j'ai pensé que, parmi les immeubles dont vous êtes gérant, il pourrait éventuellement arriver, à court ou à moyen terme, qu'un appartement soit libéré.

Je cherche quatre à six pièces (soit une surface de 100 à 150 m^2). Le confort m'importe peu, et je ne tiens pas spécialement à ce qu'il y ait un ascenseur dans l'immeuble. Par contre, je voudrais absolument disposer d'au moins une chambre sur cour, quelle que soit la tranquillité de la rue, et le téléphone m'est indispensable pour ma vie professionnelle. Je souhaiterais également que le loyer mensuel ne soit pas supérieur à 2 500 F, charges comprises.

Je sais que ma sœur est enchantée de sa nouvelle installation, et serais très heureux s'il vous était possible de me proposer un appartement qui soit comparable au sien.

Veuillez agréer, Monsieur, toute ma considération.

Bail de location (local vide)

Entre les soussignés :

Monsieur Christian MARTIN,
habitant à Bordeaux, 9, rue du Loup, et propriétaire des locaux objets de la présente location, désigné par l'expression « le bailleur »,

D'UNE PART

et Monsieur Jacques GAULTIER,
demeurant à Lyon, 17, rue des Quatre-Chapeaux, désigné par l'expression « le preneur »,

D'AUTRE PART

il a été convenu et arrêté ce qui suit :

Monsieur Christian MARTIN donne bail à loyer, par les présentes, à Monsieur Jacques GAULTIER,
qui accepte, les lieux ci-après, dépendant de l'immeuble sis à Bordeaux, 11, rue David-Johnston.

DÉSIGNATION DES LIEUX LOUÉS

Appartement situé au troisième étage, côté gauche, de l'immeuble sis 11, rue David-Johnston

comprenant : entrée, salle de séjour, 1 chambre en façade, 3 chambres sur cour, couloir, cuisine, salle de bains, W.-C., chauffage central au fuel, eau, électricité, le preneur déclarant bien connaître les lieux en vue de la présente location. Les lieux seront livrés dans l'état où ils se trouveront le jour de la prise de possession.

Durée : le présent bail est consenti pour une période de six années avec prise d'effet à période de terme du 1er avril 19.. pour se terminer le 31 mars 19..

A l'expiration de cette période, le bail se poursuivra, par tacite reconduction, d'année en année, jusqu'à ce que l'une des parties donne congé à l'autre au moins SIX MOIS à l'avance.

Le préavis ou le congé prévu à l'alinéa qui précède devra être obligatoirement notifié par acte extrajudiciaire ou par lettre recommandée avec accusé de réception. La non-observation de ce délai par le preneur entraînera pour celui-ci le paiement d'une indemnité égale à trois mois de loyer, le dépôt de garantie restant, en outre, acquis au bailleur à titre d'indemnité supplémentaire, et ce sans préjudice de tous autres dus et, en particulier, du paiement des réparations mises à la charge du preneur par le présent bail.

CONDITIONS GÉNÉRALES

La présente location est faite aux charges et conditions ordinaires et de droit, et en outre à celles ci-après énoncées que le preneur s'oblige à exécuter.

1° *La sous-location* de tout ou partie des locaux est autorisée sous la responsabilité personnelle du preneur, le bailleur ne pouvant être tenu responsable (1).

2° *Meubles :* les lieux seront constamment garnis de meubles et objets mobiliers de valeur et en quantité suffisante pour répondre du paiement des loyers et de l'accomplissement des charges et obligations de la présente location.

3° *Assurances :* le preneur devra faire assurer contre l'incendie, les explosions et les dégâts des eaux ; ainsi que les recherches éventuelles d'origines de sinistre ou les honoraires d'architecte et d'experts :

- ses meubles et objets mobiliers ;
- le recours locatif, y compris le recours qui pourrait être exercé par les voisins pour frais de déplacement et de remise en place de tous les objets mobiliers effectués pour l'exécution des travaux nécessités par l'incendie, les explosions ou les dégâts des eaux.

A toute requête du bailleur ou de son représentant, le preneur devra justifier tant de sa police d'assurance que de l'acquit des primes y afférant.

Le preneur devra déclarer immédiatement au bailleur tout sinistre, quelle qu'en soit l'importance, même s'il n'en résulte aucun dégât apparent. Le bailleur déclare, au surplus, que les cheminées n'ont pas été établies pour recevoir des poêles à combustion lente, dont l'usage est formellement interdit.

Enfin, en aucun cas le bailleur ne sera responsable des objets d'art ou de valeur introduits dans les lieux loués, ni des décorations intérieures (peintures, tentures, tapisseries, etc.) d'une valeur dépassant celle des installations courantes.

4° *Entretien des lieux :* le preneur devra user des lieux loués en bon père de famille et suivant leur destination, les entretenir et les rendre en fin de location en bon état de réparations locatives et d'entretien de toute nature, le bailleur n'étant tenu qu'aux grosses réparations définies par l'article 606 du Code civil.

---

(1) **ou** : Le preneur ne pourra sous-louer ni céder le droit à la présente location, ni prêter les lieux à des tiers, sous quelque prétexte que ce soit, sans le consentement exprès et par écrit du bailleur.

Le preneur s'oblige à prendre à sa charge les conséquences de tous accidents, quels qu'ils soient, pouvant survenir, soit du fait ou de l'usage de l'eau, du gaz ou de l'électricité, soit du fait ou de l'usage des appareils et accessoires dépendant de ces installations (robinets, compteurs, chauffe-bains, appareils sanitaires, vidanges, radiateurs, etc.) dont l'entretien, la réparation et le remplacement, si besoin est, même en cas de vétusté, lui incombent.

Le preneur sera tenu de signaler immédiatement tout état de fait apparent dans les lieux loués qui nécessiterait une réparation incombant au bailleur. Il sera responsable des accidents pouvant survenir en cas d'inobservation de cette clause.

5° *Travaux et installations :* il est interdit au preneur de faire effectuer quelque modification que ce soit à la disposition des locaux et aux installations existantes, et de procéder à toute installation nouvelle sans l'autorisation du bailleur.

Toutes les installations, quelles qu'elles soient, et tous les embellissements et améliorations deviendront, en fin de location, la propriété du bailleur sans indemnité et sans préjudice du droit qui lui est réservé d'exiger la remise des lieux, en tout ou partie, dans l'état primitif, aux frais du preneur.

Le preneur devra supporter, sans indemnité ni diminution de loyer, les travaux de remise en état, d'entretien et de réparation qui seraient ou non à sa charge ; les constructions, reconstructions, installations nouvelles, surélévations, modifications ou améliorations que le bailleur jugerait convenable de faire exécuter dans les lieux loués ou dans l'immeuble dont ils dépendent, quelle qu'en soit l'importance ou la durée, celle-ci excédât-elle quarante jours.

6° *Ramonage :* le preneur devra faire ramoner à ses frais, aussi souvent que besoin sera, et au moins une fois l'an, par le fumiste du bailleur, les cheminées, poêles et fourneaux.

7° *Chauffage :* le chauffage des locaux loués est à la charge du preneur, ainsi que l'entretien de la chaudière livrée en bon état de fonctionnement.

8° *Bonne tenue :* le preneur devra conserver bon aspect aux lieux loués. Il devra se soumettre à toute mesure, soit administrative, soit prescrite par le bailleur, pour la bonne tenue et la tranquillité de l'immeuble.

Il lui est interdit notamment :

- d'embarrasser par quoi que ce soit les voies, jardins et autres parties communes ;
- d'apposer des plaques indicatrices ou enseignes quelconques sans accord préalable ;

- d'établir des installations extérieures, si minimes soient-elles ;
- d'introduire dans les lieux tout moteur bruyant, d'y établir toute installation ou d'y avoir tout dépôt de matières dangereuses ou incommodes.

9° *Départ du locataire :* le preneur devra laisser visiter les lieux dès le congé donné ou reçu, tous les jours ouvrables, et deux heures par jour (1) pendant les trois mois précédant l'expiration de la location.

Il devra, avant son départ, justifier au bailleur du paiement de ses contributions, ainsi que des redevances E. D. F.-G. D. F. et P. T. T., et payer les réparations à sa charge. A cet effet, le preneur devra aviser par écrit le bailleur de la date exacte de son déménagement, afin que ce dernier puisse dresser en sa présence un état contradictoire des lieux et fixer, s'il y a lieu, le montant des réparations ou remises en état.

LOYER

Le présent bail est consenti et accepté moyennant le loyer trimestriel de 5 000 F pour la première année, que le preneur s'oblige à payer le premier jour de chaque trimestre au plus tard et d'avance, soit par chèque ou par poste ou encore en espèces, révisable annuellement dans une proportion égale au pourcentage de la variation du dernier indice trimestriel du coût de construction calculé par l'Institut national de la statistique et des études économiques connu au jour de la demande de révision, par rapport au dernier indice connu au jour de la signature du présent bail qui est de... ; toutefois, cette révision ne sera effectuée qu'autant qu'elle aura pour effet de faire varier le loyer de plus de trois pour cent.

La présente clause de révision est une clause essentielle et déterminante, sans laquelle les parties n'auraient jamais contracté ; en conséquence, la non-exécution totale ou partielle et pour quelque motif que ce soit de ladite clause entraînerait la résiliation intégrale du présent bail.

Le fait, pour l'une des parties, de ne pas demander la révision du loyer, nonobstant la variation de l'indice de référence, ne pourra en aucun cas être considéré comme une renonciation implicite à la présente clause de révision.

---

(1) Le droit de visite peut être prévu pour plus de deux heures par jour : par exemple, de 10 heures à 16 heures, ou de 10 heures à midi et de 14 heures à 17 heures.

Charges : le preneur est expressément exonéré de la cote mobilière et des taxes municipales payées par le bailleur. Il devra néanmoins régler personnellement ces mêmes impôts s'ils venaient à être recouvrés directement auprès du preneur.

Dépôt de garantie : le preneur devra payer, en outre, avant l'entrée en jouissance, la somme de 5 000 F égale à un trimestre de loyer, non productrice d'intérêts, à titre de dépôt de garantie, remboursable après son départ sous réserve d'exécution par lui de toutes les clauses et conditions de location. Le preneur s'oblige à compléter ou à rétablir, par la suite, ledit dépôt de garantie, de manière à le maintenir toujours à un montant égal à deux mensualités de loyer.

Clause résolutoire : il est expressément convenu qu'à défaut de paiement d'une seule trimestrialité de loyer à son échéance, ou d'exécution de l'une quelconque des conditions stipulées au présent acte et au règlement de l'immeuble dont le preneur reconnaît avoir pris connaissance, et huit jours après une simple mise en demeure ou commandement de payer ou d'exécuter restée infructueuse, la présente location sera résiliée de plein droit, si bon semble au bailleur, sans qu'il soit besoin de faire prononcer cette résiliation en justice. Le bailleur reprendra la libre disposition des lieux par le seul fait de l'expulsion du preneur prononcée par une simple ordonnance de référé, sans que des offres ultérieures puissent arrêter l'effet de cette clause. Dans ce cas, le dépôt de garantie demeurera acquis au bailleur à titre d'indemnité, sans préjudice de son droit au paiement des loyers courus et à courir, y compris le terme commencé au moment de la sortie des lieux, et du prix des réparations à la charge du preneur, et sous la réserve de tous les autres dûs, droits et actions.

Frais et enregistrement : le preneur devra payer tous les frais et droits de la présente location et ceux qui en seront la conséquence, notamment le droit de bail et la taxe additionnelle.

Fait à Bordeaux, le 1er avril 19.., en 3 exemplaires

Lu et approuvé (1)
Christian Martin (2)

Lu et approuvé (1)
Jacques Gaultier (2)

---

(1) Cette mention doit être manuscrite.
(2) Indépendamment de la signature finale, chaque page doit porter le paraphe du bailleur et celui du preneur.

Bail de location (local meublé) [1]

Entre les soussignés :

Monsieur Etienne CASTELNAU, demeurant à Paris 18e, 3, rue de la Madone

D'UNE PART

et Mademoiselle Caroline CLEMENT, demeurant à Paris 3e, 27, rue des Arquebusiers

D'AUTRE PART,

il est fait la convention suivante :

Monsieur CASTELNAU loue à Mademoiselle CLEMENT les locaux ci-après à usage de location meublée, à l'exclusion de l'exercice de toute profession, à savoir :

un studio, cuisinette, salle d'eau, W.-C., au quatrième étage à gauche de l'immeuble sis 3, rue des Deux-Boules, à Paris 13e.

Le preneur déclare connaître les locaux ci-dessus, et les accepter dans l'état où ils se trouvent.

La durée de la location est de UN MOIS, renouvelable par tacite reconduction.

Le bail commencera le 15 octobre 19.. pour finir le 15 novembre 19.. et sera renouvelable par tacite reconduction et résiliable pour chacune des deux parties par simple lettre recommandée UN MOIS à l'avance.

Le prix du loyer est de 650 F (six cent cinquante francs) par mois ; les charges de gaz et d'électricité ne sont pas comprises dans le prix de location et seront à la charge du locataire.

Le tout sera payable en espèces à la demeure du bailleur ou par chèque le premier de chaque mois.

Les parties acceptent sans réserve toutes les clauses contenues dans les présentes.

Faute d'exécution de ces clauses, et notamment faute de paiement d'un seul mois de loyer, des charges accessoires et des frais de commandement ou de mise en demeure, le bail sera résilié de plein droit sans aucune formalité judiciaire. Le preneur pourra être expulsé par ordonnance du juge des référés auquel les parties donnent expressément compétence, sans préjudice des droits du bailleur pour loyers échus, dommages, intérêts et frais.

---

(1) Tout propriétaire louant un local meublé doit en faire la déclaration à la préfecture de police.

Le présent bail est fait aux charges et conditions suivantes, que le preneur s'oblige à exécuter à peine de tous dommages-intérêts et frais de résiliation :

- Il entretiendra les lieux loués en bon état de réparations locatives et autres, ceux-ci ayant été livrés en parfait état ainsi qu'il le reconnaît expressément. Les réparations à la charge du preneur devront être faites immédiatement s'il y a lieu ; en fin de bail il rendra les lieux en bon état de propreté et de réparations. Les installations devront être rendues en bon état de fonctionnement.

- Le preneur devra jouir des lieux loués en bon père de famille, et les rendre dans l'état où ils se trouvent actuellement, sans pouvoir exiger de changements, de réparations d'aucune sorte ni remplacement quelconque, même en cas d'usure.
- Le preneur ne pourra faire aucun changement de distribution, construction ou démolition, percement de murs, cloisons, planchers sans le consentement exprès et par écrit du bailleur. Le preneur devra laisser en fin du présent bail tous les embellissements, réparations, installations, améliorations et décors quelconques faits par lui, et ce sans indemnité, à moins que le bailleur ne préfère lui demander le rétablissement des lieux dans leur état primitif, aux frais du preneur.
- Il devra faire ramoner la cheminée à ses frais, aussi souvent que besoin sera, et au moins une fois l'an, par le fumiste du bailleur.
- Il devra satisfaire à toutes les charges de ville, de police et autres dont les locataires sont ordinairement tenus, de manière que le bailleur ne soit jamais inquiété, ni recherché à cet égard.

- Le preneur devra lui-même habiter les lieux loués, et ne devra rien faire qui puisse incommoder les voisins.
- Tous dégâts provenant des eaux causés par le preneur seront à sa charge.
- Le preneur devra s'assurer à une compagnie d'assurances notoirement solvable, notamment contre les risques locatifs, le recours des voisins, les dégâts des eaux, le vol, et généralement contre tous risques, afin que la responsabilité du bailleur soit entièrement dégagée ; maintenir ces assurances pendant la durée du bail, en justifier, ainsi que du paiement des primes et cotisations, à toute réquisition du bailleur.
- Le preneur ne pourra céder le présent bail ou sous-louer à peine de résiliation.
- Le bailleur décline toute responsabilité en cas d'interruption dans les services pouvant exister dans l'immeuble, provenant soit du fait de l'administration qui en dispose, soit de travaux, accidents ou réparations, soit de gelées, soit de tous autres cas de force majeure.

Le bailleur décline aussi toute responsabilité en cas d'accidents pouvant survenir du fait de l'installation desdits services dans les lieux loués.

• Le bailleur ne sera en aucun cas responsable des dommages, dégâts ou accidents occasionnés par les fuites d'eau et par l'humidité, et généralement pour toutes autres causes et force majeure ainsi que pour tout ce qui pourrait en être la conséquence directe ou indirecte. Il ne sera pas non plus responsable des vols et cambriolages commis chez le preneur ou dans les parties communes de l'immeuble.

• En cas d'engorgement de canalisations, le preneur sera responsable, et devra supporter les frais de dégorgement, sauf à se retourner s'il y a lieu contre bon lui semblera, mais sans jamais mettre le bailleur en cause.

Pour l'exécution des présentes, les parties élisent domicile, à savoir le bailleur en sa demeure et le preneur dans les lieux loués.

Pour tout ce qui n'est pas prévu dans le présent bail, les parties s'en rapportent à la loi et aux usages locaux.

CONDITIONS PARTICULIÈRES

Ci-dessous, inventaire des meubles :

• un lit à deux places ;
• une armoire-penderie ;
• une table ;
• deux chaises ;
• une table de cuisine, deux tabourets, deux éléments de rangement muraux ;
• une cuisinière à gaz de ville ;
• un réfrigérateur ;
• un service de table comprenant douze assiettes plates, douze assiettes à soupe, douze assiettes à dessert, douze verres, trois douzaines de couverts (fourchettes, couteaux, cuillers).

Il est déposé ce jour la somme de 1 300 F (mille trois cents francs) à titre de caution.

Fait à Paris, en double exemplaire, le 2 octobre 19..

Lu et approuvé (1)
Etienne Castelnau (2)

Lu et approuvé (1)
Caroline Clément (2)

---

(1) Cette mention doit être manuscrite.
(2) Indépendamment de la signature finale, chaque page du document doit porter le paraphe du bailleur et celui du preneur.

Engagement de location

Je soussignée, Madame Carré, Dominique-Madeleine, habitant à Paris XIVe, 1, rue des Arbustes, propriétaire d'un appartement sis à Paris XIe, 30, rue du Chemin-Vert, donne à loyer avec jouissance à partir du 15 juillet 19.. à Monsieur Jean Benoist, comptable, habitant actuellement à Paris XVIIIe, 12, allée des Brouillards, qui l'accepte, ledit appartement composé de : entrée, salon, trois chambres, cuisine, salle d'eau, W.-C. ; moyennant un loyer annuel de 24 000 F (vingt-quatre mille francs), payable par trimestre d'avance. Cet engagement de location commencera le 15 juillet 19.. et finira le 14 juillet 19.. Il sera renouvelable par tacite reconduction et résiliable pour chacune des deux parties par simple lettre recommandée UN MOIS à l'avance.

Fait en double exemplaire à Paris, le 7 juillet 19..

Dominique Carré — Jean Benoist

Propriétaires et locataires

A un propriétaire (ou gérant) pour l'informer d'un échange d'appartement

Lettre recommandée avec accusé de réception

Jean-Charles Devereux
6, impasse des Anglais
75010 Paris

Paris, le samedi 12 octobre 19..

Monsieur,

Etant, depuis la naissance de mes deux enfants, très à l'étroit dans les deux pièces que j'occupe dans votre immeuble, 6, impasse des Anglais, je souhaiterais échanger cet appartement avec celui dont M. Gilles Sarrasin est locataire, 17, impasse du Désir.

Cet échange correspond à une meilleure utilisation familiale, puisque M. Sarrasin, qui est veuf, vit seul dans un logement de cinq pièces.

Si vous aviez des raisons sérieuses et légitimes de vous opposer à cet échange, je me permets de vous rappeler que, selon l'article 79 de la loi du 1er septembre 1948, vous avez quinze jours pour en informer la juridiction compétente.

Veuillez agréer, Monsieur, l'assurance de mes sentiments distingués.

Congé d'un appartement

Lettre recommandée avec accusé de réception

Jean-Pierre Maugrébin
7, rue des Fillettes
93210 La Plaine St Denis

Jeudi 3 janvier 19..

Monsieur,

Mes fonctions actuelles m'appelant en province pour une durée indéterminée (1), je souhaiterais résilier le bail à loyer que j'ai signé le 15 avril 19.. pour l'appartement de cinq pièces que j'occupe 7, rue des Fillettes.

Je m'engage donc à libérer cet appartement le 14 avril 19.. (2), en bon état de réparations locatives, et désirerais récupérer à cette date le montant du dépôt de garantie, soit 3 000 F.

Pour la bonne règle, je vous serais reconnaissant de bien vouloir me signifier votre accord.

Veuillez agréer, Monsieur, l'assurance de mes sentiments distingués.

A un propriétaire pour réclamer des réparations urgentes

Gilbert Fresneau
12, rue Maurice-Leblanc
76790 Etretat

Samedi 10 avril 19..

Monsieur,

Le gros orage que nous avons subi la nuit dernière a amené des fuites importantes dans notre chambre à coucher. Des tuiles ayant été arrachées du toit, il est apparu de larges taches d'humidité sur le plafond, et des gouttières qui nous ont contraints à mettre en place un certain nombre de bassines pour éviter que les parquets ne soient atteints à leur tour.

---

(1) **ou** : Devant emménager prochainement dans un logement que je viens d'acheter.
(2) **Suivant les baux, le congé doit être notifié un mois, trois mois, six mois ou un an à l'avance.**

Nous vous serions donc très reconnaissants de bien vouloir faire le nécessaire le plus vite possible,

et vous prions de croire, Monsieur, à l'assurance de nos sentiments distingués.

A un propriétaire (ou gérant) pour lui demander un délai de paiement

Lucien Hamelet
3, sente des Grosses-Eaux
27000 Vernon

Lundi 15 septembre 19..

Monsieur,

Je vais me trouver dans l'impossibilité de vous régler le terme du 1er octobre prochain, et vous prie de bien vouloir m'en excuser.

Je suis en effet au chômage depuis le 15 juillet dernier. En principe, je devrais toucher 90 p. 100 de mon salaire, ce qui me permettrait de m'acquitter envers vous. Malheureusement, à la suite de problèmes administratifs, les versements qui m'étaient dus ont été retardés, et je me trouve en conséquence pour l'instant très démuni. Puis-je vous demander de bien vouloir m'accorder un délai d'un mois ? Ma situation devant être régularisée, je serai alors en mesure de vous régler ce que je vous dois.

En espérant pouvoir compter sur votre compréhension, je vous prie de croire, Monsieur, à l'assurance de mes sentiments distingués.

A un propriétaire (ou gérant) pour lui demander de justifier le montant des charges locatives

Roger Hautil
27, rue du Bourdon-Blanc
45000 Orléans

Jeudi 16 janvier 19..

Monsieur,

Lors de la présentation de la quittance de loyer du premier trimestre 19.., j'ai vu que vous m'invitiez à verser la somme de 900 francs à titre de provision sur les dépenses du prochain exercice — somme qui est de beaucoup supérieure à celle qui m'avait été demandée le premier trimestre de l'année dernière.

Je vous rappelle que vous auriez dû, aux termes de l'article 38 de la loi du 1er septembre 1948, justifier cette augmentation en m'envoyant quinze jours avant le terme une lettre calculant le montant des prestations que j'aurais à verser proportionnellement à mon loyer.

En attendant votre réponse, je vous envoie un mandat (1) de 5 100 F, correspondant au montant de mon loyer principal, soit 4 500 F, augmenté d'une somme de 600 F à titre d'acompte sur les dépenses du prochain exercice.

Veuillez agréer, Monsieur, l'assurance de mes sentiments distingués.

D'un propriétaire à un locataire pour lui notifier l'augmentation de son loyer

Monsieur,

Je me permets de vous rappeler qu'aux termes de votre bail votre loyer doit être révisé suivant la variation de l'indice du coût de la construction publié par l'INSEE pour le trimestre 19.. par comparaison avec celui du trimestre de l'année précédente.

L'indice du trimestre vient d'être connu, et il fait apparaître une majoration de x p. 100. Votre nouveau loyer, en conséquence, sera de :
000 F + majoration de x p. 100 = 000 F (charges non comprises).

D'autre part, l'indice du coût de la construction étant désormais publié avec près de mois de retard, je n'ai pu majorer votre loyer qu'avec un retard équivalent.

A l'échéance du terme prochain, je vous présenterai donc une quittance supplémentaire, qui portera un rappel de 000 F représentant la différence entre votre nouveau loyer et l'ancien depuis la date de majoration. Cette quittance mentionnera également le complément du dépôt de garantie nécessaire pour maintenir celui-ci au niveau d'un mois (2) de loyer.

Veuillez agréer, Monsieur, l'assurance de mes sentiments distingués.

---

(1) **ou** : vous trouverez ci-joint un chèque...
(2) **Suivant les baux, le dépôt de garantie correspond à un mois, un mois et demi ou deux mois de loyer.**

De voisin à voisin

A un voisin colocataire trop bruyant

Monsieur,

Nous sommes tous deux locataires de l'immeuble du 16 bis de la rue Serpenoise, où j'occupe l'appartement qui se trouve juste au-dessus du vôtre ; et je voudrais vous demander, très officieusement, s'il vous serait possible de faire un peu moins de bruit le soir.

Mon travail m'oblige à me lever très tôt, et si je veux me retrouver relativement en forme à six heures et demie du matin, il m'est impossible de me coucher tard. J'ai cru comprendre que votre rythme de vie n'avait rien à voir avec le mien, ce qui me paraît bien légitime ; mais auriez-vous l'obligeance de mettre une sourdine à votre radio ou à vos conversations à partir de dix heures du soir pour permettre à ceux qui sont victimes, comme nous, de la mauvaise construction de notre immeuble de jouir d'un repos, sinon mérité, du moins indispensable ?

En vous remerciant à l'avance de votre compréhension, je vous prie de croire, Monsieur, à mes sentiments d'amical colocataire.

A un voisin pour une plantation abusive d'arbres

Cher Monsieur,

En arrivant à Herquemont samedi dernier, j'ai eu la surprise de découvrir que vous aviez planté six noyers presque à la limite de nos deux jardins.

Personnellement, j'aime beaucoup les noyers, qui sont de fort beaux arbres ; mais il m'a été impossible de ne pas penser à l'ombre qu'ils allaient porter sur mes plates-bandes, et aux racines qu'ils pousseraient vigoureusement dans mon sous-sol.

Puis-je me permettre de vous rappeler que la loi exige un intervalle d'au moins deux mètres entre une plantation et la limite d'une propriété ? Et de vous demander de bien vouloir en tenir compte ?

Comme vous — je crois —, j'ai toujours apprécié nos rapports de bon voisinage, et j'aurais de beaucoup préféré vous parler tout simplement de cette affaire ; mais comme vous n'étiez pas à Herquemont ce dernier week-end, il m'a semblé qu'il valait mieux vous écrire sans plus attendre.

Veuillez croire, cher Monsieur, à l'assurance de mes meilleurs sentiments.

Les corps de métier

Demande de devis à un déménageur

Gérard Laumonnier
92, rue des Petites-Sœurs
69003 Lyon

Le 2 mars 19..

Monsieur,

Mon travail m'amenant à quitter Lyon pour m'installer à Angoulême le 15 avril prochain, j'envisage de faire effectuer par votre entreprise le déménagement de mon mobilier.

Ce mobilier se compose de trois lits, dont un à deux places, six fauteuils, dix chaises, une table de salle à manger (1,60 m × 1,10 m), une commode, une armoire normande, une grande bibliothèque (2 m × 1,80 m), trois meubles de cuisine (un bahut de 1,80 m × 1,20 m et deux éléments muraux de 1,20 m × 0,85 m), une table de cuisine, une cuisinière et un réfrigérateur. Certains de ces meubles sont anciens, je voudrais donc que leur transport soit entouré d'un maximum de précautions.

Auriez-vous l'obligeance de me faire savoir quel serait votre tarif pour un déménagement de cette importance ?

Dans l'attente de votre réponse, je vous prie de croire, Monsieur, à l'assurance de mes sentiments distingués.

A un entrepreneur pour lui demander un travail

Pierre Haudricourt
Le Prieuré
Forêt-la-Folie
27700 Les Andelys

Lundi 1er septembre 19..

Monsieur,

Mon ami Louis Dubois vient de me conseiller de m'adresser à vous. Je souhaiterais faire mettre un chauffage central à gaz ou à mazout dans ma maison de campagne, et je sais que son installation, effectuée par vous l'année dernière, lui donne toute satisfaction.

Auriez-vous l'obligeance de passer chez moi un samedi, de préférence entre 15 h et 18 h ? Nous pourrions alors voir ensemble quels sont mes problèmes, et discuter des divers types de chauffage central et du coût éventuel de l'installation.

Avec mes remerciements, je vous prie de croire, Monsieur, à l'assurance de mes sentiments distingués.

Autre lettre sur le même sujet

Anne-Marie Meslier
Forges-Hautes
36120 Ardentes

Mardi 27 mai 19..

Monsieur,

Ainsi que je vous l'avais dit lors de ma récente visite, je souhaiterais faire installer une salle de bains dans ma maison de la Grande-Bretèche. Auriez-vous l'obligeance de passer samedi dans l'après-midi afin que nous puissions discuter ensemble des travaux qu'il y aurait à faire et de leur coût éventuel ?

Veuillez agréer, Monsieur, avec mes remerciements, l'assurance de mes sentiments distingués.

Demande de devis à une entreprise

Pierre Haudricourt
Le Prieuré
Forêt-la-Folie
27700 Les Andelys

Jeudi 10 octobre 19..

Monsieur,

Puis-je me permettre de vous rappeler que vous aviez, il y a un mois, promis de m'envoyer dans la semaine un devis pour l'installation d'un chauffage central à gaz dans ma maison de Forêt-la-Folie ?

Je vous serais très reconnaissant de bien vouloir me faire parvenir ce devis dans les meilleurs délais : si, comme je le crois, je me décide à faire faire cette installation, je souhaiterais que les travaux puissent être terminés avant l'arrivée des grands froids. J'attends donc de vous une prompte réponse.

Avec mes remerciements, je vous prie d'agréer, Monsieur, l'assurance de mes sentiments distingués.

Acceptation du devis d'une entreprise

Pierre Haudricourt
Le Prieuré
Forêt-la-Folie
27700 Les Andelys

Jeudi 17 octobre 19..

Monsieur,

Je viens de recevoir votre devis du 12 octobre concernant l'installation du chauffage central dans ma maison de Forêt-la-Folie, et son montant me paraît raisonnable. Je compte donc sur vous pour commencer les travaux à la date prévue, c'est-à-dire le 2 novembre prochain, et pour qu'ils soient terminés au plus tard le 15 décembre.

Vous trouverez ci-joint un exemplaire signé de votre devis.

Avec mes remerciements, je vous prie de croire, Monsieur, à l'assurance de mes sentiments distingués.

Les réclamations

A un entrepreneur pour presser un travail trop lent

Pierre Haudricourt
Le Prieuré
Forêt-la-Folie
27700 Les Andelys

Le 20 novembre 19..

Monsieur,

Lors de ma venue à Forêt-la-Folie, samedi dernier, je me suis rendu compte, avec une vive contrariété, que les travaux étaient à peine avancés. Vous m'aviez promis que vous les commenceriez le 2 novembre ; mais il est évident que presque rien n'est fait, et je crains fort que l'installation ne soit pas terminée le 15 décembre, comme prévu.

Je dois arriver au Prieuré le 20 décembre, avec mes jeunes enfants, pour y passer les vacances de Noël, et il est *impératif* pour moi que les travaux soient complètement terminés à cette date.

Je compte donc absolument sur votre diligence,

et vous prie de croire, Monsieur, à l'assurance de mes sentiments distingués.

A un entrepreneur pour des travaux mal faits

Pierre Haudricourt
Le Prieuré
Forêt-la-Folie
27700 Les Andelys

21 décembre 19..

Monsieur,

J'ai le regret de devoir vous dire que le chauffage central que vous venez d'installer chez moi ne fonctionne que très imparfaitement : le manomètre de la chaudière passe inexplicablement de 20 à 70 degrés, et les radiateurs du premier étage n'ont jamais réussi à être plus que vaguement tièdes.

Je souhaiterais donc très vivement que vous veniez vous rendre compte par vous-même, le plus tôt possible, des insuffisances de votre installation. Vous me trouverez chez moi tous les jours, dans l'après-midi, entre trois heures et sept heures.

Veuillez agréer, Monsieur, l'assurance de mes salutations distinguées.

A un entrepreneur pour des travaux non conformes à un devis

Michel Venosc
75, rue du Banquet-Réformiste
62400 Béthune

Béthune, le 17 février 19..

Monsieur,

Votre facture n° 6392, du 12 février, vient de me parvenir, mais je ne peux envisager de vous la régler dans l'immédiat.

En effet, dans le devis que vous m'aviez présenté le 15 décembre dernier, il était stipulé qu'après avoir installé l'eau courante dans le grenier, vous remplaceriez par des carreaux neufs ceux que vous auriez été amené à enlever pour le passage de vos canalisations.

Or, je viens de constater que vous vous étiez contenté de couler du ciment à la place des carreaux manquants, ce qui est fort laid et ne correspond en rien à ce que je vous avais demandé.

J'attends donc, avant de régler votre facture, que vous ayez remis en état le carrelage du grenier,

et vous prie de croire, Monsieur, à l'assurance de mes sentiments distingués.

Pour contester une facture

Madame Bertrand Guérard
27, rue du Pré-de-la-Danse
74000 Annecy

Annecy, le 3 mars 19..

Monsieur,

Votre facture du 27 février vient de me parvenir, et je dois vous dire qu'elle m'a quelque peu surprise.

Vous me comptez, en effet, quatre heures de main-d'œuvre. Or, je m'en souviens fort bien, votre monteur est arrivé après le déjeuner pour repartir avant que j'aille chercher ma fille à l'école ; il serait donc resté deux heures, deux heures et demie tout au plus — ce qui me paraît amplement suffisant pour changer deux prises de courant et installer un éclairage au-dessus de mon lit.

Dans ma naïveté, je ne savais pas, je l'avoue, qu'il fallait regarder sa montre dès qu'un ouvrier sonnait à votre porte ; instruite par l'expérience, je serai plus prudente à l'avenir.

J'attends donc de vous une facture rectifiée,

et vous prie de croire, Monsieur, à l'assurance de mes sentiments distingués.

Autre lettre sur le même sujet

Jean Charron
2, chemin de la Folle-Entreprise
Saint-Langis
61400 Mortagne au Perche

Saint-Langis, le 3 mai 19..

Monsieur,

Votre facture du 30 avril dernier m'est bien parvenue, et je vous en remercie.

Toutefois, j'ai eu la curiosité de refaire le total des différents postes que vous énumériez, et le montant auquel j'arrive est sensiblement différent du vôtre : 3 340 F au lieu de 3 940 F.

Vous laissant le soin de contrôler vous-même cette vérification,

je vous prie de recevoir, Monsieur, mes salutations bien sincères.

Les employées de maison

Offre de service d'une employée de maison

Mylène Lambert
3, impasse des Souhaits
75020 Paris

Paris, le 16 avril 19..

Madame,

A la suite de votre annonce parue ce matin dans *le Figaro,* je voudrais vous proposer mes services.

J'ai vingt-huit ans, je sais cuisiner, j'ai l'habitude de m'occuper d'un intérieur et j'aime beaucoup les enfants, qui, généralement, m'aiment bien aussi. J'ai été employée de maison pendant quatre ans à Compiègne, chez Mme Dheureux, que j'ai quittée lorsqu'elle est allée vivre chez ses enfants, et pendant deux ans à Paris chez M. Larray, qui vient de partir à l'étranger. Je tiens à votre disposition les certificats de mes deux précédents employeurs.

Au cas où vous souhaiteriez me voir, je suis libre tous les après-midi à partir de 14 heures.

Dans l'attente de votre réponse, je vous prie de croire, Madame à l'assurance de mes sentiments dévoués.

Réponse favorable

Jacqueline Malley
12, rue de l'Echaudé
75006 Paris

Paris, le 19 avril 19..

Mademoiselle,

Je viens de recevoir votre lettre, et il me semble que nous devrions pouvoir nous entendre. Voulez-vous passer me voir la semaine prochaine, lundi ou mardi, entre 19 h et 20 h ? Nous pourrions alors parler plus en détail des services que je voudrais vous demander.

Veuillez croire, Mademoiselle, à l'assurance de mes sentiments distingués.

Réponse négative

Mademoiselle,

Votre lettre m'arrive à l'instant, mais je regrette bien vivement de ne pouvoir lui donner suite : j'ai en effet engagé une jeune fille comme employée de maison le jour même de la parution de l'annonce.

En espérant que vous trouverez très vite la place que vous cherchez, je vous prie de croire, Mademoiselle, à l'assurance de mes meilleurs sentiments.

Demande de renseignements sur une employée de maison

Madame Denis Bruneau
47, rue Aux-Ours
76000 Rouen

Rouen, samedi 2 mars 19..

Madame,

Cherchant actuellement une employée de maison, j'ai reçu ce matin la visite de Mme André, qui me dit avoir travaillé chez vous pendant un an.

Mme André m'a fait la meilleure impression. Toutefois, j'ai trois jeunes enfants de cinq, sept et huit ans, et je me sens un peu inquiète à l'idée de les confier à quelqu'un que je ne connais pas. Auriez-vous l'obligeance de me dire si Mme André est, à vos yeux, une personne sûre, à laquelle je puisse laisser sans problème le soin de ma maison et surtout de mes trois fils ?

Avec mes remerciements, je vous prie d'agréer, Madame, l'expression de mes sentiments distingués.

Réponse favorable

Madame,

Je viens de recevoir votre lettre du 2 mars, et n'ai que les plus grands compliments à vous faire de Mme André. Non seulement elle aime beaucoup les enfants, mais elle sait se montrer parfaitement efficace avec eux, en étant ferme et douce à la fois. Par ailleurs, c'est une excellente — et charmante — employée de maison, bonne cuisinière, d'une honnêteté à toute épreuve, et c'est avec le plus grand regret que j'ai dû m'en séparer lorsque je suis allée vivre chez mes enfants.

Je suis sûre que vous n'aurez qu'à vous louer d'elle si elle entre à votre service,

et vous prie de croire, Madame, à l'assurance de mes sentiments distingués.

Réponse défavorable

Madame,

Votre lettre me plonge dans un grand embarras : il est en effet bien difficile d'avoir l'air de dénigrer une employée de maison qui a passé un an à votre service, et je ne l'aurais sans doute pas fait si vous ne m'aviez parlé de vos jeunes enfants.

En effet, si Mme André fait preuve d'une grande efficacité dans son travail, elle est par ailleurs d'un caractère plus que difficile, et surtout elle n'aime pas les enfants ; en fait, je crois qu'elle les connaît mal, et qu'ils lui font peur. En tout cas, elle se montre avec eux d'un autoritarisme excessif, allant parfois même jusqu'à une certaine brutalité. Je ne peux donc, en conséquence, prendre la responsabilité de vous la recommander.

Veuillez croire, Madame, à l'assurance de mes sentiments distingués.

A une employée de maison qui cherche une place

Madame Pierre Simon
10, rue du Marais-Vert
67000 Strasbourg

Le 15 novembre 19..

Mademoiselle,

Je viens d'apprendre par Mme Fabre, ma voisine de palier, que vous cherchiez une place d'employée de maison.

Nous venons de nous installer à Strasbourg, et nous voudrions trouver quelqu'un qui pourrait tenir notre maison — un appartement de six pièces —, faire la cuisine et s'occuper de nos deux jeunes enfants de sept et neuf ans.

Si cela vous convenait, pourriez-vous passer me voir un jour prochain entre 12 h 30 et 14 h ?

En espérant bien vivement que nous pourrons nous entendre, je vous prie de croire, Mademoiselle, à l'assurance de mes sentiments distingués.

A une jeune fille étrangère pour lui proposer un poste au pair

Noëlle Jeancard
3, rue du Champ-aux-Pages
36000 Châteauroux

Châteauroux, le 1er juillet 19..

Mademoiselle,

Je viens d'apprendre par mon amie Violette Marcheron que vous souhaitiez passer un an dans une famille française ; de mon côté, je cherche une jeune étrangère qui accepterait de venir partager notre vie quotidienne.

Mon désir est de vous accueillir comme je voudrais, plus tard, voir ma fille accueillie dans votre pays.

J'ai trois jeunes enfants, Pierre (5 ans), Nicolas (4 ans) et Caroline (2 ans). Je suis aidée pour les plus gros travaux par une femme de ménage qui vient tous les jours, mais j'aimerais trouver en vous une compagne qui partage avec moi les soins de la maison et des enfants.

Vous voudrez sans doute suivre des cours de français : nous nous arrangerons, bien sûr, en fonction de vos horaires, pour que cela vous soit possible.

Par ailleurs, nous vous allouerons 600 F par mois d'argent de poche.

Si ces conditions vous conviennent, seriez-vous éventuellement disponible au début du mois de septembre ? Les enfants rentrent en classe le 15, mais nous revenons de vacances le 5, et je souhaiterais vous voir arriver le plus tôt possible à partir de cette date.

Dans l'attente de votre réponse, et en espérant bien vivement que nous pourrons nous entendre, je vous prie de croire, Mademoiselle, à tous mes meilleurs sentiments.

Les achats et les fournisseurs

Lettre de commande à un fournisseur

Charles-André Hardelet
23, rue des Longs-Prés
92100 Boulogne Billancourt

Samedi 3 septembre 19..

Monsieur,

En référence à la publicité que vous avez fait paraître hier dans *France-Soir*, je vous serais reconnaissant de bien vouloir m'envoyer :

- quatre boîtes de confit de canard à 67 F la boîte ;
- quatre boîtes de galantine de dinde truffée à 38 F la boîte.

Veuillez trouver ci-joint un chèque de 420 F représentant le montant de ma commande.

Recevez, Monsieur, mes sincères salutations.

Demande de renseignements pour un appareil ménager qu'on pense acheter

Marie-Pierre Longeval
41, route Sauve-qui-Peut
27160 Breteuil sur Iton

Lundi 12 février 19..

Monsieur,

Ayant décidé d'acheter prochainement une machine à laver, j'hésite actuellement entre deux modèles Philips : le modèle « Inclimatic » et le modèle « Inclimatic luxe ».

Je constate que leurs prix sont sensiblement identiques, de même que leurs caractéristiques de base, et je ne comprends pas bien quels sont leurs avantages respectifs, ou leurs différences.

Auriez-vous l'obligeance de me renseigner sur ce point ? Je précise que je n'attache pas une importance particulière au coût de l'article en question, mais que je voudrais seulement savoir quels sont exactement les services que peuvent me rendre l'un et l'autre modèle.

Avec mes remerciements, je vous prie de croire, Monsieur, à l'assurance de mes sentiments distingués.

Pour commander un article choisi sur catalogue

Annie Dorval
11, rue Ernestine
75018 Paris

Paris, le 24 octobre 19..

Messieurs,

Auriez-vous l'obligeance de me faire parvenir, dans les meilleurs délais, l'article N 286 de votre catalogue (lot de six casseroles inoxydables à manche amovible) ?

Vous trouverez ci-joint un chèque de 185 F représentant le montant de ma commande, frais de port compris.

Veuillez agréer, Messieurs, mes sincères salutations.

Réclamation à un fournisseur pour une erreur dans la livraison

Annie Dorval
11, rue Ernestine
75018 Paris

7 novembre 19..

Messieurs,

Votre envoi du 3 novembre dernier vient de me parvenir, et j'ai le regret de vous dire qu'il ne correspond pas à ce que je vous avais demandé : je vous avais en effet écrit le 24 octobre pour vous commander un lot de six casseroles inoxydables à manche amovible (référence N 286 de votre catalogue), et je reçois aujourd'hui cinq casseroles émaillées noires.

Je vous renvoie donc cet article en port dû, et vous serais reconnaissante de me faire parvenir dans les meilleurs délais celui que je vous avais demandé.

Veuillez agréer, Messieurs, l'assurance de mes sentiments distingués.

A un magasin de vente par correspondance pour un retard dans une livraison

Marie-Odile Collange
3, sente des Aveugles
92300 Boulogne Billancourt
N° cliente 079 683 213

Boulogne, le 20 octobre 19..

Messieurs,

Le 20 septembre dernier, je vous avais envoyé un bon de commande vous demandant de m'expédier :
• trois paires de chaussettes en fil d'Ecosse, E 6630 ;
• un T-shirt bleu marine encolure tunisienne taille 40, N 3201 ;
• un sac de voyage cuir et toile, hauteur 40 cm, F 4412.

Sachant la promptitude avec laquelle vos livraisons sont habituellement effectuées, j'imagine que ce bon ne vous est jamais parvenu. Auriez-vous l'obligeance de me dire ce qu'il en est ?

Avec mes remerciements, je vous prie de recevoir, Messieurs, mes sincères salutations.

Pour excuser un retard dans le règlement des mensualités d'un achat fait à crédit

Jean-Pierre Martin
20, rue du Champ-de-l'Alouette
75013 Paris

Paris, le 5 septembre 19..

Monsieur,

Le 8 mars dernier, je vous ai acheté une salle à manger en ronce de noyer vernie que je devais vous régler en douze mensualités de 400 F (dossier de crédit n° 6422 B 12).

A la suite de graves problèmes personnels — la maladie d'une de mes filles a entraîné des frais considérables, qui ne m'ont pas encore été remboursés —, je n'ai pas été en mesure d'acquitter la mensualité du mois dernier, et ne pourrai pas vous verser cette semaine les 400 F du mois de septembre. Auriez-vous la grande obligeance d'accepter que je ne vous rembourse mes dettes qu'à partir du mois prochain, en portant de 400 à 600 F les quatre mensualités d'octobre à janvier ? La situation difficile qui est la mienne actuellement étant tout à fait exceptionnelle, je puis vous promettre formellement que tous les règlements à venir seront effectués avec la plus grande ponctualité.

En espérant pouvoir compter sur votre compréhension, et en vous en remerciant à l'avance, je vous prie de croire, Monsieur, à l'assurance de mes sentiments distingués.

Réclamation pour une facture déjà payée

Jean Laforce
75, montée de l'Observance
69009 Lyon

Lyon, le 9 mars 19..

Messieurs,

Votre lettre du 7 mars, que je reçois aujourd'hui, me réclame le règlement de votre facture n° 6627, en date du 1er février, dont le montant s'élevait à 2 046 F.

Or je vous ai envoyé le 8 février, en règlement de cette même facture, un chèque de 2 046 F (chèque n° 0953 222, tiré sur la B. N. P. de Lyon, Agence AX).

Veuillez avoir l'obligeance de me faire savoir si ce chèque vous est enfin parvenu. Si d'ici quinze jours vous n'avez toujours rien reçu, je vous adresserai un second chèque pour solde de tout compte, en faisant le nécessaire auprès de ma banque pour que le premier soit annulé (1).

Je vous prie de croire, Messieurs, à l'assurance de mes sentiments distingués.

---

(1) ou : Ce chèque a été débité le 17 février.
En espérant que ces précisions vous seront suffisantes, je vous prie de croire...

Le travail

Les recommandations

Pour solliciter une recommandation

Cher Monsieur,

Les Etablissements Raynal cherchent actuellement, je viens de l'apprendre, un chef de fabrication, et je souhaiterais vivement pouvoir obtenir ce poste, que je sais par ailleurs très demandé.

Vous m'avez dit un jour, il me semble, que le directeur de ces établissements était l'un de vos amis : oserais-je vous demander, à vous qui connaissez ma formation et avez suivi depuis ses débuts ma vie professionnelle, de bien vouloir appuyer ma démarche par un mot de recommandation auprès de M. Grangier ? Je vous en serais infiniment reconnaissant.

Avec toute ma gratitude, veuillez agréer, cher Monsieur, l'assurance de mes sentiments respectueux.

Jean-Luc Devrain

27, rue du Pré-de-la-Reine
63000 Clermont Ferrand

Réponse favorable

Cher Jean-Luc,

Effectivement, j'ai suivi depuis toujours votre formation et votre vie professionnelle, et c'est de grand cœur que je vous recommanderai auprès de Robert Grangier. Vous trouverez ci-jointe une lettre pour lui, que je n'ai pas cachetée, en espérant que vous la liriez et qu'elle ferait rougir votre modestie.

Avec tous mes vœux de succès dans votre entreprise, je vous prie de croire, cher Jean-Luc, à mon meilleur souvenir.

Réponse négative

Cher Jean-Luc,

Il est vrai que je me souviens fort bien d'avoir parlé devant vous de M. Grangier, directeur des Etablissements Raynal ; malheureusement, il ne s'agit pas d'un ami, mais tout au plus d'une relation :

nous avons été très liés lorsque nous avions quinze ans l'un et l'autre, mais depuis nous nous sommes tout à fait perdus de vue, et je n'ai fait que suivre de loin sa brillante réussite professionnelle. Dans ces conditions, il me paraît malheureusement bien difficile de faire appel à lui au sujet du poste que vous souhaitez obtenir.

Je suis bien désolé, croyez-moi, de ne rien pouvoir faire pour vous ; mais je suis sûr que votre compétence, que je sais grande, saura s'imposer sans qu'il soit besoin de recommandation extérieure.

Croyez, cher Jean-Luc, à mon amical souvenir.

A un(e) ami(e) pour solliciter une recommandation

Chère Josette,

Impossible de vous joindre par téléphone — aussi je me décide en fin de compte à vous écrire, de façon bien intéressée, je l'avoue...

Vous savez quels sont mes problèmes de travail actuellement : je piétine, depuis des années, aux Etablissements Sigaut, où je sais pertinemment qu'il n'y a aucun espoir de promotion possible pour moi, et où je ronge mon frein en attendant des jours meilleurs.

Et voici qu'une petite annonce m'apprend que la maison Blanchet recherche des comptables qualifiés. Le travail, plus intéressant — la maison Blanchet a une autre surface que celle dans laquelle je suis actuellement —, et le salaire plus élevé ont tout pour me plaire, mais je crains de n'être pas le seul à avoir été séduit...

Vous avez, je crois, une idée assez juste de mes compétences professionnelles, et il me semble vous avoir entendu dire un jour que vous connaissiez le directeur de la maison Blanchet : oserais-je vous demander d'avoir la grande gentillesse de me recommander auprès de lui ? Si vous pouviez faire quelque chose pour ce qui représenterait, à mes yeux, une énorme promotion, je vous en serais infiniment reconnaissant.

Avec toute ma gratitude, croyez, chère Josette, à ma fidèle amitié.

Réponse favorable

Cher Jean,

Vous pouvez aller le cœur léger trouver de ma part Pierre Meynardier aux Etablissements Blanchet : je l'ai eu ce matin au téléphone, et il souhaiterait vous voir le plus tôt possible. Je me garderai de prédire l'avenir ; mais il me semble que ce poste vous conviendrait fort bien, et qu'il serait tout à fait anormal que vous ne l'obteniez pas. Vous avez la gentillesse de me tenir au courant de vos démarches ?

Croyez, cher Jean, à toute mon amitié.

Lettre de recommandation (formelle)

Cher Monsieur,

François Serval, qui vous a téléphoné de ma part, m'a demandé d'appuyer sa démarche auprès de vous, ce que je fais bien volontiers. François Serval a travaillé pendant quatre ans comme chef de publicité dans mon établissement, et il a fallu la difficulté de la conjoncture économique, qui m'a contraint à licencier les employés n'ayant que quelques années d'ancienneté, pour que je me sépare de ce jeune homme dont je n'avais par ailleurs qu'à me louer.

En tant que chef de publicité, il vous rendrait les plus grands services : je le sais intelligent, efficace, responsable, plein d'initiatives parfois hardies, mais en fin de compte toujours justifiées ; et je vous serais très reconnaissant de bien vouloir examiner sa candidature avec bienveillance.

En vous remerciant de ce que vous pourrez faire pour lui, je vous prie d'agréer, cher Monsieur, l'assurance de mes meilleurs sentiments.

Autre lettre, plus familière, sur le même sujet

Cher Pierre,

Léna Prévost vient de m'apprendre que tu cherchais actuellement un chef de fabrication, et m'a demandé d'appuyer sa démarche auprès de toi. La connaissant comme je la connais, cela m'apparaît à peine nécessaire. Sa formation (Ecole Estienne) et sa vie professionnelle (cinq ans aux Editions de la Choüette, qui viennent de réduire de moitié leur personnel, d'où le licenciement de ma jeune amie) l'ont admirablement préparée à occuper le poste que tu cherches à pourvoir. Je la sais intelligente, efficace, organisée, pleine d'idées — bref, excellente en tout point dans son métier, et je pense sincèrement que tu ne saurais faire de meilleure recrue.

Amicalement à toi.

Remerciements à une relation pour une lettre de recommandation

Cher Monsieur,

Comment vous remercier de votre recommandation auprès de M. Grangier, avec lequel je vais commencer à travailler dès le mois prochain ? Je vous en suis d'autant plus reconnaissant que j'ai appris — après coup — le nombre effarant de candidats qui briguaient ce poste, et que j'imagine sans peine le poids qu'a pu avoir votre lettre dans la décision du directeur général adjoint.

Je me réjouis plus que je ne saurais vous le dire de ce nouvel emploi : croyez que je ferai tout ce qui sera en mon pouvoir pour ne pas décevoir votre confiance.

Avec toute ma gratitude, je vous prie de croire, cher Monsieur, à l'assurance de mes sentiments respectueux.

Remerciement à un(e) ami(e) pour une lettre de recommandation

Comment vous remercier, chère Josette ? Fort de votre recommandation, je suis allé voir Monsieur Meynardier d'un cœur léger — et je suis sorti de cette entrevue comptable en titre des Etablissements Blanchet. Monsieur Meynardier a été plus que charmant, mais j'ai cru comprendre que, si mes références professionnelles n'étaient pas étrangères à son bon accueil, votre coup de téléphone avait eu très évidemment son juste poids ! Je vous écris ce mot dans la joie du travail retrouvé, mais vous téléphonerai très vite pour que nous fêtions l'événement un soir prochain...

Fidèlement à vous — avec toute ma gratitude.

La demande d'emploi

Demande d'emploi (avec curriculum vitae)

Monsieur,

C'est sur le conseil de Monsieur Joël Josserand — avec lequel j'ai travaillé pendant un an aux Etablissements Goldschmidt — que je me permets de vous écrire aujourd'hui.

Je me trouve actuellement sans emploi, à la suite de la disparition de la maison pour laquelle je travaillais, et je souhaiterais vivement pouvoir continuer à m'occuper du commerce avec l'étranger, comme je le fais depuis cinq ans. Vous trouverez ci-joint mon curriculum vitae : au cas où il ne vous paraîtrait pas inintéressant, je me permettrai de vous téléphoner la semaine prochaine pour que nous convenions d'un éventuel rendez-vous.

Avec mes remerciements, je vous prie de croire, Monsieur, à l'assurance de mes sentiments distingués.

Curriculum vitae

Pierre-Henri Dupuis
12, rue de la Lune
75002 Paris

Né à Paris, le 8 mars 19..

Etudes secondaires au lycée Saint-Louis (Paris)

Baccalauréat C : mention « bien »

Etudes supérieures : H. E. C., promotion 19..

Postes précédemment occupés :

septembre 19.. à juin 19.., stage aux Etablissements Goldschmidt (département du commerce extérieur)

19..-19.., chargé du commerce extérieur avec les pays du Marché commun à la Socotrix.

Licencié en 19.. pour raisons économiques.

Langues vivantes : anglais lu, écrit, parlé.
allemand parlé.

Références : Monsieur Henri LAUTON, directeur du département Etranger des Etablissements Goldschmidt, tél. 734-32-16, poste 4-42 ; Monsieur Paul GOUHIER, ancien directeur général de la Socotrix, tél. 222-46-69.

Situation de famille : marié, sans enfants.

Réponse à une annonce

Ghislaine Verdier
27, rue du Champ-des-Oiseaux
76000 Rouen

Monsieur,

Mardi 23 novembre 19..

Ayant lu l'annonce que vous avez fait paraître ce matin dans *Paris-Normandie*, j'ai pensé pouvoir poser ma candidature au poste de secrétaire que vous proposez.

J'ai vingt-trois ans ; après des études secondaires (baccalauréat B), j'ai passé un C.A.P. de sténo-dactylographie ; par ailleurs, je parle et j'écris couramment l'anglais.

J'ai travaillé d'abord pendant deux ans aux Etablissements Angibaud du Havre, puis à Paris, à la Société Ométra, dont je suis partie pour suivre mon mari, qui est instituteur et vient d'avoir un poste dans la banlieue rouennaise.

Si ma candidature vous semble digne d'intérêt, je vous serais très obligée de me fixer un rendez-vous. J'apporterai alors mes références et les certificats de mes précédents employeurs.

Veuillez agréer, Monsieur, l'expression de mes sentiments distingués.

Pour obtenir un contrat d'apprentissage

Martine Sorieul
13, En Bonne-Ruelle
57000 Metz

Metz, le 17 avril 19..

Secrétariat du Comité
départemental de la
Formation professionnelle
Préfecture de Metz (1)

Monsieur,

Etant actuellement sur le point de terminer ma scolarité (je me présente en juin au B.E.P.), je désirerais commencer mon apprentissage de coiffeuse.

Auriez-vous l'obligeance de me dire comment je dois procéder ? Je suis âgée de seize ans (2), et mes parents sont d'accord l'un et l'autre sur la profession que j'ai choisie.

Avec mes remerciements, je vous prie de croire, Monsieur, à l'expression de mes sentiments distingués.

---

(1) Suivant les cas, on pourra se renseigner également auprès de la Chambre de commerce et d'industrie, de la Chambre des métiers ou de la Chambre d'agriculture de sa circonscription.

(2) Pour obtenir un contrat d'apprentissage, il faut avoir seize ans au moins ou vingt ans au plus. Pour les moins de dix-huit ans, l'autorisation du père, de la mère ou du tuteur est indispensable.

Employeurs et employés

A un employeur pour excuser une absence

Monsieur le Directeur,

Mon mari, qui ne se sentait pas très bien hier au bureau, a été pris d'une forte fièvre, et le docteur, que j'ai prié de venir, lui a ordonné de garder le lit pendant une semaine au moins.

Vous trouverez ci-joint le certificat médical qui vient de m'être délivré.

Mon mari m'a chargée de vous dire que le dossier Royer, dont vous pourriez avoir besoin, se trouve pour moitié entre les mains de sa secrétaire et pour moitié — dont un projet de lettre — dans une chemise rouge sur son bureau.

Veuillez agréer, Monsieur le Directeur, l'expression de mes sentiments distingués.

Demande de congé pour formation professionnelle

Lettre recommandée avec accusé de réception, à envoyer 30 jours avant le début du stage, ou 60 jours avant, si le stage dure plus de six mois.

Francine Robert
10, chemin des Attripes
94000 Créteil

Créteil, le 11 septembre 19..

Monsieur le Directeur,

Désirant améliorer ma qualification professionnelle, je souhaiterais suivre un stage de perfectionnement à temps partiel, d'une durée de 56 heures, qui aura lieu tous les mercredis matin du 15 octobre au 15 janvier prochain.

Ces cours seront donnés de 8 h 30 à 12 h 30 (1) au centre de l'ASFOLED, 242, rue du Faubourg-Saint-Jacques ; et je vous serais

---

(1) ou : Désirant changer de qualification professionnelle, je souhaiterais suivre un stage de conversion d'un mois, à temps plein, qui aura lieu du 1er au 30 novembre prochain. Les cours seront donnés...

reconnaissante de bien vouloir m'accorder, conformément à la loi du 16 juillet 1971, l'autorisation d'absence qui me sera nécessaire pour y assister.

Veuillez agréer, Monsieur le Directeur, l'expression de mes sentiments distingués.

Demande de réintégration après accouchement

Lettre recommandée avec accusé de réception

Yvonne Saccard
10, rue de la Tour-de-Beurre
76000 Rouen

Rouen, le 1er octobre 19..

A Monsieur le Directeur
des Tréfileries Morin

Monsieur le Directeur,

Attendant un enfant pour la fin du mois de novembre, j'ai l'honneur de vous informer que, conformément à la loi, je vais cesser de travailler à partir du 15 octobre prochain.

Je reprendrai mon travail dix semaines après mon accouchement, qui devrait avoir lieu vers le 30 novembre.

Je vous prie d'agréer, Monsieur le Directeur, l'expression de mes sentiments distingués.

Demande de congé parental

Lettre à envoyer recommandée avec accusé de réception un mois avant le terme du congé de maternité ou d'adoption, en précisant la durée du congé demandé.

Jeanne Colin
2, rue du Manteau-Jaune
69005 Lyon

Lyon, le 25 novembre 19..

A Monsieur le Directeur
des Etablissements Samain

Monsieur le Directeur,

Venant d'avoir une petite fille, je souhaiterais, comme m'y autorise la loi 77-766 du 12 juillet 1977, bénéficier d'un congé parental d'une durée de deux ans (1). ⟶

Ce congé se terminera le 10 janvier 19.., soit vingt-six mois après la naissance de l'enfant.

Je vous prie d'agréer, Monsieur le Directeur, l'expression de mes sentiments distingués.

Autre lettre sur le même sujet

Pierre Lefebvre
15, rue du Grand-Mouton
36000 Châteauroux

Châteauroux, le 15 mai 19..

A Monsieur le Directeur
des Etablissements Ledoux

Monsieur le Directeur,

Venant d'adopter un petit garçon d'un an et demi (2), je souhaiterais bénéficier d'un congé parental de dix-huit mois pour élever mon enfant, comme m'y autorise la loi 77-766 du 12 juillet 1977.

Ma femme travaille en effet dans une entreprise qui ne compte que 65 salariés, et n'a donc pas le droit de bénéficier du congé parental (3). Vous trouverez ci-jointe une attestation de son chef du personnel qui en fait foi.

Ce congé prendra fin le 5 novembre 19.., soit dix-huit mois après l'adoption de l'enfant.

Veuillez agréer, Monsieur le Directeur, l'expression de mes sentiments distingués.

---

(1) La durée maximale du congé parental est de deux ans. Il commence immédiatement après le congé de maternité ou d'adoption.

(2) Pour que la mère ou le père puisse bénéficier du congé parental, l'enfant adopté doit être âgé de moins de trois ans.

(3) Seuls peuvent bénéficier du congé parental les travailleurs employés depuis un an au moins dans une entreprise comptant plus de 200 salariés (plus de 100 salariés à partir du 1er janvier 1981).

Demande de congé pour élever un enfant

Marinette Grenier
12, rue de la Pomme
94000 Créteil

Créteil, le 30 avril 19..

A Monsieur le Directeur
des Papeteries Prieux

Monsieur le Directeur,

J'ai l'honneur de vous faire savoir que, souhaitant élever mon enfant, j'envisage, comme la loi me le permet, de demander un congé de   mois à la fin de mon congé de maternité.

Veuillez agréer, Monsieur le Directeur, l'expression de mes sentiments distingués.

Pour se plaindre du non-respect des règles de sécurité

Marcel Gouvray
3, quai de la Rivière-Neuve
83200 Toulon

Toulon, le 4 mars 19..

A Monsieur le Directeur
de la Caisse régionale de
Sécurité sociale

Monsieur le Directeur,

Je voudrais vous signaler que les Etablissements Dupuis, 6, chemin du Pont-de-Bois, 83200 Toulon, ne semblent pas respecter les règles de sécurité.

L'installation électrique des bâtiments est en effet plus que vétuste, et aurait besoin d'être entièrement refaite : les fils étant complètement à nu par endroits, les risques de court-circuit ou d'incendie sont loin d'être négligeables, d'autant plus que certains ateliers travaillent sur des matériaux inflammables.

Je vous serais donc très reconnaissant de bien vouloir faire procéder à une enquête le plus rapidement possible,

et vous prie d'agréer, Monsieur le Directeur, l'expression de mes sentiments distingués.

Demande de réintégration après service militaire

Lettre recommandée avec accusé de réception.

Jean-Marc Blanpain
6, rue du Miroir
72100 Le Mans

Le Mans, le 1er septembre 19..

A Monsieur le Directeur
des Etablissements Sivac

Monsieur le Directeur,

Mon service militaire se terminant le 15 septembre prochain, je souhaiterais, conformément à l'article L 122-18 du code du travail, retrouver le poste que j'occupais dans votre établissement avant d'être appelé sous les drapeaux.

Dans l'attente de votre réponse, je vous prie d'agréer, Monsieur le Directeur, l'expression de mes sentiments distingués.

Maladie pendant les congés payés

Jacques Herresin
6, passage du Boute-en-Train
17670 La Couarde sur Mer

La Couarde-sur-Mer, le 20 août 19..

A Monsieur le Directeur
des Etablissements Rouhaud

Monsieur le Directeur,

Quelques jours après le début de mes vacances, j'ai été contraint de m'aliter à la suite d'un empoisonnement intestinal, comme en fait foi le certificat médical que vous trouverez ci-joint. Le docteur que j'ai vu pense que je ne serai pas guéri avant une dizaine de jours.

Je vous serais donc reconnaissant de bien vouloir prolonger mes congés payés d'une durée de dix jours correspondant à celle de mon arrêt de maladie.

Dans l'attente de votre réponse, je vous prie d'agréer, Monsieur le Directeur, l'expression de mes sentiments distingués.

Lettre de démission

Cette lettre de démission sera envoyée en recommandé avec accusé de réception ; toutefois, si vous avez toujours entretenu de bons rapports avec votre employeur, rien ne vous empêche de lui envoyer une seconde lettre, moins laconique, pour lui expliquer les raisons de votre départ.

Monsieur,

J'ai l'honneur de vous informer que, pour des raisons personnelles, je donne ma démission du poste de rédacteur que j'occupe dans votre entreprise.

Mon préavis commencera donc à la date du 2 octobre 19.., et se terminera le 2 janvier 19..

Veuillez agréer, Monsieur, toute ma considération.

Autre lettre de démission, plus personnelle

Cher Monsieur,

Vous allez recevoir bientôt — aujourd'hui sans doute — la lettre recommandée que je viens de vous envoyer et dans laquelle je vous présentais ma démission.

Je ne voudrais surtout pas en rester au côté froidement officiel et administratif de cette lettre, qui n'a été écrite que pour la bonne règle ; ni que vous croyiez que c'est sans regret que je quitte votre maison. Vous savez que j'avais été extrêmement heureux d'y entrer, il y a plus de cinq ans, et de pouvoir y assumer des responsabilités nouvelles pour moi, qui prolongeaient et élargissaient de façon passionnante ce que j'avais fait jusqu'alors. J'ai beaucoup aimé aussi l'esprit de liberté et de coopération que j'ai rencontré dans le service auquel j'appartenais, et la façon dont nous avons pu travailler ensemble.

Malheureusement, les années ont passé. Mon travail est peu à peu devenu un travail de routine, et ne comporte plus cette part quotidienne d'invention et d'enrichissement personnel qui me le rendait si précieux. J'aurais beaucoup aimé rester chez vous si j'avais eu la possibilité de m'occuper d'une autre tâche ; mais je sais que vous n'avez rien à me proposer actuellement qui me convienne, et c'est pourquoi j'ai accepté, avec mille regrets, l'offre qui m'était faite par ailleurs.

Je vous prie d'agréer, cher Monsieur, avec mon plus fidèle souvenir, l'expression de mes sentiments respectueux.

Certificat de travail

Je soussigné, François Duriez, certifie que Monsieur Francis Ducreteau a été à mon service en qualité d'employé agricole du 1er janvier 19.. au 15 mai 19..

Fait à Louveciennes, le 15 mai 19..

Autre certificat de travail

Un certificat de travail ne doit jamais comporter d'appréciations désobligeantes ; mais, lorsqu'il s'agit d'un salarié dont on n'a eu qu'à se louer, il est recommandé de le dire, en indiquant les services qu'il a rendus.

Je soussigné Antoine Chasteller certifie que Monsieur Christian Vanacker a été à mon service du 1er octobre 19.. au 1er mai 19.. en qualité de chef de culture. Pendant ces six années, je n'ai eu qu'à me louer de sa compétence, de sa probité et de son dévouement : il a assumé l'entière responsabilité des cultures, de l'entretien de la propriété, de l'achat des semences et engrais, de l'embauche et de la direction du personnel agricole. Je ne m'en sépare qu'avec le plus grand regret, ma propriété devant être vendue, et ne peux que le recommander chaleureusement à tout nouvel employeur, auquel je donnerai bien volontiers toute précision supplémentaire.

Fait à Saint-Germain-la-Blanche-Herbe, le 1er mai 19..

Demande de motif de licenciement

Lettre recommandée avec accusé de réception, à envoyer dans les dix jours qui suivent le licenciement.

Claude Bonnefoy
12, sente des Etroites
92130 Issy les Moulineaux

Issy-les-Moulineaux, le 2 mars 19..

A Monsieur le Directeur
des Etablissements Halbout

Monsieur le Directeur,

Conformément à la législation du code du travail, je vous serais reconnaissant de me faire savoir quel est le motif de mon licenciement.

Je vous prie d'agréer, Monsieur le Directeur, l'expression de mes sentiments distingués.

L'Administration et les salariés

A l'Inspecteur du travail au sujet d'un licenciement

Roger-Gérard Serval
2, rue des Petits-Hôtels
75010 Paris

Paris, le 1er décembre 19..

Monsieur l'Inspecteur,

Mon employeur, M. Paul Savart, des Etablissements Richard, 11, rue de la Borne, 75012 Paris, m'informe aujourd'hui 1er décembre de mon licenciement pour cause économique.

Auriez-vous l'obligeance de me faire savoir si, comme la loi l'exige, il vous a présenté une demande d'autorisation de licenciement et, le cas échéant, si cette demande a été acceptée ?

Avec mes remerciements, je vous prie d'agréer, Monsieur l'Inspecteur, l'expression de mes sentiments distingués.

Réclamation au sujet des allocations d'aide publique

Marguerite Authier
Le Mont-Rôti
27170 Beaumont le Roger

Beaumont-le-Roger, le 2 avril 19..

A Monsieur le Directeur
départemental du travail
et de la main-d'œuvre
Préfecture de l'Eure

Monsieur le Directeur,

J'ai l'honneur de vous demander de bien vouloir, conformément à l'article R 351-21 du Code du travail, reconsidérer la décision refusant de m'accorder le bénéfice des allocations d'aide publique, dont vous trouverez ci-jointe une photocopie.

Mon employeur a prétexté, pour me renvoyer, une faute professionnelle que je conteste, et je l'ai attaqué le 1er mars devant le Conseil des prud'hommes.

Ayant en ce moment de graves soucis d'argent, je vous serais reconnaissante de bien vouloir m'accorder le bénéfice des allocations d'aide publique à partir du 15 mars, date de mon inscription à l'ANPE comme demandeur d'emploi — allocations pour lesquelles je m'engage à rembourser ultérieurement, si besoin est, le trop-perçu.

Je vous prie d'agréer, Monsieur le Directeur, l'expression de ma respectueuse considération.

A l'Agence nationale pour l'emploi, pour annoncer qu'on a retrouvé du travail

Denis Bonin
41, rue des Rosiers-à-Gaillard
74100 Annemasse

Samedi 2 décembre 19..

Messieurs,

J'ai le plaisir de vous annoncer que j'ai retrouvé du travail, et que j'entre le 2 janvier prochain comme salarié aux Etablissements Brideau.

Je cesserai donc de pointer à l'ANPE à partir de cette date, et ne serai plus susceptible de recevoir aucune allocation d'aide publique.

Veuillez agréer, Messieurs, l'assurance de mes sentiments distingués.

Pour informer l'ASSEDIC d'une procédure prud'homale.

Jean-Marcel Darré
10, rue de la Grande-Maison
72000 Le Mans
Dossier ASSEDIC 37300 A

Le Mans, 21 novembre 19..

A Monsieur le Directeur
de l'ASSEDIC du Mans

Monsieur le Directeur,

Pour vous permettre d'obtenir, conformément à la loi du 13 juillet 1973, le remboursement des allocations de chômage, je vous informe que, le 15 novembre dernier, j'ai attaqué devant la juridiction prud'homale du Mans mon employeur, M. Pierre Danel, des Etablissements Danel Frères, 18, rue des Résistants-Internés, 72000 Le Mans, pour licenciement sans cause réelle et sérieuse.

Veuillez agréer, Monsieur le Directeur, l'expression de mes sentiments distingués (1).

Demande de prolongation du versement des allocations ASSEDIC

Michèle Saint-Martin
11, rue Stanislas
75006 Paris

Paris, le 4 octobre 19..

Commission paritaire
de l'ASSEDIC

Messieurs,

Le directeur de l'ASSEDIC vient de me refuser la prolongation du versement des allocations ASSEDIC au-delà du 91e (2) jour d'indemnisation — décision que je conteste, puisqu'elle ne peut être prise que par votre commission ou par le bureau de l'ASSEDIC.

Par ailleurs, le motif avancé par le directeur de l'ASSEDIC ne me paraît pas valable : si plusieurs emplois m'ont effectivement été proposés par l'ANPE, aucun ne correspondait véritablement à mes aptitudes professionnelles, et je n'ai pas voulu accepter un déclassement qui se traduisait par une perte de salaire de 300 F à 500 F par mois (3).

Je vous serais donc très reconnaissante, me trouvant à l'heure actuelle démunie de toutes ressources, de bien vouloir prolonger en ma faveur le versement des allocations ASSEDIC.

Dans l'attente de votre réponse, et en espérant bien vivement qu'elle me sera favorable, je vous prie d'agréer, Messieurs, l'expression de mes sentiments distingués.

---

(1) Une lettre identique sera envoyée à la Direction départementale du Travail.

(2) ou : 182e ; **ou :** 273e

(3) ou : plusieurs emplois m'ont bien été proposés par l'A. N. P. E. ; mais ils exigeaient tous une bonne condition physique, et j'ai depuis des années une très mauvaise santé.

Vacances et déplacements

Les vacances des enfants

A une belle-sœur, pour lui demander de prendre un enfant

Chère Arlette,

Me pardonneras-tu d'avoir recours à toi dans le grand embarras où je me trouve actuellement ?

Voilà. Je pensais que Pierre allait prendre ses vacances à partir du 1er juillet, et j'avais tout organisé en ce sens. Mais voici que mon époux est retenu à Paris par son travail jusqu'au 15 du mois prochain : du coup, j'ai dû retarder mes propres vacances, et je me soucie beaucoup d'imaginer mon Daniel seul à la maison pendant ces quinze jours. Bien sûr, je le sais raisonnable ; mais treize ans, ce n'est pas bien vieux, et les journées lui seront longues...

Et puis — tu me vois venir —, j'ai pensé à toi, et je voulais te demander, en toute simplicité, si tu aurais pu prendre Daniel en charge pendant ces deux semaines. Il est parfaitement heureux chez toi, je le sais, tu le sais — mais peut-être as-tu d'autres projets pour ce moment-là, et je ne voudrais surtout pas que tu t'encombres de mon fils s'il doit le moins du monde te compliquer l'existence.

S'il te plaît, tu me réponds vite ?

Je t'embrasse affectueusement.

Réponse favorable

Chère Marianne,

Ton Daniel sera le très bienvenu : tu me l'envoies dès que tu veux. Le hasard a bien fait les choses : je passe tout le mois de juillet à Croixmare, seule avec les deux enfants qui ne partiront pour l'Angleterre que le 28, et je serai ravie d'avoir un fils de plus. Est-il besoin de dire que Lucie et Emmanuel se réjouissent tout particulièrement de sa venue ?

Affectueusement à toi.

Réponse négative

Chère Marianne,

Je suis bien désolée de devoir te répondre non ; malheureusement nous partons en vacances le 1er juillet, et la maison — minuscule — que nous avons louée à Noirmoutier est déjà comble : Georges et moi, les deux enfants et deux amis des enfants, le tout dans trois pièces et demie... Il me paraît donc tristement impossible d'accueillir ton Daniel en plus, ce que je regrette du fond du cœur : tu sais à quel point j'aime ton fils, et cela aurait été une joie de l'avoir parmi nous pendant quinze jours.

J'espère de tout cœur que tu trouveras très vite une solution à tes problèmes : mes vœux t'accompagnent, chère Marianne.

Avec toute mon affection, je vous embrasse tous les trois.

Demande d'admission à une colonie de vacances

Sylvie Desjardins
9, rue du Rosaire
63260 Aigueperse

Aigueperse, le 3 juin 19..

Monsieur le Directeur,

Je souhaiterais bien vivement pouvoir inscrire mon fils à votre colonie de vacances. Fabrice a huit ans, sort du cours élémentaire deuxième année et se trouve en parfaite santé. Auriez-vous l'obligeance de me faire parvenir les papiers à remplir, et de me dire quelles sont les conditions d'admission ?

Avec tous mes remerciements, je vous prie de croire, Monsieur le Directeur, à l'assurance de ma considération.

A un moniteur de colonie de vacances au sujet de la santé d'un enfant

Monsieur,

Mon fils Matthieu Jourdan, qui vous remettra cette lettre, n'est encore jamais allé en colonie de vacances. C'est un garçon très vif, un peu turbulent, mais au fond tout à fait gentil, qui ne devrait pas vous causer de souci particulier ; mais je voulais seulement vous signaler que cet enfant est allergique au lait et aux laitages.

Lui-même le sait, et se montre tout à fait raisonnable à ce sujet ; puis-je seulement vous demander de ne pas insister lorsque vous le verrez refuser un yaourt ou du fromage blanc ?

Avec mes remerciements, je vous prie de croire, Monsieur, à l'assurance de mes meilleurs sentiments.

D'une mère dont l'enfant part en vacances à l'étranger

Chère Madame,

Vous allez d'ici quelques jours accueillir mon petit Vincent, qui s'embarquera lundi prochain et doit arriver à 18 h 07 à Victoria Station. S'il était possible qu'il soit attendu à la gare, j'en serais rassurée, car sa connaissance de l'anglais est très approximative et, sans qu'il veuille l'avouer, je le sens inquiet. Vincent est petit et brun, avec des cheveux bouclés ; il portera des blue jeans, un anorak rouge, et aura à la main un volume d'*Asterix*.

Mon fils est, je crois, un très gentil garçon, et j'espère de tout cœur qu'il vous plaira et que sa présence vous sera légère. Mais je voulais quand même, en mère attentive, vous prévenir d'un trait de son caractère, qui n'est pas véritablement un défaut : Vincent est terriblement timide. Et si par hasard vous le trouvez un peu trop brusque, un peu trop hardi ou un peu trop taciturne, s'il vous plaît n'en tirez pas de conséquences. Comme beaucoup de garçons de son âge, il n'est pas trop à l'aise avec lui-même, et réagit parfois trop vivement dans des situations qu'il se sent incapable d'assumer, toutes simples qu'elles soient. Il a besoin qu'on le comprenne, qu'on l'encourage — ou bien tout simplement qu'on l'accepte tel qu'il est. J'ose vous dire tout ceci, à vous qui avez un fils de treize ans, et qui devez peut-être connaître les mêmes problèmes…

Avec toute ma confiance, je vous prie de croire, chère Madame, à l'assurance de mes sentiments amicaux.

D'une mère qui va recevoir pour les vacances un enfant étranger

Chère Madame,

Nous attendons Sandra avec beaucoup de joie. Sa chambre sera prête à partir du 1er juillet, et nous irons, comme convenu, la chercher à la gare dès que vous nous aurez précisé la date et l'heure de son arrivée.

Julie se réjouit beaucoup de la venue de celle qu'elle considère déjà comme une nouvelle amie, et fait mille projets pour que ses premières vacances françaises lui soient aussi agréables que possible.

Notre vie familiale est tout à fait simple, elle la partagera comme un enfant de la maison. N'ayant pas de personnel, j'assume seule tout le travail ménager. Je demanderai donc à Sandra ce que je demande à Julie : faire son lit, sa chambre et me rendre quelques menus services.

Je souhaite de tout cœur que ce mois de vie commune se passe de façon aussi heureuse et aussi harmonieuse que possible : croyez que nous ferons tout ce qui sera en notre pouvoir pour cela.

Veuillez agréer, chère Madame, l'assurance de mes sentiments les meilleurs.

A une relation pour lui demander de trouver une famille d'accueil à l'étranger

Madame,

Notre amie commune, Laurence Pasquet, m'a engagée à m'adresser à vous — et j'espère que vous voudrez bien me pardonner de prendre cette liberté.

Ma fille Martine souhaiterait passer une année aux Etats-Unis. Je sais que le témoignage d'une mère est toujours suspect, mais je dirai quand même que Martine, qui a dix-huit ans et vient de passer son baccalauréat, est intelligente, curieuse de tout, facile à vivre, et qu'elle trouverait son bonheur dans toute famille un peu ouverte sur le monde d'aujourd'hui.

Si vous pouviez m'indiquer quelqu'un, à New York de préférence, ou sur la côte est des Etats-Unis, je vous en serais infiniment reconnaissante.

Avec tous mes remerciements, je vous prie de croire, Madame, à l'assurance de mes sentiments distingués.

Jolaine Chevalier

7, rue Bois-le-Vent
75016 Paris

Les vacances à l'étranger

Au directeur d'une agence de voyages

M. et Mme Henri Carrière
La Fosse-aux-Bossus
27370 Amfreville la Campagne

Samedi 10 juin 19..

Monsieur,

Mon mari et moi souhaiterions faire un voyage de trois semaines au Portugal entre le 1er juillet et le 30 septembre.

Auriez-vous l'obligeance de nous dire quelles sont les différentes formules possibles (voyages individuels, voyages en groupe), leurs coûts et leurs avantages respectifs, s'il existe des tarifs réduits, et dans ce cas quelles seraient les conditions permettant d'en bénéficier ?

Dans l'attente de votre réponse, nous vous prions de croire, Monsieur, à l'assurance de nos sentiments distingués.

Pour demander un certificat de vaccination

Monsieur,

Sachant à quel point vous êtes débordé, j'ai préféré vous écrire plutôt que vous téléphoner. Je dois partir pour le Bangladesh (1) le mois prochain, et il me faut prouver que j'ai été vaccinée contre la variole il y a moins de deux ans. Auriez-vous l'obligeance de m'envoyer un mot certifiant que vous avez effectué la vaccination exigée le 15 février dernier ?

Avec tous mes remerciements, je vous prie de croire, Monsieur, à l'assurance de mes meilleurs sentiments.

Denise Lainé

16, rue du Bois prolongée
93500 Pantin

---

(1) Vérifier, avant d'entreprendre un voyage, quelles sont les exigences des autorités sanitaires du pays où l'on se rend. Elles changent selon qu'il existe ou non une menace d'épidémie.

Demande de passeport (pour résident à la campagne)

Pour obtenir un passeport, il faut généralement faire votre demande au commissariat dont dépend votre domicile. Toutefois, si le solliciteur habite la campagne, il pourra écrire au préfet la lettre suivante :

Monsieur le Préfet,

Je soussigné Paul Maugé, propriétaire au hameau de Soupir, 02160 Beaurieux, ai l'honneur de vous demander de bien vouloir me faire établir un passeport pour me rendre à l'étranger. Je souhaiterais en effet faire cet été un voyage touristique en Bulgarie.

Veuillez trouver ci-joints un extrait de naissance (1) et de livret militaire, ainsi qu'un certificat de résidence (2).

Je vous prie d'agréer, Monsieur le Préfet, l'expression de ma considération distinguée.

Paul Maugé

Ferme du Nid-de-Chien
Soupir
02160 Beaurieux

Locations et réservations

A un syndicat d'initiative

Joindre à votre lettre une enveloppe timbrée libellée à vos nom et adresse.

Monsieur,

Ayant l'intention de passer mes prochaines vacances, du 1er au 31 juillet, à Saint-Trojan-les-Bains, je vous serais reconnaissante de bien vouloir me communiquer un certain nombre de renseignements.

Notre famille se compose de quatre personnes, dont deux jeunes enfants (5 et 3 ans). Nous souhaiterions soit un hôtel plutôt genre pension de famille, à des prix moyens ; soit un appartement ou une villa.

---

(1) Voir p. 243.

(2) Pour une femme, joindre un extrait de l'acte de mariage (voir p. 243).

Auriez-vous l'obligeance de m'indiquer les hôtels correspondant à ces caractéristiques, et les villas ou appartements à louer à Saint-Trojan même ou dans les environs, avec leur prix de location ?

Par ailleurs, pourriez-vous me dire quelles sont les ressources touristiques de Saint-Trojan : plages, piscines, tennis, promenades, casino, possibilités d'excursions ?

Peut-être pourriez-vous également m'indiquer d'autres localités, moins fréquentées, de l'île d'Oléron où il serait agréable de passer des vacances ?

Dans l'attente de votre réponse, je vous prie d'agréer, Monsieur, l'assurance de mes sentiments distingués.

A un syndicat d'initiative pour louer une villa

Joindre à votre lettre une enveloppe timbrée libellée à vos nom et adresse.

Monsieur,

Souhaitant passer mes vacances d'été — du 1er au 31 août — dans la région d'Etretat, je vous serais reconnaissante de bien vouloir me communiquer une liste de villas meublées à louer, à Etretat même ou dans les environs.

Je désirerais une maison confortable, avec jardin de préférence, comportant au moins six lits, située aussi près que possible de la mer, sans être trop éloignée des commerçants. Par ailleurs, je suis prête à payer 3 000 F au maximum, mais je vous serais reconnaissante de m'indiquer des locations à un prix sensiblement inférieur.

Dans l'attente de votre réponse, je vous prie de croire, Monsieur, à l'assurance de mes sentiments distingués.

Au propriétaire d'une villa

Madame Hubert Naville
53, rue de la Harpe
75005 Paris

Paris, le 10 février 19..

Monsieur,

Parmi toutes les adresses qui m'ont été communiquées par le syndicat d'initiative d'Etretat, il m'a semblé que votre maison correspondait assez exactement à ce que je cherche pour le mois d'août. Toutefois, avant de me décider, je voudrais vous demander quelques précisions supplémentaires :

- quel est exactement le nombre de lits ?
- devons-nous apporter le linge de maison et de table ?

• à quelle distance de la mer se trouve votre villa ? Les principaux commerçants sont-ils loin ?
• où peut-on garer sa voiture pendant la nuit ? Disposez-vous d'un garage, ou le jardin est-il assez grand pour qu'on puisse y rentrer une 2 CV ?
• pourriez-vous par hasard m'indiquer une femme de confiance, qui viendrait faire deux à trois heures de ménage par jour pendant mon séjour ?
• enfin, il n'est pas impossible que nous fassions à Etretat un séjour plus long que prévu (du 1er août au 15 septembre). La villa est-elle encore libre pour la première quinzaine de septembre ? et dans ces conditions, seriez-vous prêt à nous consentir une réduction sur le prix du loyer mensuel ?

Dans l'attente de votre réponse, je vous prie d'agréer, Monsieur, l'assurance de mes sentiments distingués.

Réponse du propriétaire de la villa

Gérard Salmon
Les Mouettes
3, rue Maurice-Leblanc
76790 Etretat

Le 13 février 19..

Madame,

Je reçois à l'instant votre lettre du 10 février, dont je vous remercie. Voici donc tous les renseignements que vous me demandez :
• la maison comporte deux lits à deux places et quatre lits à une place ;
• vous trouverez en arrivant tout le linge de maison nécessaire (draps, taies d'oreiller, torchons, serviettes de table), à l'exclusion des serviettes et gants de toilette ;
• la maison se trouve à 300 m de la mer, et à 500 m des principaux commerçants ;
• « Les Mouettes » ne comportent pas de garage, et le jardin est trop petit pour qu'on puisse y garer une voiture ; mais je laisse toute l'année ma R 5 dans une petite rue qui longe la maison, et je n'ai jamais eu de problèmes, le quartier étant parfaitement tranquille ;
• pour le ménage, j'emploie pendant l'année une femme de confiance, tout à fait compétente et dévouée, qui acceptera sûrement de

vous consacrer deux ou trois heures tous les matins pendant la durée de votre séjour ;

- enfin, je serai heureux de vous offrir une réduction de 10 p. 100 sur le prix total de location si vous m'assurez que votre séjour se prolongera jusqu'à la fin des vacances scolaires.

Si ces précisions vous conviennent, auriez-vous l'obligeance de me répondre le plus tôt possible, en m'envoyant des arrhes correspondant à 25 p. 100 du prix de la location ? Le solde devra m'être versé à votre entrée dans les lieux.

En espérant bien vivement que vous passerez un heureux été aux « Mouettes », je vous prie de croire, Madame, à l'assurance de mes sentiments distingués.

Pour confirmer la location d'une villa

Madame Hubert Naville
53, rue de la Harpe
75005 Paris

Paris, le 17 février 19..

Monsieur,

J'ai le plaisir de vous donner mon accord pour la location de la villa « les Mouettes » du 1er août au 15 septembre prochain.

Vous trouverez ci-joint un chèque de 1700 F représentant 25 p. 100 du montant total de la location : il est entendu que je vous réglerai le reste dès mon arrivée à Etretat.

Veuillez agréer, Monsieur, l'assurance de mes sentiments distingués.

Pour décommander la location d'une villa

Madame Hubert Naville
53, rue de la Harpe
75005 Paris

Vendredi 17 février 19..

Monsieur,

Je suis bien désolée de ne pouvoir vous donner mon accord pour la location de la villa « les Mouettes ».

Des circonstances nouvelles nous ont en effet contraints à modifier nos projets : nous passerons à Etretat beaucoup moins de temps que prévu et, dans ces conditions, la location d'une villa ne nous paraît plus s'imposer.

Avec tous mes regrets, veuillez agréer, Monsieur, l'assurance de mes sentiments distingués.

Autre lettre sur le même sujet

Madame Hubert Naville
53, rue de la Harpe
75005 Paris

Le 10 mai 19..

Monsieur,

J'ai le grand regret de devoir vous dire que nous ne pourrons pas, cet été, louer votre villa comme nous l'avions prévu : un de mes enfants vient en effet d'être assez gravement malade, et le docteur lui a formellement déconseillé le bord de mer pour sa convalescence.

Nous nous voyons donc obligés de changer nos projets de vacances, et de chercher maintenant une location à la campagne.

Croyez que je suis bien désolée de ce contretemps. Les arrhes que je vous avais versées vous restent naturellement acquises, et j'espère bien vivement que vous trouverez très vite d'autres locataires qui passeront l'été aux « Mouettes », comme nous aurions tant aimé pouvoir le faire.

Je vous prie de croire, Monsieur, à l'assurance de mes sentiments distingués.

Pour demander des renseignements à un hôtelier

Yves Bergier
13, route Nationale
80510 Longpré les Corps Saints

Le 1er mars 19..

Monsieur,

Mon ami Jean Durieux, qui a passé le mois d'août à l'hôtel des Deux Cormorans l'an dernier, m'a vivement conseillé d'y venir cette année pour mes vacances (du 1er au 31 juillet).

Si vous avez encore des chambres disponibles pour cette époque, auriez-vous l'obligeance de me dire vos conditions de pension, pour deux adultes et deux jeunes enfants (6 et 7 ans). Il me faudrait deux chambres, communicantes de préférence — avec douche ou salle de bains si possible — l'une avec un lit à deux places, l'autre avec deux lits à une place.

Pourriez-vous m'indiquer le prix exact de pension, taxes, T. V. A. et service compris, et le montant des arrhes que je devrai vous verser ?

Nous souhaiterions, bien sûr, que ces deux chambres aient vue sur la mer.

Dans l'attente de votre réponse, je vous prie d'agréer, Monsieur, l'assurance de mes sentiments distingués.

A un hôtelier pour retenir des chambres

Yves Bergier
13, route Nationale
80510 Longpré les Corps Saints

Le 15 mars 19..

Monsieur,

Votre lettre du 12 mars m'est arrivée ce matin, et je vous en remercie.

Les conditions que vous m'indiquez pour deux chambres avec salle de bains et vue sur la mer — soit 80 F par jour et par personne, et 25 p. 100 de réduction par enfant — me conviennent parfaitement : nous arriverons donc à l'hôtel des Deux Cormorans le mercredi 1er juillet au matin.

Vous trouverez ci-joint, à titre d'arrhes, un chèque de 1 000 F.

Recevez, Monsieur, mes salutations distinguées.

Autre lettre sur le même sujet

Marie-Paule Gerald
13, rue de la Parlette
63100 Clermont Ferrand

Samedi 17 septembre

Monsieur,

Devant me rendre à Nice du 18 au 24 octobre, je vous serais reconnaissante de bien vouloir me retenir une chambre dans votre établissement.

Je souhaiterais une chambre aussi calme que possible — sur cour, de préférence —, avec douche ou salle de bains.

Auriez-vous l'obligeance de m'indiquer le montant des arrhes que je dois vous verser ?

Dans l'attente de votre réponse, je vous prie de croire, Monsieur, à l'assurance de mes sentiments distingués.

Réservation d'une chambre d'hôtel pour une nuit

Guillaume Delcour
7, rue du Lièvre-d'Or
45100 Orléans

Orléans, le 4 septembre 19..

Monsieur,

Devant passer à Roanne la nuit du 25 au 26 septembre, je vous serais reconnaissant de bien vouloir me réserver une chambre sur cour, pour une personne, avec douche ou salle de bains.

Si toutefois vous n'aviez plus rien de disponible pour cette date, auriez-vous l'obligeance de m'indiquer un hôtel analogue au vôtre où je pourrais trouver à me loger ?

Avec mes remerciements, je vous prie de croire, Monsieur, à mes salutations distinguées.

Annulation d'une réservation

Guillaume Delcour
7, rue du Lièvre-d'Or
45100 Orléans

Orléans, le 7 septembre 19..

Monsieur,

Je vous avais demandé, il y a trois jours, de bien vouloir me retenir une chambre pour la nuit du 25 au 26 septembre prochain.

Mes projets de voyage ayant changé, je vous serais très obligé de bien vouloir annuler cette réservation.

Avec toutes mes excuses, je vous prie de croire, Monsieur, à l'assurance de mes sentiments distingués.

Le camping

Pour demander l'autorisation de camper

Joindre une enveloppe timbrée libellée à vos nom et adresse.

Monsieur le Maire,

Je souhaiterais camper sur le territoire de votre commune entre le 1er juillet et le 1er août prochain.

Auriez-vous l'obligeance de me dire s'il existe à Aiguefonde un terrain de camping ou si nous pourrions, ce que je préférerais de beaucoup, installer notre tente dans un pré ou un bois appartenant soit à la municipalité, soit à l'un de vos administrés ?

Dans l'attente de votre réponse, et avec tous mes remerciements, je vous prie de croire, Monsieur le Maire, à l'assurance de mes sentiments respectueux.

A une voisine pour signaler un oubli

Chère Madame,

Sur l'autoroute du Sud, entre Lyon et Valence, j'ai été prise d'un doute subit : avais-je bien fermé le verrou du bas de la porte d'entrée ? Il me semble bien que oui : sans doute l'ai-je fait machinalement ; mais je ne suis plus sûre de rien, et mon inquiétude grandit d'heure en heure. Mon mari, toujours beaucoup plus calme que moi, rit de mes frayeurs ; mais il y a eu tant de cambriolages dans notre rue l'année dernière à pareille époque que j'imagine déjà l'appartement dévasté, la chaîne hi-fi volée, et surtout la disparition de mes quelques petits bijoux de famille, sans grande valeur mais auxquels je tiens tant...

Vous qui avez mes clés, auriez-vous la grande gentillesse d'aller vérifier si ce malheureux verrou n'est pas resté ouvert — et de m'écrire deux lignes pour me rassurer ? Nous serons dès demain soir à notre adresse de vacances, que je vous rappelle :

c/o M. Pierre Valabrègue
« Les Mûriers »
83140 Six Fours les Plages.

Je suis bien confuse de vous demander ce service, chère Madame : pardonnez-moi mon étourderie. Et mille mercis de bien vouloir la réparer.

Avec tous mes meilleurs sentiments.

Les incidents de voyage

Réclamation auprès d'un garagiste

Monsieur,

Avant mon départ en vacances, je vous ai demandé, selon mon habitude, de faire une révision générale de ma voiture (un break Volkswagen immatriculé 9999 AAZ 75). Vous m'avez signalé que le maître cylindre des freins était défectueux et, par téléphone, je vous ai donné mon accord pour que vous le remplaciez. Votre facture n° 6092, en date du 1er juillet 19.., indique que ce travail a été effectué.

Or, en me rendant en Espagne, j'ai pu constater à plusieurs reprises que mes freins fonctionnaient très mal — si mal qu'une fois au moins j'ai évité un accident de justesse. Inquiet, j'ai montré ma voiture à un garagiste d'Alicante qui, après vérification, m'a dit que le maître cylindre des freins était hors d'usage, et devait être changé.

Il m'a donc fallu en moins d'un mois faire effectuer deux fois de suite la même réparation. Je souhaite que vous me donniez, à mon retour, toutes les explications nécessaires sur ce malencontreux incident, qui m'a bloqué deux jours à Alicante, où je n'avais que faire. A toutes fins utiles, j'ai rapporté le cylindre défectueux que m'a remis le garagiste après l'avoir démonté sous mes yeux. Je me réserve, si aucune explication claire ne m'est donnée, d'exiger de votre part le remboursement du travail prétendûment accompli.

Recevez, Monsieur, mes salutations.

Patrick Balzan

12, rue des Quatre-Coins
62100 Calais

L'argent

La demande d'argent

A un ami pour lui demander de l'argent

Cher Jacques,

J'ai tourné sept fois ma plume dans mon encrier — si j'ose dire — tant il m'était difficile de t'écrire ; et pourtant il faut bien que je me lance. Voilà : les temps sont difficiles pour moi ; tu sais que je suis sans emploi, et que les différentes démarches que j'ai tentées n'ont rien donné jusqu'ici. Et pourtant, il faut que je paie, le 1er mars, la traite de mon appartement, c'est-à-dire 4 500 F, dont je n'ai pas la moitié.

Dans mon inquiétude, j'ai pensé à toi, et je me suis dit que peut-être tu pourrais me dépanner pour le mois qui vient. Tu sais mon passé honorable : je veux croire que je retrouverai bientôt du travail, et que je pourrai te rembourser rapidement. Mais pour l'instant je suis, avouons-le, très, très embêté.

Tu me dis franchement ce que tu peux faire. Si tu me dis non, je le comprendrai sans peine — je sais que la vie est difficile, et pas seulement pour moi. Mais s'il t'était possible de me tirer de ce mauvais pas, je t'en serais plus que reconnaissant.

Fidèlement à toi.

Réponse favorable

Mon vieux Pierre,

Comme tu as eu raison de m'écrire ! Il y a trois mois, je t'aurais répondu tristement par un refus, tant mes finances étaient serrées à l'époque ; mais aujourd'hui je peux te dire oui le cœur léger.

Quand nous voyons-nous ? Ecris-moi un mot, passe-moi un coup de fil (548-20-31), et nous nous rejoignons autour d'un déjeuner, où j'arriverai avec de quoi te dépanner.

Bien à toi.

Réponse défavorable

Cher Pierre,

Ta lettre m'a touché plus que je ne saurais le dire — d'autant plus, sans doute, que je suis incapable de t'envoyer le moindre chèque : je suis en effet moi-même extrêmement gêné en ce moment, tant les affaires marchent mal, et me trouverais bien en peine de sortir du jour au lendemain 4 500 F, même pour moi.

J'espère que tu ne m'en voudras pas trop : je suis le premier à me désoler de cet état de choses, qui me paralyse et me met dans l'impossibilité de faire quoi que ce soit pour ceux que j'aime, et que je voudrais pouvoir aider.

Fidèlement à toi.

Remerciement à un ami pour un prêt d'argent

Cher Jacques,

Comment te remercier de ta lettre, et du chèque qui l'accompagnait ? Je t'avouerai que cette traite à payer m'inquiétait plus que je n'aurais su le dire. En ce moment, assurer le quotidien est déjà difficile, et toute dépense supplémentaire devient vite source d'angoisse. Merci à toi de m'avoir libéré de cette échéance qui me souciait tant.

J'espère pouvoir t'envoyer très bientôt — dès que ma situation sera stabilisée — le chèque de remboursement. En attendant, cher Jacques, crois à toute ma gratitude.

A une relation pour lui demander de l'argent

Cher Monsieur,

Dans le grand embarras où je suis en ce moment, j'ai pensé que peut-être les liens qui nous lient, et la bienveillance que vous m'avez toujours témoignée m'autorisaient à recourir à vous.

Ces derniers temps, dans le climat de crise économique que vous connaissez, mes affaires ont assez mal marché. Or il se trouve que je dois rembourser, le mois prochain, une traite de 5 000 F, et que je me trouve momentanément dans l'incapacité de le faire.

Auriez-vous l'extrême obligeance, si cela vous était possible, de me prêter cette somme pour quelques semaines ? J'attends à la fin de mars une rentrée importante, et pourrais donc m'engager à rembourser ce que je vous devrais au plus tard le 15 avril prochain.

En espérant très vivement que vous voudrez bien accueillir favorablement ma demande, je vous prie de croire, cher Monsieur, à toute ma gratitude.

Réponse favorable

Cher Monsieur,

Je reçois à l'instant votre lettre du 4 février, et suis très heureux d'être en mesure de vous rendre le service que vous me demandez.

Vous trouverez ci-joint un chèque de 5 000 F. En ce qui concerne la date de remboursement, le 15 avril, que vous me proposez, me convient parfaitement : vous pouvez donc être tout à fait tranquille à ce sujet.

Croyez-moi, cher Monsieur, bien cordialement vôtre.

Réponse défavorable

Cher Monsieur,

J'aurais été très heureux de pouvoir vous rendre le service que vous me demandez.

Malheureusement, mes affaires ont été, comme les vôtres, plus que médiocres ces derniers temps ; et les échéances qui m'attendent à la fin du mois me mettent dans l'incapacité de vous avancer la somme dont vous auriez besoin.

J'en suis, croyez-moi, tout à fait désolé,

et vous prie d'agréer, cher Monsieur, l'expression de mes sentiments bien sincères.

Remerciement à une relation pour un prêt d'argent

Cher Monsieur,

J'ai été très touché par la promptitude que vous avez mise à me répondre. Merci d'avoir été là, merci pour ce chèque qui me permettra d'attendre plus tranquillement des jours meilleurs. Comme je vous l'ai déjà dit, cette dette vous sera remboursée au plus tard le 15 avril prochain.

Avec toute ma gratitude, je vous prie de croire, cher Monsieur, à mon plus fidèle souvenir.

Les dettes et leur acquittement

Pour s'excuser de ne pas être en mesure de rembourser au délai fixé

Monsieur,

D'après nos accords, la somme de 5 000 F, que je vous avais empruntée le 2 mai dernier, devait vous être remboursée le 1er décembre prochain.

Il se trouve malheureusement qu'une rentrée importante, sur laquelle je comptais absolument, vient d'être différée d'un mois. Oserais-je vous demander de bien vouloir reporter le paiement de ma dette au 1er janvier ? Ma trésorerie étant renflouée, je serai alors en mesure de m'acquitter envers vous.

Dans l'attente de votre réponse, je vous prie de croire, Monsieur, à l'assurance de mes meilleurs sentiments.

Réponse favorable

Cher Monsieur,

Je reçois à l'instant votre lettre du 2 novembre, et vous accorde bien volontiers le délai que vous me demandez.

Je n'aurai pas besoin de ces fonds avant le 15 janvier prochain ; en conséquence, si vous pouvez me rembourser au début de l'année nouvelle, cela me conviendra parfaitement.

Veuillez croire, Monsieur, à tous mes meilleurs sentiments.

Réponse défavorable

Cher Monsieur,

Vous me voyez bien désolé de ne pouvoir répondre favorablement à votre dernière lettre ; malheureusement, j'ai moi-même, à la fin du mois de décembre, des échéances qui n'attendent pas. En d'autres temps, je n'aurais eu aucun problème de trésorerie ; mais, vous le savez, les affaires vont mal, et je ne suis pas actuellement en mesure de différer le remboursement de ce que vous me devez.

Je suis navré, croyez-moi, de devoir me montrer si exigeant : n'y voyez aucune mauvaise volonté de ma part, mais seulement le poids de circonstances difficiles.

Avec tous mes regrets, je vous prie de croire, cher Monsieur, à l'assurance de mes sentiments les meilleurs.

Pour réclamer une somme prêtée

Cher Jean-Jacques,

Pardon d'aborder avec toi des questions aussi bassement matérielles ; mais il y a six mois je t'avais prêté, pour quelques semaines en principe, une somme de 6 000 F.

Voici que le temps a passé, et que j'aurais grand besoin de la somme en question. Tu sais que j'ai acheté mon appartement à crédit, et que périodiquement des traites, dont j'ai bien sûr oublié l'existence, me tombent méchamment dessus. Et la prochaine, payable le 15 juillet, vient de m'arriver aujourd'hui.

Peux-tu faire un effort pour me rembourser, dans un avenir proche, ce que tu me dois ? Tu me rendrais bien service.

Amicalement à toi.

Réponse

Cher Etienne,

Tu me vois bien confus d'avoir tant tardé à te rembourser les 6 000 F que tu m'avais prêtés il y a six mois, et qui m'avaient rendu un si grand service. A ce moment-là, j'attendais d'un jour à l'autre une importante rentrée d'argent sur laquelle — quelle erreur ! — je croyais pouvoir fermement compter.

Elle vient seulement de m'arriver, et je suis heureux de pouvoir t'envoyer ci-joint le chèque que j'aurais dû t'expédier bien plus tôt.

Avec toutes mes excuses, cher Etienne, crois à mes remerciements les plus chaleureux, et à ma fidèle amitié.

Réponse négative

Cher Etienne,

Ta lettre me plonge dans un bien grand embarras. Non, je n'ai pas oublié les 6 000 F que je t'avais empruntés il y a plusieurs mois, et que j'aurais dû te rendre au bout de quelques semaines. C'est que j'attendais, à l'époque, une rentrée d'argent importante.

Malheureusement, mon débiteur a fait faillite, et je n'ai pas encore pu récupérer ce qu'il me devait. Par ailleurs, comme tu sais, le commerce va très mal en ce moment, et je me vois dans la triste impossibilité matérielle de te rembourser cette somme avant quelques semaines.

J'en suis, crois-moi, le premier désolé, et je ferai tout ce qui sera en mon pouvoir pour m'acquitter de ma dette dès que ma trésorerie sera un peu renflouée.

Bien à toi.

Autre lettre, plus ferme, pour réclamer une somme prêtée

Cher Jean-Jacques,

Je suis désolé de devoir me montrer si « dur en affaires », si j'ose dire ; mais malheureusement j'ai le plus urgent besoin des 6 000 F que je t'ai prêtés ; il me faut les débourser dans quinze jours, je ne les ai pas et je me refuse à les emprunter moyennant intérêts.

Tu vois ce que tu peux faire pour me rembourser ? Pardonne-moi de devoir être si intraitable : comme tu le sais, les temps sont difficiles en ce moment, et ils ne m'ont pas épargné plus qu'un autre.

Bien à toi.

Réponse

Cher Etienne,

Tu trouveras ci-joint un chèque de 6 000 F représentant le montant de mes dettes.

Merci de m'avoir aidé dans un moment difficile, et pardon de t'avoir tant fait attendre le remboursement.

Bien à toi.

Reconnaissance de dettes

Je soussigné DUPONT Bernard, habitant 11, rue du Lac, 74000 Annecy, reconnais devoir à M. Guillermou André, habitant la Longuemare, 74360 Abondance, la somme de 20 000 F (vingt mille francs), que j'ai reçue de lui à titre de prêt. Ce prêt doit être remboursé le 26 mai 19.., et portera un intérêt de 10 % (dix pour cent).

Bon pour la somme de vingt mille francs.

Fait à Abondance, le 26 mai 19..

Bernard Dupont

Billet simple

Je soussigné COUPEAU Louis, couvreur, habitant 12, chemin de la Vallée-aux-Bœufs, 27800 Brionne, m'engage à payer à M. Duval Edmond, entrepreneur, habitant 8, place des Trois-Maréchaux, 27270 Broglie, le 27 février 19.., la somme de 7 000 F (sept mille francs) pour marchandises fournies.

A Broglie, le vingt-sept août mil neuf cent.. (1)

Louis Coupeau

Quittance d'un billet simple

Je soussigné DUVAL Edmond, entrepreneur, habitant 8, place des Trois-Maréchaux, 27270 Broglie, certifie avoir reçu de M. Coupeau Louis, couvreur, habitant 12, chemin de la Vallée-aux-Bœufs, 27800 Brionne, la somme de 7 000 F (sept mille francs), en paiement de marchandises par moi fournies (2), le 27 août 19..

A Broglie, le vingt-sept février mil neuf cent..

Edmond Duval

Billet à intérêts

Je soussigné COUPEAU Louis, couvreur, habitant 12, chemin de la Vallée-aux-Bœufs, 27800 Brionne, reconnais avoir reçu ce jour, à titre de prêt, de la part de M. Duval Edmond, habitant 8, place des Trois-Maréchaux, 27270 Broglie, la somme de 7 000 F (sept mille francs), que je m'engage à lui rembourser le 1er février 19.., moyennant un intérêt de 10 % (dix pour cent) l'an à dater de ce jour (3).

A Broglie, le vingt-sept février mil neuf cent..

Louis Coupeau

---

(1) Si le billet n'est pas écrit entièrement de la main du débiteur, celui-ci fera précéder sa signature de la mention manuscrite « Bon pour... » (somme en toutes lettres).

(2) Ou : en remboursement du prêt sans intérêts que je lui ai consenti le..

(3) Ou : que je m'engage à lui rembourser en paiements trimestriels, chacun de ces remboursements étant augmenté des intérêts échus à 10 % l'an portant sur le paiement effectué et la somme restant due, le premier venant à échéance le 1er mai 19..

Quittance après remboursement d'un billet à intérêts

Je soussigné Duval Edmond, habitant 8, place des Trois-Maréchaux, 27270 Broglie, reconnais avoir reçu ce jour de M. Coupeau Louis, couvreur, habitant 12, chemin de la Vallée-aux-Bœufs, 27800 Brionne, la somme de 7 000 F (sept mille francs), en remboursement du prêt que je lui ai consenti le 27 février 19.., ainsi que la somme de 700 F (sept cents francs) pour intérêts à 10 % dus à ce jour, et ce pour solde de tout compte.

A Broglie, le dix-sept février mil neuf cent..

Edmond Duval

Billet à ordre

Au 1er mars 19.., je paierai à M. Bertrand René, négociant, habitant 32, rue du Roi-Albert, 76310 Sainte Adresse, ou à son ordre, la somme de 6 000 F (six mille francs), valeur reçue en marchandises.

Au Havre, le premier octobre mil neuf cent..

Paul Durand
17, avenue du Val-aux-Corneilles
76610 Le Havre

Demande de renouvellement d'un billet à ordre

Paul Durand
17, avenue du Val-aux-Corneilles
76610 Le Havre

Le Havre, 10 février 19..

Monsieur,

A la suite d'un retard apporté à une rentrée d'argent sur laquelle je croyais pouvoir absolument compter, je me trouve dans l'impossibilité de payer à son échéance le billet à ordre de 6 000 F que je vous ai souscrit pour le 1er mars.

Vous serait-il possible d'envisager le renouvellement de ce billet pour un mois encore ? Je suis sûr d'être à même de payer mes dettes le 1er avril au plus tard, et vous serais extrêmement reconnaissant de bien vouloir accéder à ma demande.

Dans l'attente de votre réponse, je vous prie d'agréer, Monsieur, avec tous mes remerciements, l'expression de mes sentiments distingués.

Réponse favorable

Monsieur,

Votre lettre du 10 février m'est arrivée ce matin, et j'ai le plaisir de vous dire que je vous accorde bien volontiers le délai que vous me demandez.

J'ai donc fait le nécessaire pour que l'échéance de votre billet à ordre soit reportée du 1er mars au 1er avril prochain.

Veuillez agréer, Monsieur, l'assurance de mes sentiments distingués.

Réponse négative

Monsieur,

Votre lettre du 10 février m'est bien parvenue — mais il m'est malheureusement impossible de vous rendre le service que vous me demandez : j'ai en effet moi-même de lourdes échéances le 1er mars, et je comptais sur votre billet à ordre pour en assurer une partie.

Toutefois, je puis vous proposer de renouveler votre billet pour le tiers de sa valeur — soit 2 000 F —, et pour un mois, à la condition que vous m'en remboursiez les deux tiers — soit 4 000 F — à la date prévue du 1er mars.

En espérant vous être ainsi agréable, je vous prie de croire, Monsieur, à l'assurance de mes sentiments distingués.

Pour demander le report de paiement d'une traite

Christian Gauthier
6, passage de la Bonne-Graine
75011 Paris

Paris, le 2 avril 19..

Monsieur,

Etant depuis deux mois immobilisé à la suite d'une opération de la vésicule biliaire, je me trouve dans l'incapacité de faire face à la traite relative à mon contrat n° 13 631 A, lors de la prochaine échéance fixée au 15 avril 19..

Auriez-vous la grande obligeance de reporter la présentation de cette traite à l'encaissement au 15 mai, date à laquelle je serai en mesure de vous régler ce que je vous dois ?

Il n'est pas dans mes habitudes de demander des délais de paiement, et je ne l'aurais jamais fait sans les graves problèmes de santé auxquels je dois faire face actuellement.

Dans l'espoir que vous voudrez bien accueillir favorablement ma demande, je vous prie d'agréer, Monsieur, l'expression de mes sentiments distingués.

Les opérations bancaires

Ordre d'achat de titres passé à une banque

Jean Langlais
1, rue des Bons-Enfants
75001 Paris

Paris, le 10 décembre 19..

Monsieur le Directeur,

Conformément à notre conversation téléphonique de ce matin, je vous prie de bien vouloir acheter à la Bourse de demain, au prix maximal de 5 200 F, vingt actions Ciments Français, 2e tranche 1, au porteur, et de débiter mon compte (n° 22141) du montant de l'opération et des frais.

Veuillez agréer, Monsieur le Directeur, l'expression de mes sentiments distingués.

Ordre de vente de valeurs passé à une banque

Jean Langlais
1, rue des Bons-Enfants
75001 Paris

Paris, le 3 février 19..

Monsieur le Directeur,

Je vous prie de bien vouloir vendre à la Bourse de lundi prochain les actions suivantes, que j'ai en dépôt à votre banque, et dont vous trouverez ci-joints les récépissés datés et signés :

10 actions *Tréfileries du Havre,* au mieux ;
3 actions *Presses de la Cité,* au mieux ;
30 actions *Huiles de pétrole,* au prix minimal de 8 500 F.

Vous voudrez bien faire porter le montant de l'opération au crédit de mon compte (n° 22 141), et m'en aviser.

Vous recevrez très prochainement un ordre d'achat pour l'emploi de mon crédit disponible.

Veuillez agréer, Monsieur le Directeur, l'expression de mes sentiments distingués.

Ordre de virement bancaire

Jean Langlais
1, rue des Bons-Enfants
75001 Paris

Paris, le 6 avril 19..

Messieurs,

Auriez-vous l'obligeance de virer la somme de 3 000 F (trois mille francs) de mon compte (n° 22 141) à celui de M. Louis-Vincent Franken (compte n° 17 002 à l'agence BNP Odéon) ?

Avec tous mes remerciements.

Dépôt d'un chèque

Messieurs,

Auriez-vous l'obligeance de déposer le chèque que vous trouverez ci-joint (chèque Crédit agricole de Dreux n° 224 544 B) à mon compte, n° 22 141 ?

Avec tous mes remerciements.

Jean Langlais

1, rue des Bons-Enfants
75001 Paris

La pension alimentaire

D'une femme divorcée à son mari pour lui demander une augmentation de la pension alimentaire

Cher Philippe,

Tu sais à quel point le coût de la vie a augmenté ces derniers temps ; et si, jusqu'ici, j'ai réussi à joindre les deux bouts avec les 1 200 F de pension que tu me versais tous les mois pour nos enfants, aujourd'hui je ne m'en sors plus.

Hélène est encore petite, mais Patrice et Erika sont maintenant presque de grandes personnes, et leurs besoins n'ont plus rien à voir avec ce qu'ils étaient ces dernières années.

Puis-je te demander de bien vouloir faire un effort pour eux ? Il me faudrait — et je suis très raisonnable — une pension de 500 F par enfant. Tu sais que j'obtiendrais sans peine cette majoration en m'adressant au tribunal, mais je préférerais de beaucoup, pour toi, pour moi et pour les enfants, que nous puissions nous entendre sans faire appel à la justice.

J'attends ta réponse avec impatience.

Pense à eux.

D'une mère de famille abandonnée par son mari, pour lui demander le versement d'une pension

Raoul,

Je regrette vivement d'avoir à te rappeler que l'ordonnance (**ou** : le jugement) du 15 mai dernier, qui t'a été signifié(e), a fixé à 1 500 F par mois la somme que tu dois, que tu aurais dû me verser pour nos trois enfants depuis cette date. Cela même si tu faisais appel de cette décision, immédiatement exécutoire (1).

Elle t'a été notifiée, et d'ailleurs elle avait été prononcée en ta présence.

Plus de deux mois ont passé. Je t'ai rappelé ton obligation quand tu es venu voir les enfants le mois dernier... et je n'ai rien reçu de toi.

Tu es bien placé pour connaître le montant exact de mes ressources, et pour savoir que cette pension — qui n'entame guère tes revenus réels — m'est absolument indispensable, simplement pour faire vivre nos enfants.

Je t'avertis que si, dans huit jours, je n'ai pas reçu au moins la première mensualité, c'est-à-dire 1 500 F, j'adresserai au Procureur de la République une plainte pour abandon de famille.

J'espère que tu ne vas pas m'y obliger.

Tristement.

---

(1) L'exécution provisoire « nonobstant appel » est toujours ordonnée dans les instances en divorce ou séparation de corps par les décisions fixant la « contribution aux charges du ménage » à verser par le mari. Si le mari débiteur exerce un emploi salarié, sa femme à qui la pension est due peut, en produisant le jugement, faire ordonner une saisie-arrêt sur ses salaires. La saisie notifiée, la pension devra lui être versée directement par l'employeur de son mari.

Problèmes au jour le jour avec...

L'Administration

Pour recevoir un extrait de l'acte de naissance (1)

Joindre une enveloppe timbrée portant vos nom et adresse.

Monsieur,

Auriez-vous l'obligeance de m'adresser un extrait d'acte de naissance au nom de Jeanne-Marie LE LECQ, née le 17 juin 19.. à Arras, 11, rue des Trois-Visages, fille de Pierre LE LECQ et de Mauricette BERNARD, son épouse ?

Cet extrait m'est demandé par la mairie de Saint-Sylvain-d'Anjou en vue de mon prochain mariage.

Vous trouverez ci-jointe une enveloppe timbrée portant mes nom et adresse.

Avec mes remerciements, veuillez agréer, Monsieur, l'assurance de mes sentiments distingués.

Pour demander un extrait de l'acte de mariage (ou de divorce) [1]

Joindre une enveloppe timbrée portant vos nom et adresse.

Monsieur,

Je vous serais reconnaissant de bien vouloir me faire parvenir un extrait d'acte de mariage (ou : de divorce), au nom de Raymond CELLIER : j'ai épousé le 16 avril 19.. mademoiselle Viviane DESPLAN (ou : j'ai divorcé le 16 avril 19.. de ma femme, née Viviane DESPLAN) à la mairie du VIe arrondissement.

Vous trouverez ci-jointe une enveloppe timbrée libellée à mes nom et adresse.

Veuillez agréer, Monsieur, avec mes remerciements, l'assurance de mes sentiments distingués.

---

(1) Vous devez vous adresser, selon que vous êtes né(e),
- en France métropolitaine : à la mairie (ou, suivant l'importance de la commune, au service de l'état civil) où a été dressé l'acte ;
- dans les départements et territoires d'Outre-Mer : à la Direction des Archives de France, Section Outre-Mer, 27, rue Oudinot, 75007 Paris ;
- à l'étranger, ou dans un territoire anciennement placé sous administration française (Algérie, par exemple) : au Service central de l'état civil du ministère des Affaires étrangères, B.P. 1056 - 44035 Nantes Cedex.

Pour recevoir une copie d'acte de décès (1)

Joindre une enveloppe timbrée portant vos nom et adresse.

Monsieur,

Auriez-vous l'obligeance de m'adresser une copie d'acte de décès de mon père, Henri FAVRAUT, mort le 15 janvier 19.. au lieu-dit La Colmiane, commune de Saint-Dalmas-Valdeblore ?

Vous trouverez ci-jointe une enveloppe timbrée portant mes nom et adresse.

Avec mes remerciements, je vous prie d'agréer, Monsieur, l'assurance de mes sentiments distingués.

Demande d'un certificat de nationalité française

Adresser votre demande au greffier du tribunal d'instance dont dépend votre domicile. Votre mairie vous en donnera l'adresse.

Monsieur le Greffier (2),

Pour diverses formalités qu'il me faut accomplir le mois prochain, j'aurais besoin d'un certificat de nationalité française.

Veuillez trouver ci-joints :

- un extrait de mon acte de naissance (3) ;
- un extrait de l'acte de mariage de mes parents (4) ;
- un mandat-lettre (5) de..
- une enveloppe timbrée portant mes nom et adresse.

Je vous prie d'agréer, Monsieur le Greffier, l'assurance de mes sentiments distingués.

---

(1) Vous devez vous adresser, selon que vous êtes né(e),
- **en France métropolitaine : à la mairie (ou, suivant l'importance de la commune, au service de l'état civil) où a été dressé l'acte ;**
- **dans les départements et territoires d'Outre-Mer : à la Direction des Archives de France, Section Outre-Mer, 27, rue Oudinot, 75007 Paris ;**
- **à l'étranger, ou dans un territoire anciennement placé sous administration française (Algérie, par exemple) : au Service central de l'état civil du ministère des Affaires étrangères, B.P. 1056, 44035 Nantes Cedex.**

(2) Dans le cas d'un parquet important : Monsieur le Greffier en chef

(3) Voir p. 243.

(4) Voir p. 243.

(5) Ou : un chèque postal ; **ou** : un chèque bancaire.

Demande d'inscription sur les listes électorales

A envoyer par lettre recommandée.

Monsieur le Maire,

Etant dans l'impossibilité de quitter Dakar, où la Société qui m'emploie m'a envoyé pour un an, je souhaiterais m'inscrire sur les listes électorales de votre commune (1).

Vous trouverez ci-joints :

- ma carte d'identité ;
- ma dernière quittance de loyer (j'ai en effet gardé mon appartement parisien) [2].

Veuillez agréer, Monsieur le Maire, l'assurance de ma considération distinguée.

Lionel Chastang

B.P. 303
Dakar (République du Sénégal)

Au maire de la commune, pour protester contre des bruits intempestifs

Louis Demarest
23, rue de l'Ecureuil
38130 Echirolles

Echirolles, le 3 mai 19..

Monsieur le Maire,

Je me permets d'attirer votre attention sur les inconvénients qui résultent, pour nos voisins et ma famille, de la proximité de la foire que vous avez autorisée cette année à s'installer place du Docteur-Barral (**ou** : du dancing qui s'est récemment ouvert rue Thonon ; **ou** : de l'installation d'un atelier de chaudronnerie rue Barbey).

Le vacarme de ses manèges (**ou** : de son orchestre ; **ou** : de ses haut-parleurs, **ou** : de ses machines) est tel que nous ne pouvons trouver le sommeil avant deux heures du matin (**ou** : que nous sommes brutalement réveillés tous les jours ouvrables à six heures du matin).

---

(1) Ou : du VIe arrondissement

(2) Ou : un certificat du percepteur de Lyons-la-Forêt, attestant que je paie depuis cinq ans des impôts locaux en tant que propriétaire d'une résidence secondaire.

Nous vous prions donc instamment de prendre des mesures propres à faire cesser cet état de choses difficilement supportable : par exemple, de faire transférer les manèges sur le terrain communal, à la sortie de la ville (**ou** : d'ordonner l'arrêt des haut-parleurs et la fermeture des portes et fenêtres du dancing avant minuit ; **ou** : d'interdire tout bruit après dix heures du soir et avant sept heures du matin). Il nous semble qu'une stricte réglementation des bruits, analogue à celle qui est en vigueur dans les villes voisines, s'impose, maintenant dans notre commune.

Etant nombreux à nous plaindre de ce vacarme excessif (**ou** : de ce voisinage désagréable), nous attendons les arrêtés que la loi vous autorise à prendre pour nous en délivrer.

Veuillez agréer, Monsieur le Maire, l'assurance de ma parfaite considération (1).

Au maire, pour demander la pose d'un panneau de signalisation à un carrefour dangereux

Claude Morin, commerçant
Le Repas
50310 La Haye Pesnel

Le Repas, 27 mars 19..

Monsieur le Maire,

J'habite près du carrefour des routes N 24 B et D 35, au lieu-dit Le Repas, qui dépend de votre commune.

De nombreux accidents ont eu lieu à ce carrefour, dont certains ont fait plusieurs blessés.

La proximité de l'école fait que de nombreux enfants traversent la route à cet endroit. Or la plupart des automobilistes, se trouvant sur une nationale, ne ralentissent pas.

Pour préserver la sécurité des écoliers, et des piétons en général, il serait souhaitable d'apposer avant ce carrefour un panneau de signalisation qui prescrirait une vitesse limite inférieure à celle de 60 km/h actuellement autorisée dans les agglomérations.

J'espère donc bien vivement qu'après avoir au besoin vérifié par vous-même les dangers auxquels sont ainsi constamment exposés nos enfants, vous allez accéder à ma requête.

Veuillez agréer, Monsieur le Maire, l'assurance de ma considération distinguée.

---

(1) Cette lettre pourra naturellement être contresignée par tous les intéressés, qui donneront, comme le rédacteur, leurs noms, qualités, adresses.

Demande d'autorisation pour pratiquer des ouvertures dans une maison qui n'est pas à l'alignement

Bernard Seguin
19, rue des Cigognes
68410 Trois Epis

Trois-Epis, le 27 mars 19..

Monsieur le Préfet,

Propriétaire d'une maison sise 19, rue des Cigognes, dans la commune de Trois-Epis, je souhaiterais en aménager le grenier ; à cette fin, il me serait indispensable de faire percer deux fenêtres dans la toiture, du côté qui donne sur la rue.

L'immeuble en question n'étant pas à l'alignement, je vous prie, Monsieur le Préfet, de bien vouloir m'accorder l'autorisation nécessaire, ainsi que la loi l'exige, pour effectuer cette transformation.

Vous trouverez ci-joint un plan de la façade concernée, sur lequel figurent les deux fenêtres que je souhaiterais faire percer.

Je vous prie d'agréer, Monsieur le Préfet, l'expression de ma respectueuse considération.

Demande d'alignement à un préfet pour construire un immeuble

Toute personne voulant construire un immeuble donnant sur la voie publique doit faire au préalable une demande d'alignement au préfet de son département.

Raymond Jacquet
37, rue Colette
89520 Saint Sauveur en Puisaye

Saint-Sauveur, le 19 octobre 19..

Monsieur le Préfet,

Le 28 septembre dernier, j'ai acheté dans la commune de Saint-Sauveur-en-Puisaye, rue Neuve-Saint-Victor, entre le n° 13 et le n° 17, un terrain sur lequel je voudrais construire une maison, avec une façade de 20 mètres donnant sur la rue.

Auriez-vous l'obligeance de me faire savoir quel doit être l'alignement à suivre pour cette nouvelle construction ?

Je vous prie d'agréer, Monsieur le Préfet, l'expression de ma respectueuse considération.

Pour se présenter au permis de conduire

Monsieur le Préfet (1),

Souhaitant me présenter à l'examen théorique et pratique du permis de conduire, je vous prie de bien vouloir trouver ci-joints :
- un formulaire dûment rempli (2) ;
- une fiche d'état civil (3) ;
- ma dernière quittance de loyer (4) ;
- deux photographies d'identité (5) ;
- deux enveloppes timbrées portant mes nom et adresse ;
- un timbre fiscal portant ma signature (6).

Veuillez agréer, Monsieur le Préfet, l'expression de ma respectueuse considération.

Pour retirer votre permis de conduire

Cette lettre sera adressée à la Préfecture à laquelle a été déposée votre demande.

Monsieur le Préfet,

Ayant passé avec succès l'épreuve pratique du permis de conduire le 9 février dernier, je vous serais reconnaissante de me délivrer un permis de conduire définitif, et vous prie de bien vouloir trouver ci-joints :
- l'attestation provisoire délivrée par l'inspecteur ;
- une enveloppe portant mes nom et adresse (7) ;
- un chèque (8) de F.

→

Veuillez agréer, Monsieur le Préfet, l'expression de ma respectueuse considération.

---

(1) Vous adresserez votre lettre :
- **pour la province, au préfet de votre département ;**
- **pour Paris, à la préfecture de police, Bureau des permis de conduire, 4, rue de Lutèce, 75004 Paris.**

(2) Ce formulaire est délivré à la préfecture ou dans une auto-école.

(3) Ou : un extrait d'acte de naissance.

(4) Ou : une quittance de gaz et d'électricité ; **ou** : une attestation de domicile.

(5) Inscrire au dos de chaque photo vos nom et prénom.

(6) Toute personne désirant obtenir un permis poids lourd doit joindre à sa demande une troisième enveloppe timbrée en vue de la convocation à l'examen médical obligatoire, ainsi qu'un timbre fiscal spécial.

(7) Cette enveloppe sera timbrée au tarif lettre recommandée.

Demande d'autorisation pour défricher un bois

Raymond Chauny, cultivateur
Route du Vaudreuil
Portejoie
27430 Saint Pierre du Vauvray

Portejoie, le 10 octobre 19..

Monsieur le Préfet,

Je vous prie de bien vouloir m'accorder l'autorisation nécessaire pour défricher le bois dit Bois de l'Homme, commune de Saint-Pierre-du-Vauvray, arrondissement de Louviers.

Ce bois, d'une superficie de 10 hectares 12 ares 27 centiares, est composé essentiellement de taillis et de petits arbres ; il ne me rapporte rien, alors que le sol, défriché et amélioré par des engrais, serait parfaitement utilisable pour la culture.

Dans l'attente de votre réponse, je vous prie d'agréer, Monsieur le Préfet, l'expression de ma respectueuse considération.

Demande de renseignements sur la planification familiale (9)

Madame Anne Daumas
12, impasse des Quatre-Coins
27400 Louviers

Direction départementale des
Affaires sanitaires et sociales
Préfecture de l'Eure

Monsieur,

Auriez-vous l'obligeance de me faire parvenir la liste des établissements d'information et de consultation ou de conseil familial, ainsi que celle des centres de planification et d'éducation familiale existant dans le département de l'Eure ?

Avec tous mes remerciements, je vous prie d'agréer, Monsieur, l'assurance de ma considération.

---

(8) **Ou :** un mandat-lettre. **Etablir le chèque ou le mandat-lettre à l'ordre de Monsieur le Régisseur des Recettes de la Préfecture.**

(9) **Le ministère de la Santé a créé ou agréé différents organismes qui ont pour mission d'informer les jeunes et les ménages sur tous les problèmes d'éducation sexuelle, de régulation des naissances, et de donner des conseils conjugaux. Pour de plus amples renseignements, voir *le Guide de vos droits et démarches,* Editions de la Documentation française.**

Demande de certificat d'urbanisme (pour un immeuble situé dans un département autre que la Seine) [1]

Demande à adresser au Directeur départemental de la Construction, ou au préfet, ou au maire.

Monsieur le Directeur (2),

J'ai l'honneur de vous demander de bien vouloir me faire connaître les dispositions et prescriptions du plan d'urbanisme de la commune de Sézanne qui ont trait à l'immeuble sis 64, rue Haute (n° 313 du cadastre).

La présente demande est effectuée à mon profit (ou : au nom de M. Delavaud, demeurant 23, rue des Raines, 51800 Sainte Menehould), en vue d'une acquisition (location) éventuelle.

Veuillez agréer, Monsieur le Directeur (2), l'expression de ma respectueuse considération.

Sézanne, le 10 mai 19..

Etienne Avize

13, route de Vertus
51120 Sézanne

D'un locataire d'H. L. M. demandant à acquérir son logement

Pierre Forestier
32, rue des Vieilles-Vignes
92400 Courbevoie

Courbevoie, le 30 novembre 19..

A Monsieur le Président
du conseil d'administration
de l'office public d'H. L. M.

Monsieur le Président,

Je souhaiterais, en application des articles L-443-7 à 15 du Code de la Construction, bénéficier des dispositions de la loi du 10 juillet 1965, afin d'acquérir le logement que j'occupe.

---

(1) Le certificat d'urbanisme doit être demandé et obtenu pour toute construction d'immeuble, quelle qu'elle soit.

(2) Ou : Monsieur le Préfet ; **ou** : Monsieur le Maire.

Auriez-vous l'obligeance de me faire connaître les conditions fixées par l'administration des domaines et les possibilités d'un règlement fractionné ?

En vous remerciant à l'avance, je vous prie de croire, Monsieur le Président, à l'expression de ma respectueuse considération.

Les assurances

Pour signaler un accident d'automobile

A adresser par lettre recommandée à votre compagnie d'assurances ; prévoir un double pour votre assureur-conseil.

Christian Fontaine
17, rue des Orphelins
67000 Strasbourg
Police n° 22 144 603

Samedi 25 août 19..

Monsieur le Directeur,

Revenant avant-hier de Trouville, où je venais de passer mes vacances, j'ai été victime d'un accident sur la route allant de Beuzeville à Pont-l'Evêque.

Alors que je tenais ma droite et roulais à 50 à l'heure, ma voiture, une BMW immatriculée 1222 PN 67, est entrée en collision avec une 404 Peugeot conduite par M. Richard Lanfry, commerçant, habitant 12, rue de Paris, 61350 Passais la Conception. Les dégâts sont importants de part et d'autre. Ma femme a eu le genou fracturé ; mon fils, qui se trouvait à l'arrière, ne souffre que de contusions ; en ce qui me concerne, une vive douleur du côté droit me donne à penser que j'ai peut-être une côte fêlée ou cassée, mais je n'ai pas eu matériellement le temps de faire faire les radios nécessaires. Dans la voiture adverse, M. Lanfry et son passager n'ont eu que de légères contusions.

Cette collision a eu lieu le jeudi 23 août à 16 h 30, à l'intersection de la N 815 et la D 22. Le temps était beau et sec. Alors que je m'étais engagé dans le carrefour, après avoir klaxonné, la 404 de M. Lanfry est arrivée sur ma gauche, à vive allure, sans respecter les règles de priorité (1).

---

(1) Faire un plan de l'accident, aussi détaillé que possible.

L'aile et la portière gauches de ma voiture ont été embouties ; la 404 a eu tout l'avant enfoncé.

Outre les passagers des deux voitures, ma femme et mon jeune fils Antoine, d'une part ; d'autre part, dans le véhicule de M. Lanfry, M. Jacques Beauchesne, qui se trouvait à côté du conducteur, il y a eu un témoin de l'accident : M. Marcel Périer, horticulteur, habitant 11, rue Saint-Etienne à Pont-l'Evêque.

Auriez-vous l'obligeance de m'envoyer votre expert le plus vite possible, afin d'évaluer la gravité des dégâts subis ? Dès lundi prochain, il pourra me joindre toute la journée à mon bureau (59-02-33).

Je suis titulaire du permis de conduire n° 750775.121.562, délivré le 13 février 19.. par la Préfecture de Paris. La voiture adverse, une 404 Peugeot immatriculée 1898 ZN 61, est assurée par la Compagnie le Phénix, 9, rue du Général-de-Gaulle, 61000 Alençon (police n° 704 021 33).

Veuillez agréer, Monsieur le Directeur, l'assurance de mes sentiments distingués.

D'un cyclomotoriste à son assureur

Michel Burgan
13, rue Léon
75018 Paris

Paris, le 7 janvier 19..

Monsieur,

Le 2 janvier dernier, j'ai adressé à mon centre de chèques postaux un chèque de virement de 300 F à votre ordre. Le montant doit en avoir été porté à votre compte C. C. P. depuis quatre jours (1).

Au verso de mon chèque postal, je vous avais prié de m'envoyer, dès réception, l'attestation d'assurance responsabilité civile pour mon cyclomoteur ; or je n'ai toujours rien reçu.

Ma présente attestation n'étant plus valable depuis dix jours, je crains d'avoir des ennuis si la gendarmerie me demande justification

(1) **Le compte de chèques postaux de la personne bénéficiaire du chèque postal envoyé au centre est normalement crédité le lendemain (si c'est un jour ouvrable) de l'envoi du chèque au centre, et un avis de crédit lui est envoyé le jour même, qu'elle devrait recevoir le jour suivant (donc le surlendemain de l'envoi du chèque, s'il s'agit de trois jours ouvrables).**

de mon assurance. Je vous prie donc instamment de m'adresser cette attestation *par retour du courrier.*

Vous en remerciant à l'avance, je vous prie d'agréer, Monsieur, l'assurance de mes sentiments distingués.

D'un automobiliste accidenté à son assureur

A adresser par lettre recommandée à votre compagnie d'assurances ; prévoir un double pour votre assureur-conseil.

Bruno Lallemand
12, rue du Marché-au-Grain
62300 Lens

Lens, le 25 mai 19..

Monsieur le Directeur,

Je vous rappelle que, par lettre du 10 mai dernier, je vous ai déclaré avoir eu, au volant de ma voiture — une Simca 1000 immatriculée 1222 PN 62 — un accident matériel (1).

J'avais joint à ma lettre le constat contradictoire amiable qu'avec M. Lebel, conducteur de l'autre auto accidentée, nous avions tous deux rempli et signé.

Pour compléter cette déclaration, je vous adresse aujourd'hui un devis des réparations nécessaires pour la remise en état de ma voiture.

Etant assuré pour le risque « tierce collision », je vous serais reconnaissant de m'accuser réception de cette lettre et de la précédente.

Et, puisque le tiers est identifié, j'espère un prochain règlement des frais entraînés par cet accident.

Veuillez agréer, Monsieur le Directeur, l'assurance de mes sentiments distingués.

Au témoin d'un accident de voiture pour lui demander son concours

Monsieur,

Il y a trois semaines, vous aviez été témoin, sur la route de Pontorson, de l'accident lors duquel ma voiture, une GS noire, avait été emboutie par un break Volkswagen blanc qui ne tenait pas sa droite.

---

(1) **Ou :** corporel, **s'il y a eu des blessés.**

J'aurais souhaité pouvoir régler cette affaire à l'amiable avec le conducteur de la voiture adverse, qui était manifestement dans son tort. Malheureusement celui-ci, qui n'a pas voulu m'entendre, s'obstine à soutenir que j'ai ma part de responsabilité dans cette collision, ce que je conteste formellement.

Vous m'aviez très aimablement proposé, lors de l'accident, d'apporter votre témoignage si cela se révélait nécessaire ; je vous avais alors répondu que j'espérais ne pas en avoir besoin. Puisque je me suis, hélas, trompée, auriez-vous la grande obligeance de m'écrire une courte lettre se bornant à préciser ce que vous avez vu le 6 juin dernier ? Transmise par mes soins à ma compagnie d'assurances et à la compagnie adverse, elle me rendra un immense service.

Avec mille remerciements pour ce que vous pourrez faire, je vous prie de croire, Monsieur, à l'assurance de mes sentiments distingués.

Catherine Jardin

31, rue Noé
61200 Argentan

A une compagnie d'assurances pour demander un avenant de changement de domicile

A envoyer à votre Compagnie d'assurances ; prévoir un double pour votre assureur-conseil.

Jean Tardenois
7, rue de l'Etoile
72000 Le Mans
Police incendie n° 19 51 233

Le Mans, le 2 février 19..

Monsieur le Directeur,

Par une police d'assurance incendie en date du 10 avril 19.., j'avais fait assurer mon mobilier auprès de votre Compagnie pour une somme de 50 000 F.

A la suite d'un changement de mes activités professionnelles, je dois aller prochainement m'installer à Grenoble, 18, rue Saint-Pierre. Auriez-vous l'obligeance de faire transférer mon dossier dans cette ville, et de me donner le nom de l'agent d'assurances auquel je devrai m'adresser ?

Avec mes remerciements, je vous prie d'agréer, Monsieur le Directeur, l'assurance de mes sentiments distingués.

A une compagnie d'assurances pour modifier une police

A adresser par lettre recommandée à votre assureur-conseil.

Monsieur,

Il y a deux ans, j'ai assuré l'ensemble de mon mobilier auprès de votre compagnie pour une somme de 40 000 F.

Venant d'hériter de ma mère, récemment décédée, de très beaux meubles anciens, je voudrais modifier le montant de cette police. Je souhaiterais donc que vous veniez me voir afin d'évaluer avec moi le montant du réajustement nécessaire. Pouvez-vous me téléphoner, pour que nous convenions d'un rendez-vous ?

Veuillez agréer, Monsieur, l'assurance de mes sentiments distingués.

Claire Bruhant

65, rue du Sanitas
37000 Tours

A une compagnie d'assurances pour déclarer un sinistre

A adresser par lettre recommandée à votre compagnie d'assurances ; prévoir un double pour votre assureur-conseil. Un sinistre doit être déclaré le plus tôt possible — dans les 24 heures s'il s'agit d'un vol —, et au plus tard dans les cinq jours.

Michèle Cohen
6, rue des Quatre-Vents
75006 Paris
Police incendie n° 3 400 510

Paris, le 2 février 19..

Monsieur le Directeur,

Par une police incendie en date du 12 mai 19.., j'ai fait assurer mon appartement et le mobilier qu'il contient auprès de votre compagnie pour une somme de 50 000 F.

A la suite d'un feu de cheminée, une partie de cet appartement et de son mobilier ont été gravement endommagés. Puis-je vous demander de m'envoyer un de vos experts le plus tôt possible, afin de constater l'étendue du sinistre et de chiffrer le montant des dommages subis ?

Avec mes remerciements, je vous prie de croire, Monsieur le Directeur, à l'assurance de mes sentiments distingués.

A une compagnie d'assurances pour résilier une police

A adresser par lettre recommandée à la compagnie d'assurances — prévoir un double pour votre assureur-conseil. Votre lettre devra parvenir à son destinataire *trois mois au moins* avant la date d'échéance de la police.

Xavier Delcourt
27, rue de la Ville-en-Bois
44100 Nantes
Police auto n° 33 758 909

Nantes, le 10 octobre 19..

Monsieur le Directeur,

Venant de vendre ma voiture, et n'ayant pas l'intention d'en racheter une autre, je vous prie de bien vouloir résilier, à partir du 15 janvier prochain, la police d'assurance automobile que j'avais contractée auprès de votre compagnie.

Je vous serais reconnaissant de bien vouloir m'accuser réception de cette lettre,

et vous prie de croire, Monsieur le Directeur, à l'assurance de mes sentiments distingués.

D'un père de famille au père d'un enfant blessé par son fils (1)

Monsieur,

Mon fils Pierre, en larmes, vient de m'apprendre qu'en jouant cet après-midi avec votre fils Christophe il l'avait malencontreusement blessé à l'œil, et que son ami avait dû être emmené à l'hôpital.

Navré de cet accident, je voulais d'abord vous exprimer tous mes regrets, et ceux de Pierre, qui ne cesse de parler de son petit camarade : j'espère bien vivement que son séjour à l'hôpital sera

---

(1) Aucun système de Sécurité sociale ni d'assurance obligatoire ne garantit encore tous les parents pour les dommages que leurs enfants (ou leurs domestiques, ou leurs animaux) peuvent causer à des tiers.

C'est une grave lacune de notre législation, car, chaque année, les tribunaux condamnent de nombreux chefs de famille, déclarés responsables des conséquences du geste d'un enfant, à verser des dommages-intérêts dont le montant (notamment pour un œil crevé) peut être énorme.

Tous les parents devraient être assurés contre un tel risque. Il ne leur en coûterait qu'une somme tout à fait minime.

aussi bref que possible, et que vous serez très vite rassuré sur les suites éventuelles de cette blessure.

Je tenais aussi à vous dire que j'étais assuré, pour tous dommages pouvant être causés par mes enfants, auprès de la compagnie l'Abeille, dont le siège est à Paris, 17, rue Taitbout.

Par ce même courrier, je l'informe de cet accident, dont je me reconnais civilement responsable.

Vous pouvez donc me communiquer, avec les pièces justificatives, le relevé des dépenses que vous aurez dû faire pour les soins que nécessite et nécessitera la blessure à l'œil de votre fils.

Avec tous mes vœux, et ceux de Pierre, pour le prompt rétablissement de Christophe, je vous prie d'agréer, Monsieur, l'assurance de mes sentiments les meilleurs.

Robert Bourgeois

2, Passage de la Petite-Boucherie
75006 Paris

Les assurances sociales, les mutuelles, les caisses de retraite

Demande de secours à la Sécurité sociale

JEANSOU René
123, rue du Commerce
93300 Aubervilliers
N° d'immatriculation : 1 45 11 67 116 041

Aubervilliers, le 2 mai 19..

A Monsieur le Directeur
de la Caisse primaire de
Sécurité sociale

Monsieur le Directeur,

J'ai l'honneur de vous demander, au titre de l'action sanitaire et sociale, un secours exceptionnel.

Etant malade, il m'a fallu en effet interrompre mon travail depuis trois mois ; j'ai dû être hospitalisé et mes dépenses, tant pour mon hospitalisation que pour mes frais médicaux, s'élèvent à 4 800 F — auxquels doit s'ajouter une perte de salaire de 4 500 F correspondant à cette période.

Marié, avec deux enfants à charge, les ressources de mon foyer s'élèvent normalement à 1 900 F par mois ; mon loyer mensuel est de 400 F.

En espérant bien vivement qu'il vous sera possible d'accéder à ma demande, je vous prie d'agréer, Monsieur le Directeur, l'expression de mes sentiments distingués.

Demande de remboursement à 100 % des frais médicaux

BUFFAULT Louis
6, rue de la Mare-aux-Planches
76100 Rouen
N° d'immatriculation 1 49 02 24 043 145

Rouen, le 1er décembre 19..

A Monsieur le Directeur
de la Caisse primaire de
Sécurité sociale

Monsieur le Directeur,

Devant actuellement faire face à de graves difficultés, je sollicite, au titre des prestations supplémentaires, l'exonération du ticket modérateur.

Je me suis en effet arrêté de travailler il y a plus de trois mois, le 26 août dernier (1), à la suite d'une infection rénale, et les dépenses restant à ma charge pour les frais médicaux (2) se montent à 2 800 F — auxquels s'ajoute une perte de salaire de 9 200 F correspondant à cette période.

Je suis marié, et père de trois enfants. Mes ressources mensuelles s'élèvent à 3 700 F, dont il me faut déduire 700 F pour mon loyer (charges comprises) et des traites de 500 F pour l'achat à crédit d'une voiture qui ne sera complètement payée que dans dix mois.

En espérant bien vivement une réponse favorable, je vous prie d'agréer, Monsieur le Directeur, l'expression de mes sentiments distingués.

---

(1) Ou : je suis hospitalisé depuis le 26 août dernier.
(2) Ou : tant pour mon hospitalisation que pour les frais médicaux.

Réclamation au sujet d'un remboursement

VILLENEUVE Marie, veuve BOSC
24, rue du Château-des-Rentiers
75013 Paris
N° d'immatriculation 2 01 03 52 177 425

Paris, le 21 décembre 19..

A Monsieur le Directeur
de la Caisse primaire
d'assurance maladie

Monsieur le Directeur,

Le 5 novembre dernier, c'est-à-dire il y a plus de six semaines, j'avais expédié un dossier maladie au centre de paiement n° 272 de la Sécurité sociale.

Le remboursement étant d'habitude effectué dans les trois semaines qui suivent l'envoi du dossier, je m'inquiète un peu d'en être sans nouvelles, d'autant plus qu'il s'agit d'une somme importante pour moi (320 F).

Auriez-vous l'extrême obligeance de vous assurer que ce dossier n'a pas été égaré, et de faire le nécessaire pour que ces frais médicaux me soient remboursés dans les meilleurs délais ?

En vous remerciant à l'avance, je vous prie de croire, Monsieur le Directeur, à l'assurance de mes sentiments distingués.

Salaire perdu pour soigner un enfant

MAUPIN Roberte, épouse GRUMBER
127, rue des Bonnes-Gens
68100 Mulhouse
N° d'immatriculation 2 52 11 67 187 022

Mulhouse, le 16 octobre 19..

A Monsieur le Directeur
de la Caisse primaire de
Sécurité sociale

Monsieur le Directeur,

Mon fils de cinq ans étant actuellement malade, j'ai dû interrompre mon travail depuis le 2 octobre dernier pour rester auprès de lui.

Conformément à l'arrêté du 2 décembre 1967, j'ai l'honneur de solliciter le bénéfice des indemnités journalières au titre des prestations supplémentaires pendant toute la durée de mon arrêt de travail.

Je joins à cette lettre un certificat médical attestant que mon enfant a besoin, en permanence, de quelqu'un auprès de lui.

Vous recevrez l'attestation patronale concernant mon arrêt de travail dès que j'aurai repris mon activité professionnelle.

Veuillez agréer, Monsieur le Directeur, l'expression de mes sentiments distingués.

Demande de revalorisation des indemnités journalières

MARTIN François
26, rue des Neuf-Soleils
63000 Clermont Ferrand
N° d'immatriculation 1 46 12 41 076 298

Clermont-Ferrand, le 10 juin 19..

A Monsieur le Directeur
de la Caisse primaire de
Sécurité sociale

Monsieur le Directeur,

J'ai eu, le 3 mars dernier, un accident du travail dont je ne suis pas encore remis (1). A cette époque, le salaire que je percevais, et sur la base duquel étaient calculées mes indemnités journalières, ne dépassait pas le SMIC.

Le SMIC ayant été majoré il y a quelque temps, je vous serais reconnaissant de bien vouloir, en conséquence, revaloriser le montant de mes indemnités journalières.

Veuillez agréer, Monsieur le Directeur, avec mes remerciements, l'expression de mes sentiments distingués.

---

(1) Ou : je suis en arrêt de maladie depuis le 3 mars dernier.

Pour signaler une maladie professionnelle

Cette lettre doit être envoyée *dans les quinze jours* qui suivent l'arrêt de travail.

Jean de HOOF
12, rue du Général-de-Gaulle
62300 Lens
N° d'immatriculation 1 36 08 65 995 023

5 février 19..

A Monsieur le Directeur
de la Caisse d'assurance
maladie de Lens

Monsieur le Directeur,

Depuis le 3 février dernier, je suis en arrêt de maladie, et mon médecin traitant a diagnostiqué un début de silicose.

Vous trouverez ci-joints deux exemplaires du certificat médical qui m'a été délivré.

Auriez-vous l'obligeance de me faire parvenir une feuille d'accident ?

Avec mes remerciements, je vous prie de croire, Monsieur, à l'expression de mes sentiments distingués.

Demande d'acompte sur une pension de vieillesse (ou d'invalidité) à la Sécurité sociale

GUILLOU Rosine, épouse LARGEAULT
7, chemin Arthur
83200 Toulon
N° d'immatriculation 2 12 12 83 064 140

Toulon, le 4 mars 19..

A Monsieur le Directeur
de la Caisse primaire de
Sécurité sociale

Monsieur le Directeur,

Ma pension de vieillesse (1) étant actuellement sur le point d'être liquidée, je vous serais très reconnaissante de bien vouloir me verser

---

(1) Ou : d'invalidité.

un acompte sur ses arrérages, conformément à l'article 86-2 du décret du 29 décembre 1945.

Avec mes remerciements, je vous prie d'agréer, Monsieur le Directeur, l'expression de mes sentiments distingués.

Pour demander le relevé des indemnités journalières

LACOSTE Daniel
71, rue de la Belle-Image
94700 Maisons Alfort
N° d'immatriculation 1 13 01 62 106 002

Maisons-Alfort, le 2 octobre 19..

A Monsieur le Directeur
de la Caisse primaire de
Sécurité sociale

Monsieur le Directeur,

La Caisse qui s'occupe actuellement de liquider ma pension vieillesse m'informe que, du 27 février au 17 mai 19.., aucune cotisation ne figure sur mon compte.

A cette époque, j'étais en effet en arrêt de maladie, et n'avais d'autres ressources que les prestations versées par la Sécurité sociale.

Afin de permettre la régularisation de mon dossier, auriez-vous l'obligeance de me faire parvenir le relevé des indemnités journalières que j'ai perçues du 27 février au 17 mai 19.. ?

Avec mes remerciements, je vous prie d'agréer, Monsieur le Directeur, l'expression de mes sentiments distingués.

Pour obtenir l'allocation vieillesse du Fonds national de solidarité

Michel SABATHIER
12, rue des Eaux-Bues
86100 Châtellerault

Châtellerault, le 18 mars 19..

Caisse régionale d'assurance
vieillesse (1) ⟶

Monsieur,

Etant actuellement âgé de 65 ans, et bénéficiant d'une toute petite retraite en tant qu'ancien artisan (19 000 F par an, ce qui est bien juste pour nous faire vivre, ma femme et moi), je désirerais savoir si je suis susceptible de bénéficier de l'allocation supplémentaire du Fonds national de solidarité.

En vous remerciant pour tous les renseignements que vous voudrez bien me donner, je vous prie de croire, Monsieur, à l'assurance de mes sentiments distingués.

Pour racheter une rente d'accident du travail

Cette lettre doit être envoyée *dans les trois mois* suivant l'expiration d'une période de cinq ans partant de la date d'attribution de la rente.

CASSAIGNE Gérard
3 bis, rue des Quatre-Ruelles
93100 Montreuil sous Bois
N° d'immatriculation 1 47 08 24 098 115

Montreuil, le 3 novembre 19..

A Monsieur le Directeur
de la Caisse primaire de
Sécurité sociale

Monsieur le Directeur,

Depuis le 12 septembre 19.., je suis titulaire d'une rente d'accident du travail se montant à 6 000 F par an. Ayant à faire face à des dépenses exceptionnelles, je me permets de vous demander aujourd'hui de me la racheter.

Désirant en effet améliorer (2) mon logement, je ne dispose que de ressources fort modestes (22 000 F par an, rente non comprise), et souhaiterais bien vivement pouvoir faire effectuer les travaux nécessaires sans avoir à emprunter la somme qui m'est demandée.

Dans l'espoir que vous voudrez bien accéder à ma demande, je vous prie d'agréer, Monsieur le Directeur, l'expression de mes sentiments distingués.

---

(1) En demander l'adresse à votre mairie. Pour Paris : Caisse nationale d'assurance vieillesse, 110, rue de Flandre, 75951 Paris Cedex 19.

(2) Ou : agrandir.

Déclaration d'un employé à la Sécurité sociale

Cette déclaration doit être faite au plus tard *dans les huit jours* qui suivent l'embauche d'un salarié.

Paris, le 2 mai 19..

Caisse primaire centrale
de Sécurité sociale
Service des immatriculations

Messieurs,

Je vais engager le 15 mai prochain, comme employée de maison, Mlle Yvonne Chevalier, née le 12 juillet 19.., habitant 2, rue Voltaire, 93400 Saint Ouen. Mlle Chevalier n'ayant jamais travaillé jusqu'ici, je vous serais reconnaissant de bien vouloir l'inscrire à votre Caisse de Sécurité sociale.

Veuillez agréer, Messieurs, l'assurance de mes sentiments distingués.

François Delamare

7, passage Dieu
75020 Paris

Demande d'immatriculation à la Sécurité sociale en qualité d'employeur

Lettre à adresser à l'URSSAF de votre département.

François DELAMARE
7, passage Dieu
75020 Paris
Né le 22 novembre 19..

Paris, le 2 mai 19..

Messieurs,

Je vais engager, à partir du 15 mai prochain, Mlle Yvonne Chevalier comme employée de maison. N'ayant jamais eu, jusqu'ici, de personnel à mon service, je vous prie de bien vouloir me donner un numéro d'immatriculation d'employeur.

Avec mes remerciements, je vous prie d'agréer, Messieurs, l'assurance de mes sentiments distingués.

Demande de liquidation de retraite

HARDOUIN Henri
11, rue Odolant-Desnos
61000 Alençon
N° d'immatriculation 1 22 603 641 W

Alençon, le 15 septembre 19..

A Monsieur le Directeur
de la Caisse régionale
d'assurance maladie
(branche vieillesse) [1]

Monsieur le Directeur,

Désirant prendre ma retraite à partir du 1er janvier prochain (2), je vous serais reconnaissant de bien vouloir me faire parvenir un imprimé réglementaire de demande de retraite, et de me faire savoir quelles sont les formalités à accomplir.

Agé de 64 ans, je travaille actuellement comme soudeur aux Etablissements Leblanc et Fils, 10, rue du Jeudi, à Alençon.

Je reste bien sûr à votre disposition pour vous fournir toutes précisions supplémentaires qui pourraient vous être utiles,

et vous prie d'agréer, Monsieur le Directeur, l'expression de mes sentiments distingués.

Demande d'admission dans une maison de retraite

Monsieur le Directeur,

Agée de 71 ans et ne voulant plus continuer à vivre seule à Paris, je souhaiterais être admise dans votre maison de retraite.

Veuve depuis trois ans, je bénéficie d'une retraite personnelle de 900 F par mois, et de la moitié de la retraite de mon mari, soit 1 200 F.

Ma santé, sans être brillante, est convenable, et c'est le poids de la solitude, plus que celui des ans, qui m'a décidée à vous écrire.

Auriez-vous l'obligeance de me faire savoir quelles sont les conditions pour être admise dans votre maison, et de me préciser

---

(1) Pour Paris, Caisse nationale d'assurance vieillesse, 110, rue de Flandre, 75951 Paris Cedex 19.

(2) La demande doit être faite trois mois avant la date choisie pour le début de la retraite, qui doit commencer obligatoirement le premier jour du mois.

les formalités d'inscription ? Puis-je également vous demander de bien vouloir me faire parvenir, le cas échéant, les formulaires qu'il me faudrait remplir ?

Dans l'attente de votre réponse, je vous prie d'agréer, Monsieur le Directeur, l'expression de mes sentiments distingués.

Noëlle Petit

12, rue du Roi-de-Sicile
75003 Paris

Demande de secours à une caisse de retraite

LEFRANÇOIS Jeanine, veuve JAMET
72, rue du Jeu-de-l'Arc
42000 Saint Etienne
N° d'allocataire : 2 634 437

Saint-Etienne, le 2 décembre 19..

A Monsieur le Directeur
de la Caisse de retraite
de Saint-Etienne

Monsieur le Directeur,

Devant faire face actuellement à de graves difficultés, je me permets de solliciter de votre bienveillance un secours exceptionnel au titre du fonds social.

Mon mari vient de mourir après une longue maladie, qui a nécessité une hospitalisation de trois mois ; les dépenses que j'ai dû assumer pour les frais médicaux se montent à 3 200 F ; par ailleurs, une partie importante de mes économies a servi à payer l'enterrement.

Je n'ai actuellement pour vivre qu'une petite retraite de 1 200 F par mois. Mon loyer mensuel étant de 700 F, je ne vais pas pouvoir continuer à le payer ; j'ai déjà commencé à chercher un autre logement qui soit à la mesure de mes moyens, mais je ne sais où trouver l'argent nécessaire pour vivre en attendant un déménagement dont le coût probable m'effraie. Et je ne peux espérer aucune aide de mes deux enfants : mon fils, marié et père de deux filles, ne gagne que 2 200 F par mois ; quant à ma fille, elle commence seulement son apprentissage de coiffeuse.

En espérant très vivement que vous voudrez bien accéder à ma demande, je vous prie de croire, Monsieur le Directeur, à toute ma reconnaissance et à l'expression de mes sentiments distingués.

Les allocations familiales

Les envois faits aux allocations familiales sont dispensés d'affranchissement.

Demande de paiement des allocations familiales par C. C. P. ou chèque bancaire

Mme DETOURNAY Yvette
16, rue de la Carpe-Haute
Robertsau
67000 Strasbourg
N° d'immatriculation 16 263 59 010

Strasbourg, le 2 janvier 19..

A Monsieur le Directeur
de la Caisse d'allocations
familiales de Strasbourg

Monsieur le Directeur,

Etant dans l'impossibilité de me trouver chez moi lors du passage du facteur, je souhaiterais que mes diverses prestations familiales soient versées à mon compte courant postal.

A cette fin, auriez-vous l'obligeance de me faire savoir quelles sont les formalités que je dois accomplir ?

Avec mes remerciements, je vous prie d'agréer, Monsieur le Directeur, l'expression de mes sentiments distingués.

Demande de prêt d'un jeune ménage

Jean-Claude GARNIER
6, rue de la Pointe-Percée
74000 Annecy

Annecy, le 21 mars 19..

A Monsieur le Directeur
de la Caisse d'allocations
familiales d'Annecy
(Service des prêts aux jeunes
ménages)

Monsieur le Directeur,

Etant marié depuis peu, je serais désireux de solliciter auprès de la Caisse d'allocations familiales un prêt « Jeunes ménages » d'un montant de 5 000 F.

Je viens en effet d'acquérir un appartement 6, rue de la Pointe-Percée, dans un immeuble appartenant à la Société Cominco. Le prix total de ce logement est de 260 000 F ; ayant versé à l'achat une somme de 100 000 F, je me suis engagé à payer pendant quinze ans les traites mensuelles de 1 300 F (1). D'autre part, il me faut prévoir les frais d'ouverture des divers compteurs — gaz, électricité et eau —, et ceux de l'assurance contre les dégâts des eaux, qui est obligatoire.

J'ai vingt-six ans, ma femme en a vingt-deux (2). Mon revenu imposable pour l'année dernière était de 32 000 F. Par ailleurs, je verse 300 F par mois à ma mère, qui est veuve et ne bénéficie que d'une toute petite retraite, insuffisante pour la faire vivre.

Dans l'espoir que vous voudrez bien accéder à ma demande, je vous prie d'agréer, Monsieur le Directeur, l'expression de mes sentiments distingués.

D'une femme en instance de divorce à la Caisse d'allocations familiales

Odile BRUN, épouse RICHARD
37, impasse de l'Astrolabe
75015 Paris
N° d'allocataire de M. Richard : 3 43 021 647

Paris, le 23 juin 19..

A Monsieur le Directeur
de la Caisse centrale
d'allocations familiales

Monsieur le Directeur,

Etant actuellement en instance de divorce, je me suis vu confier par le président du tribunal de grande instance de la Seine la garde de nos quatre enfants ; vous trouverez ci-jointe la copie de l'ordonnance rendue le 30 mai dernier (3).

---

(1) **Ou** : je viens en effet de louer un appartement pour lequel j'ai dû verser 1 800 F de caution et un mois et demi de loyer d'avance, soit 900 F.

(2) **Les jeunes époux ne doivent pas avoir plus de 52 ans à eux deux.**

(3) **Pièce jointe : copie de l'ordonnance de non-conciliation. (Un extrait reproduisant seulement les mesures provisoires ordonnées, certifié conforme par l'avocat, peut suffire.)**

En conséquence, c'est désormais à moi, et à mon nom, que les prestations familiales devront être versées.

Par ailleurs, restée seule à mon foyer et sans argent, j'ai dû prendre un emploi : depuis le 15 mai, je travaille chez M. Prieux, 12, rue du Faubourg-Saint-Antoine, 75012 Paris. Vous trouverez ci-jointe son attestation d'employeur.

Etant donné ma situation difficile, j'ose espérer qu'aucun retard n'empêchera le versement, à la fin du mois, des allocations familiales, y compris celle du salaire unique, à mon nom.

Veuillez agréer, Monsieur le Directeur, l'expression de mes sentiments distingués.

Demande de secours aux allocations familiales

Voir la **Demande de secours à la Sécurité sociale**, p. 257. Indiquer le numéro d'immatriculation d'allocataire.

Les impôts

Non-paiement du tiers provisionnel

Monsieur le Percepteur,

Il me sera malheureusement impossible de payer en temps voulu mon deuxième tiers provisionnel, dont le montant s'élève à 4 982 F.

Ce retard, bien involontaire, est dû à de graves difficultés financières : la camionnette dont je me sers pour mon travail ayant été accidentée, il m'a fallu acheter un autre véhicule sans pouvoir attendre le remboursement de mon assurance.

J'ai donc l'honneur de solliciter de votre bienveillance un délai de paiement : me serait-il possible de ne vous verser que 1 982 F avant le 15 mai, et de m'acquitter du solde en trois versements de 1 000 F par mois ?

Dans l'attente de votre réponse, et en espérant bien vivement qu'elle me sera favorable, je vous prie d'accepter, Monsieur le Percepteur, mes sincères salutations.

Jacques Leclerc

Le Pont-de-Vie
61120 Vimoutiers

Pour réclamer contre une imposition excessive

Jacques-André Martin
9 bis, rue du Cherche-Midi
75006 Paris

Paris, le 20 septembre 19..

A Monsieur le Directeur
des Services fiscaux
de Paris Sud-Est

Monsieur le Directeur,

Mon avertissement d'avoir à payer l'impôt sur le revenu pour l'année 19.. m'est arrivé hier — vous en trouverez ci-jointe une photocopie —, et j'ai eu la fâcheuse surprise de découvrir que, pour un revenu sensiblement égal à celui de l'année dernière, la somme qui m'était demandée avait augmenté d'un bon tiers.

Sans doute s'agit-il d'une erreur, soit de ma part — j'ai pu me tromper en rédigeant ma déclaration —, soit de celle de vos services.

Auriez-vous l'obligeance de faire procéder aux vérifications nécessaires, et de bien vouloir m'informer de leurs résultats ?

Avec tous mes remerciements, je vous prie d'agréer, Monsieur le Directeur, l'expression de ma considération distinguée.

Demande de dégrèvement de la contribution foncière à la suite de calamités agricoles

Paul Martin, viticulteur
11450 Les Martyrs

Les Martyrs, le 17 octobre 19..

A Monsieur le Directeur des
Services fiscaux de l'Aude

Monsieur le Directeur,

A la suite des violents orages qui se sont abattus sur notre région cette année, ma récolte a été presque totalement détruite par les inondations.

Je sollicite en conséquence de votre haute bienveillance de prendre en considération la perte très importante que j'ai subie, et vous demande de m'accorder, de ce fait, en application de l'article 1398 du Code général des impôts, le dégrèvement de ma contribution foncière.

Vous voudrez bien trouver ci-jointes, à l'appui de ma demande, la photocopie de l'avertissement que j'ai reçu concernant la cotisation de l'année 19.., et l'attestation qui m'a été délivrée par les services municipaux.

Je vous prie de croire, Monsieur le Directeur, à l'assurance de ma respectueuse considération.

Pièces jointes : photocopie de l'avertissement, attestation du maire.

Demande d'exemption temporaire de la contribution foncière

Pour bénéficier de cette exemption temporaire, les propriétaires doivent adresser leur réclamation avant le 31 décembre suivant l'exécution des travaux.

Jean Rouquerol, cultivateur
La Bastidonne
30670 Aigues Vives

Aigues-Vives, le 21 octobre 19..

A Monsieur le Directeur
des Services fiscaux du Gard

Monsieur le Directeur,

Propriétaire d'un terrain sis sur la commune d'Aigues-Vives, qui était en friche depuis plus de quinze ans (1), j'ai décidé de le mettre en état de rapporter.

Depuis le mois de décembre de l'année passée, j'ai donc procédé aux travaux nécessaires de défrichage et d'amendement du sol par de la marne calcaire afin de pouvoir y planter des pêchers.

Je sollicite de ce fait le bénéfice de l'exemption temporaire prévue dans un tel cas.

Vous trouverez ci-jointe la photocopie de l'avertissement qui m'a été adressé.

En vous remerciant à l'avance, je vous prie d'agréer, Monsieur le Directeur, l'expression de ma considération distinguée.

---

(1) L'exemption concerne les terres incultes, vaines et vagues ou en friche depuis quinze ans au moins, mises en culture ou plantées en mûriers ou arbres fruitiers (exemption de dix ans).

Réclamation au sujet de la taxe d'habitation

Pierre Albou, commerçant
174, route de Laval
53140 Pré en Pail

Pré-en-Pail, le 2 novembre 19..

A Monsieur le Directeur des
Services fiscaux de la Mayenne

Monsieur le Directeur,

Depuis 19.., je suis imposé, au rôle de la commune de Pré-en-Pail, pour un immeuble situé 23, rue de Guéméné. La location de cet immeuble vide me rapportait 12 000 F par an.

A la suite d'un incendie partiel, j'ai dû procéder à de gros travaux de réfection, et la maison est restée inoccupée du 12 juillet 19.. au 30 juin de cette année.

Je vous prie donc, Monsieur le Directeur, de bien vouloir me décharger cette année de la contribution foncière relative à cet immeuble.

Vous trouverez ci-jointe la photocopie de l'avertissement qui vient de m'être adressé.

Dans l'attente de votre réponse, et en espérant bien vivement qu'elle me sera favorable, je vous prie d'agréer, Monsieur le Directeur, l'expression de ma considération distinguée.

Pour demander une réduction de l'impôt foncier

Bernard Loustau
27, rue de l'Eglise
13300 Salon de Provence

Salon, le 13 juin 19..

A Monsieur le Directeur des
Services fiscaux de Marseille

Monsieur le Directeur,

L'avertissement qui vient de m'être adressé — et dont vous trouverez ci-jointe la photocopie —, au titre de l'impôt foncier pour 19.., m'apprend que je suis imposé d'une somme de 1 900 F, au rôle de la commune de Salon, pour une maison sise 29, rue Grande et cadastrée sous le numéro 28 de la section B.

J'ai pu vérifier que le revenu cadastral attribué à cette propriété était beaucoup plus élevé que les revenus assignés aux maisons mitoyennes de M. Lanoue et de Mme Estardieu, et que ceux de la plupart des propriétés bâties de la commune.

Dans ces conditions, je vous serais reconnaissant, Monsieur le Directeur, de bien vouloir faire ramener à 950 F le revenu cadastral de ma maison, et prononcer en ma faveur la décharge à l'impôt foncier afférent à 950 F de revenu cadastral.

En vous remerciant à l'avance, je vous prie d'agréer, Monsieur le Directeur, l'assurance de ma parfaite considération.

Les hommes de loi

A un notaire pour un achat immobilier

Maître,

Je suis actuellement à la recherche d'une maison à acheter dans votre région, de préférence à proximité de la Dordogne.

Je souhaiterais trouver une maison ancienne de quatre à six pièces principales, située soit en pleine campagne, soit à l'orée d'un village, avec un jardin ou un terrain de 1 000 m^2 au moins. Peu m'importe qu'il y ait des réparations à prévoir si les murs et le toit sont en bon état.

Si vous voyez quelque chose qui puisse me convenir, auriez-vous l'obligeance de me le faire savoir, en m'indiquant approximativement quelles seraient les conditions de vente ? Au cas où vous auriez une offre sérieuse à me faire, je suis prête à me rendre en Dordogne pour vous rencontrer.

Dans l'attente de votre réponse, je vous prie d'agréer, Maître, l'assurance de ma parfaite considération.

Brigitte Sarrazin

2, passage de la Bonne-Graine
75011 Paris

A un notaire pour un testament

Maître,

Venant de commencer à rédiger mon testament, je me suis aperçu que les legs que je souhaitais faire posaient un certain nombre de problèmes que j'étais incapable de résoudre seul.

Auriez-vous l'obligeance de me fixer un rendez-vous à votre étude afin que nous puissions voir ensemble comment doit être établi ce document ?

Dans l'attente de votre réponse, je vous prie d'agréer, Maître, l'assurance de ma parfaite considération.

Bernard Leroy

23, rue Nestor-Cornier
38000 Grenoble

Autre lettre sur le même sujet

Cher Maître,

Un récent infarctus du myocarde vient de me rappeler que mon cœur n'était plus bien solide, et que je pourrais, d'un jour à l'autre, partir pour un monde que l'on dit meilleur. Souhaitant laisser mes affaires en ordre, je viens de rédiger un testament en tenant compte des intérêts de ma famille et de mes amis les plus chers.

Je me sentirais toutefois plus tranquille si je pouvais vous soumettre ce document, et avoir la certitude qu'il ne posera, après mon décès, aucun problème particulier.

Puis-je vous demander de bien vouloir me fixer un rendez-vous à votre étude le plus tôt possible ? Votre jour et votre heure seront les miens.

Veuillez croire, cher Maître, à l'assurance de mes meilleurs sentiments.

Adélaïde Dasté

21, rue de la Comète
75007 Paris

A un notaire pour une succession

Christian Lafage
37, rue de la Brèche-aux-Loups
75012 Paris

Paris, le 30 juin 19..

Maître,

Ma tante, Mademoiselle Emilie Dhostel, qui habitait 22, rue Chantemesse, 75016 Paris, est décédée le 24 juin dernier dans sa maison de campagne de Saint-Gildas-les-Bois.

Mlle Dhostel n'a pas laissé de testament, et je suis, à ma connaissance, son seul héritier. Sa fortune se composait de :
• un appartement de cinq pièces 22, rue Chantemesse ;
• une maison de campagne à Saint-Gildas-les-Bois (Loire-Atlantique), comportant six pièces principales, avec deux hectares de terrain ;
• 75 000 F en bons du Trésor ;
• 27 600 F à son compte en banque (compte n° 16009 à la B. N. P., agence Flandrin, 62, boulevard Flandrin, 75016 Paris).
Je ne lui connaissais ni dettes ni passif d'aucune sorte.

Vous trouverez ci-jointes cinq photocopies, soit :
• un acte de décès ;
• les titres de propriété de la rue Chantemesse et de la maison de Saint-Gildas-les-Bois ;
• le reçu d'achat des bons du Trésor ;
• le dernier relevé bancaire.

Je vous remettrai les originaux de ces pièces en main propre dès notre première entrevue.

Auriez-vous l'obligeance de m'indiquer quelles sont les formalités à remplir ? Je souhaiterais savoir également quel sera le montant des droits d'enregistrement, et la somme que je dois vous envoyer à titre de provision pour vos frais.

En vous remerciant à l'avance, je vous prie de croire, Maître, à l'assurance de ma parfaite considération.

A un notaire pour une succession acceptée sous bénéfice d'inventaire

Maître,

Je viens de recevoir la lettre par laquelle vous m'informiez que mon oncle, François Heurgon, m'instituait sa légataire universelle, et je vous en remercie.

Ne sachant pas exactement quels sont l'actif et le passif de cette succession, je désire ne l'accepter que sous bénéfice d'inventaire.

Je vous prie de croire, Maître, à l'assurance de ma parfaite considération.

Martine Nicolle

12, rue des Trois-Conils
33000 Bordeaux

A un avocat pour lui confier une affaire

Jean-Maurice Laforest
13, place de l'Homme-de-Fer
67000 Strasbourg

Strasbourg, le 27 février 19..

Maître,

C'est sur le conseil de mon ami Pierre Sourbier, dont vous avez si brillamment défendu les intérêts l'année dernière, que je m'adresse aujourd'hui à vous.

Je viens en effet de me décider, non sans tristesse, à intenter un procès à ma belle-sœur, France Laforest, née Bergerac, veuve de mon plus jeune frère. De pénibles histoires d'héritage nous opposent et, en dépit de tous mes efforts, il m'a été impossible d'obtenir un règlement à l'amiable.

Avant toute chose, je souhaiterais pouvoir vous exposer les faits en détail : votre concours me serait précieux pour m'éviter de faire les faux pas toujours à craindre dans une affaire embrouillée. Puis-je vous demander de bien vouloir me fixer un rendez-vous le plus tôt possible, au jour et à l'heure qui vous conviendraient ?

En vous remerciant à l'avance, je vous prie d'agréer, Maître, l'assurance de mes sentiments distingués.

Au bâtonnier de l'ordre des avocats pour obtenir qu'il désigne un avocat d'office

Marceline Boyer
137 bis, rue du Capitaine-Nemo
44300 Nantes

Nantes, le 10 décembre 19..

Monsieur le Bâtonnier,

J'ai l'honneur de vous demander de bien vouloir désigner un avocat pour m'assister devant le tribunal correctionnel de Nantes.

J'ai été le 3 novembre dernier victime d'un cambriolage dont les auteurs viennent d'être retrouvés. A ce titre, j'ai été citée comme témoin devant le tribunal correctionnel de Nantes pour le 15 février.

Etant actuellement immobilisée à la suite d'un accident, comme en fait foi le certificat médical que vous trouverez ci-joint, je n'aurai pas, à cette date, la possibilité de me rendre au palais de justice.

Il serait donc nécessaire qu'un avocat vienne me voir avant l'audience, afin de pouvoir utilement me représenter devant le tribunal et se constituer, pour moi, partie civile. L'un des auteurs du vol, au moins, étant solvable, j'espère obtenir le paiement d'une partie des dommages-intérêts que je compte demander.

Espérant recevoir prochainement une lettre de l'avocat que vous aurez désigné, et vous remerciant à l'avance, je vous prie d'agréer, Monsieur le Bâtonnier, l'assurance de ma considération distinguée.

A un avocat pour lui rappeler une affaire

Cher Maître,

Sans nouvelles de vous depuis près d'un mois, je commence à m'inquiéter un peu au sujet du procès prévu pour le 20 mai. Auriez-vous l'obligeance de me dire où nous en sommes actuellement, si vos récentes démarches auprès du notaire de Mercurey ont porté leur fruit et quelles sont, à l'heure actuelle, nos chances d'obtenir gain de cause ?

Vous pouvez me joindre dans la journée à mon bureau (224-22-22, poste 34-41), ou le soir chez moi (260-64-05).

Veuillez croire, cher Maître, à l'assurance de mes meilleurs sentiments.

Serge Soulié

3, impasse des Trois-Visages
75001 Paris

D'un homme en instance de divorce à son avocat

Jean-Pierre Durand
Boîte postale 903
Dakar (République du Sénégal)

Dakar, le 1er octobre 19..

Maître,

Avec votre approbation, j'ai fait appel du jugement par lequel le tribunal de Pontoise, statuant en mon absence et à mon insu, a prononcé le divorce à mes torts, sans me réserver aucun droit de voir mes enfants.

A ma dernière venue en France, en août-septembre, je me suis rendu en vain à notre domicile, où ma femme habite toujours. Elle n'y était pas, et la concierge a prétendu ne pas connaître l'adresse à laquelle elle passait ses vacances avec nos trois enfants.

Je vous confirme que je demande à la cour :

- de prononcer le divorce aux torts réciproques, ma femme ayant un amant depuis plus d'un an ;
- de m'autoriser à prendre mes enfants pendant la seconde moitié des grandes vacances l'été prochain, et ultérieurement pendant la moitié de toutes périodes de vacances, étant précisé que j'offre d'élever ma contribution aux frais de leur entretien de 1 200 à 1 500 F par mois.

Veuillez agréer, Maître, l'assurance de mes sentiments distingués.

D'une femme récemment divorcée à son avocat

Mireille Duflos, divorcée de Patrick Marchetti
400 E, 51st Street
New York, 10022 N. Y.

New York, le 4 mars 19..

Maître,

Je vous rappelle que vous m'avez promis de faire en sorte que je reçoive le plus tôt possible ma part des biens que nous possédions en communauté, mon ex-mari et moi (1).

Confirmant le jugement du tribunal, la cour a prononcé le divorce en février, et l'arrêt est définitif, m'avez-vous écrit.

Je demande donc qu'il soit procédé, dans les mois à venir, au partage qui a été ordonné par le tribunal, par l'entremise d'un notaire désigné (2).

Je vous rappelle que mon ex-mari est resté dans notre appartement, dont il m'a interdit l'entrée, et qu'il y habite depuis l'an dernier avec son amie, Julie Dumas, dans les meubles que nous avions achetés ensemble, et qui sont tous restés en sa possession.

---

(1) Depuis février 1966, le régime des époux mariés sans contrat est la communauté réduite aux acquêts.

(2) Tout jugement ou arrêt qui prononce le divorce entre des époux qui s'étaient mariés sans contrat ordonne le partage des biens dont ils étaient ensemble copropriétaires. La communauté légale comprend les immeubles achetés par les époux après le mariage.

Ma part de la communauté à partager représente 90 à 100 000 F, et j'ai besoin de recevoir dans les six mois la somme qu'il va devoir me verser pour garder les meubles.

Quant à l'appartement, il ne pourra pas le payer. Je demande donc sa mise en vente.

Devant prendre mon congé annuel en France au mois de juin, je vous serais très reconnaissante de saisir le notaire au plus tôt, et de le prier de nous convoquer, mon ex-mari et moi, pour les premiers jours de juin.

Veuillez agréer, Maître, l'assurance de mes sentiments distingués.

A un avocat pour le remercier

Cher Maître,

Quel immense soulagement de voir enfin heureusement terminé ce procès qui m'a si longtemps préoccupé ! Je vous avouerai que j'ai tremblé jusqu'à la dernière minute ; mais ma femme, qui assistait à l'audience, m'a dit que dès la fin de votre plaidoirie elle s'était sentie pleinement rassurée.

Toutes mes félicitations, donc, cher Maître, et tous mes remerciements pour l'efficacité avec laquelle vous avez suivi cette affaire de bout en bout.

Puis-je vous demander de bien vouloir m'indiquer le montant de vos honoraires ?

Avec toute ma gratitude, je vous prie de croire, cher Maître, à l'assurance de mes meilleurs sentiments.

A un avocat pour des honoraires trop élevés

Cher Maître,

Je reçois à l'instant votre lettre précisant le complément d'honoraires que je dois vous envoyer, et j'avoue que j'ai été un peu surpris par le montant de la somme demandée.

Puis-je me permettre de vous rappeler les trois provisions que je vous ai successivement versées : 1 500 F le 20 septembre 19.., 1 500 F le 15 janvier et 1 000 F le 17 juin dernier ? Peut-être votre secrétaire a-t-elle oublié de les comptabiliser ? Je vous serais très reconnaissant de bien vouloir vous pencher sur ce petit problème.

Dans l'attente de votre réponse, je vous prie de croire, cher Maître, à l'assurance de mes meilleurs sentiments.

A un avocat pour lui confier une affaire

Maître,

Il y a deux ans, vous aviez fort efficacement prêté votre concours à ma sœur, Nadine Balmier, au moment de son divorce, et c'est elle qui m'a suggéré de m'adresser à vous.

Après de longues hésitations, je viens enfin de me décider à introduire une instance en divorce contre mon mari, et je crains d'avoir à affronter de grosses difficultés. Nous possédons en effet un appartement et une maison de campagne, et l'hostilité de mon époux laisse à supposer que le partage en sera très difficile. J'aurai donc grand besoin de votre compétence pour préserver mes intérêts et ceux de mes deux enfants mineurs de 5 et 7 ans.

Puis-je vous demander de bien vouloir me fixer un rendez-vous aussitôt que possible ?

Dans l'attente de votre réponse, je vous prie de croire, Maître, à l'assurance de mes sentiments distingués.

Geneviève Pèlerin

12, rue Audibert-Lavirotte
69008 Lyon

D'une femme récemment divorcée à son avocat

Jacqueline Perrein
2 Kardinaal-Mercier plein
Louvain (Belgique)

Louvain, le 11 avril 19..

Maître,

Par lettre du 30 janvier dernier, vous m'avez appris que le tribunal a prononcé le divorce aux torts de mon mari, qui a fait défaut (1), et vous ajoutiez que vous alliez faire le nécessaire pour rendre ce jugement définitif.

Afin de pouvoir lui faire signifier ce jugement, vous m'avez demandé de vous indiquer l'adresse actuelle de mon mari, ce que j'ai fait par lettre du 2 février. Depuis, je n'ai plus de nouvelles de mon divorce.

Or je suis pressée d'être libérée définitivement, car je voudrais me remarier avant mon prochain départ pour l'Afrique, où la Société qui m'emploie doit m'envoyer pour deux ans.

Je vous prie donc instamment de me confirmer que ce jugement a bien été signifié à mon mari, que je n'ai pas revu, et que vous l'avez fait transcrire à la mairie, ou que vous allez le faire *dès ce mois-ci,* car je n'ai reçu aucun acte d'appel.

Comptant sur votre diligence, je vous prie d'agréer, Maître, l'assurance de mes sentiments distingués.

En réponse à une sommation d'huissier

Pierre-Henri Estienne
92, rue de la Ronde-Couture
08000 Charleville

Charleville, le 3 octobre 19..

A la Société Chedeville et Cie

Messieurs,

En réponse à la sommation qui m'a été signifiée par huissier le 30 septembre dernier, vous trouverez ci-joint un chèque de 3 500 F représentant la somme que je dois à la Société Chedeville et Cie.

Veuillez agréer, Messieurs, l'assurance de mes sentiments distingués.

Pierre-Henri Estienne

P. J. Chèque de 3 500 F, n° 8485399, sur la Société Générale, Agence XZ, 8, rue de Strasbourg, 08000 Charleville.

---

(1) Depuis la réforme de décembre 1958, tout jugement de divorce est réputé contradictoire, car il est susceptible d'appel. Mais le délai d'appel, d'un mois, ne court que du jour où le défendeur a reçu, de l'huissier commis, copie du jugement, qui lui est ainsi « signifié », soit « à personne » (il a reçu le jugement lui-même), soit « à domicile » (l'huissier y a laissé la copie du jugement).
Le plus souvent, la signification n'est faite que plusieurs mois après le jugement.
Une fois le délai d'appel expiré, le jugement est définitif si aucun des conjoints n'a fait appel.
Mais les ex-époux divorcés ne pourront se remarier que lorsque le jugement aura été (à la diligence de l'avoué) *transcrit* (sur l'acte) à la mairie où ils s'étaient mariés.

Autre lettre sur le même sujet

A la Société Chedeville et Cie

Messieurs,

J'aurais voulu pouvoir répondre à la sommation qui m'a été signifiée par huissier le 30 septembre dernier en vous envoyant immédiatement un chèque pour solde de tout compte : malheureusement, j'ai à faire face en ce moment à de graves difficultés financières, et me trouve dans l'impossibilité absolue de vous rembourser aujourd'hui les 3 500 F que je vous dois encore.

Me serait-il possible de vous verser cette somme en deux règlements successifs, l'un de 1 500 F, le 15 octobre, et l'autre de 2 000 F le 15 novembre ?

Dans l'attente de votre réponse, et en espérant que vous voudrez bien tenir compte de ma situation difficile, je vous prie de croire, Messieurs, à l'assurance de mes sentiments distingués.

Pierre-Henri Estienne

92, rue de la Ronde-Couture
08000 Charleville

Autre lettre sur le même sujet

A la Société Chedeville et Cie

Messieurs,

Le 30 septembre dernier, vous m'avez demandé par sommation d'huissier le règlement de la somme de 3 500 F que je vous dois depuis le 2 mars.

Or je m'étais acquitté de cette dette le 28 septembre, par l'envoi d'un chèque de 3 500 F sur la Société Générale, Agence XZ, 8, rue de Strasbourg, 08000 Charleville (chèque n° 7678429). Je ne dois donc plus rien, actuellement, à la Société Chedeville.

Veuillez agréer, Messieurs, l'assurance de mes sentiments distingués.

Pierre-Henri Estienne

92, rue de la Ronde-Couture
08000 Charleville

Demande de scellés au greffier d'un tribunal d'instance

Lettre à adresser au greffier du tribunal de la localité habitée par le défunt.

Monsieur le Greffier (1)

Il y a dix-huit mois, j'avais prêté à M. Marcel Dutoit, peintre en bâtiment à Sanvic, la somme de 15 000 F, somme qui devait m'être remboursée au bout d'un an. Vous trouverez ci-jointe la photocopie de la reconnaissance de dettes qu'avait signée M. Dutoit.

M. Dutoit est décédé le 20 avril dernier à son domicile de Sanvic, 40, rue du Maréchal-Leclerc, sans s'être acquitté de sa dette.

Pour préserver mes intérêts, je vous serais reconnaissant de bien vouloir faire apposer les scellés sur les biens meubles et immeubles de M. Marcel Dutoit lors de l'inventaire qui devra en être fait.

Je vous prie d'agréer, Monsieur le Greffier (1), l'assurance de mes sentiments distingués.

Georges Fontaine

31, rue d'Après-Manevillette
76610 Le Havre

Demande d'extrait de casier judiciaire (2)

Monsieur le Greffier (1)

Auriez-vous l'obligeance de me faire délivrer un extrait du casier judiciaire au nom de ROULET Paul (3), né le 8 décembre 19.. à Itxassou (64510) et habitant actuellement 11, rue Escarpée, 76620 Le Havre ?

Avec mes remerciements, je vous prie d'agréer, Monsieur le Greffier, l'assurance de mes sentiments distingués.

---

(1) **Dans le cas d'un parquet important :** Monsieur le Greffier en chef.

(2) **Vous devez vous adresser, selon que vous êtes né(e),**
- **dans les départements de la métropole ou d'outre-mer : au greffe du tribunal de grande instance dont dépend votre lieu de naissance (votre mairie vous en indiquera l'adresse) ;**
- **dans les territoires d'outre-mer : au greffe du tribunal de grande instance dont dépend votre commune de naissance ;**
- **à Paris, ou dans l'ancien département de la Seine (à l'exception des communes rattachées au département de la Seine-Saint-Denis (93) ou au département des Hauts-de-Seine (92) : au greffe du tribunal de grande instance de Paris, 4, boulevard du Palais, 75001 Paris.**
- **à l'étranger, ou dans un territoire anciennement placé sous administration française (Algérie, par exemple) : au Casier judiciaire central du ministère de la Justice, 23, allée d'Orléans, 44035 Nantes Cedex.**

(3) **Une femme mariée indiquera son nom de jeune fille.**

A un greffier pour lui demander des pièces

Monsieur le Greffier (1)

Je désirerais avoir une copie du jugement rendu en ma faveur le 30 mai dernier par le tribunal d'Evreux contre M. Pierre Dubois.

Auriez-vous l'obligeance de m'indiquer le montant de la somme que je dois vous envoyer pour les frais d'établissement et d'envoi de cette copie ?

Avec mes remerciements, je vous prie d'agréer, Monsieur le Greffier (1), l'expression de mes sentiments distingués.

Richard Capelle

Le Mont-Frileux
27170 Beaumont le Roger

Au juge des enfants pour signaler une famille en danger

Michel Denizot
14, rue de la Petite-Marmouse
36100 Issoudun

Issoudun, le 30 novembre 19..

A Monsieur le Juge des enfants
de l'Indre

Monsieur le Juge,

Après avoir beaucoup hésité, je crois devoir porter à votre connaissance les faits suivants :

Notre maison n'est distante que de cinquante mètres de celle qui est occupée par la famille François.

Cette famille se compose de cinq enfants, âgés de douze à trois ans (Mme François a mis au monde l'année dernière un sixième enfant, qui n'a pas vécu, et on me dit qu'elle serait à nouveau enceinte).

Mme François sort peu de chez elle, mais, ayant été à plusieurs reprises alerté par les cris de ses plus jeunes enfants, dont elle ne paraissait pas se soucier, je l'ai trouvée dans un état d'hébétude

---

(1) **Dans le cas d'un parquet important :** Monsieur le Greffier en chef.

complet. Visiblement, elle avait bu plus que de raison. Ma femme et deux voisines ont fait des constatations analogues.

Les enfants sont en loques et paraissent sous-alimentés. Plusieurs d'entre eux ont été malades récemment, et ne semblent pas avoir reçu les soins que nécessitait leur état.

M. François, retenu par son métier — il est maçon —, ne rentre jamais qu'à la nuit ; le dimanche, il va encore faire du travail supplémentaire, et ne paraît pas de la journée.

Il nous semble que l'alcoolisme de la mère et l'absence quasi continuelle du père constituent un grave danger pour les enfants François.

Si vous faites effectuer une enquête, ce que nous espérons bien vivement, nous nous tenons, ainsi que plusieurs autres voisins, prêts à vous donner toutes précisions utiles.

Veuillez agréer, Monsieur le Juge, l'assurance de mes sentiments très respectueux.

Réponse à une convocation au tribunal

Jean-Pierre Marie
53, rue Saint-Eloi
87710 Cognac le Froid

Cognac, le 30 mars 19..

A Monsieur le Président
du tribunal de Limoges

Monsieur le Président,

Vous m'avez convoqué à l'audience du 27 avril 19.. à la suite d'une plainte pour vol d'un carnet de chèques déposée par M. Gérard Chatelet.

En raison de mes obligations professionnelles, il me sera impossible de me présenter à cette audience, et je vous prie de bien vouloir m'en excuser.

Reconnaissant les faits, je demande à être jugé contradictoirement par défaut.

Veuillez agréer, Monsieur le Président, l'assurance de ma considération distinguée.

Au président d'un tribunal correctionnel pour excuser une absence

Antoine Duflos
91, rue du Marais-Vert
67000 Strasbourg

Strasbourg, le 1er septembre 19..

A Monsieur le Président
du tribunal correctionnel
de Strasbourg

Audience du 30 septembre 19..
M. Gérardjean / M. Sertain

Monsieur le Président du tribunal correctionnel,

M. le Procureur m'a fait citer comme témoin pour votre audience afin de déposer sur les faits reprochés à M. Gérardjean.

Effectivement, j'ai été victime des indélicatesses de M. Gérardjean dans des circonstances que j'ai exposées à deux reprises devant le commissaire de police, circonstances que j'ai encore confirmées au juge d'instruction.

Il m'a bien dérobé un carnet de chèques (1). ———

Me trouvant dans l'impossibilité de m'absenter le 30, et de vous apporter une quelconque précision nouvelle, je vous demande de bien vouloir m'excuser de ne pouvoir me présenter devant votre tribunal.

Veuillez agréer, Monsieur le Président du tribunal correctionnel, l'assurance de mes sentiments respectueux.

Au président de la cour d'assises pour s'excuser de ne pouvoir figurer parmi les jurés

Châteauroux, le 2 février 19..

A Monsieur le Président de la
cour d'assises de Châteauroux

Monsieur le Président de la cour d'assises,

Convoqué pour faire partie du jury qui doit tenir ses assises à Châteauroux le 28 du mois présent, je me trouve dans l'impossibilité de me présenter.

Je suis en effet retenu à la chambre par une jambe cassée, comme en fait foi le certificat médical que vous trouverez ci-joint.

Je viens donc vous prier de bien vouloir excuser mon absence, et vous présente, Monsieur le Président de la cour d'assises, mes très respectueuses salutations.

Romain Monnier

47, place Patureau-Mirand
36000 Châteauroux

Au juge d'un tribunal de grande instance pour justifier une absence

Madame Nicole Lenoir
12 bis, place des Emmurées
76100 Rouen

Rouen, le 27 janvier 19..

A Monsieur le Juge
chargé des enquêtes civiles
au tribunal de grande instance
de Rouen

M. Jacques Durand c/ Paulette Roulet, son épouse

Monsieur le Juge,

J'ai reçu, à la requête de M. Durand, une citation à comparaître devant vous le 25 février pour témoigner contre sa femme, qui a demandé le divorce.

Cette citation m'a surprise, car j'ignore tout de la vie conjugale de M. et Mme Durand.

Si ma situation de famille me le permettait, je me serais cependant rendue à votre convocation. Mais je ne puis laisser seuls mes trois enfants, tout petits encore, et je n'ai personne pour les garder.

Par ailleurs, je n'ai absolument rien à déclarer sur les rapports de M. et Mme Durand, ni sur la conduite de l'un ou de l'autre, n'ayant jamais vécu ni pénétré dans leur intimité.

En vous renouvelant mes excuses, je vous prie d'agréer, Monsieur le Juge, l'expression de mes sentiments respectueux.

Nicole Lenoir

---

(1) **Ou** : la somme de 3 000 F ; **ou** : tous les bijoux que possédait ma femme.

Au président du tribunal d'instance pour obtenir l'exécution d'une saisie-arrêt ordonnée sur les salaires d'un débiteur

Madame Jeanne Lussan
77, rue des Terres-au-Curé
75013 Paris

Paris, le 4 mars 19..

A Monsieur le Président
du tribunal d'instance
de Paris (1)

<u>Saisie-arrêt Etienne Lussan</u>

Monsieur le Président du tribunal d'instance,

A la date du 25 novembre 19.., vous avez, à ma requête, ordonné une saisie-arrêt sur les salaires de mon mari, Etienne Henri Joseph Lussan, employé de commerce, pour la somme de 1 000 F par mois, somme qu'il devait me verser pour la pension alimentaire de nos enfants, dont le tribunal m'a confié la garde.

Plusieurs mois ont passé, et je n'ai rien reçu.

Cependant, je sais qu'il travaille toujours chez le même employeur, M. Rouffignac, 10, rue de la Butte-aux-Cailles, 75013 Paris, à qui obligatoirement votre greffier a dû notifier votre ordonnance.

Ayant le plus urgent besoin, pour mes enfants, de recevoir chaque mois la pension fixée par le tribunal, je vous prie instamment de bien vouloir demander au greffier de confirmer à l'employeur de mon mari qu'il doit retenir sur les salaires de M. Etienne Lussan, et m'envoyer chaque mois, la somme de 1 000 F, montant de la pension dont votre ordonnance l'a rendu personnellement débiteur (2).

Veuillez agréer, Monsieur le Président du tribunal d'instance, l'expression de mes sentiments respectueux.

---

(1) Votre mairie vous en indiquera l'adresse.
(2) Sans réponse du juge ni du greffier, et dans le cas où une nouvelle notification de la saisie-arrêt ne déciderait pas l'employeur à s'exécuter, il faudrait consulter un avocat.

Au juge des tutelles, au sujet des biens d'un mineur

Madame Irène Dubreuil
Deux-Pas-de-l'Iton
27880 Brosville

Brosville, le 29 novembre 19..

A Monsieur le Président
du tribunal d'instance d'Evreux
(juge des tutelles)

Tutelle de la mineure Juliette Dubreuil

Monsieur le Juge des tutelles,

Depuis la mort de mon mari, le 21 décembre 19.. (1), je suis administratrice légale des biens de ma fille mineure, Juliette, actuellement âgée de douze ans.

Ma fille a reçu en héritage, d'une tante décédée il y a trois ans, cinquante actions de la société « La Méditerranéenne ». Or la valeur de ces actions baisse d'année en année, et j'ai tout lieu de craindre que leur cours ne s'effondre tout à fait.

Dans ces conditions, il serait de l'intérêt de ma fille de vendre au plus tôt ces titres, à la place desquels j'achèterais ultérieurement des obligations du Crédit foncier, valeurs sûres.

Je vous demande donc, conformément à l'article 468 du Code civil, de me permettre de donner le plus tôt possible l'ordre de vente des actions de « La Méditerranéenne ».

En espérant bien vivement que vous accéderez à ma requête, je vous prie d'agréer, Monsieur le Juge des tutelles, l'expression de mes sentiments respectueux.

Demande d'aide judiciaire

L'aide judiciaire, suivant le montant de vos revenus, peut être totale ou partielle. Elle peut intervenir même si votre procès est commencé. Après le dépôt de votre dossier, le Bureau de l'Aide judiciaire vous fera connaître personnellement sa décision.

---

(1) **Ou** : depuis le divorce qui a été prononcé contre mon mari, Jean Dubreuil, à Evreux, par jugement en date du 20 octobre 19.., et dont vous trouverez ci-jointe une photocopie.

Marie-Claude Cournet
Chardonchamps
86440 Migné Auxances

Migné-Auxances, le 2 mai 19..

A Monsieur le Procureur de la
République près le tribunal de
grande instance de Poitiers

Monsieur le Procureur de la République,

Vivant depuis plusieurs années avec un mari brutal et irresponsable, qui nous laisse, mes deux filles et moi, dans le plus grand dénuement, je viens de me décider à demander le divorce (1).

Malheureusement, je ne dispose d'aucunes ressources personnelles pour me permettre d'engager des frais de justice et me faire assister d'un avocat. Auriez-vous l'obligeance de me faire savoir quelles sont les conditions nécessaires pour obtenir l'aide judiciaire, et de m'indiquer la liste des pièces que j'aurais à fournir ?

Avec mes remerciements, je vous prie d'agréer, Monsieur le Procureur de la République, l'expression de ma respectueuse considération.

Plainte pour vol (au procureur de la République)

Jean Mesnard, commerçant
12, place de la Haute-Vieille-Tour
76000 Rouen

Rouen, le 31 mars 19..

A Monsieur le Procureur de la
République près le tribunal de
grande instance de Rouen

Monsieur le Procureur de la République,

J'ai l'honneur de porter à votre connaissance les faits suivants :

Dans la nuit du 29 au 30 mars, à une heure que je ne saurais préciser, des cambrioleurs ont fracassé la vitrine du magasin

---

(1) **Ou** : Vivant depuis plusieurs années dans une situation proche de la misère alors que mon gendre, qui m'a malheureusement toujours été hostile, gagne plus de 15 000 F par mois, je viens de me décider, avec la plus grande tristesse, à intenter un procès à ma fille.

d'électro-ménager dont je suis propriétaire 120, rue du Champ-du-Pardon, à Rouen. Ils ont emporté des téléviseurs couleur, plusieurs chaînes haute fidélité, des postes de radio, des aspirateurs et d'autres marchandises, ce qui représente pour moi une perte de plusieurs dizaines de milliers de francs. Par ailleurs, les dégâts matériels sont considérables, et je me vois dans l'obligation de refaire la totalité de ma vitrine.

Je porte donc plainte pour vol avec effraction, en me réservant de me constituer par la suite partie civile, et vous prie, Monsieur le Procureur de la République, de bien vouloir faire ouvrir une enquête, et prendre immédiatement toutes les mesures nécessaires.

Veuillez agréer, Monsieur le Procureur de la République, l'expression de mes sentiments respectueux.

Autre lettre sur le même sujet

Le plus souvent, la victime d'un délit va déposer une plainte devant le commissaire de police (dans les villes), ou devant l'officier commandant la brigade de gendarmerie (en tous lieux).

Il peut arriver qu'après plusieurs jours, et même plusieurs semaines, elle ne soit pas encore informée des résultats de l'enquête, ou que celle-ci ne soit même pas commencée.

Dans ce cas, la victime d'un vol, par exemple, fera bien d'adresser une lettre au parquet dont relève sa commune, ainsi rédigée :

Bernard Liesse, commerçant
36, rue de l'Oiseau-Blanc
69005 Lyon

Lyon, le 30 juin 19..

A Monsieur le Procureur de la
République près le tribunal de
grande instance de Lyon

Monsieur le Procureur de la République,

J'ai l'honneur de porter à votre connaissance les faits suivants :

Dans la nuit du 14 au 15 décembre de l'année dernière, des inconnus ont fracassé la vitrine de la bijouterie que j'exploite 36, rue de l'Oiseau-Blanc, emportant des marchandises estimées à plusieurs dizaines de milliers de francs. J'en ai fait la déclaration le 15 décembre au commissariat de mon quartier.

Sans nouvelles de l'enquête qui devait avoir lieu, et n'ayant obtenu à ce jour aucune réponse ni indication au commissariat, je vous prie instamment de bien vouloir donner vos instructions au commissaire de police, afin qu'il procède à cette enquête le plus tôt possible, et que je sois informé de ses résultats.

Veuillez agréer, Monsieur le Procureur de la République, l'expression de mes sentiments respectueux.

Au procureur de la République pour signaler un délit scandaleux

Marie Le François
15, rue du Chat-qui-Pêche
75005 Paris

Paris, le 25 février 19..

A Monsieur le Procureur de la
République près le tribunal de
grande instance de Paris

Monsieur le Procureur de la République,

J'ai l'honneur de porter à votre connaissance les faits suivants :

Ma voisine, mère de quatre enfants dont l'aîné n'a pas dix ans, a été abandonnée par son mari l'année dernière.

Extrêmement occupée par les deux derniers petits, encore en bas âge, elle ne sort guère de chez elle que pour aller chercher les aînés à la sortie de l'école.

Revenu à la fin de l'année dernière, son mari lui a apporté des jouets et des bonbons pour les enfants, mais il est reparti le lendemain sans lui laisser le moindre argent.

Pour compléter les allocations familiales, Mme Bernard ne peut faire que quelques travaux à domicile, mal rétribués.

Elle me dit avoir signalé sa situation au commissariat de police, sans succès.

Ne pouvant comprendre l'impunité dont jouit son mari, qui est arrivé dans une belle voiture et gagne largement sa vie dans le commerce, je crois devoir attirer votre attention sur la situation critique de Mme Bernard et de ses quatre enfants.

Je suis persuadée que vous allez donner suite à sa plainte, formulée dans la lettre que vous trouverez ci-jointe.

Veuillez agréer, Monsieur le Procureur de la République, l'expression de ma considération distinguée.

Annexe : plainte pour abandon du foyer familial.

Plainte au procureur de la République pour abandon du foyer familial

Mme Yvette Bernard, née Delprat
15, rue du Chat-qui-Pêche
75005 Paris

Paris, le 25 février 19..

A Monsieur le Procureur de la
République près le tribunal de
grande instance de Paris

Monsieur le Procureur de la République,

Je suis mariée depuis 19.. à Jean-Yves Bernard, représentant de commerce. Il m'a abandonnée l'été dernier pour partir avec une autre femme.

Depuis cette époque, il m'a écrit plusieurs fois pour annoncer son retour, mais en fait n'est revenu qu'à la veille de Noël, pour repartir le lendemain sans me laisser d'argent.

Me trouvant avec quatre enfants dans le plus grand dénuement, je porte plainte pour abandon du foyer familial.

Dans l'espoir que vous allez faire rechercher mon mari activement, afin qu'il ne se désintéresse plus complètement de sa femme et de ses enfants, je vous prie d'agréer, Monsieur le Procureur de la République, l'expression de mes sentiments respectueux.

Plainte au procureur de la République pour abus de confiance

Roger Surville
67, rue de Bien-Assis
63100 Clermont Ferrand

Clermont-Ferrand, le 11 mai 19..

A Monsieur le Procureur de la
République près le tribunal de
grande instance de Clermont-Ferrand

Monsieur le Procureur de la République,

J'ai l'honneur de porter plainte contre M. Michel Martin pour les raisons suivantes :

Le 20 mars dernier, j'ai demandé à M. Martin, qui avait récemment ouvert un cabinet à Clermont, de souscrire une assurance pour la voiture que je venais d'acheter.

Je lui ai versé 1 700 F, somme qu'il m'a dit être le montant de la prime annuelle de cette assurance.

Plusieurs semaines ont passé, et M. Martin a disparu sans laisser d'adresse. Par ailleurs, la société à laquelle il a prétendu avoir transmis ma demande et mon versement n'a rien reçu de lui.

Craignant d'avoir été victime d'un abus de confiance, je porte plainte, et vous demande de bien vouloir faire procéder à une enquête sur les agissements de M. Martin.

Veuillez agréer, Monsieur le Procureur de la République, l'expression de mes sentiments respectueux.

Pour faire appel d'un jugement

Lettre à envoyer en recommandé, avec accusé de réception, au greffier du tribunal auprès duquel a été instruit votre procès.

Maigremont, le 19 février 19..

Monsieur le Greffier (1),

Je soussignée Dorothée Villeneuve, épouse Lecerf, attachée de direction, domiciliée 11, rue de l'Arbalète, 75005 Paris, interjette appel du jugement rendu par le tribunal paritaire des baux ruraux de Louviers en date du 26 janvier 19..

Le présent appel est dirigé contre M. Antoine Gribauval, domicilié 25, rue des Hayes-Mélines, à Louviers. Mon représentant devant la cour est Maître Geoffroy Duval, domicilié 25, rue Franklin, à Paris (XVIe).

Veuillez agréer, Monsieur le Greffier (1), toute ma considération.

Du père d'une jeune fille, victime d'une agression, au père de l'agresseur (mineur)

Monsieur,

Je vous rappelle que, par jugement du 24 septembre dernier, le tribunal correctionnel de Poitiers a condamné votre fils mineur, Jean, pour avoir violemment frappé au visage, dans la rue, ma fille, qui a eu la mâchoire brisée. Civilement responsable, vous avez été

---

(1) Dans le cas d'un parquet important : Monsieur le Greffier en chef.

condamné à me verser 2 500 F (deux mille cinq cents francs) de provision, à valoir sur une somme qui ne pourra être évaluée que lorsque les médecins experts qui ont été désignés auront déposé leur rapport.

Ce jugement est définitif (1).

Je vous invite donc, aujourd'hui, à me faire parvenir ces deux mille cinq cents francs dans les huit jours. Sans règlement ni réponse passé ce jour, je vous ferais signifier le jugement, et ce serait à vos frais.

Veuillez agréer, Monsieur, l'assurance de mes sentiments distingués.

Bruno Perrein

17, rue du Bois-d'Amour
86000 Poitiers

Testaments

Pour les problèmes concernant testaments et successions, voir l'annexe p. 316.

Testament (un seul légataire universel)

Je soussigné Pierre-Etienne DURCY, habitant 6, rue des Tables-Claudiennes, 69001 Lyon, donne et lègue à mon fils Arnaud Durcy, habitant 19, rue du Pas-de-la-Mule, 75003 Paris, tous les biens meubles et immeubles qui composeront ma succession sans exception ni réserve, et l'institue mon légataire universel.

Je déclare en outre révoquer tous autres testaments et dispositions que j'aurais pu prendre antérieurement.

Fait et écrit entièrement de ma main, à Lyon, le 30 avril 19..

Pierre-Etienne Durcy

---

(1) Le jugement d'un tribunal correctionnel devient — à défaut d'appel — définitif onze jours après son prononcé, s'il a été contradictoire. Lorsque la culpabilité du « prévenu » est apparue certaine, l'exécution provisoire, nonobstant appel, est souvent ordonnée pour la provision éventuellement allouée à la victime.

Autre testament (plusieurs légataires universels)

Ceci est mon testament.

Je soussignée Marie-Caroline HERMAN, veuve de Gaston DUBOSC, habitant 23, rue Guignefolles, 86360 Chasseneuil-du-Poitou, donne et lègue à mes fils Cyrille Dubosc, habitant 2, rue de l'Eglise, 86120 Les-Trois-Moûtiers, Robert Dubosc, habitant 37, rue du Général-de-Gaulle, 71850 Saint-Désert, et à ma fille Hélène Leroy, habitant 42, rue de la Main-d'Or, 75011 Paris, tous les biens meubles et immeubles qui composeront ma succession, et les institue conjointement mes légataires universels.

Au cas où l'un d'eux viendrait à mourir avant moi, je désire que sa part soit partagée entre les colégataires (1).

Je déclare en outre révoquer tous autres testaments et dispositions que j'aurais pu prendre antérieurement.

Fait et écrit entièrement de ma main, à Chasseneuil-du-Poitou, le 7 mars 19..

Marie-Caroline Dubosc

Legs à titre universel

Je soussigné... donne et lègue à... tous les biens meubles (2) qui composeront ma succession sans exception ni réserve.

Je déclare en outre révoquer tous autres testaments et dispositions que j'aurais pu prendre antérieurement.

Fait et écrit entièrement de ma main, à..., le...

Signature du testateur

Legs à titre particulier

Je soussigné... donne et lègue à... **[un ou plusieurs objets déterminés, qu'il importe de désigner avec précision (3)].** ——.

Tous droits de mutation et tous frais de délivrance des legs ci-dessus mentionnés seront supportés par ma succession, de manière

---

(1) **Ou** : recueillie par ses enfants et petits-enfants suivant les règles ordinaires de la représentation.

(2) **Ou** : tous les immeubles ;
la moitié, le quart ou une quote-part quelconque de tous les biens meubles ;
la moitié, le quart ou une quote-part quelconque de tous les immeubles.

que les légataires susnommés perçoivent le montant de leurs legs francs et quittes de toutes charges.

Je déclare en outre révoquer tous autres testaments et dispositions que j'aurais pu prendre antérieurement.

Fait et écrit entièrement de ma main, à..., le...

Signature du testateur

Autre testament

Ceci est mon testament.

Je soussignée Henriette Paule Stéphanie Durand, veuve de Jean-Baptiste Chauvel, habitant 27, rue des Cinq-Diamants, 75013 Paris, donne et lègue par ce testament à :

- mon fils Jean-Charles Chauvel, habitant 12, rue du Fer-à-Moulin, 75018 Paris, ma maison de campagne sise au lieudit les Grands-Journaux, 74300 Cluses, et le mobilier qu'elle contient ;
- ma fille Claire Stéphanie Chauvel, épouse Jardin, habitant 16, rue Madame-Lafayette, 76600 Le Havre, mon appartement de la rue des Cinq-Diamants, et tous mes bijoux, à l'exception de ma gourmette en or, que je lègue à ma petite-fille Marie-Henriette Jardin, et de mon bracelet de turquoise, que je destine à ma petite-fille Brigitte Chauvel ;
- mes deux enfants la totalité des meubles de l'appartement de la rue des Cinq-Diamants, à l'exception de la commode Régence qui se trouve dans ma chambre, que je désire léguer à ma jeune amie Marie-Christine Varin, habitant 2, rue du Sabot, 75006 Paris, et de

---

(3) **Tels que :**
Ma montre, mon cheval, la pendule Louis XV de mon salon ;
...actions de **(nom de la société qui les a émises)**, portant les n^{os}..., qui se trouvent...
Une somme de... francs **(indiquer qui doit la payer ou sur quel compte ou quelle créance elle doit être prise).**
Une rente de... francs **(indiquer qui doit la servir ou comment elle doit être constituée et à quelles époques elle doit être versée).**
Un immeuble sis à...
Tous les meubles garnissant ma maison au jour de mon décès.
L'usufruit de tous mes biens meubles et immeubles.
Les quatre immeubles que je possède à... **(même si ces immeubles constituent en réalité tous les biens immobiliers du testateur, leur désignation précise empêche que le legs soit considéré comme un legs à titre universel).**

mon piano, que je réserve à mon petit-cousin Antoine Durand, habitant 15, passage des Soupirs, 75020 Paris ;
- et la somme qui figurera à mon compte en banque (compte n° 26254, C. I. C., Agence W, 224, rue de Tolbiac, 75013 Paris).

Tous droits de mutation et tous frais de délivrance des legs ci-dessus mentionnés seront supportés par ma succession, de manière que Mlle Varin et M. Antoine Durand reçoivent leurs legs francs et quittes de toutes charges.

Je déclare en outre révoquer tous autres testaments et dispositions que j'aurais pu prendre antérieurement.

Fait et écrit entièrement de ma main, à Paris, le 10 mai 19..

Henriette Chauvel

Formule d'institution d'exécuteur testamentaire

Pour instituer un exécuteur testamentaire, il suffit de faire figurer dans un testament la formule suivante :

Je nomme pour mon exécuteur testamentaire M. Jacques Laurent Dubois, habitant 10, rue des Patriarches, 75005 Paris, et, à son défaut, Mme Dominique Lengyel, habitant 61, rue des Cailloux, 93170 Bagnolet, avec faculté de se faire remplacer en cas d'empêchement par une personne de leur choix à qui ils passeront tous les pouvoirs que je leur confère.

Je donne à celui (ou celle) qui exécutera ces fonctions la saisine de mon mobilier pendant un an et un jour, et lui confère les pouvoirs les plus étendus, à l'effet de recouvrer toutes créances, acquitter toute dette, délivrer les legs particuliers et, d'une manière générale, gérer ma succession jusqu'à sa liquidation définitive.

Je lui donne et le (ou la) prie d'accepter, pour l'indemniser de ses peines, ma bague de diamant (1).

Codicille

Je soussignée Henriette Paule Stéphanie Durand, veuve de Jean-Baptiste Chauvel, déclare ajouter à mon testament du 10 mai 19.. la disposition suivante :
- je lègue à ma petite-fille Valentine Jardin, habitant présentement 43, rue des Laitières, 94300 Vincennes, mon nécessaire de toilette en argent et le petit meuble qui le contient.

---

(1) Ou : les deux fauteuils Louis XV de mon salon ; **ou** : une somme de...

Je déclare en outre que le présent codicille (1) ne révoque aucunement mon testament du 10 mai 19.., qui conserve pour le surplus son plein et entier effet.

Fait à Paris, le 30 octobre 19..

Henriette Chauvel

Renonciation

Déclaration reçue au greffe du tribunal civil dans le ressort duquel est mort le testateur.

Acceptation sous bénéfice d'inventaire

Déclaration reçue au greffe du tribunal de grande instance dans le ressort duquel est mort le testateur. (Voir le notaire ; v. aussi p. 275.)

L'armée

Les soldats écrivant à leurs chefs par la voie hiérarchique n'introduiront dans leurs lettres aucune formule de politesse.
Ils indiqueront dans l'en-tête le corps d'armée, la division, la brigade et le corps auxquels ils appartiennent, inscriront en haut et à gauche l'objet de leur demande, et dateront en haut et à droite.
Si cela est nécessaire, ils feront figurer leur adresse au-dessous de leur signature.

D'un militaire pour demander une permission

J'ai l'honneur de vous demander de bien vouloir m'accorder une permission de trois jours, avec solde de présence, valable du 3 au 5 mars 19.., pour me rendre au mariage de mon frère à Saint-Mandé.

Au cours de cette permission, j'habiterai chez mes parents, 17, rue du Talus-du-Cour, 94160 Saint Mandé.

---

(1) L'objet d'un codicille peut être un nouveau legs, la révocation d'un legs ou la substitution d'un legs à un autre.

D'un simple soldat demandant un congé définitif

Dutant (Bertrand Marc), chasseur au 21e bataillon de chasseurs, en garnison à Besançon, demande la permission de vous exposer que, à la suite d'une fièvre typhoïde, sa santé demeure très chancelante, ainsi que l'atteste le certificat ci-joint du médecin-major.

Comme il ne sera pas en état de supporter les fatigues des exercices, et surtout des grandes manœuvres qui précéderont la libération de sa classe, il sollicite de votre bienveillance un congé définitif, qui lui permette d'achever sa convalescence dans sa famille.

Bertrand Dutant

D'un militaire demandant l'autorisation de se marier

J'ai l'honneur de vous demander de bien vouloir m'accorder l'autorisation de contracter mariage avec Mademoiselle Sonia Marie Gabrielle Delahaye, domiciliée à Créteil (Val-de-Marne), 8, rue du Fort-à-Faire.

Ma fiancée, Française d'origine, est née le 6 mars 19.., et exerce la profession d'aide-comptable.

Vous trouverez ci-joints un extrait de l'acte de naissance (1) et un extrait du casier judiciaire (2) de ma fiancée.

Si la fiancée est de nationalité étrangère :

Ma fiancée, de nationalité belge, est née le 6 mars 19.. à Bruxelles et est sans profession. Elle a résidé en Belgique, rue de l'Ermitage 56, 1050 Bruxelles.

Vous trouverez ci-joints un extrait de l'acte de naissance, un extrait du casier judiciaire et une déclaration de ma fiancée.

Déclaration de la fiancée (étrangère) d'un militaire

Je soussignée Jeanne Louise Isabelle Neyens déclare renoncer expressément, en vue de mon mariage avec le sergent Louis Blin, à la faculté qui m'est offerte, par l'article 38 de l'ordonnance du 19 octobre 1945 portant code de la nationalité française, de décliner la qualité de Française.

Fait à Bruxelles, le 19 octobre 19..

---

(1) Voir p. 243
(2) Voir p. 283.

Pour demander des nouvelles d'un soldat malade

Saint-Trivier, le 3 avril 19..

A Monsieur le Directeur
de l'hôpital militaire
de Montbéliard

Monsieur le Directeur,

Voudriez-vous avoir la bonté de me donner des nouvelles de mon neveu, Guillaume Baroît, soldat à la 5e compagnie du 3e bataillon de chasseurs à pied en garnison à Montbéliard ? Guillaume Baroît est entré à l'hôpital au mois de février dernier, et depuis cette époque je n'ai reçu aucune lettre de lui. Mon inquiétude est très grande.

Dans l'espoir que vous voudrez bien me renseigner le plus tôt possible, je vous prie d'agréer, Monsieur le Directeur, avec tous mes remerciements, l'assurance de mes sentiments respectueux.

Pierre Chamonal

Les Tertres
01360 Saint Trivier de Courtes

Pour annoncer la maladie d'un soldat en permission

Colonel,

Mon mari, le soldat Leclerc Patrice, nº matricule 4081, de la 3e compagnie du 6e régiment d'infanterie, qui était venu me voir à l'occasion d'une permission de deux jours, se trouve actuellement alité avec une bronchite, comme en fait foi le certificat médical que vous trouverez ci-joint.

Dès qu'il sera rétabli, il rejoindra sa compagnie, mais le médecin pense qu'il ne sera pas sur pied avant quinze jours.

Veuillez agréer, Colonel, l'expression de mes sentiments très respectueux.

Denise Leclerc

50, rue des Eaux
75016 Paris

Demandes et réclamations diverses

Pour demander un service à un(e) ami(e)

Chère Camille,

Tu sais depuis combien de temps je cherche à m'évader de mon appartement trop étroit, en courant tout Paris pour dénicher le quatre pièces de mes rêves. Touchons du bois : je crois bien que je viens de mettre la main dessus. J'ai visité ce matin, rue de Commaille (c'est une toute petite rue du VIIe arrondissement, qui longe un square), une vraie merveille : quatre grandes pièces avec un immense balcon dominant la cime des arbres, et le charme un peu désuet, que j'adore, des immeubles anciens.

Mais — il y a toujours un mais —, je ne suis pas la seule à avoir été conquise, et l'affaire est loin d'être faite. J'ai demandé à l'agence le nom du propriétaire, qui serait une certaine Nicole Evrard, et il m'a vaguement semblé t'avoir entendue une fois ou deux parler de cette madame Evrard comme de quelqu'un de ta famille.

Pure imagination de ma part ? Mais, si je ne me trompe pas, crois-tu que tu pourrais m'appuyer auprès d'elle ? Tu peux lui jurer que je serai la plus tranquille des locataires, n'ayant ni chat, ni chien, ni enfants en bas âge, et détestant par-dessus tout recevoir jusqu'à trois heures du matin.

Tu me dis s'il te plaît si tu peux faire quelque chose ?

Amicalement à toi.

Réponse

L'affaire est quasi faite, ma belle. Tu ne t'étais pas trompée : je connais fort bien Nicole Evrard, qui avait épousé en premières noces mon frère Francis. Comme je l'aimais tendrement, j'ai gardé avec elle, après leur divorce, les plus cordiales relations de belle-sœur à belle-sœur.

Es-tu libre, ou pourrais-tu te libérer mardi prochain, vers six heures, pour la rencontrer à la maison ? Le plus simple serait que vous parliez tout bonnement de la rue de Commaille ensemble ; mais à mon avis, tu peux commencer à t'imaginer en train d'arroser tes pétunias sur ton balcon — dont tu vas faire un vrai jardin, avec la main verte que je te connais !

Tout amicalement.

Pour demander un service à une relation

Cher Monsieur,

Veuillez pardonner la liberté que je prends de venir aujourd'hui vous demander un service. J'ai beaucoup hésité à vous déranger ; je ne l'aurais pas fait pour moi, mais le fait qu'il s'agisse de mon père a fini par effacer mes scrupules.

Agé de plus de soixante-dix ans, mon père est soigné depuis des années pour des troubles intestinaux par un médecin de famille en qui je n'ai pas une parfaite confiance : tout en appréciant sa gentillesse, je ne suis pas absolument sûre de sa compétence. Et depuis quelques mois l'état de santé de son patient s'est visiblement aggravé.

Je viens enfin de le décider, non sans peine, à aller voir un spécialiste, et j'ai pensé tout de suite au professeur Charles, qui fait autorité en matière de troubles du système digestif. Mais, lorsque je lui ai téléphoné, il m'a été répondu, à ma grande consternation, qu'il fallait attendre trois mois pour avoir un rendez-vous.

Je crois vous avoir entendu dire un jour que le professeur Charles était l'un de vos amis. Auriez-vous la grande obligeance de me dire, bien franchement, si par hasard il vous serait possible de m'appuyer auprès de lui ? Mais je ne voudrais surtout pas que cela vous cause la moindre gêne, et je comprendrais parfaitement qu'il ne vous soit pas possible d'intervenir en ma faveur.

En vous remerciant à l'avance, je vous prie de croire, cher Monsieur, à ma bien reconnaissante sympathie.

Eliette Bernard

9, avenue des Amoureux
27400 Louviers

Réponse

Chère Madame,

Vous avez eu mille fois raison de m'écrire : le professeur Charles est en effet l'un de mes proches amis, et je lui ai téléphoné aussitôt après avoir reçu votre lettre. Il recevra Monsieur votre père lundi prochain 13 juin à 21 heures (heure bizarre, je le reconnais, mais le professeur Charles pousse la passion de son métier jusqu'à donner des rendez-vous très avant dans la soirée).

Avec mes vœux les plus sincères pour le prompt rétablissement de Monsieur votre père, je vous prie de croire, chère Madame, à tous mes meilleurs sentiments.

Demande d'exonération de la taxe TV

Bernard Stève
47, rue du Bon-Endroit
86200 Loudun

N° de compte 18387906

Loudun, le 19 août 19..

A Monsieur le Directeur
du Service régional
de la redevance

Monsieur le Directeur,

Etant à la retraite depuis l'année dernière, et âgé de plus de 65 ans (1), je vis seul avec ma femme, et mes ressources annuelles n'atteignent pas le plafond fixé pour un ménage.

Je souhaiterais, en conséquence, bénéficier de l'exonération de la redevance télévision, dont l'échéance est fixée au 1er octobre prochain.

Avec mes remerciements, je vous prie de croire, Monsieur le Directeur, à l'expression de mes sentiments distingués.

Abonnement à un journal

Messieurs,

Je souhaiterais m'abonner pour un an au journal *Le Monde*. Veuillez trouver ci-joint un chèque (un mandat) de... F correspondant au montant de l'abonnement annuel.

Recevez, Messieurs, mes sincères salutations.

Joëlle Fresnay

17, rue de l'Arbalète
75005 Paris

---

(1) ou : 60 ans **(en cas d'inaptitude au travail reconnue).**

Abonnement à un journal (pour un tiers)

Messieurs,

Vous trouverez ci-joint un chèque (mandat) de... F correspondant au montant d'un abonnement annuel à *Sud-Ouest.* Auriez-vous l'obligeance de servir cet abonnement à

Madame Catherine NERVAL
2, rue du Poids-de-l'Huile
31000 Toulouse

Par ailleurs, lorsque cet abonnement arrivera à échéance, je vous serais reconnaissant de bien vouloir m'en avertir : je souhaiterais en effet le renouveler moi-même.

Avec mes remerciements, je vous prie de croire, Messieurs, à l'assurance de mes sentiments distingués.

Pierre Pesnel

71, rue du Chant-du-Merle
31000 Toulouse

Changement d'adresse d'un abonné

Messieurs,

Auriez-vous l'obligeance de noter qu'à partir du 16 avril prochain votre journal devra m'être envoyé à ma nouvelle adresse :

3, chemin Encore
31800 Saint Gaudens

Vous trouverez ci-jointe la dernière bande de mon abonnement en cours.

Veuillez agréer, Messieurs, mes sincères salutations.

Réclamation à la SNCF pour un colis abîmé

A envoyer recommandée.

Monsieur le Chef de gare,

Les services de la SNCF viennent de livrer à mon domicile un colis expédié le 20 juin dernier par les Etablissements Graindorge.

Je n'ai pas voulu signer la feuille de route qui accompagnait ce colis, dont il m'est impossible d'accepter la livraison : l'emballage en était en effet fortement cabossé, déchiré même par endroits, et j'ai tout lieu de craindre qu'il n'ait été tenu aucun compte des étiquettes « Haut » et « Bas » apposées sur chacune des faces.

Je suis à votre disposition pour vous fournir la liste des objets que contenait ce colis lorsqu'il a été expédié, ainsi que la facture justifiant de leur prix d'achat — facture qui permettra d'évaluer le montant de l'indemnité qui m'est due.

Dans l'attente de votre réponse, je vous prie de croire, Monsieur le Chef de gare, à toute ma considération.

Au bureau des objets trouvés de la SNCF

A envoyer au bureau des objets trouvés du terminus de la ligne qu'on a empruntée.

André Morel
Le Petit-Cuisinet
Cintray
27130 Verneuil sur Avre

Cintray, le 14 août 19..

Monsieur,

Hier 13 août, j'ai oublié dans le train de Rouen, à 13 h 15, en gare de Gaillon où je suis descendu, une mallette en cuir naturel qui contenait quelques livres, un chandail beige, un parapluie télescopique noir et une trousse de toilette.

Pourriez-vous me dire si cette mallette vous a été remise, ce que je n'ose espérer, et, le cas échéant, auriez-vous l'extrême obligeance de me la réexpédier en port dû à mon domicile de Cintray (1) ? Je vous en serais très reconnaissant.

En vous remerciant par avance, je vous prie de croire, Monsieur, à l'assurance de mes sentiments distingués.

---

(1) **Ou, s'il s'agit d'un objet encombrant** : une valise écossaise contenant des vêtements, trois livres (*la Rabouilleuse ;* les deux premiers tomes des *Mémoires* de Saint-Simon) ; une trousse de toilette rayée orange et jaune et une paire de bottes noires.

Auriez-vous l'obligeance de me dire si cette valise vous a été remise, ce que je n'ose espérer, et, le cas échéant, de m'indiquer les heures d'ouverture du bureau des objets trouvés de Rouen, où je passerai dans le courant de la semaine prochaine ?

Lettres à la radio, à la télévision, à votre journal

A la radio ou à la télévision

Pour demander les références d'un enregistrement musical

Lyon, le 2 décembre 19..

Emission « Marche ou rêve »
France-Inter
Maison de Radio-France
116, quai Kennedy
75016 Paris

Messieurs,

J'ai entendu sur votre chaîne, hier lundi 1er décembre, à 20 h 45, une chanson de Jeanne Moreau intitulée « J'aurai ta peau Léon », dont l'humour m'a séduite. La musique en était, je crois, de Bassiak.

Auriez-vous l'obligeance de me donner les références de ce disque, en m'indiquant s'il s'agit d'un enregistrement ancien ou si, à votre connaissance, il est encore possible de se le procurer ?

Vous trouverez ci-jointe une enveloppe timbrée libellée à mes nom et adresse.

Avec mes remerciements, recevez, Messieurs, mes sincères salutations.

Pour protester contre la programmation tardive d'une émission de qualité

Châtenay-Malabry, le 27 décembre 19..

A Monsieur le Directeur
de F. R. 3

Monsieur,

J'ai suivi avec passion, pendant tout l'automne, la remarquable émission intitulée « les Amériques avant Colomb », à laquelle M. Jacques Dommergue, professeur au Collège de France, prêtait son immense culture et son sens de la synthèse. Beauté des images, densité du texte — subtilement didactique —, hardiesse du montage : c'était vraiment de la grande télévision, qui faisait honneur à la troisième chaîne.

Mais, il y a, hélas, toujours un mais : pourquoi avoir programmé cette émission le vendredi soir à 21 h 30, juste au moment où passe, sur la deuxième chaîne, une excellente émission littéraire ? Et, qui plus est, comment a-t-on pu programmer la dernière émission de la série un 24 décembre à 23 h ? On croit rêver ! Je voudrais bien savoir combien de téléspectateurs ont interrompu leur réveillon à 22 h 59 pour tourner le bouton de leur poste et écouter M. Jacques Dommergue...

Pardonnez ma mauvaise humeur — mais la télévision nous a si peu habitués à une telle qualité qu'on se sent tout frustré de ne pouvoir regarder une série comme celle-là de bout en bout.

Veuillez croire, Monsieur, à l'assurance de mes sentiments distingués.

Pierre Rolland

27, voie du Loup-Pendu
92290 Châtenay Malabry

Autre lettre sur le même sujet

Michelle Gaubert
21, rue Boris-Vian
31130 Balma

Balma, le 7 avril 19..

A Monsieur le Directeur
d'Antenne 2

Monsieur,

J'ai regardé avec le plus vif intérêt les trois émissions que la deuxième chaîne a consacrées aux enfants inadaptés : elles m'ont paru faire le point sur ce problème délicat avec beaucoup de sérieux et une remarquable honnêteté.

Je déplore seulement que leur programmation ait été si tardive : 22 h 30 pour des émissions qui intéressent tant de parents... Qui les aura regardées ? les lève-tard, les « bourgeois », les « intellectuels », ceux qui sont déjà informés ou déjà convaincus. Mais les autres, tous ceux qui auraient si grand besoin d'aide, et qui ne savent plus à quel saint se vouer devant les problèmes quotidiens que leur posent ces enfants difficiles, n'ont-ils pas aussi le droit d'être informés ?

Si une reprogrammation de ces émissions devait être envisagée, je souhaiterais de tout mon cœur qu'elles puissent alors s'adresser au large public pour lequel elles ont été conçues.

Veuillez agréer, Monsieur, l'assurance de mes sentiments distingués.

Michelle Gaubert

Demande de renseignements au producteur d'une émission

Paris, le 3 mai 19..

Madame Nadia Tield
France Culture / Pièce 5302
Maison de Radio-France
116, quai Kennedy
75016 Paris

Chère Madame,

Vos émissions sur les « Médecines nouvelles » ont été aussi intéressantes qu'utiles. Je crois qu'elles arrivent en un temps où nous en avons tous besoin.

Pour des raisons personnelles, j'ai été particulièrement attentive à celles qui concernaient les techniques de surveillance de grossesse. Auriez-vous la grande obligeance de m'indiquer les centres hospitaliers (publics ou privés) de la région parisienne où l'on pratique l'anesthésie péridurale lors de l'accouchement ?

Vous trouverez ci-jointe une enveloppe timbrée libellée à mes nom et adresse.

En vous remerciant par avance, je vous prie de croire, chère Madame, à toute l'amitié d'une fidèle auditrice.

A un journal

Pour féliciter un journaliste à l'occasion d'une série d'articles traitant d'un problème vital pour une ville ou une région

Monsieur,

J'ai lu avec un vif intérêt la série d'articles intitulée « Bagatelles pour un cadastre » que vous avez fait paraître dans *France-Matin* du 13 au 21 juin, et je ne saurais trop vous en féliciter. Ces articles apportent une bouffée d'oxygène dans l'atmosphère irrespirable où est plongée notre malheureuse ville, et me semblent plus qu'opportuns : ils constituent — enfin — le dossier clair et complet qui permettra à nos concitoyens de se faire une opinion en toute connaissance de cause. En remettant scrupuleusement les faits à leur place, en rétablissant une vérité ensevelie tout au long des dernières semaines sous les déclarations de tout bord, où l'égoïsme le disputait au mensonge et à l'esprit de parti, vous avez fait honneur à votre journal et à votre profession : soyez-en remercié.

Veuillez croire, Monsieur, à tous mes meilleurs sentiments.

Isabelle Renaud

3, rue du Buisson-Joyeux
94700 Maisons Alfort

Pour demander une rectification

Monsieur le Rédacteur en chef,

Je viens de lire avec surprise, et, je dois le dire, avec irritation, l'article que votre collaborateur J. Laumonnier a fait paraître dans *l'Univers* du 10 mai sous le titre « A bon entendeur, salut ».

Si j'ai effectivement tenu certains des propos que me prête M. Laumonnier, c'était dans un contexte tout différent ; et la façon dont il a mis bout à bout des phrases qui n'avaient rien à voir entre elles trahit, me semble-t-il, un désir de me ridiculiser en déformant grossièrement ma pensée. Ce procédé n'honore pas un journaliste, dont le premier devoir devrait être de rapporter les faits tels qu'ils sont, et non de les manipuler sans laisser à ses lecteurs la possibilité de se faire une opinion par eux-mêmes.

Je ne suis pas d'accord, il est vrai, avec la façon dont M. Dieny, maire de Fougerolles, envisage l'implantation d'un foyer pour le troisième âge ; mais mes réserves s'expriment — ce que sait parfaitement M. Dieny lui-même — de façon beaucoup plus nuancée. Je vous demanderai, en particulier, de retirer la phrase « Il faut être fou pour déclarer, comme le fait le maire, que... », phrase que je n'ai jamais prononcée.

Je compte que vous voudrez bien faire paraître ce rectificatif dans un de vos tout prochains numéros,

et vous prie de recevoir, Monsieur le Rédacteur en chef, mes salutations distinguées.

Jean Marchay

9, rue Grande
53190 Fougerolles du Plessis

Pour signaler un programme immobilier malencontreux

Monsieur le Rédacteur en chef,

Paris-Ouest de ce matin m'apprend que la S. A. S. I. P. envisage de construire un ensemble de H. L. M. au lieudit la Grande-Noé, à trois kilomètres au sud de notre ville.

Il se trouve que la Grande-Noé est actuellement le seul véritable espace vert — et boisé — dont peuvent disposer les citadins. En un temps où — d'après les déclarations officielles tout au moins — on se préoccupe tant des loisirs et du bien-être de nos concitoyens, il paraît absurde de raser le dernier bois qui nous reste, alors que ces habitations nouvelles pourraient tout aussi bien être implantées à l'est de notre ville. J'imagine sans peine que le coût de l'expropriation des terres y serait un peu plus élevé ; mais l'Etat ne devrait-il pas tenir compte aussi, avant tout même, de l'intérêt général ?

En espérant que vous voudrez bien vous faire l'écho de cette protestation, je vous prie de croire, Monsieur le Rédacteur en chef, à l'assurance de mes sentiments distingués.

A un journal de défense des consommateurs

Messieurs,

Mère d'un enfant de quatre mois, et habitant à la campagne une maison mal chauffée, j'avais décidé d'acheter un coussin chauffant pour éviter que ma fille ne prenne froid lorsque je la change.

Une marque bien précise — celle des coussins Nidou — a tout de suite attiré mon attention. Sur l'emballage figurait en effet un poussin épanoui d'aise et tout pénétré d'une douce chaleur grâce au coussin chauffant sur lequel il était moelleusement couché.

O surprise ! à l'intérieur de la boîte, sur la notice d'utilisation, ce même poussin n'était plus *sur*, mais *sous* le coussin, et, en petits caractères, figurait la mention : ne pas utiliser pour un enfant en bas âge.

Arguant — légitimement — de sa bonne foi, le commerçant auquel j'avais acheté ce coussin a refusé de me le rembourser, en me conseillant de me retourner contre le fabricant, ce que j'ai fait, sans grand espoir ; mais je tenais à attirer l'attention de votre journal sur la malhonnêteté de ce procédé, en espérant que le récit de ma mésaventure préviendra quelque acheteur éventuel.

Recevez, Messieurs, mes sincères salutations.

Yvonne Fresnoy

Le Bout-du-Bas
27480 Lyons la Forêt

Quelques adresses utiles

Parmi d'autres associations qu'il est utile de connaître, celles-ci vous indiqueront des médecins, des psychologues et des juristes spécialisés, qui pourront vous aider à surmonter vos épreuves.

FEMMES qui souffrez de l'incompréhension de votre mari, maris qui ne parvenez plus à dialoguer avec votre femme, et qui voulez tout tenter pour ne pas en arriver au divorce.

ASSOCIATION FRANÇAISE
DES CENTRES DE CONSULTATIONS CONJUGALES

19, rue Lacaze, 75014 Paris.

EPOUSES, MARIS, ADOLESCENTS, qui devez vivre avec un homme qui boit, une femme qui noie ses soucis dans l'alcool, un père ou une mère qui ne s'intéresse plus qu'au vin, à la bière ou au whisky.

COMITÉ NATIONAL DE DÉFENSE
CONTRE L'ALCOOLISME (1)

Reconnu d'utilité publique, 20, rue Saint-Fiacre, 75002 Paris.

---

(1) Le Comité national de défense contre l'alcoolisme a ouvert un centre d'informations, 36, boulevard de Strasbourg, 75010 Paris. Il a des délégués dans presque tous les départements, et travaille en liaison avec toutes les associations d'anciens buveurs et d'abstinents.

PARENTS D'UN ENFANT INFIRME OU HANDICAPÉ, qui ne peut pas faire des études normales.

UNION NATIONALE
DES ASSOCIATIONS DE PARENTS D'ENFANTS INADAPTÉS

28, place Saint-Georges, 75009 Paris.

PARENTS ET ALLIÉS D'UN MALADE MENTAL, qui éprouvez les plus grandes difficultés pour le faire soigner, souffrez de son isolement et du vôtre, du manque de compréhension de l'entourage, avez besoin d'assistance et de conseils.

UNION DES FAMILLES
DE MALADES MENTAUX ET DE LEURS ASSOCIATIONS (UNAFAM) (2)

8, rue de Montyon, 75009 Paris.

PARENTS DE JEUNES DROGUÉS, qui ne savez plus que faire en voyant vos enfants s'enfermer jour après jour dans leur toxicomanie.

SERVICE DE LUTTE CONTRE LA TOXICOMANIE

Hôpital Marmottan, 19, rue d'Armaillé, 75017 Paris.

---

(2) On peut aussi s'adresser à la Ligue française d'hygiène mentale, 11, rue Tronchet, 75009 Paris.

Les annexes

I. Successions et testaments

II. Pour choisir un conseil

III. Les autorités administratives et judiciaires

IV. Règles grammaticales et barbarismes

Successions et testaments

On sait qu'après le décès d'un individu ses biens sont recueillis par ses héritiers.

S'il n'avait pas de proches parents, il avait pu en léguer la totalité à toutes personnes de son choix.

S'il avait des parents proches, en ligne directe, enfants ou petits-enfants, père ou mère, ou grands-parents, il ne pouvait disposer que d'une partie de ses biens, car la loi en réserve aux ascendants et aux descendants la majeure partie.

D'un individu qui est mort sans avoir fait de testament, on dit : « Il est décédé *ab intestat.* »

Ses héritiers légaux (ses parents les plus proches) se partagent les biens qu'il possédait suivant les règles posées par le Code civil.

Si le défunt avait fait un testament, ses parents ne recevront de ses biens que la part qui leur est *réservée* par le Code.

La « quotité disponible » (qui n'est jamais inférieure à un quart ni supérieure à trois quarts) de ses biens, part dont il pouvait disposer, ira aux personnes qu'il a désignées dans un acte spécial.

Il y a trois sortes de testaments :

- Le *testament olographe,* le plus simple, qui doit être écrit en entier de la main de son auteur, daté et signé par lui ;
- Le *testament mystique,* qui, rédigé par le testateur (mais le texte peut en avoir été dactylographié), est présenté à un notaire dans une enveloppe close, en présence de deux témoins (1) ;
- Le *testament authentique,* ou par acte public, qui est *dicté* par le testateur *à un notaire assisté de deux témoins,* ou d'un second notaire.

Il est signé par son auteur en leur présence, ainsi que par le notaire et par les deux témoins, ou le second notaire.

Les militaires et les marins peuvent, aux armées, en mer, ou blessés ou malades dans les hôpitaux, dicter leur testament à un officier supérieur, ou à un médecin-chef, en présence de deux témoins.

Quelle que soit la forme du testament, le testateur ne dispose entièrement à son gré de son patrimoine que lorsqu'il n'existe aucun héritier réservataire (c'est-à-dire aucun descendant légitime, aucun enfant naturel ou aucun ascendant légitime).

---

(1) Les témoins doivent être Français, majeurs, et non déchus de leurs droits civiques.

Si le testateur a un héritier réservataire (ou plusieurs), il ne dispose que de la quotité disponible. (Voir tableau, pages 320 et 321.)

Le testateur peut faire ce qui lui plaît de la quotité disponible, exactement comme il aurait fait de la totalité de sa succession s'il n'avait pas eu d'héritier réservataire.

Il peut faire, soit :

- **Un legs universel**

C'est celui qui donne au légataire la totalité des biens qu'il laissera à son décès, ou leur quotité disponible (p. 295).

Le légataire universel qui a accepté le legs a droit à la totalité de la quotité disponible. Mais il est tenu de supporter toutes les dettes et toutes les charges (autres legs) de la succession proportionnellement à ladite quotité.

Il en résulte que, tenu des mêmes obligations que les héritiers légaux, il n'a intérêt à accepter le legs universel (la succession) — comme les héritiers d'une personne décédée *ab intestat* — que si la valeur des biens laissés par le défunt dépasse largement le total de ses dettes.

S'il a un doute à ce sujet, il n'acceptera le legs que sous bénéfice d'inventaire (p. 275).

Il peut aussi le refuser. A condition toutefois qu'il n'ait pas fait acte d'héritier.

Le légataire universel doit demander la remise de son legs :

a) Aux héritiers réservataires quand il y en a ;

b) Au tribunal de grande instance du lieu d'ouverture de la succession (domicile du défunt), s'il n'y a pas d'héritier réservataire et si le testament n'est pas authentique.

Il peut prendre lui-même possession des biens laissés par le défunt quand le testament a été fait par acte authentique et qu'il n'y a pas d'héritier réservataire.

- **Un legs à titre universel**

C'est celui par lequel le testateur donne au légataire une quote-part de la succession (réductible à la quotité disponible) [p. 296].

Le légataire n'est alors tenu des dettes et charges de la succession que jusqu'à concurrence du montant de son legs.

Il doit demander la remise de son legs aux héritiers réservataires, s'il y en a, et, à leur défaut, au légataire universel.

- **Un legs particulier** (ou à titre particulier).

C'est celui qui donne à son bénéficiaire seulement un ou plusieurs biens nettement désignés, ou encore une certaine somme d'argent (p. 296).

Ce légataire n'est, sauf clause contraire, tenu d'aucune dette ou charge de la succession.

Il doit demander la remise de son legs aux héritiers réservataires (ou au légataire universel).

Droits du conjoint survivant (art. 767 du Code civil).

Le Code civil (1804) n'avait prévu aucune réserve à son profit.

Cette omission a paru choquante, et, depuis la fin du siècle dernier, des lois successives lui ont constitué un droit héréditaire, en lui attribuant un usufruit sur une fraction ou sur la totalité de la succession de son conjoint prédécédé, dans le cas où le défunt n'aurait pris aucune disposition pour lui laisser une partie de ses biens.

Ce droit d'usufruit est plus ou moins important selon la qualité des parents avec lesquels il se trouve en concours. (Voir tableau, page ci-contre.)

Mais le conjoint survivant ne peut le recevoir qu'à condition que le divorce (évidemment) ou même la séparation de corps n'ait pas été prononcé à ses torts (au profit du testateur).

Et son usufruit ne peut pas être exercé sur tous les biens de la succession.

Pour le calculer, il faudra consulter un notaire. Afin de prévenir certains inconvénients, la loi accorde aux héritiers la possibilité de supprimer l'usufruit du conjoint en le convertissant en une rente viagère.

Mais les biens sur lesquels l'usufruit ne s'exerce pas sont si nombreux qu'il peut n'être finalement qu'un droit théorique.

Dans ce cas, le veuf (ou la veuve) en sera réduit(e) à faire valoir qu'il (ou elle) est dans le besoin.

Il (ou elle) peut alors demander « des aliments » (une pension lui assurant un minimum vital) à la succession, comme le prévoit l'article 205 du Code civil.

Il ne faut toutefois pas oublier que le régime matrimonial des Français mariés sans contrat est la communauté de leurs biens : tous leurs biens meubles (1) et tous les immeubles par eux achetés depuis le mariage sont la propriété commune des deux époux.

Il résulte du régime légal que, au moins pour les gens peu fortunés (car les plus riches avaient des biens propres), la totalité ou presque des biens laissés à son décès par une personne mariée constituait l'« actif de la communauté », c'est-à-dire la propriété commune des deux époux.

Le décès de l'un d'eux (comme le divorce) donne à l'autre le droit d'en demander le partage.

Dans ce partage, il lui en revient la moitié.

C'est donc seulement l'autre moitié des biens du défunt qui revient à ses enfants ou autres héritiers, sous réserve de l'usufruit de la veuve ou du veuf.

---

(1) Avant la réforme de 1965. — Les époux mariés sans contrat depuis le 1er février 1966 conserveront la pleine propriété de tous leurs biens possédés avant le mariage même mobiliers (actions ou parts de sociétés, etc.).

DROITS DU CONJOINT SURVIVANT

Différents cas dans lesquels il peut se trouver à l'ouverture d'une succession « ab intestat »	Part qui lui est attribuée par le Code civil (art. 767)
En présence d'un ou plusieurs enfants, soit légitimes (issus ou non du mariage), soit naturels.	un quart en usufruit
En présence de frères et sœurs, descendants de frères et sœurs du défunt, ou des enfants naturels de celui-ci conçus pendant le mariage.	une moitié en usufruit
En présence soit du père, soit de la mère du défunt, ou d'ascendants dans une seule ligne, paternelle ou maternelle.	une moitié en pleine propriété
En présence d'oncles, tantes, cousins, cousines du défunt.	la totalité en pleine propriété

Et pour ceux qui avaient fait un contrat de mariage, la plupart bénéficient, au décès de leur conjoint, en application de leur contrat, d'avantages supplémentaires.

Il s'y ajoute pour un grand nombre d'entre les veuves, de plus en plus nombreuses, des pensions de retraite (veuves de fonctionnaires) ou le capital qu'avait souscrit leur mari à leur profit par un contrat d'assurance « sur la vie ».

Le tableau ci-dessus précise quels sont les droits du conjoint qui survit, dans la succession de son défunt époux, selon que le testateur laisse des héritiers de telles ou telles catégories.

Droits des enfants et des autres héritiers à réserve

Ces droits sont fixés avec la plus grande précision (comme tout ce qui concerne les successions) par notre Code civil.

Ils sont indiqués pour chaque cas par le tableau des pages 320 et 321.

DROITS DES ENFANTS ET DES AUTRES HÉRITIERS A RÉSERVE

Héritiers réservataires	Réserves (DONT LE TESTATEUR NE PEUT DISPOSER) Réserve particulière de chaque héritier	TOTAL	Quotité disponible	Règles présidant à leur calcul
Descendants légitimes ou naturels (sauf, pour ces derniers, s'ils ont été conçus pendant le mariage avec une autre personne que le conjoint du défunt)				
1 descendant	1/2	1/2	1/2	art. 913 du Code civil § 1
2 descendants	chacun 1/3	2/3	1/3	
3 descendants	chacun 1/4	3/4	1/4	
plus de 3 descendants	chacun $\frac{3/4}{x \text{ enfants légitimes}}$	3/4	1/4	
Ascendants seuls héritiers réservataires				art. 914 du Code civil La réserve des ascendants est dans ce cas de 1/4 de la succession par ligne.
1 ou plusieurs ascendants dans la même ligne	chacun $\frac{1/4}{x \text{ ascendants}}$	1/4	3/4	
1 ou plusieurs ascendants dans les deux lignes	chacun $\frac{1/4}{x \text{ ascendants de sa ligne}}$	1/2	1/2	

Concours entre descendants légitimes ou naturels et enfants adultérins (1)				
1 descendant légitime ou naturel 1 enfant adultérin	1/3 $\frac{1/3}{2} = 1/6$	3/6	3/6	art. 759 et 915 du Code civil
2 descendants légitimes ou naturels 1 enfant adultérin	chacun 1/4 $\frac{1/4}{2} = 1/8$	5/8	3/8	
3 descendants légitimes ou naturels et plus 1 enfant adultérin	chacun $\frac{3/4}{x \text{ enfants}}$ la moitié de $\frac{3/4}{x \text{ enfants}}$	3/4 − 1/2 part	1/4 + 1/2 part	On partage la succession comme si tous les enfants étaient légitimes.
1 descendant légitime ou naturel 2 enfants adultérins	1/4 chacun $\frac{1/4}{2} = 1/8$	4/8	4/8	On donne ensuite une part entière à l'enfant légitime et une demi-part à l'enfant naturel.
1 descendant légitime ou naturel 3 enfants adultérins et plus	$\frac{3/4}{x \text{ enfants}}$ chacun la moitié de $\frac{3/4}{x \text{ enfants}}$	3/4 − autant de 1/2 parts que d'enfants naturels	1/4 + autant de 1/2 parts que d'enfants naturels	

(1) Est adultérin l'enfant qui a été conçu pendant le mariage avec une autre personne que le conjoint légitime.

Lorsqu'ils sont seuls héritiers, les enfants adultérins ont droit à la même réserve héréditaire et aux mêmes droits de succession que les enfants légitimes ou naturels.

Ce bref aperçu du droit français des héritages (auxquels sont consacrés plus du dixième des articles du Code civil) ne permettra certes pas à n'importe quel lecteur de comprendre à première lecture les règles, fort compliquées, des successions échues à des héritiers de divers rangs ; mais il aura pu lui faire connaître la part revenant aux proches parents dans les situations les plus banales.

Partager entre les divers héritiers l'actif d'une succession est une autre affaire.

Bien que leur concours ne soit pas légalement obligatoire, il ne peut guère en pratique y être correctement procédé que par les notaires dès que les héritiers sont nombreux ou comprennent un mineur, ou un absent, ou que l'actif comprend un ou plusieurs immeubles, ou une exploitation, ou de nombreuses valeurs, ou que le défunt avait fait un testament (ou plusieurs).

Bien choisir son notaire (car tous en principe sont qualifiés pour liquider une succession), et, dans le doute ou les difficultés, ne pas craindre d'en consulter un autre, ou de prendre d'autres conseils, est de première importance pour toute personne qui, après le décès d'un de ses parents, veut éviter de se brouiller avec ses cohéritiers... sans renoncer à recevoir sa juste part des biens du défunt.

On trouvera enfin pages 295 et suivantes des formules utiles pour qui veut faire un testament.

Pour choisir un conseil dans une situation difficile

Les lettres que nous proposons ne sauraient correspondre à toutes les situations, ni tirer d'embarras le lecteur qui n'aura obtenu aucune réponse ou se sera heurté à un refus.

Dans des circonstances de plus en plus nombreuses de la vie moderne, devant la multiplication des lois et des règlements à observer, des techniques et des spécialisations qu'elles imposent, il est de plus en plus souvent nécessaire de consulter un technicien — du droit, des procédures civiles, commerciales ou administratives, ou de la fiscalité, notamment.

Ils nc sont pas tous également qualifiés pour bien vous répondre et bien vous conseiller, et pour agir en votre nom.

Déterminer l'homme le plus compétent, capable de trouver une solution à tel de vos problèmes, et au besoin de vous représenter ou de bien vous défendre, en justice, auprès des administrations, contre de puissantes sociétés, ou toutes autorités, est de la première importance de nos jours.

Les textes des pages suivantes vous aideront à le trouver.

Vous vous adresserez à :

un huissier de justice, pour :

- vous renseigner sur la solvabilité d'un débiteur ;
- réclamer le paiement d'une somme qui vous est due ;
- faire constater des dommages matériels, ou toute autre situation de fait ;
- dresser un inventaire ;
- recevoir des déclarations et en dresser procès-verbal ;
- notifier à un adversaire toutes sommations ;
- signifier toutes décisions de justice, et en poursuivre l'exécution ;
- faire appel d'une décision judiciaire civile.

un greffier de tribunal d'instance, pour :

- obtenir une injonction de payer à signifier pour le recouvrement d'une petite créance civile, ou faire ordonner une saisie-arrêt sur les salaires d'un débiteur de mauvaise foi ;
- demander un certificat de nationalité (p. 244) ;
- faire apposer des scellés sur les biens d'une succession, après décès (p. 283) ;
- faire appel d'un jugement du tribunal (p. 294).

Vous vous adresserez à :

un avocat (1), pour :

- vous renseigner sur tous délais et formalités à observer dans un procès civil, et les frais à prévoir ;
- présenter une requête (en matière d'état des personnes notamment) au président du tribunal de grande instance, etc. ;
- être représenté devant un tribunal de grande instance (ou une cour d'appel) devant lequel (ou laquelle) vous êtes assigné à comparaître par ministère d'huissier, dans un procès civil ;
- faire saisir l'immeuble du débiteur pour une créance importante.

un notaire, pour :

- régler une succession (formalités civiles, fiscales, hypothécaires) avec ou sans partage (pp. 274-275) ;
- administrer les biens d'un mineur ;
- procéder à un partage amiable (après décès, divorce, dissolution d'une société...) ;
- contracter des emprunts en vue de faire construire un immeuble, ou pour d'autres causes ;
- constituer une société, ou un dossier pour une administration ;
- vous renseigner sur la fiscalité (surtout en matière immobilière) ;
- acheter ou vendre un immeuble (p. 273) ;
- placer des capitaux ;
- rédiger un contrat de mariage, et toute autre convention importante.

un avocat (2), pour :

- vous faire représenter (quand la loi le permet) ou assister (dans tous les cas) devant toutes juridictions répressives, notamment les tribunaux de police et correctionnels, comme devant tous magistrats chargés d'une mesure d'information (p. 276) ;
- vous faire représenter devant toutes juridictions, dans la France entière, notamment devant :
  - les tribunaux d'instance ;
  - le président de tout tribunal de grande instance (audiences des référés et autres) ;

---

(1) Pour exercer ces fonctions, autrefois attribuées aux avoués, la compétence des avocats est limitée au ressort du tribunal ou de la cour d'appel au barreau desquels ils sont inscrits.

(2) Tous les avocats inscrits à un barreau (leur nom figure obligatoirement sur le tableau de l'ordre dont ils dépendent, au palais de justice) ont les mêmes droits et prérogatives. Tous peuvent se présenter et plaider devant toutes les cours d'appel et devant tous tribunaux dans tous les départements.

le tribunal de commerce ;
le conseil des prud'hommes ;
la cour d'appel dans les affaires sociales ;
les commissions de Sécurité sociale ;
les commissions paritaires des baux ruraux ;
dans toute procédure d'expropriation ;
devant toutes commissions administratives ou disciplinaires (à la préfecture, ou aux sièges des organisations professionnelles, ou des services publics) ;
le tribunal des pensions militaires ;
le tribunal administratif (interdépartemental) ;

- diriger un procès, de toute nature, et notamment donner toutes instructions utiles aux officiers ministériels (huissiers, notaires) et aux autres auxiliaires de la justice (greffiers, secrétaires, etc.).

Vous consulterez :

un avocat, pour :

- demander un conseil au sujet de toutes épreuves, même purement personnelles et secrètes, telles que : conflits conjugaux ou familiaux, délits ou imprudences graves commis par un enfant ou par un parent, dangers ou troubles suscités par des voisins, ou par un malade mental, etc. (1) ;
- demander conseil sur toutes difficultés et injustices subies par suite d'abus ou de carences, quels qu'en soient les auteurs ou responsables ;
- étudier la possibilité d'une transaction ;
- tenter un rapprochement avec l'adversaire, même en cours de procès ;
- obtenir un avis autorisé sur l'opportunité d'un appel aussitôt après une condamnation pénale ;
- évaluer le préjudice causé par un accident, par l'auteur d'une infraction ou de tout fait dommageable, notamment la perte d'un emploi (si le licenciement est abusif), et la possibilité d'en obtenir réparation ;
- rédiger tous mémoires et toutes requêtes ;
- intervenir auprès de toutes autorités, et tous auxiliaires de justice, de tous experts, de toutes compagnies d'assurances, de toutes sociétés, de tous services publics.

---

(1) Comme les officiers ministériels et comme les magistrats notamment, les avocats sont tenus strictement au secret professionnel.

Dans la gestion d'une entreprise ou d'un commerce, vous consulterez **un expert-comptable** ou **un comptable agréé** (1), pour :

- organiser, vérifier, apprécier, et éventuellement redresser les comptabilités et toutes opérations comptables ;
- établir tous bilans et tableaux exigés ;
- rédiger les déclarations de recettes, éventuellement des demandes de dégrèvement, d'abattement, etc., pour les administrations fiscales.

un conseil spécialisé (2), pour :

- en cas de difficultés graves, les dettes excédant les facultés de paiement, autoriser les créanciers à demander la déclaration de faillite.

Observation importante

Les avocats inscrits à un barreau et les officiers ministériels qui peuvent représenter les parties en justice (agréés au tribunal de commerce), être leurs mandataires, et, en leur nom, signifier des assignations ou des sommations (huissiers), dresser ou rédiger des actes authentiques (notaires), sont obligatoirement, dans chaque région et dans la plupart des départements, constitués en ordres, ou compagnies, et ils ont reçu une formation spéciale.

Ils sont soumis :

- à une discipline professionnelle, réglementée ;
- à la surveillance des cours d'appel et des tribunaux.

Après avoir bénéficié d'une législation trop libérale, les conseils juridiques sont également soumis à un certain contrôle et une certaine discipline.

Ils doivent être inscrits sur une liste auprès du procureur de la République et pour cela justifier de diplôme et de moralité (absence de condamnation ou radiation d'un ordre professionnel).

Ils doivent justifier d'une assurance couvrant leur responsabilité professionnelle et d'une caution.

---

(1) Les uns et les autres sont groupés en ordres professionnels.

(2) Il existe cependant à Paris et dans quelques grandes villes des jurisconsultes qualifiés et des cabinets importants, spécialisés dans le droit des sociétés et du commerce, et les questions fiscales.

La justice et l'Administration en France à notre époque

Hier encore, au début de notre siècle, les Français pouvaient vivre fort bien sans avoir jamais à s'adresser aux tribunaux et aux administrations publiques, si ce n'était pour payer leurs impôts ou pour demander copie d'un acte de l'état civil, ou lorsque, par extraordinaire, ils devaient se rendre en pays étranger.

Le dirigisme et les contrôles rendus nécessaires par les progrès techniques, le développement de la circulation et des échanges internationaux ont suscité dans toute l'Europe et au-delà un énorme développement des services publics, notamment de police.

Les bureaux désormais sont tout-puissants, et nul citoyen d'un pays évolué ne peut plus se vanter de n'être jamais obligé de s'adresser à certains d'entre eux.

Pour les mêmes raisons et quelques autres, le nombre des personnes appelées devant les tribunaux ne cesse d'augmenter en France.

Dans notre société obligée de multiplier les interdictions et les règlements (« nul n'est censé ignorer la loi... », quelle dérision à notre époque !), de plus en plus nombreux sont, en outre, les citoyens recherchés et convoqués en raison d'actes commis par leurs enfants, ou par leurs employés ou préposés.

Vivant pour la plupart dans les communautés urbaines, utilisant de nombreux services publics, tous les Français ont des problèmes juridiques.

Or, les adultes d'aujourd'hui n'ont presque rien appris, que ce soit à l'école ou au lycée, sur l'organisation des services publics, et absolument rien sur le fonctionnement de la justice.

Il en résulte que, chaque jour, d'innombrables personnes se trouvent dans l'embarras parce qu'elles doivent s'adresser à l'Administration ou se rendre au palais de justice.

Les nouveaux services administratifs et l'organisation judiciaire étant souvent ignorés, même des hommes les plus instruits, nous croyons rendre service à nos lecteurs en les invitant à lire les chapitres suivants, et à s'y reporter chaque fois qu'ils devront s'adresser à un service public ou seront convoqués par une autorité judiciaire.

Les autorités administratives

SIÈGE DES PRINCIPAUX SERVICES

Affaires administratives

Vous vous adresserez à :

la **Préfecture**, pour :

- la circulation et la police générale :
- les voies publiques (permis de conduire (p. 248), passeports (p. 222), Ponts et Chaussées, etc.) ;
- l'agriculture, les Eaux et Forêts (p. 249) ;
- l'aide sociale à l'enfance et aux vieillards ;
- la santé publique, les aliénés et les hôpitaux psychiatriques ;
- le marché du travail et la main-d'œuvre ;
- les transports ;
- les établissements dangereux ou insalubres ;
- la construction d'immeubles (p. 247) ;
- la déclaration d'une association ;
- l'instruction publique, l'équipement sportif et culturel ;
- les rapatriés, les étrangers ;
- l'enseignement privé.

Cependant des services *municipaux* fonctionnent dans les villes importantes pour la voirie, l'hygiène, le logement, l'instruction publique et les colonies de vacances, les loisirs des jeunes, l'aide aux mères, le tourisme, etc.

Les demandes adressées au préfet (permis de conduire, passeport, carte d'identité, etc.) doivent, dans les villes, être déposées au *commissariat de police* (y demander les formules à remplir).

Vous vous adresserez à :

la **Mairie**, pour :

- l'*état civil :* actes de naissance, de mariage, de décès (bulletins et fiches) [pp. 243-244] ;
- la voirie et la police municipales (chemins vicinaux, foires et marchés, débits de boissons, kermesses, etc.) ;
- l'alignement et le plan d'urbanisme (s'il y en a) ;
- le cadastre ;
- le placement des travailleurs ;
- les écoles primaires ;
- l'inscription sur les listes électorales (p. 245) ;
- le nettoiement ;
- le logement.

Au *sous-préfet,* on peut adresser certaines réclamations, signaler les demandes restées en souffrance à la préfecture, soumettre certaines difficultés.

Vous vous adresserez au :

Commissariat de police, ou, à défaut, à la **Mairie**, pour :

- un certificat de domicile ou de résidence ;
- les déclarations diverses (de changement de domicile, d'emploi de travailleur étranger, etc.) ;
- les visas de registres.

Contentieux administratif

Vous vous adresserez au :

Tribunal administratif interdépartemental, pour :

- toutes contestations et requêtes concernant :
  le contentieux des élections ;
  les contributions directes ;
  les marchés de travaux publics ;
  le domaine public et son occupation ;
  la responsabilité des fonctionnaires et de l'Administration ;
  l'urbanisme et la construction ;
  la voirie.

Les décisions du tribunal administratif interdépartemental peuvent être frappées d'appel, et sont dans ce cas déférées au Conseil d'Etat.

Fiscalité

Vous vous adresserez :

à la **Direction départementale des contributions indirectes**, pour :

- les déclarations prescrites par le Code des impôts pour les alcools et certains stocks.

au **Percepteur**, pour :

- les délais de paiement des impôts (p. 269), les certificats de non-imposition.

au **Directeur départemental** ou à **l'Inspecteur des contributions directes (des impôts)**, pour :

- les réclamations sur les impositions et demandes de dégrèvements ou de rectifications (pp. 270-273).

au **Receveur de l'Enregistrement**, pour :

- les actes sous seings privés [contrats] (1), les déclarations de successions.

au **Directeur de l'Enregistrement**, pour :

- les demandes de remise de droits indûment perçus.

Patrimoine

Vous vous adresserez aux :

Notaires, pour :

- les mutations immobilières, les liquidations de successions, les partages, les prêts hypothécaires, les contrats de mariage, les constitutions de sociétés, etc.

Commissaires-priseurs et huissiers, pour :

- les ventes aux enchères publiques d'objets mobiliers.

Agents de change et courtiers, pour :

- les ventes en bourse de valeurs mobilières.

Enseignement public

Vous vous adresserez à :

la **Mairie**, bureau des écoles, ou, à défaut, à l'**Inspection d'académie** à la préfecture, pour :

- les listes et adresses de toutes les écoles et crèches municipales.

Au cas où les écoles seraient trop éloignées ou ne donneraient pas l'enseignement désiré, ou en cas de maladie, on peut obtenir l'enseignement public gratuit par correspondance (l'achat des livres reste à la charge des élèves, ainsi qu'une participation aux frais de correspondance) ; s'adresser au *Centre national de télé-enseignement*, 60, boulevard du Lycée, à Vanves (92) [tél. 554-95-12].

Toutes les préparations (primaires, secondaires, techniques et professionnelles) commençant le 15 septembre, la demande d'inscription doit être faite

---

(1) Les actes authentiques sont rédigés par les notaires, et par eux présentés à l'Enregistrement.

à partir du 20 août et jusqu'au 1er octobre, dans la limite des places disponibles (pp. 84-85).

Les élèves d'âge scolaire et n'exerçant aucune activité rémunérée inscrits au Centre de télé-enseignement peuvent bénéficier d'une bourse au même titre que leurs camarades des lycées et collèges.

Les *demandes de bourses* doivent être adressées à l'inspection d'académie de la résidence de la famille entre le 1er décembre et le 31 janvier de l'année précédant l'admission.

C'est auprès du chef d'établissement scolaire fréquenté par l'enfant que les parents obtiendront la liste des papiers à joindre et tous renseignements utiles.

Les demandes de *dispense de scolarité* pour les enfants de moins de 16 ans doivent être adressées à l'inspecteur d'académie. Il est préférable d'y joindre l'avis favorable d'un conseiller d'orientation scolaire et professionnelle.

Orientation scolaire et professionnelle

Il existe en France des centres d'orientation scolaire et professionnelle, publics et gratuits.

On peut obtenir leur adresse dans les mairies ou, à défaut, auprès de l'inspecteur d'académie à la préfecture.

Les centres voient les jeunes à partir de 5 ans (en cas de difficultés scolaires) et jusqu'à 18 ans.

Les parents ont le plus grand intérêt à consulter le centre dans le courant de l'année scolaire, et non pas au dernier trimestre, toujours surchargé.

Au-delà de 16 ans, les jeunes peuvent consulter les bureaux universitaires de statistiques et d'information sur les études et les carrières, dits BUS.

L'adresse des centres régionaux et locaux peut être fournie par l'*Institut national de recherche pédagogique*, 29, rue d'Ulm, 75005 Paris.

Il est répondu à toute demande précise, formulée par lettre, mais la réponse pourra se faire attendre plusieurs semaines.

Pour toutes informations concernant la formation professionnelle continue, ainsi que la formation professionnelle des adultes, s'adresser à :

- L'*Office national d'information sur les enseignements et les professions* (ONISEP). Cet organisme, placé sous la tutelle du ministère de l'Éducation, a une délégation dans chaque académie (p. 90).
- L'*Agence nationale pour l'emploi* (ANPE), aux sections locales ou, à défaut, à la mairie.
- L'*Association nationale pour la formation professionnelle des adultes* (AFPA), 13, place de Villiers, 93100 Montreuil.
- Au *Centre de Sécurité sociale*, lorsque la formation professionnelle est nécessaire après un accident du travail ou une maladie survenue à un salarié.

Les autorités judiciaires en France

LES MAGISTRATS ET LEURS FONCTIONS

Magistrats « du siège », présidents, vice-présidents et juges

Ils rendent :

- des *jugements* (tribunal) ;
- des *ordonnances* (président, juge des enfants et juge d'instruction) ;
- des *arrêts* (cour d'appel, Cour de cassation, cour d'assises) ; tant en *matière civile* (procédure faite par les parties) qu'en *matière pénale* (de condamnation ou de relaxe [1]), statuant sur les poursuites du « parquet ».

Le procureur de la République et ses substituts (2)

Magistrats du parquet

Ils font interpeller et conduire devant eux par la police les auteurs de crimes ou de délits.

Le procureur fait citer les « prévenus » devant le *tribunal correctionnel* (chambre correctionnelle du tribunal de grande instance).

Ministère public à l'audience, le procureur (ou son substitut) requiert l'application de la loi pénale.

Le jugement rendu et devenu définitif à défaut d'appel, il le fait signifier au condamné laissé en liberté.

Il en ordonne l'exécution, qu'il peut différer.

Magistrats de l'instruction

Les auteurs de crimes — ou de délits graves — sont conduits devant un *juge d'instruction,* désigné par le procureur.

Ce magistrat décide de la détention provisoire de l'accusé jusqu'à la comparution devant la cour d'assises, si l'acte commis par celui-ci est qualifié crime. Il en est de même, pour une durée de quatre mois, renouvelable quatre mois au maximum, si l'acte est punissable d'une peine égale ou supérieure à deux ans d'emprisonnement et si le prévenu est un récidiviste.

---

(1) *Relaxe :* acquittement. Déclaré non coupable, le plus souvent au bénéfice du doute, le prévenu est « relaxé... sans peine ni dépens ».

(2) Tandis que les magistrats du siège sont en principe très indépendants, ceux du parquet doivent exécuter les instructions de leurs supérieurs hiérarchiques. Il peut leur être ordonné de poursuivre ou de requérir dans un certain sens.

Chargés des mineurs (1)

• *Magistrat « du siège »* : un juge au moins par département est nommé *juge des enfants.*

A ce titre, il exerce seul, dans son cabinet, les pouvoirs, considérables depuis 1959, que lui confère le Code civil *pour la protection des enfants en danger.*

Il peut prendre seul et sans délai toutes mesures, d'éloignement des enfants et autres, par ordonnance provisoire. Il utilise tous renseignements, ordonne toutes enquêtes, tous examens médicaux, etc. (p. 284).

Il peut conseiller fermement aux parents dont les enfants lui sont signalés (par les services sociaux, la police, ou tout citoyen) tous traitements, cures, etc.

Voir les articles 375 à 382 du Code civil.

• Comme *président du tribunal pour enfants et adolescents* (T. E. A.), il tient, assisté de deux assesseurs non-magistrats, des audiences auxquelles comparaissent les *mineurs de moins de 18 ans* auteurs de délits et leurs parents, pour une application indulgente, à ces jeunes délinquants, des lois pénales dans un but de redressement.

• *Magistrat « du parquet »* : un *substitut des mineurs* est spécialement chargé de représenter le procureur auprès du (ou des) juge(s) des enfants, tant pour les mesures de protection (enfance en danger) que pour décider des poursuites contre les jeunes délinquants, qu'il fait citer devant le T. E. A.

Les juges des condamnés

Ils s'occupent de la rééducation des majeurs délinquants.

Depuis 1959, un *juge de l'application des peines,* magistrat d'un tribunal de grande instance, est, dans chaque département ou très gros arrondissement judiciaire, nommé pour trois ans, par décret, pour déterminer les conditions d'exécution des sanctions pénales infligées aux individus condamnés par la cour d'assises ou par un tribunal correctionnel.

Il forme avec des bénévoles et il préside un *comité de probation* afin, notamment, de faire suivre et assister les bénéficiaires d'un sursis avec mise à l'épreuve, ou de toute autre mesure de bienveillance visant à leur redressement.

Il crée la commission de l'application des peines dans chaque établissement et admet le principe de la sortie du détenu pour le maintien des liens familiaux ou la préparation à la réinsertion sociale. Il peut accorder des réductions de peines et se prononcer pour certaines libérations conditionnelles.

(1) Des moins de 18 ans.

Les juges aux affaires matrimoniales

Le juge aux affaires matrimoniales est plus spécialement chargé de veiller à la sauvegarde des enfants mineurs.

Il est seul compétent pour prononcer le divorce lorsqu'il est demandé par consentement mutuel.

Il est également seul compétent pour statuer après divorce, quelle qu'en soit la cause, sur la garde des enfants et la modification de la pension alimentaire.

TRIBUNAL DE GRANDE INSTANCE

Tous les magistrats cités plus haut exercent leurs fonctions dans un tribunal de grande instance.

En *matière civile*, les tribunaux de grande instance sont exclusivement compétents pour connaître des litiges concernant l'état des personnes et des familles : divorce, séparation de corps, garde des enfants, etc., ainsi que ceux qui concernent la propriété immobilière. Ils connaissent également des procès importants qui n'ont pas été attribués par la loi à d'autres juridictions.

En *matière pénale*, ils constituent les tribunaux correctionnels.

TRIBUNAUX D'INSTANCE

Les affaires moins importantes, tant civiles que pénales, sont jugées par les tribunaux d'instance, qui ont remplacé en 1959 une (ou plusieurs) justice(s) de paix.

Ceux-ci siègent auprès des sous-préfectures et de quelques chefs-lieux de canton importants.

La plupart ne comprennent qu'un seul juge.

- En *matière civile*, ce magistrat rend seul des jugements, souvent en dernier ressort (définitifs).
- En *matière pénale*, il préside, seul, le *tribunal de police*, devant lequel comparaissent, par centaines, sur citation du commissaire, les auteurs de *contraventions*.

Depuis 1959, ce juge unique connaît des affaires importantes en *matière d'accidents :* il juge les responsables de blessures par imprudence dont les victimes n'ont pas subi une incapacité de travail totale de plus de trois mois (1).

Tant au pénal qu'au civil, les décisions importantes des tribunaux d'instance ne sont rendues qu'en *premier ressort.*

---

(1) Le (président du) tribunal de police juge aussi la plupart des auteurs de violences et de coups et blessures volontaires. Mais, dans ces matières, ses décisions peuvent être frappées d'appel. Les parties seront dans ce cas jugées à nouveau par la cour.

COUR D'APPEL

Le citoyen condamné à une peine d'emprisonnement, ou à une forte amende, ou à verser une somme importante, ou privé de certains de ses droits, ou divorcé à ses torts et privé de ses enfants, etc., peut, dans un certain délai, faire *appel* (p. 294).

S'il a fait recevoir par le greffe du tribunal correctionnel, en matière pénale, ou signifier par huissier, en matière civile, son appel, dans le délai légal, il sera jugé à nouveau par la cour d'appel.

Il y a 27 cours d'appel en France, Corse comprise, dont les magistrats (premier président, présidents de chambre, conseillers ; procureur général, avocat général, substituts généraux) exercent à l'échelon supérieur des fonctions analogues à celles de leurs collègues des tribunaux de grande instance, parmi lesquels ils sont nommés par décret.

Statuant « à nouveau », ils réforment, ou annulent (parfois), ou confirment leurs décisions, lesquelles sont, elles, *définitives,* sous réserve du contrôle de la Cour de cassation.

LES PRINCIPAUX AUXILIAIRES DE LA JUSTICE, MANDATAIRES DES PARTIES

Les avocats

Porteurs de la robe noire, les plus indépendants, ils peuvent seuls assister les accusés ou prévenus, ou les représenter, devant tous magistrats et juridictions dans la France entière, qu'ils soient inscrits au barreau d'une cour d'appel ou d'un tribunal.

Ils défendent, conseillent, informent, dirigent des procédures, interviennent, engagent des poursuites de partie civile, etc. (pp. 276 à 280).

Bien entendu, ils peuvent aussi persuader, dissuader, rapprocher, parfois réconcilier, ou conclure une transaction.

Ils ont le monopole de la plaidoirie devant toutes les cours d'appel et devant les tribunaux de grande instance les plus importants.

En outre, devant le tribunal de grande instance et la cour d'appel dans le ressort desquels est situé le barreau où ils sont inscrits, les avocats sont les mandataires légaux des plaideurs ; ils présentent les requêtes, reçoivent et signifient les actes des procédures civiles pour leurs clients. Ils représentent ces derniers devant la juridiction saisie. Ils ont dans ce domaine remplacé les anciens avoués.

La constitution d'avocat est obligatoire devant le tribunal de grande instance et devant la cour d'appel lorsqu'il s'agit d'une affaire déjà jugée par ce tribunal.

Ils accomplissent en leur nom les formalités prescrites par la loi (inscription et déclarations diverses, signification et transcription des jugements, etc.) dont ils sont responsables (pp. 280-281).

Ils procèdent aux ventes immobilières ordonnées par le tribunal de grande instance.

Les huissiers

Les huissiers de justice signifient toutes les assignations et citations à comparaître devant les tribunaux et cours, ainsi que les jugements, ordonnances et arrêts portant condamnations civiles.

Ils peuvent aussi, à la requête de leurs clients, signifier des sommations, des commandements, des congés, dresser des constats, des protêts, etc.

Aux audiences des tribunaux d'instance, ils sont très souvent « commis » pour vérifier les allégations et situations respectives des parties, et procéder à toutes investigations pour éclairer le juge.

Ils poursuivent au besoin l'exécution forcée des décisions judiciaires définitives : expulsions, saisies, ventes des biens saisis, etc.

Ce sont eux qui font procéder au paiement direct des pensions alimentaires.

Pour plus de précisions sur les compétences exactes de ces auxiliaires de la justice, voir page 337.

PRÉCISIONS COMPLÉMENTAIRES

Ces notions élémentaires laissent subsister de nombreuses incertitudes quant aux formules à employer et aux démarches à faire (ou à éviter) si vous devez avoir recours aux tribunaux. Voici, pour les compléter, quelques précisions.

Comment appeler les juges ?

On dit : *Monsieur le Président* à tout magistrat tenant une audience publique (tribunal de police, tribunal correctionnel, etc.) ;

Monsieur le Juge à tout magistrat chargé d'une mesure d'information (enquête civile, juge d'instruction), ainsi qu'au juge des enfants dans son cabinet.

Les magistrats du parquet peuvent toujours être appelés *Monsieur le Procureur* (au tribunal de grande instance).

A la cour d'assises, l'accusateur qui représente la société est un *avocat général,* de même qu'aux audiences de la cour d'appel statuant en matière pénale.

A quels magistrats ou services s'adresser pour :

• Déposer une plainte.

Au procureur de la République. Le commissaire de police (ou le chef de la brigade de gendarmerie, compétent sur place) aime mieux recevoir des instructions écrites (pp. 290-291).

• Présenter une demande de réparation d'un préjudice subi par suite d'un accident ou d'un délit.

Si le dommage est minime, la demande peut être formulée par la victime elle-même, convoquée comme témoin devant la juridiction répressive (tribunal de police ou tribunal correctionnel).

Mais, si le dommage est important ou complexe (blessures ayant entraîné une incapacité de travail, des soins onéreux, etc.), la victime a tout intérêt à consulter un avocat, qui présentera sa demande, vérifiera que la procédure a été régulière, et que le tribunal est suffisamment informé sur les circonstances du délit. La victime représentée par un avocat évitera, en outre, de perdre plusieurs demi-journées (voire plusieurs journées) aux audiences successives auxquelles son affaire pourra être appelée et plusieurs fois renvoyée.

• Demander protection contre un individu violent et menaçant, dangereux.

Il arrive encore souvent que ni la gendarmerie ni la police ne prennent au sérieux les plaintes des personnes menacées ; on peut alors adresser :
- une *plainte* au procureur de la République, en cas de violences ou menaces de mort, et *a fortiori* si l'individu menaçant a commis tout autre délit ;
- un *signalement* au juge des enfants, si des mineurs (jeunes de moins de 18 ans) sont directement concernés.

• Obtenir l'exécution d'un jugement.

Pour obtenir le paiement d'une somme fixée par le tribunal, il faut remettre l'original du jugement (appelé la « grosse », délivrée par le greffier) à un *huissier*, qui signifiera ledit jugement à la personne condamnée et lui fera sommation de payer le montant de la condamnation. (Pour toute difficulté d'exécution, il sera bon de consulter un avocat.)

Si la dette est une pension alimentaire, le défaut de paiement constitue souvent un délit.

Pour toute lettre adressée à un magistrat, on exposera clairement, sur une page au plus, de préférence tapée à la machine, des *faits,* en précisant les lieux et dates, les noms et adresses des intéressés et des témoins.

Dans ce cas, la personne à qui elle est due peut simultanément :

- porter plainte pour « abandon de famille », si la pension est impayée depuis plus de deux mois ;
- demander au président du tribunal d'instance d'ordonner que le montant de la pension soit retenu sur les salaires du débiteur.

La pension courante devra ensuite être envoyée directement, par son employeur, à la personne à qui elle est due (p. 288).

Le défaut de paiement des pensions fixées dans une instance en divorce ou séparation de corps est extrêmement fréquent, même lorsque la pension n'est due que pour l'entretien de plusieurs jeunes enfants. De trop nombreuses mères abandonnées se résignent à ne rien recevoir du père qui oublie ses devoirs, lui assurant ainsi une scandaleuse impunité au détriment de leurs enfants, alors qu'elles sont obligées de travailler pour les élever seules, sans pouvoir leur donner le temps et les soins dont ils ont le plus grand besoin.

Il peut aussi arriver que vous soyez involontairement témoins de scènes ou de situations pénibles. Vous voudriez susciter l'intervention des autorités, mais ne savez comment vous y prendre.

A qui signaler les enfants en danger?

Au juge des enfants (p. 333).

Toute personne peut l'informer, même par téléphone en cas d'urgence ou par écrit, et même *sans révéler son identité.*

En pareil cas, tout magistrat saisi provoquera une enquête de police, et au besoin une enquête sociale.

En outre, si un chef de famille dangereux est atteint de troubles mentaux, ou alcoolique, on peut susciter, par la mairie ou par la préfecture, l'intervention dans son foyer d'un service social spécialisé.

Mais un tel signalement, qui a pour but de faire convoquer le malade devant un médecin expert, ne remplacera pas un signalement aux autorités judiciaires si le danger pour les enfants, victimes de violences réitérées, est grave et imminent.

Quelques modèles de plaintes susceptibles d'être prises en considération figurent dans la troisième partie de cet ouvrage (pp. 290 à 294).

Mais si un procès est engagé ou paraît inévitable, il sera prudent de n'écrire à l'adversaire que suivant les conseils d'un avocat.

Quelques règles grammaticales

A toute personne un peu curieuse des règles du bien écrire, nous ne pouvons que conseiller la lecture — et la pratique — du *Dictionnaire des difficultés de la langue française,* d'Adolphe V. Thomas, qui existe actuellement sous deux présentations, l'une cartonnée, l'autre de poche. Mais les lecteurs pressés trouveront dans les pages qui suivent quelques réponses aux problèmes que peut poser la rédaction d'une lettre. Pour le difficile choix que nous avons dû faire, nous n'avons retenu qu'une règle absolue : ne pas fournir à l'utilisateur éventuel des précisions qu'il pourrait trouver tout aussi bien dans le *Petit Larousse ;* nous nous sommes donc attaché tout particulièrement aux questions de grammaire et de syntaxe — accord du participe passé, construction des verbes, concordance des temps —, ou aux problèmes spécifiquement liés à l'écriture : faut-il une majuscule à champagne (quand il s'agit du vin) ou à socialistes ? Peut-on couper un mot n'importe comment en fin de ligne ? Quel est le moyen tout simple de différencier le futur du conditionnel ? D'autres choix auraient bien sûr été possibles : nous espérons seulement que celui auquel nous nous sommes tenu ne sera pas inutile à quelques hésitants...

à ce que. — Les quatre verbes suivants : *aimer, s'attendre, consentir, demander,* se construisent ordinairement avec *que* (et non avec *à ce que*) : *Il aime qu'on le prévienne* (Acad.).
— En revanche, se construisent avec **à ce que** les verbes : *s'accoutumer, s'appliquer, condescendre, contribuer, se décider, s'employer, s'exposer, gagner, s'habituer, s'intéresser, s'opposer, se refuser, tenir, travailler, veiller, voir,* et des locutions verbales avec *avoir, y avoir, être, trouver,* comme *avoir intérêt, y avoir de l'utilité, être attentif, trouver quelque chose d'étonnant,* etc.

adjectif (Accord de l'). — Accords de genre. Quand un adjectif se rapporte à deux ou plusieurs noms de genres différents, il se met au masculin pluriel : *Une robe et un voile blancs.*
On rapprochera autant que possible le nom masculin de l'adjectif, afin que l'oreille ne soit pas choquée par un masculin suivant immédiatement un féminin.
— **Accords de nombre.** 1° Des adjectifs au singulier peuvent accompagner un nom pluriel quand chacun se rapporte à un seul des objets désignés par le nom pluriel : *Les langues grecque et latine* (Gramm. Lar. du XXe s.). *Les codes civil et pénal. Les couleurs bleue et jaune.*
2° *Accord après un nom collectif.* V. COLLECTIF.
3° *Accord après deux noms unis par « et ».* V. ET.
— **Accord des adjectifs désignant une couleur.** V. COULEUR.
V. aussi ADVERBE.

adverbe. — Employés comme adverbes, les adjectifs sont invariables : *Légère et court vêtue* (La Fontaine). Certains s'accordent toutefois avec l'adjectif qui les suit ; c'est le cas de *frais* dans *fleurs fraîches écloses,* et aussi de *grand, bon, large,* etc. : *Fenêtre, porte toute grande ouverte* (Acad.). *Ils sont arrivés bons premiers.*

affaire - à faire. — Avoir affaire ou **à faire.** Ces deux expressions ont le même sens, mais la forme *avoir affaire* est de beaucoup la plus courante : *Vous aurez affaire à moi* (Acad.).
— **Avoir à faire,** suivi d'un complément

d'objet direct, s'écrit toujours en trois mots : *J'ai à faire une visite* (c'est-à-dire *J'ai une visite à faire*).

ainsi. — **Ainsi que.** V. COMME.

aller. — **Aller à** ou **en bicyclette.** Aller (*voyager, circuler,* etc.) *en bicyclette* est une expression formée sur *aller en voiture, en bateau,* etc. Les grammairiens veulent qu'on dise *aller à bicyclette,* comme on dit *aller à cheval.* Et le Dictionnaire de l'Académie donne en exemple : *Aller à pied, à âne, à bicyclette, en voiture, en automobile, en bateau, par la diligence.*
Cette remarque est également valable pour aller *à motocyclette, à scooter, à skis.*

annexé. — **Ci-annexé.** V. JOINDRE *(Ci-joint).*

apporter - amener. — *Apporter* (composé de *porter*) ne doit pas être confondu avec *amener* (composé de *mener*).
Apporter, c'est « porter à » : *Apporter un livre, un bébé* [à quelqu'un].
Amener, c'est « faire venir avec soi », de gré ou de force, ou « venir accompagné par » : *Amener un ami à dîner. Amener un prisonnier.*

approuvé. V. PARTICIPE PASSÉ 1°.

après. — Cette préposition est d'un emploi fréquent dans de nombreuses tournures populaires. Le plus souvent, elle est mise pour *à,* parfois pour *sur* ou pour *contre : Accrocher son pardessus après le (au) portemanteau. Grimper après (à, sur) un arbre. Il y a de la boue après (à, sur) votre robe. La clé est après (à, sur) la porte. Il y a de la viande après (sur) cet os. Il est furieux après (contre) son propriétaire.* Ce sont là des exemples types de constructions fautives avec *après.*
— **Après que** se construit avec l'indicatif ou le conditionnel (et non avec le subjonctif) : *Après qu'ils eurent dîné* (et non *qu'ils eussent*).

attendu. V. PARTICIPE PASSÉ 1°.

aucun. — Après plusieurs sujets introduits par *aucun,* le verbe reste au singulier : *Aucune mer, aucun pays ne l'attirait spécialement.*

aussi. — **Aussi,** adverbe de comparaison, doit être suivi de **que** (et non plus de *comme*) : *La fille est aussi belle que la mère* (et non *comme la mère*).
— Après deux sujets au singulier réunis par *aussi bien que,* le verbe se met au singulier : *Le fils, aussi bien que le père, est un ivrogne.*
Si l'on supprime les virgules, l'idée porte sur les deux sujets et le verbe se met alors au pluriel : *Le fils aussi bien que le père sont des ivrognes.*
— **Aussi que - autant que.** Ces deux adverbes servent à exprimer la comparaison, mais *autant* s'emploie plus particulièrement avec les noms et les verbes, alors qu'*aussi* se joint à des qualificatifs, à des participes-adjectifs ou à des adverbes : *Il a autant d'ennuis, de courage que vous. Elle n'est pas aussi malade qu'on l'avait craint.*

avant. — A remarquer que le verbe qui suit *avant que* se met au subjonctif (alors que l'indicatif doit toujours suivre *après que*) : *L'aurore paraît toujours avant que le soleil soit levé* (Lar. du XXe s.).

bas. — **Bas** adjectif se lie à un nom par un trait d'union si l'ensemble désigne une unité administrative : les *Basses-Alpes,* le *Bas-Rhin* (départements). Mais on écrira : *le bas Rhin,* les *basses Alpes* (situation de ces montagnes par rapport à des reliefs plus élevés), et cas analogues.
V. aussi HAUT.
— **Bas** adverbe est naturellement invariable : *Jeunes filles qui parlent bas.*

bicyclette. — **Aller à** ou **en bicyclette.** V. ALLER.

bien. — **Bien que** doit être suivi du subjonctif : *Tous les débats soulevés lui étaient familiers, bien qu'il ne pût en parler qu'avec M. Lousteau* (Fr. Mauriac, *le Sagouin*, 117).
Bien que peut être suivi d'un participe présent ou passé (énoncé ou sous-entendu) : *Bien que philosophe, M. Homais respectait les morts* (Flaubert ; cité par Hanse).

bordeaux. V. VIN.

bourgogne. V. VIN.

but. — **Avoir pour but.** V. OBJET.

ce. — **C'est - ce sont.** On emploie le singulier :
1° Dans les expressions *c'est nous, c'est vous : C'est nous qui partirons d'abord. Pour cela, c'est vous qui en déciderez.*
2° Devant l'énoncé de sommes, d'heures, de quantités quelconques, etc. : *C'est 5 000 francs que je vous dois. C'est 3 heures qui sonnent. C'est 8 jours de travail à 1 500 francs ;*
3° Quand le verbe est suivi de plusieurs noms au singulier ou dont le premier est au singulier : *C'est le pain, le vin, la viande à discrétion ;*
4° Dans les interrogations avec *est-ce là ? qu'est-ce que ?* etc. : *Est-ce là vos prétentions ? Qu'est-ce que les finances ?*
5° Devant une préposition : *C'est d'eux seuls que dépend la décision ;*
6° Dans l'expression *si ce n'est*, signifiant « excepté, sinon » : *Il ne craint personne, si ce n'est ses parents.*
Dans la plupart des autres cas, on peut se servir à volonté du singulier ou du pluriel : *C'est* ou *ce sont des heures qui paraissent longues.*
— **Ce n'est pas que** se construit avec le subjonctif : *Ce n'est pas que je sois vraiment malade.*

ceci. — **Ceci - cela.** *Ceci* s'emploie pour annoncer ce qui va suivre ; *cela*, au contraire, sert à rappeler ce qui précède : *Dites ceci de ma part à votre ami : qu'il se tienne tranquille. Que votre ami se tienne tranquille : dites-lui cela de ma part* (Acad.).
Ceci indique une chose proche, et *cela* une chose éloignée : *Du cinéma ou du théâtre, ceci me plaît plus que cela* (*ceci* est le théâtre, plus rapproché ; *cela* est le cinéma, plus éloigné).

chaque n'a pas de pluriel.
— On écrit : *Chaque pays a ses usages* (et non *leurs*). De même, après *chaque* répété, le verbe se met au singulier, que les sujets soient ou non coordonnés : *Chaque homme, chaque femme a les préjugés de son sexe* (Lar. du XXᵉ s.).

ci-inclus, ci-joint. V. JOINDRE.

collectif. — **Accord du verbe ou de l'adjectif après un nom collectif.** Avec *la multitude de..., une foule de...*, le verbe (ou le participe) se met au singulier si l'idée porte sur le collectif : *Une foule de mécontents envahit la salle.* Il se met au pluriel si l'on a en vue le complément, c'est-à-dire la pluralité des êtres ou des objets dont il s'agit : *La foule des fidèles rassemblés sur le parvis* (ce sont les fidèles qui se sont rassemblés en foule).
Toutefois, avec les collectifs *la plupart, beaucoup de, bien des, une infinité de, peu de, assez de, trop de, tant de, combien de, nombre de,* ainsi que *force, nombre, quantité,* employés sans déterminatif, l'accord se fait avec le complément : *Quantité de réfugiés ont passé la frontière* (Gramm. Lar. du XXᵉ s.).

comme. — Après deux sujets réunis par *comme*, le verbe se met au singulier si le complément est placé entre virgules : *La pluie, comme le froid, m'est insupportable.*
— **Comme - que.** *Comme* pour *que* est du langage populaire. Il faut dire : *Mon fils est aussi grand que le vôtre* (et non *comme le vôtre*).
— **Comme si** se construit avec l'indicatif ou le plus-que-parfait du subjonctif : *Je grelottais comme si j'avais reçu une douche glacée.*

compris (y). V. PARTICIPE PASSÉ 1°.

compte. — Le participe passé de *se rendre compte que* est toujours invariable : *Elles se sont rendu compte que…*

concordance des temps. — La règle mécanique de la concordance des temps édictée par les anciennes grammaires, et selon laquelle un temps passé dans la proposition principale entraînait obligatoirement un temps passé dans la subordonnée, n'est plus guère observée aujourd'hui. C'est surtout le sens, l'idée de ce qu'on veut exprimer qui amène le temps de la subordonnée.
En particulier, après un conditionnel présent, l'imparfait du subjonctif peut être remplacé par le présent de ce même mode : *Je voudrais qu'il vînt* ou *qu'il vienne* (Littré).
Il n'en reste pas moins qu'on doit tenir compte, dans la concordance des temps, de certaines règles traditionnelles. Voici quelques cas, cités à titre d'exemples.
— **Proposition principale au présent de l'indicatif.** 1° *La proposition subordonnée est à l'*INDICATIF :
a) Si l'action subordonnée est *antérieure* à l'action principale, le verbe se met à l'*imparfait*, au *passé simple*, au *passé composé* ou au *plus-que-parfait* : *Je sais qu'il était bon. Je sais qu'il fut bon. Je sais qu'il a été bon. Je sais qu'il avait été bon.*
b) Si les actions sont *simultanées*, le verbe de la subordonnée se met au *présent* : *Je sais qu'il est bon.*
c) Si l'action subordonnée est *postérieure* à l'action principale, le verbe se met au *futur* : *Je sais qu'il sera bon.*
2° *La proposition subordonnée est au* SUBJONCTIF :
a) Si l'action subordonnée est *antérieure* à l'action principale, le verbe se met à l'*imparfait*, au *passé* ou au *plus-que-parfait du subjonctif* : *Je doute qu'il fût bon. Je doute qu'il ait, qu'il eût été bon.*
b) Si les actions sont *simultanées*, le verbe de la subordonnée se met au *présent du subjonctif* : *Je doute qu'il soit bon.*
c) Si l'action subordonnée est *postérieure* à l'action principale, le verbe se met au *présent du subjonctif* : *Je doute qu'il soit bon à l'avenir.*
— **Proposition principale à un temps passé de l'indicatif.** 1° *La subordonnée est à l'*INDICATIF :
a) Si l'action subordonnée est *antérieure* à l'action principale, le verbe se met au *plus-que-parfait* : *Je savais qu'il avait été bon.*
b) Si les actions sont *simultanées*, le verbe de la subordonnée se met à l'*imparfait* : *Je savais qu'il était bon.*
c) Si l'action subordonnée est *postérieure*, le verbe se met au *conditionnel présent* : *Je savais qu'il serait bon.*
2° *La subordonnée est au* SUBJONCTIF :
a) Si l'action subordonnée est *antérieure*, le verbe se met au *plus-que-parfait du subjonctif* : *Je doutais qu'il eût été bon en la circonstance.*
b) Si les actions sont *simultanées*, le verbe se met à l'*imparfait du subjonctif* : *Je doutais qu'il fût bon.*
c) Si l'action subordonnée est *postérieure*, le verbe se met à l'*imparfait du subjonctif* : *Je doutais qu'il fût bon à l'avenir.*
— **Proposition principale à un temps futur de l'indicatif.** 1° *La subordonnée est à l'*INDICATIF :
a) Si l'action subordonnée est *antérieure*, le verbe se met au *passé simple*, au *passé composé* ou à l'*imparfait de l'indicatif* : *Je saurai dorénavant qu'il fut bon en la circonstance. Je saurai qu'il a été bon. Je saurai qu'il était bon.*
b) Si les actions sont *simultanées*, le verbe se met au *présent de l'indicatif* : *Je saurai qu'il est bon.*
c) Si l'action subordonnée est *postérieure*, le verbe se met au *futur* : *Je saurai qu'il sera bon.*
2° *La subordonnée est au* SUBJONCTIF :
a) Si l'action subordonnée est *antérieure*, le verbe se met à l'*imparfait* ou au *passé du subjonctif* : *On ne croira pas qu'il fût bon dans son jeune âge. Il ne croira pas que vous ayez compris* (Gramm. Lar. du XXe s.).

b) Si l'action subordonnée est *simultanée* ou *future*, le verbe se met au *présent du subjonctif* : *J'exigerai qu'il soit bon.*

— **Proposition principale au conditionnel.** La concordance est sensiblement la même que dans le cas d'une subordonnée au subjonctif après une principale à un temps passé de l'indicatif : *Vraiment, après ce que vous me dites, je douterais qu'il eût été bon, je douterais qu'il fût bon.*

Toutefois, « dans la conversation courante, l'imparfait du subjonctif est remplacé par le présent, le plus-que-parfait par le parfait, même dans le cas où les temps traditionnels devraient être maintenus » (A. Dauzat, *Grammaire raisonnée*, 236).

conditionnel. — Pour savoir si l'on doit mettre un verbe au conditionnel ou au futur, il suffit de le transposer au pluriel : *Pourrai-je vous voir samedi prochain ?* (*Pourrons-nous vous voir...*) *Voudrais-je vous voir ce jour-là que cela me serait impossible* (*Voudrions-nous vous voir...*)

conséquent signifie « qui est logique, conforme à la raison, qui a de la suite dans les idées ». Il est fautif de donner à *conséquent* le sens d'« important, considérable », et de dire : *une ferme conséquente* (importante), *une fortune conséquente* (considérable), *un homme conséquent* (qui a une haute situation).

contester. — **Contester que** se construit avec le subjonctif : *Je conteste qu'il soit venu.*

— **Contester que... ne.** Dans une proposition négative ou interrogative construite avec *contester que,* la subordonnée s'écrit ordinairement avec *ne : Je ne conteste pas qu'il ne vous ait vu.*

convoler est un mot familier qui, selon l'Académie, ne signifie pas simplement « se marier », mais « contracter un nouveau mariage, se remarier » : *Cette veuve ne sera pas longtemps sans convoler.*

couleur. — **Accord des adjectifs de couleur.** Les adjectifs simples désignant la couleur s'accordent avec le nom auquel ils se rapportent : *Une toque blanche. Des rubans bleus.*

Toutefois, si le mot désignant la couleur est un nom commun pris adjectivement, dans le genre de *paille, noisette, marron, jonquille,* etc., et qu'on peut sous-entendre « couleur », il reste invariable : *Des rubans* [couleur] *paille.*

— D'une manière générale, les adjectifs de couleur sont *invariables :*

1° Quand ils sont réunis par deux, trois, etc., pour qualifier un seul substantif : *De l'encre bleu-noir.* (A noter le trait d'union qui unit les deux couleurs.)

On écrit *jaune citron, gris perle, bleu horizon, vert olive,* etc., sans trait d'union parce qu'il s'agit d'une ellipse (*jaune comme le citron, gris comme la perle,* etc.).

On dit de même *bleu de nuit, noir de jais, jaune d'or, gris de fer* (ou *gris fer*) : *Une veste bleu de nuit.*

2° Quand ils sont suivis par un autre adjectif qui les modifie : *Des cheveux châtain clair.*

— Si l'adjectif est un nom composé, il s'écrit avec des traits d'union et reste invariable : *Jupes tête-de-nègre, lie-de-vin.*

coûter. V. PARTICIPE PASSÉ 3°.

croire. — **Croire que** se construit avec l'indicatif quand on admet la certitude, la possibilité de la chose à laquelle on croit : *Taisez-vous, je crois qu'il vient.* Il se construit avec le subjonctif si l'on considère le fait comme douteux ou même impossible : *Je ne crois pas qu'il vienne* (Lar. du XXe s.).

dépendre. — **Dépendre que** se construit avec le subjonctif : *Il ne dépend pas de moi que vous réussissiez.*

désespérer. — **Désespérer que** se construit avec le subjonctif : *Je désespère que cette affaire réussisse* (Acad.).

désirer. — **Désirer que** se construit avec le subjonctif : *Je désire que vous partiez.*

deux. — **Nous deux...** V. BARBARISMES, p. 360.

deuxième - second. — On distingue souvent ces deux synonymes par une remarque tout arbitraire, mais qui a cependant son utilité : **deuxième** se disant lorsque l'énumération peut aller *au-delà de deux,* et **second** lorsque l'énumération *s'arrête à deux.* On habite au *deuxième* étage si l'immeuble en comporte plus de deux, et au *second* s'il n'en comporte que deux.

dire. — **Je ne dis pas que** se construit avec le subjonctif (quand il y a hésitation à affirmer) ou avec l'indicatif (on appuie alors sur ce qu'on veut dire) : *Je ne dis pas qu'il ait pensé cela. Je ne dis pas qu'il a pensé cela.*

division des mots. — La division (ou coupure) des mots à la fin des lignes peut se faire de deux façons.
La division syllabique est la plus courante (*arche-vêque, inoc-cupé, transaction,* etc.), la division étymologique révélant des impossibilités eu égard à l'accentuation. On ne peut, par exemple, effectuer des coupures telles que : *arch-evêque, chir-urgie, dés-aveu, pén-insule, pre-scription,* etc. En revanche, rien n'empêche de couper *mal-honnête* ou *sub-mersion.*
Pour les mots dont la division présente quelque difficulté, la coupure syllabique est de règle : *catas-trophe, cons-cience, cons-pirer, désa-buser, ins-crire, ins-truction, manus-crit, pers-pective, pos-thume, réu-nir, sculp-teur.*
On ne coupe jamais un mot pour rejeter à la ligne suivante une syllabe muette : *publi-que, vendan-ge,* etc., et la coupure doit au moins laisser deux lettres en fin de ligne.
On ne coupe pas davantage avant ou après un *x* ou un *y* placés entre deux voyelles : *infle-x-ible, di-x-ième, fra-y-eur,* etc. Mais la coupure *après* ces lettres est possible si elles sont suivies d'une consonne : *tex-tile, pay-san.*
La division des sigles est interdite (*U. R.-S. S., O. N.-U., P.-T. T.,* etc.), et l'on ne sépare jamais les initiales du nom qui les suit (*M.-Durand, A.-France, le R. P.-Teilhard de Chardin,* etc.) ; on ne sépare pas non plus un mot en lettres de son complément en chiffres, et *vice versa* (*Pie-XII, IVe-République, le 3-mai, en septembre-1940,* etc.).

divorcer, au sens de « se séparer par le divorce », et lorsqu'il est suivi d'un complément, se construit généralement avec la préposition composée **d'avec** : *Elle a divorcé d'avec lui* (Acad.).

dont peut représenter des personnes ou des choses, et s'emploie pour *de qui, de quoi, duquel, desquels,* etc. : *Dieu, dont nous admirons les œuvres* (Acad.). *La maladie dont il est mort* (id.).
— **Dont** ne peut, en principe, dépendre d'un complément introduit par une préposition (Grevisse). On dira : *L'homme sur les pieds de qui j'ai marché* (et non *L'homme dont j'ai marché sur les pieds*).
— **Dont** ne peut introduire une relative qui renferme un adjectif possessif en rapport avec l'antécédent. On dira : *Un homme à qui sa* (ou *la*) *jambe fait mal* (et non *dont sa* [ou *la*] *jambe lui fait mal*).
— **Dont - de qui.** Quand le relatif est séparé de son antécédent par un autre nom précédé lui-même d'une préposition, on emploie *de qui* (*duquel,* etc.) et non *dont : Le peintre à l'œuvre de qui* (moins bien *duquel*) *je m'intéresse* (mais *Je m'intéresse au peintre dont vous m'avez parlé*) [A. Dauzat, *Grammaire raisonnée,* 290]).

douter. — **Douter que.** Après *douter que,* le verbe qui suit se met ordinairement au subjonctif : *Je doute que votre résultat soit juste.*
Si ce verbe est employé négativement, il est suivi de l'indicatif pour exprimer la réalité du fait, ou du conditionnel si

le fait est hypothétique : *Je ne doute pas qu'il fera tout ce qu'il pourra* (Littré). *Elle ne doute pas qu'elle ferait mieux encore* (J. Renard, *Histoires naturelles,* 40 ; cité par Grevisse).

échapper. — **L'échapper belle** signifie « se tirer heureusement d'un mauvais pas ». Le participe passé est toujours invariable : *Il l'a échappé belle* (Acad.).

égal. — **D'égal à égal** est une expression invariable : *Ils traitèrent avec elle d'égal à égal.*
— **Sans égal** peut varier au féminin et au féminin pluriel, mais jamais au masculin pluriel (on ne dit pas *sans égaux*) : *Une joie sans égale. Des perles sans égales. Des élans sans égal.*

emmener. — **Emmener - emporter.** *Emmener* se dit des personnes et des animaux ; c'est mener avec soi d'un lieu dans un autre : *Emmener un ami à la campagne.*
Emporter a le même sens, mais ne se dit que des choses ou des personnes non valides. On *emmène* avec soi son chien ; on *emporte* son fusil. *Emporter un malade* (Acad.).

en (pronom). — Quand *en* fait fonction de complément d'objet direct (c'est-à-dire quand il n'y a pas d'autre complément direct), le participe passé reste invariable, car on considère que le pronom, équivalant à *de cela, de lui, d'eux,* etc., n'a ni genre ni nombre. On reconnaît qu'il est complément d'objet direct quand il ne peut être retranché de la phrase sans en altérer le sens : *Quant aux belles villes, j'en ai tant visité !* (Grand Larousse encyclopédique.).

entendre. — **Entendu.** V. PARTICIPE PASSÉ 1°.

espèce est du *féminin ;* par conséquent, on doit dire *une espèce de fou, une espèce de valet de chambre, une espèce de manteau,* etc. (et non *un espèce*..., au masculin, qui est du langage populaire).
L'accord de l'attribut se fait toutefois avec le nom complément : *Une espèce de fou est entré subitement chez elle.*

espérer. — **Espérer que,** employé affirmativement, se construit avec l'indicatif (ou avec le conditionnel si la proposition subordonnée exprime un fait hypothétique) : *J'espère qu'il se taira. J'espère qu'il n'hésiterait pas à se taire dans ce cas-là.*
Employé négativement, *espérer que* se construit avec le subjonctif : *Je n'espère pas qu'il se taise.*
Si la phrase est interrogative, il se construit avec le subjonctif, l'indicatif ou le conditionnel : *Espérez-vous qu'il se taise ? Espérez-vous qu'il se taira ? Espériez-vous qu'il se tairait ?*

et. — Les parties d'un complément unies par *et* doivent être des mots d'une même catégorie grammaticale ou des locutions de même nature. Ainsi, on dira : *J'aime le dessin et la peinture* (et non *J'aime à dessiner et la peinture*).
— **Accord de l'adjectif après deux noms unis par « et ».** Si l'adjectif ne qualifie que le dernier des noms unis par *et,* il ne s'accorde qu'avec ce nom : *Je mangerai des noix et une pomme cuite* (seule la pomme sera cuite). Mais on écrira : *Ils se nourrissaient de chair et de poisson crus* (la chair et le poisson étaient crus).

étonner. — **S'étonner que** se construit normalement avec le subjonctif : *Je m'étonne qu'il soit parti si tôt.*

excepté. V. PARTICIPE PASSÉ 1°.

exiger. — **Exiger que** se construit toujours avec le subjonctif : *J'exige que vous soyez présent à cette réunion.*

faire. — Le participe passé **fait** suivi immédiatement d'un infinitif est toujours *invariable : Elle s'est fait teindre les cheveux. La somme qu'ils se sont*

fait donner. Je les ai fait chercher partout. Ils se sont fait entendre.
Le participe est également invariable dans les constructions impersonnelles : *Quelle chaleur il a fait aujourd'hui !*
V. aussi, plus loin, *Se faire*.
— Avec « **faire** » **suivi d'un infinitif** qui a un complément d'objet direct, on emploie *lui, leur* (et non pas *le, la, les*) : *Faites-lui boire son lait.*
On dit aussi bien : *Je les ai fait changer d'avis, de vitesse, de place*, que *Je leur ai fait changer d'avis, de vitesse, de place.*
— **Se faire.** On écrit : *Elle s'est fait mal. La France s'est faite le champion du fédéralisme* (complément direct, *s'* placé avant : accord). *Il ne peut oublier l'image qu'il s'est faite d'elle* (complément direct *que* placé avant : accord). *Ils se sont faits soldats.*

falloir. — **Fallu.** Le participe *fallu* est toujours *invariable* : *Les sommes qu'il nous a fallu* (Lar. du XXe s.).

furieux se construit avec **de** : *Il était furieux de cette résistance* (Acad.).
Avec un complément de personne, on emploie **contre** (et non *après*) : *Son père est furieux contre lui.*

garde. — **Prendre garde à** signifie « avoir soin de », « faire attention à », et s'emploie aussi bien au sens affirmatif que négatif : *Prenez garde à faire ceci* (ayez soin de faire ceci). *Prenez garde à ne pas faire ceci* (ayez soin de ne pas faire ceci). *Prenez garde au chien.*
— **Prendre garde que,** suivi de l'indicatif, signifie « remarquer » : *Prenez garde que l'auteur ne dit pas ce que vous pensez* (Littré).
Prendre garde que, suivi du subjonctif et de *ne* (et non *ne... pas*), a le sens de « prendre des précautions contre » : *Prends garde qu'on ne te voie.*

haut. — **Haut** se lie à un nom propre par un trait d'union si le composé désigne une unité administrative : les *Hautes-Alpes* (département).
Mais on écrira : les *hautes Alpes*, les *hautes Pyrénées*, si l'on considère ces montagnes d'après leur situation par rapport à la mer. Le *haut Rhin*, la *haute Loire*, la *haute Seine*, etc., désignent la partie de ces fleuves qui est plus voisine de la source que de l'embouchure.
V. aussi BAS.

heureux. — **Il est heureux que** (impersonnel), de même que *Je suis heureux que*, se construisent avec le subjonctif : *Je suis heureux qu'il soit arrivé.*

imaginer. — On écrit : *Elles se sont imaginé que vous leur vouliez du mal* (le pronom *se* étant complément indirect [elles ont imaginé *à soi*] ne commande pas l'accord du participe). *Voici la chose qu'elles se sont imaginée* (accord : *que* complément direct mis pour *chose*).

impératif. — Devant les pronoms *en* et *y* non suivis d'un infinitif, on ajoute *s*, s'il n'existe déjà, au verbe à l'impératif singulier : *Parles-en à ton père.*
Si *en* et *y* sont suivis d'un infinitif, ou si *en* est préposition, le verbe à l'impératif singulier s'écrit sans *s* et sans trait d'union : *Va y mettre ton grain de sel. Mange en silence.*
— **Emploi de l'apostrophe.** L'apostrophe marque l'élision d'un pronom : *Parle-m'en. Va-t'en. Mets-t'y.*
Le, la ne s'élident pas après un impératif (sauf devant le pronom *en* ou l'adverbe *y*) : *Fais-le entrer. Sortez-l'en.*
— **Emploi du trait d'union.** Le verbe à l'impératif doit être joint par un trait d'union au pronom personnel (ou à *en*, *y*) qui le suit, et cela même si ce pronom précède un infinitif : *Parle-moi. Dis-le. Chante-lui une chanson. Parlez-leur en français. Allez-y. Laissez-le partir. Laissez-vous faire.*
Toutefois, on omet le trait d'union si le verbe (à l'impératif) est intransitif : *Allez le chercher. Va te laver.*

Si deux pronoms suivent l'impératif, on met ordinairement deux traits d'union : *Allez-vous-en. Parlez-lui-en.*
Cependant, si le second pronom se rattache à l'infinitif qui le suit, on le détache du premier en supprimant le trait d'union : *Laissez-la lui dire un mot. Allez-vous en redemander ?*
— **Place des pronoms.** Si deux pronoms personnels suivent l'impératif, le complément d'objet direct se place, selon l'usage, en premier : *Dis-le-moi. Apprenez-le-lui. Passez-le-nous.*
On rencontre aussi la construction inverse, mais seulement avec *nous* et *vous : Tenez-vous-le pour dit.*

indigner. — **Etre indigné que** se construit ordinairement avec le subjonctif : *Je suis indigné que vous ayez manqué à votre ami* (Acad.).

informer se construit avec **que** (et non *de ce que*). *Je vous informe que...*

joindre. — **Ci-joint, ci-inclus, ci-annexé.** *Ci-joint, ci-inclus* et *ci-annexé* sont variables ou invariables selon qu'ils sont employés adjectivement ou adverbialement.
Ils sont adverbes et *invariables :* 1° lorsqu'ils précèdent immédiatement le nom auquel ils se rapportent : *Vous trouverez ci-inclus, ci-annexé copie de cette lettre ;* 2° quand ils sont placés en tête de phrase : *Ci-inclus une feuille de déclaration de maladie.*
Ils sont adjectifs et *variables :* 1° s'ils sont employés comme qualificatifs : *Vous lirez également la lettre ci-jointe, ci-annexée ;* 2° s'ils sont placés devant un nom précédé lui-même d'un article ou d'un adjectif possessif ou numéral : *Vous trouverez ci-incluse la copie que vous m'avez demandée* (Acad.). *Vous trouverez ci-jointe une copie de l'acte* (Littré). *Vous trouverez ci-jointes nos copies de contrat, deux copies des contrats précités.*

journal. — Un journal étant en général composé de plusieurs feuillets ou pages, on lit **dans** un journal comme on lit *dans* un livre : *J'ai lu cela dans le journal, dans les journaux* (Acad.).

jusque. — **Jusqu'à ce que** se construit aujourd'hui avec le subjonctif : *Travaillez ferme jusqu'à ce que vous réussissiez* (Acad.).

laisser. — **Emploi du pronom avec « laissé » suivi d'un infinitif.** Après *laissé*, le sujet de l'infinitif peut être *le* ou *lui*, *les* ou *leur*, indifféremment : *Ce livre, je le leur ai laissé lire*, ou *je les ai laissés le lire. Je leur ai laissé faire tout ce qu'ils ont voulu*, ou *Je les ai laissés faire...*
— **Accord de « laissé » suivi d'un infinitif.** La tendance est pour l'invariabilité du participe passé *laissé* suivi d'un infinitif, que le sens soit actif ou passif : *Ils se sont laissé battre. Je les ai laissé faire.*

le, la, les (pronoms). — **« Le-lui », les-leur » sujets d'un infinitif.** Après les verbes *apercevoir, écouter, entendre, laisser, ouïr, regarder, sentir, voir*, le sujet de l'infinitif peut être *le* ou *lui*, *les* ou *leur*, indifféremment : *Je le laisse faire ses devoirs* ou *Je lui laisse faire ses devoirs. Je les laisse cueillir des fleurs* ou *Je leur laisse cueillir des fleurs* (Hanse).
— **Accord du participe avec un pronom neutre.** Si le pronom neutre *le* est complément d'objet direct, le participe passé reste invariable : *L'affaire était plus sérieuse que nous ne l'avions cru.*

lequel - qui. — Les pronoms relatifs **lequel, laquelle, lesquels, lesquelles, duquel, desquels, desquelles, auquel, auxquels, auxquelles** peuvent s'appliquer à des personnes ou à des choses : *La personne à laquelle j'ai parlé. Les sciences auxquelles je m'intéresse.*
En revanche, ils s'emploient à la place de *qui* précédé d'une préposition quand l'antécédent est un nom de *chose : Le vaisseau sur lequel* (et non *sur qui*) *nous naviguons* (Lar. du XXe s.).
V. aussi DONT.

— **Qui**, précédé d'une préposition, ne peut représenter que des *personnes* ou des *choses personnifiées* : *La femme à qui (ou à laquelle) j'ai parlé.* Cette règle est valable également en parlant des animaux : *Un chien à qui elle fait mille caresses* (Acad.).
V. aussi QUI.

lu. V. PARTICIPE PASSÉ 1°.

majuscules. — **Majuscules dans les noms propres.** — Dans les désignations géographiques, topographiques, etc., si le nom propre est un adjectif, ce dernier seul prend la majuscule : *Le mont Blanc* (mais le *massif du Mont-Blanc*). *Le cap Vert* (mais *la presqu'île du Cap-Vert*). *La mer Méditerranée. L'océan Atlantique. La péninsule Ibérique. Les montagnes Rocheuses.*
Les noms composés formant un tout ou une unité administrative s'écrivent avec majuscules et traits d'union : *Les Etats-Unis. La Nouvelle-Calédonie. La Charente-Maritime* (département). *La Chapelle-en-Vercors. La rue des Quatre-Frères-Peignot.*
V. aussi BAS et HAUT.
Les noms de nationaux, de peuples, d'habitants s'écrivent avec une majuscule quand ils sont employés substantivement : *Les Français. Un Français. Les Anglo-Saxons.* Mais : *le français* (la langue française), *un citoyen français, un Canadien français ; Un tel, naturalisé américain* (adjectifs).
— On écrit généralement : *Le jour de l'An.* Et aussi : *L'ordre de la Légion d'honneur.* (Pour les membres des divers ordres ou sectes, V. MINUSCULES.) *Un secret d'Etat. L'Eglise anglicane. Les biens de l'Eglise. L'Académie des sciences. L'Institut Pasteur. L'Ecole polytechnique* (mais : *il sort de Polytechnique*), *l'Ecole normale supérieure* (écoles uniques). *Le musée du Louvre. Le lycée Buffon.*
— V. aussi POINTS CARDINAUX, SAINT.

meilleur. — Après **meilleur**, on emploie la particule *ne* dans la proposition qui exprime le second terme de la comparaison : *Le temps est meilleur qu'il n'était hier* (Acad.).
— Avec **le meilleur, la meilleure**, le verbe qui suit se met au subjonctif : *C'est le meilleur homme que je connaisse.*
— **Meilleure volonté.** On dit : *Avec la meilleure volonté du monde, je ne puis faire cela* (et non *Avec la meilleure bonne volonté...*).

même. — *Même* prend ou non l'accord selon qu'il est considéré comme adjectif (indéfini) ou comme adverbe.
Lorsque *même* est placé après un nom au pluriel, plusieurs noms au singulier ou un pronom autre qu'un pronom personnel, il n'est pas toujours facile de déterminer s'il est adjectif ou adverbe. En général, s'il ne peut pas être déplacé et mis avant le nom ou le pronom, ou s'il tient la place d'*eux-mêmes*, il est adjectif et s'accorde : *Elle était la vertu et la fidélité mêmes. Les records ne furent battus que par les champions mêmes.* S'il peut être déplacé et mis devant le nom, on peut le considérer comme adverbe, et il demeure invariable : *Il regrettera ses cris, ses emportements et ses larmes même* (et même ses larmes).
On peut également considérer l'idée qu'on veut exprimer : identité, similitude pour l'adjectif ; sens de « aussi, de plus, encore plus » pour l'adverbe : *Ses paroles même m'ont surpris* (ses paroles aussi, même ses paroles). *Ses paroles mêmes m'ont surpris* (ses paroles elles-mêmes).
— **De même que.** Lorsque deux sujets sont réunis par *de même que*, le verbe ne s'accorde qu'avec le premier sujet : *Son teint blafard, de même que ses yeux battus, lui donnait un aspect fantomal.*

mieux. — Avec **mieux que**, l'usage actuel tend à imposer le *ne* explétif : *Il chante mieux qu'il ne faisait* (Acad.).

minuscule. — On compose avec une minuscule tous les termes et toutes les

expressions qui ne constituent pas une désignation propre à un seul être ou à une seule chose.
En conséquence, s'écrivent avec une minuscule :
1° Les titres et dignités, comme *empereur, roi, prince, duc, marquis, comte,* etc., *pape, émir,* etc. ;
2° Les noms donnés aux membres des partis politiques : *les républicains, les socialistes, les libéraux, les girondins,* etc. ;
3° Les noms de religions ou de sectes : *le christianisme, le calvinisme, le bouddhisme,* etc. ;
4° Les noms des adeptes de doctrines religieuses ou philosophiques : *les catholiques, les mahométans, les albigeois, les pythagoriciens,* etc. ;
5° Les noms des membres des ordres monastiques : *un bénédictin, un trappiste, un franciscain, un jésuite,* etc. ;
6° Les divisions administratives n'ayant pas un caractère d'unicité (préfecture, conseil municipal, etc.) et les juridictions civiles et militaires : *La sous-préfecture de Rochefort. La mairie de Port-des-Barques. La cour d'assises, la cour d'appel, le tribunal civil,* etc. *Le conseil de guerre de Nancy.*
(Font exception à cette règle les juridictions qui ont un caractère d'unicité : *Le Conseil d'Etat, la Cour des comptes, la Cour de cassation, la Chambre des requêtes, le Tribunal des conflits,* etc.)
V. aussi MAJUSCULES.

moi. — La politesse exige que la personne qui parle se nomme après les autres. On dira donc : *Vous et moi, Ma femme, mon père et moi* (et non *Moi et vous, Moi, ma femme et mon frère*).

mois. — Le nom des mois s'écrit sans majuscule : *Le mois de janvier* (Acad.).

monter. — On dit **monter à cheval,** *à âne,* etc. V. ALLER A BICYCLETTE.

ni. — *Ni* répété, comme *non seulement..., mais,* doit toujours opposer des mots ou des propositions de même nature. Ainsi, on dira : *Il n'a ni fait ses devoirs ni appris ses leçons* (et non *Il n'a fait ni ses devoirs ni appris ses leçons*).

non seulement. V. NI.

objet. — **Avoir pour objet - avoir pour but.**
Avoir pour objet se dit aussi bien des personnes que des choses : *Avoir pour objet le bien* (Nouv. Lar. univ.). *La logique a pour objet les opérations de l'entendement* (Acad.).
Avoir pour but ne se dit généralement que des personnes : *Je n'ai d'autre but en cela que de vous être utile* (Acad.).

ou (conjonction). — Après deux noms au singulier unis par *ou,* le verbe se met au singulier ou au pluriel, selon que l'un des termes exclut l'autre ou que la conjonction a un sens voisin de « et ». Ainsi, on écrira : *Le ministre ou le secrétaire d'Etat présidera la cérémonie* (c'est-à-dire l'un ou l'autre). *Un choc physique ou une émotion peuvent lui être fatals* (l'un comme l'autre, ces deux choses).

où (adverbe) qui marque le lieu, le temps, la situation, s'emploie, précédé ou non d'une préposition, comme pronom relatif à la place de *lequel (laquelle), lesquels (lesquelles), auquel, duquel, dans lequel,* etc., et ne s'applique qu'*à des choses. L'endroit où vous êtes. Le temps où nous sommes. La maison d'où elle sort.*

paraître. — **Il paraît que** se construit avec l'*indicatif* dans les phrases affirmatives : *Il paraît qu'il est souffrant.*
Le verbe se met au *conditionnel* si le fait est hypothétique : *Il paraît qu'il serait déjà mort.*
Il se met au *subjonctif :* 1° avec *il ne paraît pas que : Il ne paraît pas que vous soyez souffrant ;* 2° avec *il paraît*

suivi d'un adjectif lui-même suivi de que . *Il paraît nécessaire que vous veniez.*

parler. — Le participe **parlé** est toujours *invariable : Ils se sont parlé devant moi.*

partager. — **Partager avec** ou **entre.** *Partager avec quelqu'un* implique qu'on conserve pour soi une partie de ce qu'on partage : *Partager une prime avec ses collègues.*
Partager entre implique qu'on ne réserve rien pour soi : *Il partagea cet argent mal acquis entre les pauvres de la commune.*

participe passé. — **Accord du participe passé.** Les règles d'accord du participe passé sont exposées ci-après dans l'ordre suivant : 1° *participe passé employé sans auxiliaire ;* 2° *participe passé conjugué avec l'auxiliaire « être » ;* 3° *participe passé conjugué avec l'auxiliaire « avoir » ;* 4° *participe passé des verbes pronominaux ;* 5° *participe passé des verbes impersonnels ou des verbes employés impersonnellement.*

1° Participe passé employé sans auxiliaire.

Le participe passé employé sans auxiliaire s'accorde comme un simple adjectif (avec le nom ou le pronom auquel il se rapporte) : *Une feuille jaunie. Des bijoux cachés.*

CAS PARTICULIERS

Sont *invariables* et considérés comme formes figées les participes *approuvé, lu* et *vu* lorsqu'ils sont employés seuls : *Lu et approuvé. Vu.*
Sont également *invariables* les participes suivants lorsqu'ils sont placés immédiatement *avant* le nom précédé ou non d'un article ou d'un déterminatif : *approuvé, attendu, certifié, communiqué, entendu, excepté, lu, ôté, ouï, passé, reçu, supposé, vu : Passé trois semaines, j'aviserai le propriétaire.*
A cette liste, on ajoutera les locutions et expressions suivantes, dans lesquelles entre un participe : *non compris, y compris, étant donné, excepté que,* etc. : *Il y avait douze présents, non compris les femmes. Etant donné les circonstances, on lui pardonnera sa faute.*
(Si ces participes sont placés *après* le nom auquel ils se rapportent, ils reprennent leur fonction d'adjectifs et s'accordent : *Les événements attendus se présentèrent ce jour-là.*)

2° Participe passé des verbes conjugués avec l'auxiliaire « être ».

Le participe passé des verbes conjugués avec *être* s'accorde en genre et en nombre avec le *sujet* du verbe : *Les feuilles sont jaunies. Les bijoux ont été cachés.*
A noter que cette règle n'est pas applicable aux participes passés des verbes pronominaux dans lesquels le pronom réfléchi a la fonction de complément d'attribution, parce que, dans la conjugaison de ces verbes, *être* est mis généralement pour *avoir : Elles se sont accordées sur ce point* (c'est-à-dire elles ont accordé elles). *Elles se sont accordé un répit* (elles ont accordé un répit à elles).
V. aussi, plus loin, *Participe passé des verbes pronominaux* et *Participe passé des verbes impersonnels ou des verbes employés impersonnellement.*
— Si le sujet *nous* ou *vous* ne désigne qu'une seule et même personne, le singulier est de rigueur : *Vous êtes, monsieur le Président, estimé de tous.*

3° Participe passé des verbes conjugués avec l'auxiliaire « avoir ».

Le participe passé des verbes conjugués avec *avoir* s'accorde en genre et en nombre avec le *complément d'objet direct* lorsque celui-ci *précède* le participe. Il reste *invariable :* 1° si le verbe n'a pas de complément d'objet direct ; 2° si ce complément suit le participe.
Ainsi, on écrira : *Les jouets que nous avons achetés* (nous avons acheté quoi ? *que,* mis pour *jouets :* le complément d'objet direct précède le participe passé).
Mais le participe reste invariable dans :

Ils ont chanté (pas de complément d'objet direct). De même dans : *Nous avons acheté des jouets* (le complément d'objet direct est placé après le participe passé).
— Les verbes **intransitifs, transitifs indirects** et **impersonnels** n'ayant pas de complément d'objet direct, leur participe passé reste *invariable : Ces deux films nous ont plu* (verbe transitif indirect). *Les rivières ont débordé. Les beaux jours ont passé rapidement. Elle a pris les médicaments qu'il a fallu* (verbe impersonnel). *Les orages qu'il a fait ont gâché les récoltes. La famine qu'il y a eu dans cette région.*
— Les participes passés **coûté, valu, vécu** sont *invariables* au sens propre (ces verbes sont intransitifs), mais *varient* au sens figuré (ils sont alors transitifs) : *Les trois millions qu'a coûté cette maison. Les mille efforts qu'a coûtés cette épreuve. — La somme que cette bague a valu. Les joies que ces vacances m'ont values* (m'ont procurées). — *Les soixante-quinze ans qu'il a vécu. Les belles années qu'il a vécues.*
Pesé est toujours invariable au sens d'« avoir tel ou tel poids » : *Ce colis ne pèse plus les 5 kilos qu'il a pesé autrefois,* mais *Votre commande est prête, je l'ai pesée moi-même.*

CAS PARTICULIERS

— **Participe passé suivi d'un infinitif.** L'accord a lieu si le complément d'objet direct, étant placé avant le participe, fait l'action exprimée par l'infinitif : *La femme que j'ai entendue chanter. Les fruits que j'ai vus tomber.* (C'est la femme qui faisait l'action de chanter ; ce sont les fruits qui tombaient. On pourrait dire, d'ailleurs : *La femme que j'ai entendue chantant. Les fruits que j'ai vus tombant.*)
Dans le cas contraire, le participe passé reste *invariable : La chanson que j'ai entendu chanter. Les fruits que j'ai vu cueillir.* (Ce n'était pas la *chanson* qui *chantait,* ni les *fruits* qui *cueillaient,* etc. ; et l'on ne pourrait dire : *La chanson que j'ai entendu chantant. Les fruits que j'ai vu cueillant.*)

L'**infinitif** peut être **sous-entendu,** et alors le participe passé est toujours *invariable* (il s'agit surtout des participes *cru, dû, pensé, permis, pu, voulu*) : *Je lui ai rendu tous les services que j'ai pu, que j'ai dû, que j'ai voulu* (sous-entendu *lui rendre*).
— Le participe passé reste invariable s'il est précédé de **que** et accompagné d'une proposition complétive *construite à l'infinitif : J'ai pris la route qu'on m'a assuré être la plus courte. Les histoires qu'on avait cru être fausses.*
— V. aussi LAISSER *(« Laissé » suivi d'un infinitif).*
— Lorsqu'une préposition, **à** ou **de** (mais généralement *à*), est intercalée entre le participe et l'infinitif, l'accord se fait si le complément d'objet direct, placé avant, se rapporte au participe (il faut pouvoir intercaler un complément d'objet direct entre le participe et la préposition) : *Les couteaux que j'ai portés à repasser* (j'ai porté *les couteaux* à repasser). *Ces habits, je les ai donnés à retoucher* (j'ai donné *ces habits* à retoucher). *Quelle peine j'ai eue à le décider ! Les gens qu'on a empêchés de partir.*
Si le complément se rapporte à l'*infinitif,* le participe reste invariable : *Les contrées qu'ils ont eu à explorer* (ils n'ont pas *eu* ces contrées, ils ont *eu à les explorer*).

— **Participe passé précédé de « en ».** V. EN (pronom).

— **Participe passé précédé de « le (l') ».** Quand le participe passé est précédé du pronom neutre *le (l'),* qui équivaut à *cela* et représente une proposition, il est toujours *invariable : La chose est plus sérieuse que nous ne l'avions pensé d'abord* (que nous n'avions pensé *cela*). [Le complément d'objet direct *l'*étant neutre, le participe reste invariable ; on pourrait même supprimer ce pronom sans nuire au sens de la phrase.] *Elle s'est fâchée, comme on l'avait prévu.*
Si le pronom *le (l')* n'est pas neutre et représente un nom, il va sans dire que le participe passé s'accorde suivant la règle générale (avec l'antécédent) : *Cette fleur est quelconque, je l'avais crue plus belle*

(*l'*, mis pour *fleur*, complément d'objet direct placé avant le participe passé). A noter que, dans ce cas, on peut toujours remplacer *l'* par *les* lorsqu'on met l'antécédent au pluriel : *Ces fleurs sont quelconques, je les avais crues plus belles.*

— **Participe passé précédé de « le peu ».** V. PEU *(Accord du participe passé avec « peu » et « le peu »).*

— **Participe passé précédé d'un collectif.** Quand le participe passé est précédé d'une locution collective (*une foule de, une masse de, un grand nombre de, une partie de, le tiers de,* etc.) accompagnée d'un complément, l'accord se fait, selon le sens, soit avec le nom collectif, soit avec le complément de celui-ci : *Une foule de curieux qu'il avait bientôt rassemblés... Le grand nombre d'enfants que j'ai vus sur la plage* (l'idée porte surtout sur *enfants*). *La multitude des fidèles qu'il avait entraînée* (l'idée porte sur *multitude*).

Si l'expression collective est formée d'un **adverbe de quantité** suivi d'un complément (tels *autant de, combien de,* etc.), le participe passé s'accorde avec le complément (à moins que celui-ci ne soit placé après) : *Autant de livres il a lus...* (mais on écrira, sans accord : *Autant il a lu de livres*). *Combien d'heures ai-je perdues ?* (mais *Combien ai-je perdu d'heures ?*)

V. aussi COLLECTIF.

4° Participe passé des verbes pronominaux. Les verbes pronominaux se conjuguent avec **être** aux temps composés : *Je me suis repenti. Ils se sont lavé les mains. Elles se sont battues dans la cour.*

— **Verbes pronominaux proprement dits** (ou verbes *essentiellement pronominaux*). Le participe passé des verbes pronominaux proprement dits (c'est-à-dire de ceux qui n'existent que sous la forme pronominale, comme *s'envoler, s'ingénier, se repentir,* etc.) s'accorde en genre et en nombre avec le *sujet* du verbe : *Les serins se sont envolés.*

— **Verbes transitifs et intransitifs employés pronominalement.** Pour l'accord du participe passé de ces verbes, il est indispensable de se rappeler que l'auxiliaire *être* est mis généralement pour *avoir ;* par conséquent *ces verbes sont traités comme s'ils étaient conjugués avec « avoir »* : le participe s'accorde en genre et en nombre avec le pronom (*me, te, se, nous, vous*) si celui-ci est complément d'objet direct ; dans le cas contraire (pronom complément d'objet indirect), et si le complément d'objet direct est placé après, le participe reste invariable :

Elle s'est jetée sur la voiture (elle a jeté qui ? elle [*s'*] ; *s'* complément d'objet direct, donc accord) ;

Elle s'est cogné la tête (elle a cogné la tête de qui ? d'elle ; *s'* complément d'objet indirect, ou *tête* complément d'objet direct placé après, donc pas d'accord).

Des règles qui précèdent, il résulte que le participe passé des *verbes qui ne peuvent avoir de complément d'objet direct* reste invariable : *Ils se sont ri de ma faiblesse. Ils se sont nui. Elle s'est plu à le tourmenter.*

— Le participe passé des verbes pronominaux **non réfléchis** (c'est-à-dire dont l'action ne se reporte pas sur le sujet, comme *s'apercevoir, s'attendre,* etc., qui ne signifient pas « apercevoir soi », « attendre soi ») s'accorde avec le sujet, comme celui des verbes pronominaux proprement dits : *Ils se sont aperçus de leur erreur. Elle s'était attendue à plus d'égards.*

— Le participe passé des verbes à sens **passif** s'accorde également avec le sujet : *Les légumes se sont bien vendus aujourd'hui* (ont été bien vendus). *La partie s'est jouée en trois manches* (a été jouée).

— **Participe passé d'un verbe pronominal suivi d'un infinitif.** Le participe passé de ce verbe s'accorde comme le participe passé du verbe simple (v. plus haut *Participe passé suivi d'un infinitif*) : *Ils se sont vu jeter à la porte* (ce n'est pas eux qui faisaient l'action : ils ont été jetés à la porte *par quelqu'un*). *Ils se sont vus mourir* (c'est eux qui mouraient : ils se sont vus mourants).

A noter que le participe passé du verbe

faire ou **se faire** est toujours invariable devant un infinitif : *Elle s'est fait faire une belle robe.*

5° Participe passé des verbes impersonnels ou des verbes employés impersonnellement. Le participe passé des verbes impersonnels ou des verbes employés impersonnellement est toujours *invariable : Je suis resté chez moi les trois jours qu'il a plu. La révolution qu'il y a eu dans ce pays a causé bien des malheurs.*

participe présent. — Le participe proprement dit ne soulève guère de difficultés : il se termine toujours par **-ant**; il est *invariable : Il réveilla ses fils dormant, sa femme lasse* (V. Hugo, *la Légende des siècles*, « la Conscience »). Mais le participe présent peut s'employer comme adjectif, et cet *adjectif verbal* (terminé lui aussi par *-ant*, sauf quelques exceptions) est alors *variable : Des flots mugissants* (adjectif verbal). *Des flots mugissant dans la nuit* (participe présent).

— **Participe présent et adjectif verbal.** Le participe présent peut être employé comme verbe ou comme adjectif.
Comme *verbe* (cas du participe présent proprement dit, *invariable*), il marque une *action* ou un *état passager ;* il est souvent suivi d'un complément et peut être remplacé par le même verbe à un mode personnel précédé de *qui : On aime les enfants obéissant à leurs parents* (c'est-à-dire *qui obéissent à leurs parents*).
Comme *adjectif verbal*, il marque un *état*, une *qualité durables ;* il a la valeur d'un qualificatif et s'accorde en genre et en nombre avec le nom dont il est épithète ou attribut : *Des fruits mûrissants. Des cheveux grisonnants.*
Le mot terminé par *-ant* est un PARTICIPE PRÉSENT et reste invariable :
1° S'il a un complément d'objet direct ou indirect, et aussi, par conséquent, s'il est employé pronominalement : *Les chiens poursuivant le chat. Les chiens courant après le chat. Les chiens se poursuivant ;*
2° S'il est suivi d'un adverbe ou d'une locution adverbiale : *La cantatrice chantant mal fut congédiée ;*
3° S'il est accompagné de la négation *ne* ou *ne pas : Les conscrits ne buvant pas furent hués ;*
4° S'il est précédé de la préposition *en* (cette forme, appelée *gérondif*, est distinguée du participe présent) : *Les chiens disparurent en poursuivant le chat ;*
5° S'il est employé avec *aller* ou *s'en aller : Ses forces vont croissant, s'en vont déclinant.*
Le mot terminé par *-ant* est ADJECTIF VERBAL et par conséquent *variable :*
1° Quand il est attribut (il est ou peut alors être précédé du verbe *être* ou de l'un des verbes *sembler, devenir, paraître*...) : *Ces oiseaux sont charmants. Sa mère est souffrante.*
2° Quand il est simple épithète (sans complément d'objet direct) : *Des oiseaux charmants.*
3° Quand il est précédé d'un adverbe (autre que *ne*) qui le modifie et qu'il n'est pas suivi d'un complément d'objet direct : *Des gens bien pensants.*
Pour éviter la confusion entre le participe présent et l'adjectif verbal, on peut essayer de mettre une terminaison féminine au mot en *-ant* ou de le remplacer par un adjectif qualificatif quelconque : *Des murs croulants* (avec *s*, puisqu'on peut dire *Des maisons croulantes*). *Des parfums troublants* (puisqu'on peut dire *Des parfums agréables*).

— **Remarques sur l'emploi du participe présent.** Normalement, le participe présent se rapporte au sujet de la proposition principale. Aussi, on dira : *Comme je reviens de guerre, vous me trouverez changé* (et non *Revenant de guerre, vous me trouverez changé*). Et avec *en* sous-entendu : *Espérant recevoir une réponse favorable, je vous prie d'agréer*... (et non *Espérant recevoir une réponse favorable, veuillez agréer*...).

partir. — **Partir pour.** Suivi d'un nom marquant le but ou le terme du mouvement, *partir* se construit avec *pour* (et non avec *à* ou *en*) : *Partir pour Paris, pour la province, pour la fête.*

poser. — **Posé.** V. PARTICIPE PASSÉ 3°.

peu. — **Accord du verbe avec « peu » et « le peu ».** Après *peu,* le verbe s'accorde avec le complément : *Peu de personnes étaient là pour l'entendre.*
Après *le peu* signifiant « le manque de », le participe reste *invariable : Le peu de confiance que vous m'avez témoigné m'a ôté le courage* (Littré).
Mais quand *le peu* signifie « quelque, une quantité suffisante », l'accord se fait avec le nom qui suit *peu : Le peu de confiance que vous m'avez témoignée m'a rendu le courage* (Littré).

peut-être. — **Peut-être que** se construit avec l'*indicatif* ou avec le *conditionnel,* selon la nuance qu'on veut exprimer : *Peut-être qu'il est là. Peut-être qu'il l'aurait fait s'il en avait eu le temps !* (Hanse).

pire - pis. — Se rappeler que *pire* est synonyme de *plus mauvais* et contraire de *meilleur,* et que *pis* est synonyme de *plus mal* et contraire de *mieux.*

plaire. — **Plu,** participe passé de *plaire,* est toujours *invariable : Elle s'est plu à me dire des choses désagréables.*

plupart (la). V. COLLECTIF.

plus. — **Pas plus que.** Après deux sujets réunis par *pas plus que,* le verbe se met au singulier : *Le père, pas plus que le fils, n'était au courant de la chose.* (Noter la ponctuation.)
— **Plus que... ne.** *Plus,* suivi de *que* et d'un membre de phrase demande *ne* (Littré) : *Il est plus heureux que vous ne l'êtes* (Acad.).
(Cette règle s'applique également à *autre que* et à *moins que*.)

point. — **Points cardinaux.** Le point cardinal s'écrit sans majuscule : *La route va vers l'est.*
De même, on écrit avec une minuscule le point cardinal quand il est suivi d'un déterminatif et équivaut à « au-dessus », « à droite », etc. : *Elle est située au nord de Paris.*
En revanche, on écrit avec une majuscule : *Il a passé ses vacances dans l'Ouest, dans le Sud-Ouest, dans le Nord,* etc. (il s'agit là de régions ; mais on écrirait : *Il a passé ses vacances dans le sud-ouest de la France). L'Amérique du Sud.*
Mêmes règles pour *midi, centre,* etc.

pourvoir. — **Pourvu que** se construit avec le subjonctif : *Pourvu qu'il veuille bien me recevoir.*

préférer. — **Préférer que,** avec un verbe à un mode personnel, demande le subjonctif : *Je préfère que vous chantiez à ma place.*

présenter. — On dit : *Se présenter à un examen, au baccalauréat...* (et non *Présenter un examen, le baccalauréat...*).

promettre, supposant un fait à venir, ne doit s'employer qu'avec un futur ou un conditionnel à valeur de futur : *Je vous promets que je ne le ferai plus. Je lui ai promis que je serais rentré.*

proposer. — Le participe passé du verbe pronominal **se proposer** reste invariable s'il est suivi d'un infinitif complément d'objet direct : *La halte qu'ils s'étaient proposé de faire* (ils s'étaient proposé quoi ? de faire une halte).

quelque ne s'élide que devant *un* et *une : Voilà quelqu'un.*
— Devant un nom, un adjectif ou un adverbe, **quelque** s'écrit en un seul mot. Il est alors *adjectif* et s'accorde :
1° Quand il précède immédiatement un nom : *Quelques arbres rabougris bordent l'avenue.*
2° Quand il n'est séparé de ce nom que par un adjectif : *Il y a quelques bonnes pages dans ce roman* (Lar. du XXe s.).

— **Quelque** est *adverbe*, et par conséquent *invariable*, quand, suivi de *que*, il précède un adjectif non suivi d'un nom, ou modifie un participe ou un autre adverbe ; il a alors le sens de « si » : *Quelque puissants qu'ils soient, je ne les crains point* (Acad.). *Quelque adroitement qu'il s'y prenne* (Acad.).
Il est également adverbe quand il signifie « environ, à peu près » : *Il s'est marié il y a quelque vingt ans.*
Après *quelque... que* le verbe se met au subjonctif : *Quelques efforts que vous fassiez.* Cependant, si *quelque* a le sens de « peu nombreux », on a affaire à une simple relative à l'indicatif : *Ce sont là quelques fruits que j'ai achetés.*
— **Quelque - quel que.** *Quelque... que* se réduit à *quel... que* quand il précède immédiatement un verbe (presque toujours *être*) ou un pronom personnel sujet. Le verbe se met alors au subjonctif et *quel* s'accorde en genre et en nombre avec le sujet du verbe : *Quelles que soient les causes de cet accident.*

qui. — Précédé d'une préposition (*à, de, en, par, pour, sur*), le pronom relatif *qui* ne peut guère représenter aujourd'hui que des personnes (ou des choses personnifiées) : *Celle à qui j'ai parlé ce matin.*
On étend cependant parfois cet emploi aux animaux, surtout aux animaux domestiques : *Un chien à qui elle fait mille caresses* (Acad.).
Les pronoms relatifs *auquel, duquel, lequel* peuvent s'employer indifféremment pour les choses ou pour les personnes, mais ils sont plus ordinairement réservés aux choses : *L'arbre auquel j'ai fait allusion. L'homme auquel* (ou *à qui*) *j'ai parlé.*
V. aussi LEQUEL.
— **Accord du verbe avec « qui » sujet.** En règle générale, l'accord se fait en nombre et en personne avec l'antécédent : *C'est moi, moi seul qui suis le chef.*
Toutefois, lorsque *qui* relatif est précédé d'un attribut se rapportant à un pronom personnel de la 1re ou de la 2e personne, l'accord se fait avec cet attribut : 1° quand il est précédé de l'article défini : *Vous êtes l'artiste qui a le plus de talent de la troupe ;* 2° quand il est précédé d'un adjectif démonstratif : *Vous êtes cet homme qui m'a insulté ;* 3° quand la proposition principale est négative ou interrogative : *Êtes-vous un homme qui sait tenir une plume ?*
— **Qui que ce soit** appelle le subjonctif : *Qui que ce soit qui vous l'ait dit, il s'est trompé* (Acad.).

quoi. — **Quoi que - quoique.** *Quoi que* (en deux mots) signifie « quelle que soit la chose que » : *Quoi que vous fassiez, il est maintenant trop tard.*
Quoique (en un seul mot) est une conjonction qui signifie « encore que, bien que » : *Il est guéri, quoique faible encore.*

rappeler (se). — Il est convenu qu'on ne doit pas dire *se rappeler de quelque chose,* parce que *rappeler,* comme *appeler,* est un verbe transitif direct. **Se rappeler quelque chose** (sans *de*) est seul correct : *Je me rappelle les bonnes vacances de l'an dernier* (c'est-à-dire je rappelle à moi le souvenir des bonnes vacances...).
De ce fait, on dira *Je me le rappelle,* ou bien encore *Je m'en souviens* (mais non *Je m'en rappelle*).

reçu. V. PARTICIPE PASSÉ 1°.

rémunérer. — Se garder d'écrire *rénumérer* (ou *rénumérateur*), faute fréquente amenée par l'influence de *numéraire.* En réalité, *rémunérer* vient du latin *remunerare ;* réf. *re-* et *munus, muneris,* don, présent.

rendre compte (se). — V. COMPTE.

saint. — Devant le nom du personnage qu'il qualifie, le mot *saint* s'écrit avec une minuscule et sans trait d'union : *Le grand saint Eloi lui dit « O mon roi ».*

Saint s'écrit avec une majuscule et se joint au nom qui le suit par un trait d'union (*Saint-Michel*) quand on veut désigner la fête, l'église mise sous l'invocation du saint, un ordre, une ville, une rue, etc., qui porte son nom : *Les valets de ferme se gagent à la Saint-Michel. L'église Saint-Médard.*

sauf. — Avec **sauf que,** le verbe se met à l'*indicatif* (et non au subjonctif) : *Tout se passa bien, sauf qu'un moment on s'égara* (Littré).

sembler. — Avec **il me (te, lui, ...) semble que,** le verbe de la subordonnée se met à l'indicatif : *Il me semble qu'il est malade en ce moment.*
Le conditionnel peut s'employer avec *il semble que* ou *il me semble que* si le fait qu'on veut exprimer est du domaine de l'éventualité : *Il semble qu'il serait préférable de revenir sur nos pas.*
Employées négativement ou interrogativement (*il ne semble pas que, il ne me semble pas que, semble-t-il que ?, vous semble-t-il que ?*), ces expressions demandent toujours le subjonctif : *Il ne semble pas qu'il ait eu raison d'agir ainsi* (Lar. du XXe s.).

si (adverbe). — **Si** adverbe ne doit pas modifier un participe passé conjugué avec son auxiliaire. On dira : *Il était tant* (ou *tellement*) *aimé de ses enfants* (et non *Il était si aimé de ses enfants*).
— **Si** comparatif doit être accompagné de la négation et suivi de *que : Il n'est pas si riche que vous croyez* (Acad.).
— **Si ... que.** Dans une proposition introduite par *si ... que,* on emploie le subjonctif : *Si laide qu'elle soit, c'est sa fille.*
Avec *si ... que, au point que, tant que, tel que, tellement que,* on emploie également le subjonctif dans une proposition consécutive, si la proposition principale est négative ou interrogative : *Il n'est pas si honnête qu'il soit sans défauts. Est-il si honnête qu'il soit sans défauts ?*
Si la principale est affirmative, le verbe de la consécutive se met à l'indicatif ou au conditionnel, selon le sens : *Il est si fatigué qu'il ne viendra pas. Il est si fatigué qu'il ne viendrait pas même si vous alliez le chercher.*

si (conjonction). — Avec **si** marquant la condition, le verbe de la proposition subordonnée se met à l'*indicatif* (et non au conditionnel) : *Si tu fais cela, je pars tout de suite.*
— **Concordance des temps avec « si ».** Dans les phrases avec *si,* la concordance de temps du verbe de la subordonnée avec le verbe de la principale se fait de la façon suivante : dans la proposition subordonnée, les *futurs* se remplacent par le *présent* et le *passé composé,* et les *conditionnels* par l'*imparfait* et le *plus-que-parfait* (Lar. du XXe s.) : *Je sortirai s'il fait* (et non *s'il fera*) *beau. Si demain le temps s'est refroidi, je resterai à la maison. J'irais si tu le désirais* (et non *si tu le désirerais*). *J'y serais allé si tu l'avais voulu* (et non *si tu l'aurais voulu*).

soit. — **Soit que** veut au subjonctif le verbe qui suit : *Soit qu'il vienne, soit qu'il ne vienne pas.*

sorte. — Employé comme sujet, *sorte* ne commande pas l'accord ; celui-ci se fait d'après le nom complément : *Cette sorte de fruit n'est pas mûr* (et non *mûre*). V. ESPÈCE.

souvenir (se). — On dit : *Je me souviens de cela* (alors que *Je me rappelle cela* est seul correct).
— **Se souvenir que** se construit avec l'indicatif si la proposition principale est affirmative ; avec le subjonctif si elle est négative : *Je me souviens qu'il a passé par là. Je ne me souviens pas qu'il ait passé par là.*

subjonctif. — **Construction avec le subjonctif.** Pour les mots dont la construction présente des difficultés particulières, se reporter à l'ordre alphabétique.
— **Emploi du subjonctif.** 1° Le verbe de la proposition subordonnée doit se

mettre au subjonctif quand celui de la proposition principale exprime commandement, volonté, souhait, consentement, concession, éventualité, doute, crainte, dénégation, regret, indignation, surprise, admiration, etc. : *Je veux que vous fassiez cela. Dis-lui qu'il parte demain. Je doute fort que vous buviez ce verre. Je craignais qu'ils ne vinssent à cette fête. Je suis surprise qu'il ait agi ainsi.*
(Si le verbe de la proposition principale affirme directement, positivement, sans idée accessoire de doute, de crainte, etc., le verbe de la proposition subordonnée se met à l'indicatif : *J'affirme qu'il a dit cela. Je pense que deux et deux font quatre. Dis-lui qu'il part demain. Je soutiens que c'est mon frère que j'ai vu.*)
2° Les propositions interrogatives exigent le subjonctif s'il s'agit d'une chose douteuse, vague, incertaine ou que l'on considère comme telle : *Pensez-vous que ce soit son frère ? Croyez-vous qu'il puisse y parvenir ?*
(S'il s'agissait d'une vérité incontestable ou considérée comme telle par celui qui interroge, on emploierait l'indicatif : *Admettez-vous que deux et deux font quatre ?*)
3° Le verbe se met au subjonctif après les locutions conjonctives suivantes : *afin que* (*Afin que vous sachiez*), *à moins que* (*À moins qu'il ne parte plus tôt*), *avant que, bien que, de crainte que, en cas que, encore que, jusqu'à ce que, pourvu que,* etc.
— **Emploi des temps du subjonctif.** V. CONCORDANCE DES TEMPS.

succéder (se). — Le participe passé de *se succéder* est toujours *invariable*, puisque ce verbe ne peut avoir de complément d'objet direct : *Les pluies se sont succédé sans interruption.*

surprendre. — **Etre surpris que.** Au sens d'« être étonné », *surprendre* est suivi de *que* et du subjonctif : *Je suis surpris qu'il soit venu si tôt.*

tant. — Après **tant,** se garder d'employer *comme* au lieu de *que : Je n'en ai pas tant que vous* (et non *comme vous*).
— **Tant de,** collectif, entraîne généralement l'accord avec le complément : *Tant de soucis l'accablent qu'il en perd le sommeil.*

tantôt. — A noter que *tantôt* répété ne doit opposer que des termes de même nature (sujets, verbes, compléments). On dira donc : *Tantôt vous dites la vérité et tantôt vous ne la dites pas* (et non *Vous dites tantôt la vérité et tantôt vous ne la dites pas*).

tellement. — **Tellement... que** demande le subjonctif dans la proposition consécutive quand la principale est négative ou interrogative : *Il n'est pas tellement malade qu'il ne puisse m'accompagner.* Dans les phrases affirmatives, on emploie l'indicatif ou le conditionnel : *Il est tellement malade qu'il ne veut pas venir. Il est tellement préoccupé de ses affaires qu'il ne saurait penser à autre chose* (Acad.).

trop. — **Trop ... pour que** se construit avec le subjonctif : *Il est trop menteur pour qu'on le croie.*

valu. V. PARTICIPE PASSÉ 3°.

verbe. — **Répétition du verbe.** Si un verbe a deux sujets de nombre différent, dont l'un le précède et l'autre le suit, il devra être répété et s'accorder en nombre avec le second sujet : *Sa coiffure sera nette et ses mains seront propres* (et non *et ses mains propres*).
— **Accord du verbe avec son sujet.** En règle générale, le verbe s'accorde en nombre et en personne avec le sujet, et cet accord a lieu quelle que soit la place du sujet : *Les parents aiment leurs enfants. Ecoutez ce que vous disent vos parents.*
— **Accord en personne.** Si le verbe a deux sujets particuliers de personnes différentes, l'accord se fait avec la per-

sonne qui a la priorité sur les autres (la première personne l'emporte sur la deuxième, la deuxième sur la troisième) : *Toi et moi, vous et moi, lui et moi serons de la fête. Toi et lui, vous et lui partirez ce soir.* On résume souvent les sujets par un pronom pluriel : *Toi et moi, nous serons de la fête. Toi et lui, vous partirez ce soir.*

— **Accord en nombre avec un collectif sujet.** V. COLLECTIF.

— **Accord en nombre avec plusieurs sujets.** Si le verbe a plusieurs sujets, il se met au pluriel (sauf cas particuliers [v. COMME, OU, etc.]) : *Mon cousin et ma cousine sont venus me voir.*

L'accord se fait avec le sujet le plus proche lorsque les sujets, *même coordonnés,* désignent le même être ou le même objet : *C'est un fourbe et un traître qui l'a accusé* (Hanse).

Avec **et surtout,** le verbe se met au singulier si cette expression est placée entre deux virgules : *Son père, et surtout sa mère, passe pour lui avoir inculqué ces principes.* Sans virgules, on fait l'accord. (Cette regle est valable pour *ainsi que, comme, et non, plutôt que,* etc.)

Après **aucun, chaque, nul, tout** répétés, le verbe ne s'accorde qu'avec le dernier sujet : *Chaque feuille, chaque fleur a sa forme propre* (Lar. du XXe s.).

— **« Ce » sujet du verbe « être » (c'est - ce sont).** V. CE.

— **Accord du verbe avec « qui » sujet.** V. QUI.

vin. — On écrit sans majuscules : *Boire du champagne* (pour du vin de Champagne), *du bordeaux, du bourgogne, du châteauneuf-du-pape. Un verre de côtes-du-rhône, de pouilly-fuissé,* etc.

vraisemblable. — Après la forme impersonnelle **il est vraisemblable que,** le verbe de la proposition subordonnée se met :

1° A l'*indicatif* dans les phrases affirmatives et, surtout, quand on considère le fait dans sa réalité : *Il était vraisemblable qu'il allait perdre son argent ;*

2° Au *conditionnel* quand la proposition remplit la fonction d'un nom et exprime un fait éventuel, hypothétique : *Il était vraisemblable que l'effet de ce nouveau traitement serait le même ;*

3° Au *subjonctif* si la principale est négative ou interrogative : *Il n'est pas vraisemblable qu'il se soit trompé.*

vu. V. PARTICIPE PASSÉ 1°.

Quelques barbarismes et solécismes à éviter

N'écrivez pas...	**Mais écrivez**
La poupée *à* ma fille.	La poupée *de* ma fille.
Pour deux *à* trois personnes.	Pour deux *ou* trois personnes.
Il *s'en est accaparé.*	Il *l'a accaparé.*
De manière, de façon *à ce que.*	De manière, de façon *que.*
S'attendre, consentir *à ce que.*	S'attendre, consentir *que.*
Un magasin bien *achalandé* (en marchandises).	Un magasin bien *approvisionné.*
Agoniser quelqu'un d'injures.	*Agonir* quelqu'un d'injures.
Se promener *alentour* de la ville.	Se promener *aux alentours* de la ville.
Aller au dentiste.	*Aller chez le* dentiste.
Je me *suis en allé.*	Je m'*en suis allé.*
Hésiter entre *deux alternatives.*	Hésiter entre *deux partis.*
Il *appréhende* sortir le soir.	Il *appréhende de* sortir le soir.
La clef est *après* la porte.	La clef est *à, sur* la porte.
Il est furieux *après* vous.	Il est furieux *contre* vous.
Il a demandé *après* vous.	Il vous a demandé.
Elle n'*arrête* pas de parler.	Elle ne *cesse* de parler.
Au jour d'aujourd'hui.	*Aujourd'hui.*
Aussi curieux que cela paraisse.	*Si* curieux que cela paraisse.
Il est *aussi* grand *comme* moi.	Il est *aussi* grand *que* moi.
Aussitôt son retour.	*Aussitôt après* son retour (ou *Dès* son retour).
La journée s'est passée sans *avatar.*	La journée s'est passée sans *aventure,* sans *accident.*
Cette nouvelle s'est *avérée* fausse.	Cette nouvelle s'est *révélée* fausse, a été *reconnue* fausse.
Un bel azalée.	*Une belle* azalée.
Bâiller aux corneilles.	*Bayer* aux corneilles.
Se baser sur...	*Se fonder* sur...
Dans le but de...	*Dans le dessein* de...

Etre peu *causant.*	Etre peu *bavard, loquace.*
On vous cause.	*On vous parle.*
A cinq *du cent.*	A cinq *pour cent.*
Ces cravates coûtent 10 F *chaque.*	Ces cravates coûtent 10 F *chacune.*
Le combien es-tu ?	*Quelle place as-tu ?*
Commémorer un *anniversaire.*	*Commémorer* un *événement.*
Comme par exemple.	*Comme* (ou *Par exemple*).
Comparer ensemble.	*Comparer.*
Compresser quelque chose.	*Comprimer* quelque chose.
Y comprises les gratifications.	*Y compris* les gratifications.
Des cerises *confies.*	Des cerises *confites.*
Etre *confusionné.*	Etre *confus.*
Une affaire *conséquente.*	Une affaire *importante.*
Nous *avions convenu* de...	Nous *étions convenus* de...
Faire des *coupes sombres* (lorsqu'on coupe beaucoup).	Faire des *coupes claires.*
Il est sorti avec sa *dame.*	Il est sorti avec sa *femme.*
Il a *davantage de* talent que son frère.	Il a *plus de* talent que son frère.
D'ici *demain.*	D'ici *à demain.*
Je l'ai vu avec sa *demoiselle.*	Je l'ai vu avec sa *fille.*
A *votre départ.*	A *vos dépens.*
Au *diable vert.*	Au *diable vauvert.*
Sa femme *est disparue.*	Sa femme *a disparu.*
Il l'a *échappée* belle.	Il l'a *échappé* belle.
Un spectacle *émotionnant.*	Un spectacle *émouvant.*
Aller *en* bicyclette, *en* skis.	Aller *à* bicyclette, *à* skis.
Se *faire* une entorse.	Se *donner* une entorse.
Docteur *ès* médecine, maître *ès* style.	Docteur *en* médecine, maître *en* style.
Un espèce de fou.	*Une espèce* de fou.
Je suis *été* à la pêche.	Je suis *allé* à la pêche (ou J'*ai été* à la pêche).
L'*étiage* le plus élevé.	Le *degré* le plus élevé.
Eviter un ennui à quelqu'un.	*Epargner* un ennui à quelqu'un.
Etre *excessivement* adroit.	Etre *extrêmement* adroit.
Demeurer *en face* la mairie.	Demeurer *en face de* la mairie.
Elle est *fâchée avec* lui.	Elle est *fâchée contre* lui.
De *façon à ce que...*	De *façon que...*
Ce n'est pas *de sa faute.*	Ce n'est pas *sa faute.*
Fixer quelqu'un.	*Regarder fixement* quelqu'un.
A la bonne *flanquette.*	A la bonne *franquette.*
Elle se fait *forte* de...	Elle se fait *fort* de...
Faire *un frais.*	Faire *des frais,* se mettre *en frais.*
Etre noir comme *un geai.*	Etre noir comme *le jais.*
Un *gradé* de l'Université.	Un *gradué* de l'Université.
Il *s'en est guère* fallu.	Il *ne s'en est guère* fallu.
100 *kilomètres-heure* (km-h).	100 *kilomètres à l'heure* (km/h).
Gagnez 2 F *de l'heure.*	Gagner 2 F *l'heure* (ou *par heure*).
D'ici lundi.	*D'ici à* lundi.
Vous n'êtes pas sans *ignorer.*	Vous n'êtes pas sans *savoir.*
Une *inclinaison* de tête.	Une *inclination* de tête.
Un vêtement *infecté* de parasites.	Un vêtement *infesté* de parasites.
Ce malheureux vieillard est *ingambe.*	Ce malheureux vieillard est *impotent.*
Ce bruit m'*insupporte.*	Ce bruit m'*est insupportable.*
Jouir d'une mauvaise santé.	*Avoir* une mauvaise santé.

C'est *là où* je vais ; c'est *là d'où* je viens.	C'est *là que* je vais ; c'est *de là que* je viens.
Tomber dans le *lac* (dans un piège).	Tomber dans le *lacs.*
Malgré que je le lui aie interdit.	*Quoique* je le lui aie interdit.
De manière à ce que...	*De manière que...*
Les risques sont réduits au *maximum.*	Les risques sont réduits au *minimum.*
Au *grand maximum.*	Au *maximum.*
Messieurs dames.	*Mesdames et messieurs.*
Vers *les midi,* midi et *demie.*	Vers *midi,* midi et *demi.*
Ces fruits sont *moins* chers *qu'*ils étaient.	Ces fruits sont *moins* chers *qu'*ils *n'*étaient.
S'entraider mutuellement.	*S'entraider.*
Babylone, *naguère* puissante.	Babylone, *jadis* puissante.
Elle est mieux *en naturel.*	Elle est mieux *au naturel.*
Un écrivain *notoire.*	Un écrivain *notable, connu.*
Nous, on a été à la fête.	*Nous, nous avons été* à la fête.
Nous deux mon chien.	*Moi et* mon chien.
Il lui *observa* que...	Il lui *fit observer* que...
Je n'ai rien *à m'occuper.*	Je n'ai rien *à quoi m'occuper.*
On est arrivé.	*Nous sommes* arrivés.
En outre de cela.	*Outre* cela.
Pallier à un inconvénient.	*Pallier* un inconvénient.
A ce qu'il paraît que...	*Il paraît* que...
Pardonner quelqu'un.	*Pardonner à* quelqu'un.
Il a fait *pareil que* vous.	Il a fait *comme* vous.
Ma robe est *pareille que* la sienne.	Ma robe est *pareille à* la sienne.
Prendre quelqu'un à *parti.*	Prendre quelqu'un à *partie.*
Partir à Lyon, *en* Italie.	*Partir pour* Lyon, *pour* l'Italie.
Une rue *passagère.*	Une rue *passante.*
Au point de vue *pécunier.*	Au point de vue *pécuniaire.*
Aller de mal en *pire ;* tant *pire ;* souffrir *pire* que jamais.	Aller de mal en *pis ;* tant *pis ;* souffrir *pis* que jamais.
Au point de vue congés.	*Au point de vue* (ou *Du point de vue*) *des* congés.
Je *préfère* rester à la maison *que* sortir.	Je *préfère* rester à la maison *plutôt que de* sortir.
Une occasion à *profiter.*	Une occasion à *saisir.*
Allons *promener.*	Allons *nous promener.*
Je vous *promets* qu'il est là.	Je vous *assure* qu'il est là.
Et puis ensuite.	*Et puis* (ou *Ensuite*).
La chose *que* j'ai besoin.	La chose *dont* j'ai besoin.
D'où que tu viens ?	*D'où viens-tu ?*
Quand même *que* ce serait vrai.	Quand même ce serait vrai.
Elle a quel âge ?	*Quel âge a-t-elle ?*
Quoiqu'il est malade.	*Quoiqu'il soit* malade.
Il me *rabat* les oreilles avec son histoire.	Il me *rebat* les oreilles avec son histoire.
Je *m'en rappelle.*	Je *me le rappelle* (ou Je *m'en souviens*).
Rapport à sa mauvaise santé.	*A cause* de sa mauvaise santé.
Réaliser un événement.	*Mesurer l'importance* d'un événement.
Ce matin, il est *rentré* à l'église.	Ce matin, il est *entré* à l'église.
Cela *ressort* à son compétence.	Cela *ressortit* à sa compétence.
Il a *retrouvé* la liberté, la vue.	Il a *recouvré* la liberté, la vue.

J'ai *rêvé à* un mari.	J'ai *rêvé d'*un mari.
Comme si *rien* n'était.	Comme si *de rien* n'était.
Il *risque* de gagner.	Il a *des chances* de gagner.
Il ne *semble* pas que c'est bien.	Il ne *semble* pas que ce *soit* bien.
Le *soi-disant* cadavre.	Le *prétendu* cadavre.
Solutionner une question.	*Résoudre* une question.
A deux heures *sonnant.*	A deux heures *sonnantes.*
Cela l'a *stupéfaite.*	Cela l'a *stupéfiée.*
J'arrive *de suite.*	J'arrive *tout de suite.*
Il *s'en est suivi* un désastre.	Il *s'est ensuivi* (ou Il *s'en est ensuivi*) un désastre.
Lire *sur* le journal.	Lire *dans* le journal.
*Surtout qu'*il n'est pas bien.	*D'autant plus qu'*il n'est pas bien.
Rayon *susceptible* d'impressionner une plaque photographique.	Rayon *capable* d'impressionner une plaque photographique.
Tâchez moyen de...	*Faites votre possible* pour...
Tant qu'à faire.	*A tant faire que.*
Tant qu'à lui.	*Quant* à lui.
Je l'ai acheté *tel que.*	Je l'ai acheté *tel quel.*
N'avoir pas le *temps matériel* pour...	N'avoir pas le *temps* de...
Je me suis *très* amusé.	Je me suis *beaucoup* amusé.
Avez-vous faim ? — Oui, *très.*	Avez-vous faim ? — Oui, *beaucoup.*
Avoir *très* peur.	Avoir *grand*-peur.
Il s'amuse *de trop.*	Il s'amuse *trop.*
Vitupérer contre quelqu'un.	*Vitupérer* quelqu'un.

INDEX

Les chiffres en romain renvoient aux conseils généraux et aux exemples de lettres, les chiffres en italique aux renseignements pratiques fournis en fin de volume.

TABLE DES MATIÈRES

Photocomposition M.C.P. – Fleury-les-Aubrais.

IMPRIMERIE L'OFF-SET, LEVALLOIS. – Mars 1979. – Dépôt légal 1979-1er.
N° de Série 10701. – IMPRIMÉ EN FRANCE *(Printed in France)*. – 77204 F-9-81.